Nica Stevens

Verbundene Seelen

Jenna & Drystan

Drachenmond Verlag

Drachenmond Verlag GmbH
Auf der Weide 6
50354 Hürth
http: www.drachenmond.de
E-Mail: info@drachenmond.de

Lektorat: Ava Reed
Korrektorat: Michaela Retetzki
Satz: Marlena Anders
Layout: Astrid Behrendt
Illustrationen:
Umschlagdesign: Alexander Kopainski
Bildmaterial: Shutterstock

Druck: Booksfactory

ISBN 978-3-95991-504-5

Für meine Leser
der ersten Stunde.
Ihr begleitet mich, seit mit der
Verwandte-Seelen-Trilogie
alles seinen Anfang nahm.
Jedes Wort der folgenden Geschichte
entstand für euch.
Eure Begeisterung ist meine Motivation.
Ihr seid die Besten!

Prolog

Es regnete in Strömen. Blitze durchzogen den mit Wolken verhangenen Nachthimmel. Das Wasser drang bereits durch das hoch gelegene, mit dicken Eisenstäben gesicherte Fenster und lief in Rinnsalen an dem alten Gemäuer hinab, an dem der Junge lehnte. Seine zerlumpte Kleidung war inzwischen durchtränkt und seine nackten Füße so kalt, dass sie schmerzten. Die schweren Ketten, die ihn an Händen und Füßen gefangen hielten, klirrten, als er sich nach vorn beugte und aus einer kleinen Wasserlache trank.

Der Wind heulte lautstark durch den Turm, weshalb er die näher kommenden Schritte erst spät bemerkte. Er seufzte und kämpfte sich müde auf die Beine. Was wollten sie um diese Zeit von ihm?

Sie waren zu viert – wie immer. Allein traute sich kein Wärter an ihn heran, obwohl sie Unsterbliche waren und er nur ein Mensch.

»Den Blick nach unten richten«, schrie ihn einer der Männer an. Es war der altbekannte Satz, mit dem er begrüßt wurde, wenn man ihn für eine kurze Zeit aus seiner Gefängniszelle herausholte.

Sie führten ihn die maroden Steinstufen hinab, ehe sie den Turm zum Innenhof verließen und den Kampfplatz betraten. Normalerweise drängten sich die anderen Insassen gegen die Fenstergitter, um ihm beim Kämpfen zuzusehen, doch dieses Mal war es anders. Noch nie hatten die Wärter ihn in tiefster Nacht aus seiner Zelle geholt.

In der Mitte des Schauplatzes befreiten sie ihn von seinen Ketten, wobei die Armbrüste der Aufseher die ganze Zeit auf ihn gerichtet waren. Dann ließen sie ihn zurück und brachten sich hinter dem Eisenzaun in Sicherheit. Wer es auch war, den er jetzt für sie töten sollte, sie mussten große Angst vor ihm haben. Die gefährlichsten Verbrecher wurden ihm zugeteilt – denn ihn fürchteten die Wärter am meisten.

Er versank bis zu den Knöcheln im Matsch und der Sturm zerrte an seiner löchrigen Kleidung. Bei dem Unwetter würde es kein einfacher Kampf werden.

Die Blitze gewährten ihm in regelmäßigen Abständen die Sicht auf seinen Gegner, den sie nun ebenfalls auf den Kampfplatz führten und die Ketten abnahmen. Die Wärter drängten ihn in seine Richtung und zogen sich hinter die schützende Absperrung zurück, wo mittlerweile alle Gefängnisaufseher stillschweigend verharrten und sie beobachteten.

Er legte den Kopf schräg und versuchte den Fremden im zuckenden Licht des Unwetters zu betrachten, ehe die Finsternis sie wieder umhüllte. Verdammt, er konnte kaum etwas sehen und der Regen peitschte ihm ins Gesicht. Wer zum Teufel war dieser Mann? Wieso nahmen sich die Wärter so sehr vor ihm in Acht?

Zu seiner Erleichterung entzündeten sie entlang der Arena Fackeln. Nun konnte er seinen Gegner akribisch mustern, was dieser ihm gleichtat. Seine Kleidung war verdreckt, zeugte aber dennoch von Wohlstand. Er trug eine eng anliegende, ärmellose Rüstung aus schwarzem Leder, auf dem ein eingestanztes Clanwappen mit einem Baum zwischen zwei Bergen abgebildet war. Der Mann war groß, seine Haltung würdevoll. An Selbstbewusstsein mangelte es ihm nicht und sein muskulöser Körperbau gab ihn als erfahrenen Kämpfer zu erkennen.

Sie standen sich mit einem Abstand von zehn Schritten gegenüber, als ein Aufseher zwei Schwerter zwischen sie auf den matschigen Boden warf. Er durfte keinen Moment zögern, stürmte vorwärts – ebenso wie sein Gegner. Verflucht, der Mann war schnell.

Ihre Blicke trafen sich, als sie zeitgleich ein Schwert zu fassen bekamen. Beide achteten konzentriert auf die Bewegungen des anderen. Als der Fremde angriff, wich er ihm gekonnt aus. Er ließ sich fallen, rollte sich auf dem Boden ab und zog ihm die Schwertklinge tief durch den Oberschenkel.

Er war eindeutig ein Unsterblicher. Kein Laut verließ seine Lippen, sein Gesicht verzog sich nicht vor Schmerz und er strauchelte nur einen Moment. Silbernes Blut trat aus der Wunde, die bald verheilt sein würde. Die einzige Möglichkeit, einen Unsterblichen zu töten, bestand darin, ihm den Kopf abzuschlagen.

»Ich weiß, wer du bist«, rief der Fremde, als sie sich einander erneut näherten und ihre Klingen aufeinandertrafen. »Man erzählt Geschichten über dich – über den Jungen, der seit seiner Geburt auf der Gefängnisinsel gefangen gehalten wird.«

Wollte der Mann allen Ernstes ein Gespräch mit ihm führen? Er konnte sich nicht mehr daran erinnern, wann er das letzte Mal mit jemandem gesprochen hatte, und er hatte nicht vor, das ausgerechnet in dieser Situation zu ändern.

Er versuchte die Verteidigung des Unsterblichen zu durchbrechen und erhöhte das Tempo seiner Schwertschläge, bis sein Gegner plötzlich zur Seite sprang, sich in den Schlamm warf, den Fuß um den seinen hakte und ihn zu Boden riss. Der Mann stürzte sich samt Schwert auf ihn und brachte ihn unter sich zum Liegen. Um ihre Waffen auf Abstand zu halten, packten sie sich gegenseitig an den Handgelenken.

»Wie alt bist du, Junge?«, fragte der Unsterbliche. Er sah auf ihn herab und verengte abschätzend die Augen. »Achtzehn? Neunzehn? In deinem Alter sollte man noch nicht ums Überleben kämpfen müssen.«

Mit aller Kraft stieß er den Mann von sich und sprang auf die Beine. Er hatte nicht vor, als Verlierer hervorzugehen. Der unnachgiebige Wunsch nach Rache hielt ihn am Leben.

»Verschwende kein Mitleid an mich, denn ich werde auch keins für dich empfinden, wenn ich dir den Kopf von den Schultern schlage«, stieß er zwischen zusammengepressten Zähnen hervor.

»Ich setze fünf Goldstücke auf den Jungen«, schrie ein Aufseher.

»Da halte ich dagegen«, erwiderte ein anderer. »Ich setze auf Jake McAlaster.«

1
Zuhause

Gelbe Wildblumen rankten an dem mächtigen Stamm unseres Lebensbaumes empor, der die anderen Bäume des legendären Waldes bei Weitem überragte. Seine Krone bildete in schwindelerregender Höhe ein dichtes Dach, durch das die Sonnenstrahlen nur schwer hindurchdrangen und Schattenmuster auf Jareds Gesicht zauberten.

Ich lag neben meinem Bruder auf dem moosbedeckten Waldboden und musterte ihn, während er mit geschlossenen Augen in sich ruhte. Linie um Linie brachte ich die Umrisse seines Gesichts zu Papier und verwischte die Kohle mit meinen Fingerkuppen, um der Zeichnung mehr Tiefe zu verleihen. Der Wind spielte mit Jareds kinnlangen blonden Haaren und blies ihm Strähnen ins Gesicht. Er störte sich nicht daran, zeigte keinerlei Regung.

Dies war unser Lieblingsplatz. Jeden Tag kamen wir hierher. Das Wasser, das an diesem Ort als Quelle aus dem Erdreich hervortrat und unseren Lebensbaum auf der kleinen Insel einschloss, plätscherte gemütlich vor sich hin. Der beruhigende Klang wurde nur von dem zweisilbigen Ruf des Falken übertönt, der in diesem Moment auf einem Ast landete. Er hielt uns den Rücken zugewandt, sein Kopf war in unsere Richtung gedreht und er spähte auf uns herab.

Ich hob meinen Arm, woraufhin er meiner Einladung folgte und im nächsten Moment sicher auf ihm landete.

Jared öffnete die Augen und betrachtete mich lächelnd, als der Falke eine Strähne meines langen braunen Haares in seinen Schnabel nahm und damit spielte.

»Es ist unglaublich, wie zutraulich die wilden Tiere zu dir sind. Diese Gabe hast du von Mutter.« Er streckte die Hand nach dem Raubvogel aus, doch dieser hackte umgehend nach seinem Finger.

Ich lachte und streichelte dem Falken über sein weißes Gefieder, das sich an den Federspitzen verdunkelte. »Die Tiere erkennen eben, wer es gut mit ihnen meint. Du hast ihn schon mal eingefangen, und das hat er nicht vergessen.«

»Ich war verärgert, weil er sofort zutraulich zu dir war und zu mir nicht.«

»Ach, und nun ärgert es dich nicht mehr?« Ich entließ den Vogel in die Lüfte.

»Jetzt weiß ich, dass ich dafür andere Stärken habe.« Er setzte sich auf, griff nach meiner Zeichnung und betrachtete sein Bildnis.

»Tatsächlich? Welche sollen das denn sein?«, neckte ich ihn. Ich nahm ihm das unvollendete Porträt weg, um es zusammen mit der Zeichenkohle unter einer herausragenden Wurzel zu verstecken und aufzubewahren.

Jared stand auf und zog mich mit sich hoch. »Zum Beispiel bin ich viel schneller als du.« Er zwinkerte mir zu und rannte los.

Ich wusste, ich hatte keine Chance, ihn einzuholen. Immerhin gelang es mir, an ihm dranzubleiben. »Wenn ich eine Weile trainiere, kriege ich dich irgendwann«, rief ich.

»Träum weiter, Schwesterherz.« Er erhöhte das Tempo.

Die Sonne stand weit im Westen und würde bald untergehen. Ihr schwächer werdendes Licht tauchte die Umgebung in ein sanftes Orange.

Ein Schmetterlingsschwarm erhob sich von der blühenden Wiese, die wir überquerten. Alles wirkte so friedlich und geheimnisvoll. Der Ewige Wald war ein Heiligtum, er beherbergte eine ganz eigene Welt.

Als wir uns der großen Lichtung näherten, stiegen wir in einer geduckten Haltung die Anhöhe hinauf. Unsere Köpfe so weit wie möglich verborgen, spähten wir über die Hügelkuppe hinab ins Tal, wo die wilden Pferde weideten. Ich war jedes Mal überwältigt, wie viele dieser edlen Tiere hier zusammenfanden. Es mussten Hunderte sein.

Ihre langen Mähnen wehten im Wind, was ihre majestätische Anmut verstärkte. Einige lagen gemütlich im hohen Gras, andere galoppierten umher oder stellten sich auf die Hinterläufe, um miteinander zu kämpfen.

Einem Menschen würde es nicht gelingen, sich ihnen unbemerkt zu nähern. Selbst unter uns Unsterblichen war es nicht allen vergönnt, das Vertrauen eines solchen Wildpferdes zu gewinnen.

»Was meinst du, Jenna? Wollen wir einen Versuch wagen?« Jared lächelte mich herausfordernd an.

»Bist du verrückt? Wir dürften nicht einmal hier sein.«

Er verzog den Mund. »Wie lange sollen wir denn noch warten, bis wir endlich unser eigenes Pferd bekommen?«

»Bis Vater uns an unserem achtzehnten Geburtstag vor den anderen Clans das Erwachsensein öffentlich zuspricht«, erwiderte ich.

»Wir sind alt genug.« Jared stellte sich auf, weshalb die Herde unsere Anwesenheit bemerkte und flüchtete. Das Trampeln der Hufe war ohrenbetäubend. Als die Staubwolke sich legte und die Sicht klar wurde, war weit und breit kein einziges Tier mehr zu sehen.

Ich folgte Jared den Hügel hinab. »Er darf bei uns keine Ausnahme machen.«

»Warum nicht? Er kann uns ruhig ein paar Sonderrechte zusprechen, er ist der Clanführer.«

Mir entwich ein tiefer Seufzer. »Ich wünschte, er wäre es nicht.«

Jared blieb abrupt stehen und bedachte mich mit einem eindringlichen Blick. In der Tiefe seiner dunkelblauen Augen sah ich den silbrigen Glanz seiner Seele. »Warum sagst du das?«

Er war mein Zwillingsbruder. Normalerweise konnten Unsterbliche mit ihrem Seelenpartner nur ein Kind bekommen, es gab keine unsterblichen Geschwister. Jared und ich waren die große Ausnahme. Einst als Mensch geboren, wurde Mutter erst durch die Seelenverwandtschaft zu meinem Vater zu einer Unsterblichen – eine Verwandlung, die bisher einmalig geblieben war. Deshalb hatten Jared und ich eine sehr enge Verbindung zueinander, die unvergleichlich war. Unsere Herzen schlugen im selben Rhythmus. Jared war mein bester Freund, ein Teil von mir, mein Gegenstück. Ich liebte ihn auf eine Art und Weise, die menschliche Geschwister nicht nachempfinden konnten – und dennoch waren wir grundverschieden.

»Vater ist der Clanführer, wir sind seine Erben. Ich kann mit der Erwartungshaltung des Volkes nicht so gut umgehen wie du.«

Jared fasste mich an den Schultern. »Hör auf, an dir zu zweifeln. Wir sind für unsere zukünftigen Aufgaben bestens ausgebildet.«

Ich seufzte erneut. »Du kannst es gar nicht mehr erwarten, in Vaters Fußstapfen zu treten, oder?«

Er lief weiter. »Ich bin stolz darauf, Jake McAlasters Sohn zu sein. Er hat sehr viel bewirkt und wird vom Volk verehrt. Doch als Vater sollte er endlich einsehen, dass wir keine Kinder mehr sind. Ich trainiere hart und bin der beste unter den Rekruten, trotzdem zögert er, mich in die Friedensgarde aufzunehmen.«

Es versetzte mir einen Stich im Herzen, wenn ich daran dachte, meinen Zwillingsbruder eines Tages ziehen lassen zu müssen. Während Jared sein bisheriges Dasein als unnütz und langweilig empfand, genoss ich die Wunder, die jeder neue Tag mit sich brachte. Ich liebte den Ewigen Wald und konnte nicht nachvollziehen, warum es Jared in die Ferne zog. Er wollte die Welt außerhalb unseres Clangebietes kennenlernen und sehnte sich nach einem Abenteuer, das seinem Leben Abwechslung schenkte.

Ich versuchte, die übermächtige Verlustangst zu verdrängen. Allerdings spürte Jared meine Verzweiflung und zog mich umgehend in eine Umarmung. »Wenn du eine Wahl treffen müsstest zwischen einem Leben hier oder einem Leben an meiner Seite – wie würdest du dich entscheiden?«

Ich atmete tief durch. »Es ist alles so, wie es sein sollte. Wir sind hier und vereint.«

Er küsste mich auf den Scheitel und legte sein Kinn auf meinem Kopf ab.

Eine Weile standen wir einfach nur beieinander, bevor wir unseren Weg schweigend fortsetzten.

Die sich gegenüberliegenden Zwillingsberge schlossen das Zuhause unseres Clans wie ein Schutzwall ein. Bis auf das Ende des Tals, das in einem Sandstrand zum Meer auslief, war dieser Ort von den gigantischen Bäumen des Ewigen Waldes umgeben. Nichts deutete mehr auf den verheerenden Brand hin, der vor achtzehn Jahren gewütet hatte. Die weißen Steinhäuser, die wir unter anderem als Weberei, Werkstatt und Schmiede gemeinschaftlich nutzten, waren auf der großen Lichtung kreisförmig um den wiederauferbauten Tempel angeordnet. Auf jeder Seite des prunkvollen Bauwerks stand ein riesiger Mammutbaum. Die Äste und Zweige waren mit den Außenwänden verwachsen und die Wipfel breiteten sich wie ein zweites Dach über dem Tempel aus. Der Wald hatte sich in kürzester Zeit von dem Brand erholt und war laut Zeitzeugen noch schöner als zuvor.

Unsere Mutter saß auf der steinernen Treppe, die zur offenen Vorhalle hinaufführte. Ihr blondes hüftlanges Haar schimmerte golden im Licht der untergehenden Sonne. Wie alle unsterblichen Frauen trug sie ein naturfarbenes Kleid, das bis zur Hüfte eng anlag und fließend bis zum Boden auslief. Der kleine Elia saß auf ihrem Schoß. Er vergoss bitterliche Tränen und sie redete beruhigend auf ihn ein.

Als sie uns kommen sah, bemühte sie sich um ein Lächeln, das nicht echt wirkte. Es war mir nicht entgangen, wie ruhelos sie schon seit Tagen war. Sobald ich sie jedoch auf ihren Kummer ansprach, wiegelte sie ab.

Vater war der ranghöchste Clanführer des Landes und war deshalb gelegentlich mit einer Delegation der Friedensgarde unterwegs, um für das Volk greifbar zu sein und für Recht und Ordnung zu sorgen. Wir waren es gewohnt, dass er ab und zu für ein bis zwei Wochen abwesend war, und normalerweise hatte Mutter kein Problem damit. Aber als er sich dieses Mal mit dem Schiff zum Inselstaat Darkona aufgemacht hatte, war sie von Anfang an besorgt gewesen.

Ich setzte mich neben sie, nahm ihr den weinenden Jungen ab und stieß sie aufmunternd mit der Schulter an. »Vater ist bald wieder da.«

»Warum ist Elia so traurig?«, erkundigte sich Jared, als der Kleine die Arme nach ihm ausstreckte.

»Er ist hingefallen und hat sich an einem spitzen Stein das Knie aufgeschlagen«, antwortete Mutter mit leiser Stimme.

»Mein Blut ist rot.« Elia schluchzte laut.

Anscheinend hatte er heute zum ersten Mal sein Blut gesehen. Er war erst vier Jahre alt. Was sollten wir ihm erwidern?

Jared kniete sich vor ihm hin. »Deine Mutter ist eine Unsterbliche, dein Vater ein Mensch. Du hast seine Sterblichkeit geerbt.«

»Ich will nicht sterblich sein. Ihr habt alle silbernes Blut.«

Mutter streichelte dem Jungen über den Kopf und stand auf. »Es kommt nicht darauf an, wie lange man lebt, Elia. Wichtig ist, sein Leben nach bestem Gewissen zu gestalten und es zu schätzen. Wenn du einmal alt bist und auf deine Lebensjahre ohne Reue und mit Zufriedenheit zurückblicken kannst, dann hast du denjenigen, die ihre Zeit ungenutzt lassen, viel voraus.« Sie deutete mit dem Finger zum Waldrand. »Es gibt Menschen, von deren Lebensweisheiten ihr alle eine Menge lernen könnt.«

Jared und ich sahen uns gleichzeitig um. Wir entdeckten Grimmt und Will, die mit ihren Pferden auf uns zugaloppierten.

Elia jubelte auf und rannte den beiden entgegen. Mit einem Schlag hatte er seine Sorgen vergessen.

Ich freute mich riesig, die zwei zu sehen, denn es waren inzwischen einige Wochen vergangen, seit sie uns das letzte Mal besucht hatten. Grimmt war mit meinem Vater zusammen aufgewachsen und seitdem waren sie die besten Freunde. Obwohl beide vierundsechzig Jahre alt waren, wirkte mein Vater eher wie sein Sohn, weil wir Unsterblichen ewig lebten und ab dem dreißigsten Lebensjahr aufhörten zu altern. An Grimmt waren die Spuren der Zeit hingegen nicht spurlos vorübergegangen. Zumindest zeigten sich sein Haar und der Vollbart grau meliert. Für einen Menschen war er ein Hüne und sein Sohn Will ebenso. Es war erstaunlich, wie sehr er seinem Vater ähnelte. Sie hatten die gleichen markanten Gesichtszüge, dieselben tief liegenden Augen und nachdem sich Will neuerdings auch einen Bart wachsen ließ, konnte man sie nur anhand ihres Altersunterschieds auseinanderhalten.

Grimmt rutschte vom Pferd und fing Elia auf, da der Junge direkt in seine Arme sprang. Er hob ihn auf seine Schultern und alberte mit ihm herum, während er auf meine Mutter zutrat und sie in eine liebevolle Umarmung schloss. »Es ist schön, dich wiederzusehen, Sam.«

»Du solltest endlich unserem Wunsch folgen und mit deiner Familie zu uns in den Ewigen Wald ziehen«, erwiderte sie.

»Du musst mich inzwischen für einen ziemlich alten Sack halten.« Er zwinkerte ihr zu. »Aber die Wegstrecke von zwei Tagen bekomme ich noch locker hin.«

»Jaja«, sagte Will. »Trotzdem jammert er die ganze Zeit, ihm würden die Knochen wehtun.«

Grimmt warf seinem Sohn einen betont ernsten Blick zu. »Verräter …«

Da Elias Mutter in der Ferne nach ihm rief, setzte er den Jungen ab und schaute ihm dann schmunzelnd nach.

Ich lief zu Grimmt, um ihn endlich begrüßen zu können, und gab ihm einen Kuss auf die Wange. »Herzlich willkommen.«

»Hallo, meine Kleine.« Er legte einen Arm um meine Schultern. »Du wirst von Mal zu Mal schöner. Die Jungs müssen inzwischen verrückt nach dir sein.«

»Oh ja, das sind sie«, erwiderte Jared. »Jenna bekommt es allerdings nicht mit, da sie ständig in Büchern versunken ist oder sich ihren Zeichnungen widmet.«

Will trat zu mir, ergriff meine mit Kohle beschmierten Hände und betrachtete diese mit hochgezogenen Augenbrauen. »Wann habe ich dich eigentlich das letzte Mal mit sauberen Fingern gesehen?«

»Jenna hinterlässt überall ihre schwarzen Fingerabdrücke«, sagte Mutter und zupfte an meinem cremefarbenen Rock. »Wie hier zum Beispiel.«

»Ich habe auch ständig schwarze Flecken an meinen Sachen.« Jared grinste mich an.

Will und Grimmt lachten. Mutter hingegen sah zu Boden und war mit ihren Gedanken abwesend.

Als Grimmt ihre hängenden Schultern bemerkte, erlosch sein Lachen umgehend. »Was ist los, Sam?«

Will musterte sie ebenfalls mit zusammengekniffenen Augen. »Der Bote sagte, wir sollen uns beeilen. Warum hast du nach uns schicken lassen?«

»Ich brauche deinen Rat«, sagte sie an Grimmt gewandt. »Du kennst Jake besser als jeder andere.«

Er kraulte sich den Vollbart. »Ist er in Schwierigkeiten?«

»Ich weiß nicht, was ich tun soll. Bitte hilf mir …« Sie stockte. Es gelang ihr nicht, die Tränen zurückzuhalten.

Jared und ich wechselten einen irritierten Blick. Irgendetwas stimmte hier ganz und gar nicht. Ich machte einen Schritt auf Mutter zu, doch Jared kam mir zuvor und fasste sie an den Schultern.

»Sag uns, was los ist.«

Sie streichelte ihm über die Wange. »Ich möchte erst mit Grimmt reden. Vielleicht ist es nicht so schlimm, wie ich denke.«

Ich brachte kein Wort heraus.

»Kannst du bitte aufhören, in Rätseln zu sprechen.« Jareds Stimme klang rau.

Sie seufzte. »Ihr habt jetzt Kampftraining …«

»Das ist nicht dein Ernst. Du kannst uns nicht einfach wegschicken und …«

Mutter hob die Hand, um Jared Einhalt zu gebieten. »Sobald ich mich mit Grimmt beratschlagt habe, werde ich mit euch sprechen.« Ihre angespannte Haltung ließ erkennen, dass sie sich zu diesem Zeitpunkt auf keine Diskussion einlassen würde. Demonstrativ wandte sie Jared den Rücken zu, streifte Grimmt im Vorbeigehen und lief in Richtung des Speisehauses.

»Gerade war ich noch hungrig wie ein Bär, inzwischen ist mir der Appetit vergangen«, sprach Grimmt und folgte ihr eilig.

»Tut, was eure Mutter sagt und geht trainieren«, wies Will Jared und mich an. Er machte sich ebenfalls auf den Weg zum Speisehaus. Die Anspannung war förmlich greifbar.

Einen kurzen Moment lang standen wir wie angewurzelt da. Ich umfasste Halt suchend Jareds Arm und nahm einen tiefen Atemzug, um das einengende Gefühl in meiner Brust zu verdrängen. Er ballte die Hände zu Fäusten. Ich konnte seine Wut deutlich spüren.

»Komm …« Jared nahm meine Hand und lief los.

»Was hast du vor?« Ich versuchte mich aus seinem Griff zu lösen, weil er unverkennbar das Speisehaus anvisierte.

»Mutter verheimlicht uns etwas. Ich muss wissen, was hier vorgeht.«

»Sie hat uns aufgetragen, zum Kampftraining zu gehen.«

Jared blieb stehen und sah mich eindringlich an. »Sie hält Probleme von uns fern und wird uns deshalb nicht alles erzählen.«

Er wollte weiterlaufen, aber ich hielt ihn zurück. Wie konnte ich ihn nur zur Vernunft bringen?

»Sie werden uns nicht bemerken«, sagte Jared, bevor ich zu Wort kam, und deutete auf die Außentreppe, die hinter dem Speisehaus auf den Dachboden führte.

Ich verschränkte die Arme vor der Brust und schüttelte den Kopf. »Wir dürfen Mutter nicht hintergehen.«

»Du musst ja nicht mitkommen.« Er wandte sich von mir ab und rannte davon.

Warum konnte Jared sich nicht einfach mal an Regeln halten? Ich machte mir gleichfalls Sorgen, aber Mutter hatte sicherlich ihre Gründe, weshalb sie uns nicht einweihte. Außerdem hatte ich Angst vor dem, was wir erfahren könnten. Ich wünschte mir sehnlichst, dass es nur ein großes Missverständnis war und es Vater gut ging.

Ich trat von einem Bein aufs andere und schaute mich um. Mir war nicht wohl bei der Sache, doch ich machte mich auf, um Jared zu folgen.

2.
Ein Traum

Als ich die Außentreppe erreichte, war Jared schon oben bei der kleinen Tür angekommen. Da er mich bemerkte, wartete er, bis ich bei ihm war. Wir betraten den Dachboden des Speisehauses, der von dem würzigen Duft der getrockneten Pilze und Kräuter, die hier gelagert wurden, erfüllt war. Jared lief zu der Luke im Fußboden, von der man über eine Leiter direkt in die Schenke gelangen konnte. Er zog einen Schuh aus, kniete sich hin und hob die Luke leicht an, bevor er ihn in dem offenen Spalt verkeilte. Wir legten uns nebeneinander vor die schmale Öffnung und spähten in die Schenke hinab.

Mutter saß bereits an der langen Tafel. Grimmt und Will nahmen ihr gegenüber Platz. Sie hatten alle anderen nach draußen geschickt.

Ich schaute Jared verunsichert an und deutete mit einem Kopfnicken zur Hintertür. Als ich ansetzte, um zu sprechen, legte er den Zeigefinger auf die Lippen und konzentrierte sich vollends auf das Geschehen unter uns.

»Raus mit der Sprache.« Grimmt stützte sich auf seine Unterarme und lehnte sich über den Tisch zu Mutter hinüber. »Was ist passiert?«

»Sagt euch der Name John McGee etwas?«, erkundigte sie sich.

Sie nickten gleichzeitig.

»Das ist der Clanführer vom Inselstaat Darkona«, sagte Will.

Mutter stand auf und begann, im Raum auf und ab zu gehen. »McGee hat uns eine Nachricht zukommen lassen. Er hat Jake um

Hilfe gebeten. Nach seiner Beschreibung kommt es auf Darkona vermehrt zu Volksaufständen, denen er allein nicht länger gewachsen ist. Deshalb ist Jake mit einer Delegation der Friedensgarde nach Darkona aufgebrochen, um sich einen Überblick von der Lage zu verschaffen.«

Sie ließ sich wieder auf die Bank sinken. »Wie ihr wisst, können Jake und ich über unsere Träume Kontakt zueinander aufnehmen. Jede Nacht standen wir auf diese Weise in Verbindung … Doch seit sechs Tagen erreiche ich Jake nicht mehr.«

Jared und ich wechselten einen kurzen Blick. Ich konnte nicht sagen, ob er meine Hand ergriffen hatte oder ich die seine.

Grimmt rieb sich unbehaglich über den Nacken. »Du bist seine Seelenverwandte, Sam. Kannst du seine Seele noch spüren?«

Sie stand erneut auf und lief um den Tisch herum, um sich direkt neben Grimmt zu setzen. »Ja, das kann ich. Jake ist am Leben. Aber er würde meinen Träumen niemals absichtlich so lange fernbleiben. Irgendetwas oder irgendjemand hält ihn davon ab.«

Grimmt schlug mit der Faust auf den Tisch. »Das gefällt mir nicht. In was ist er da bloß hineingeraten?«

»Jake würde nicht wollen, dass Sam sich um ihn sorgt«, sagte Will. »Er muss wirklich in Schwierigkeiten stecken.«

Mutter lehnte den Kopf an Grimmts Schulter. »Bitte sagt mir, was wir tun können!« Sie schluchzte auf.

Als Jared unvermittelt aufsprang, schrak ich zusammen. Er riss die Luke bis zum Anschlag auf und stieg die Leiter bereits hinab, ehe ich zu einer Reaktion fähig war. Mutters überraschte Miene, Wills missbilligendes Kopfschütteln und Grimmts wütendes Schnauben schüchterten ihn im Gegensatz zu mir kein bisschen ein.

»Wir müssen die Friedensgarde informieren und unverzüglich nach Darkona aufbrechen«, sagte Jared aufgebracht. Er kam vor ihnen zum Stehen.

Grimmt knurrte. »Ich sollte dir die Ohren lang ziehen«, schimpfte er und wedelte mit erhobenem Zeigefinger vor Jareds Gesicht herum, bevor er sich auch meiner Gegenwart bewusst wurde und mich mit einem finsteren Blick bedachte.

Ich machte mich daran, die Leiter ebenfalls hinabzusteigen.

»Was denkt ihr euch nur dabei?«, tadelte Mutter uns. »Ich brauche euch wohl nicht zu sagen, wie enttäuscht ich gerade von euch bin. Ich hatte euch aufgetragen …«

Jared fiel ihr ins Wort. »Wir sind keine kleinen Kinder mehr und haben ein Recht darauf, zu erfahren, was mit Vater passiert ist.«

»Ich weiß nicht, was mit ihm passiert ist«, erwiderte sie und schlug sich die Hände vors Gesicht.

»Du weißt, dass etwas nicht stimmt, und willst es vor Jenna und mir verheimlichen.«

»Ihr sollt euch nicht unnötig Sorgen machen. Vielleicht irre ich mich …«

Jared verzog den Mund. »Träume lügen nicht.«

Einen kurzen Moment lang herrschte Stille, bis Will sich räusperte. »Wir sollten einen kühlen Kopf bewahren.«

Ich ging zu Mutter, die mich augenblicklich in eine feste Umarmung schloss. Eigentlich hatte ich sie trösten wollen, doch nun war sie diejenige, die mir beruhigend über den Rücken strich. Niemals zuvor hatte ich sie so verzweifelt erlebt. Dennoch bemühte sie sich vor Jared und mir um Stärke.

»Lass mich zum Hauptsitz der Friedensgarde reiten«, bat Jared. »Wir dürfen keine Zeit verstreichen lassen, wenn Vater womöglich in Gefahr ist.«

Sie gab mich frei und trat einen Schritt auf ihn zu. »Ich habe bereits vor zwei Tagen einen Boten ausgesandt. Die Gardisten werden bald eintreffen.«

Ich schluckte. Mutter hatte bereits sämtliche Hebel in Bewegung gesetzt, also glaubte sie nicht an Vaters Rückkehr.

Nach der großen Schlacht vor achtzehn Jahren waren die besten und fähigsten Kämpfer aller Clans unter der Aufsicht meines Vaters zu einer Elitetruppe ausgebildet worden, deren Gardisten den Eid schworen, unser Land und dessen Volk zu schützen. Nie wieder durfte es zu einem Krieg zwischen Unsterblichen kommen, und einer erneuten Unterdrückung der Menschen musste ebenfalls entgegengewirkt werden. Die Friedensgarde hatte dafür Sorge zu tragen, dass alle friedlich miteinander lebten.

Jared war sichtlich aufgewühlt. Er strich sich das Haar aus der Stirn und lief zum Fenster. Da er nun wusste, dass die Gardisten auf dem Weg hierher waren, wollte er deren Ankunft nicht verpassen. Wie andere junge Männer, sah er voller Verehrung zu ihnen auf und wünschte sich sehnlichst, ihnen eines Tages anzugehören.

»Ihr seid sicher müde«, sagte Mutter an Grimmt und Will gewandt.

»Glaubst du ernsthaft, ich könnte jetzt schlafen?«, fragte Grimmt.

Mutter legte ihm eine Hand auf die Schulter. »Wenn die Gardisten auftauchen, werdet ihr nicht mehr zum Schlafen kommen.«

Grimmt verschränkte die Arme vor der Brust, schüttelte den Kopf und grummelte etwas Unverständliches in seinen Bart.

»Ihr Unsterblichen seid zu beneiden«, sagte Will. »Ihr braucht keinen Schlaf.«

Er machte es seinem Vater nach und setzte sich abermals an den Tisch. Grimmt schenkte ihnen Wein ein.

Ich folgte Mutter, die das Speisehaus ohne ein weiteres Wort verließ. Draußen begann sie leise zu singen.

Die Wildpferde konnten über weite Entfernung hinweg gut hören. Jeder Reiter hatte einen individuellen Ruf, auf den nur sein eigenes Pferd reagierte. Sobald Shadow die Melodie vernahm, würde er sich sofort zu Mutter auf den Weg machen.

»Bei einem Ritt durch den Ewigen Wald kann ich in Ruhe nachdenken«, sagte sie. »Ich muss eine Entscheidung treffen, wie wir weiter vorgehen werden.«

Der sichelförmige Mond schien vom inzwischen dunklen Himmel und spendete gedämpftes Licht. Drei Männer entzündeten entlang der Wege Fackeln. Es würde eine laue Nacht werden.

Jared gesellte sich zu uns. Wir sahen eine Weile zu den Sternen hinauf, bis der wilde Mustang laut wiehernd aus dem Wald geprescht kam. Ohne sein Tempo zu drosseln, galoppierte er rasend schnell auf Mutter zu. Ich dachte jedes Mal aufs Neue, Shadow würde sie umrennen, doch knapp vor ihr kam er abrupt zum Stehen, scharrte mit dem Huf und senkte den Kopf, um sie anzustupsen.

Sie streichelte über sein dunkelbraunes Fell, strich durch seine lange Mähne, die fast den Boden berührte, und küsste ihn auf den weißen Stern auf seiner Stirn.

»Bitte redet vorerst mit niemandem über die derzeitige Lage«, wies Mutter uns an. Sie schaute zum Waldrand. »Ich will keine Unruhe schüren.«

Ich folgte ihrem Blick und bemerkte eine Silhouette zwischen den Bäumen. Meine Freundin Canny trat aus dem Wald und näherte sich.

»Es geht um unseren Clanführer«, warf Jared ein. »Alle sollten erfahren …«

Mutter fuhr zu ihm herum. »Sie werden es erfahren, sobald wir einen Plan haben. Ich habe keine Ahnung, wo wir nach Jake suchen sollen und was passiert ist.«

»Wir müssen nach Darkona reisen …«

»Darkona ist ein Inselstaat, Jared. Auf welcher Insel sollen wir denn mit der Suche beginnen? Wir brechen in ein fremdes Land auf, in dem es nach unseren bisherigen Erkenntnissen vermehrt zu Aufständen kommt, und …« Sie stockte, da meine Freundin uns fast erreicht hatte.

»Es betrifft auch Cannys Vater«, flüsterte Jared. »Ryan ist mit Vater nach Darkona aufgebrochen. Also sagt es ihr.«

Ryan war für Vater wie ein Bruder. Als sein engster Vertrauter begleitete er ihn auf all seinen Reisen. Sollten wir Canny wirklich beunruhigen, auch wenn wir noch nichts Genaues wussten? Ich wäre lieber ahnungslos. Die Sorge um Vater und Ryan war eine Last, die schwer auf meiner Brust lag. Meine Gedanken kreisten um diejenigen, die bei ihnen waren. Vorerst sollten wir den Angehörigen nichts erzählen, um ihnen den Kummer zu ersparen.

Als Canny bei uns eintraf, drängte sich Jared an uns vorbei und eilte davon. Meine Freundin hob die Augenbrauen und sah ihm irritiert nach. »Ähm …« Sie strich sich eine lange dunkelblonde Haarsträhne hinters Ohr. »Ich suche euch schon überall. Ihr habt das Kampftraining verpasst.«

Mutter atmete tief durch und warf mir einen vielsagenden Blick zu. »Grimmt und Will sind zu Besuch gekommen«, erklärte sie.

»Echt?« Sie lächelte. »Wo sind die beiden?«

»Hier im Speisehaus«, erwiderte Mutter. Sie gab mir einen Kuss auf die Stirn, schwang sich auf Shadows Rücken und ritt davon.

Canny schaute erneut in die Richtung, in die Jared geflüchtet war. »Jared geht mir in letzter Zeit aus dem Weg. Kann er mich nicht mehr leiden?«

Dieses Thema lenkte zumindest von der momentanen Situation ab und ich kam um eine Erklärung herum. »Quatsch. Wie kommst du denn darauf?«

»Er behandelt mich wie Luft.«

Jared sah unverschämt gut aus und war zudem der zukünftige Clanführer. Die Mädchen himmelten ihn an. Obwohl Canny es zu verbergen versuchte, war sie ebenfalls seiner unwiderstehlichen Ausstrahlung erlegen. Da ihre Mutter ein Mensch war, besaß sie menschliche Eigenschaften. Sie war nicht auf die Seelenverwandtschaft der Unsterblichen angewiesen, die erst ab dem achtzehnten Lebensjahr fühlbar war, sondern konnte sich auch einfach verlieben. Ihre Gefühle für Jared gingen über die einer Freundschaft hinaus. Da mein Bruder ihr nicht wehtun wollte und nicht mit der Situation umzugehen wusste, zog er sich von ihr zurück. Und ich saß zwischen den Stühlen, weil sie mir diesbezüglich beide ihr Leid klagten.

»Er behandelt dich nicht wie Luft«, erwiderte ich, hakte mich bei ihr unter und lief mit ihr Richtung Wald. »Jared konzentriert sich auf die baldigen Aufnahmeprüfungen der Friedensgarde und ist deshalb etwas neben der Spur.«

»Von dieser eingebildeten Madlen lässt er sich gern ablenken.« Sie verdrehte die Augen. »Hast du gesehen, wie die sich heute an ihn rangemacht hat? Sie hat sich beim Frühstück auf seinen Schoß gesetzt.«

»Und daraufhin ist Jared aufgestanden und hat sie stehen lassen.«

»Erst nachdem er ein Schwätzchen mit ihr gehalten hat.«

Ich schmunzelte. »Ach Canny, er will nichts von Madlen.«

Sie wickelte sich eine Haarsträhne um den Finger. »Ich beneide dich. Wie fühlt es sich an, von ihm geliebt zu werden?«

»Ich bin seine Schwester.«

»Du bist seine Nummer eins.«

Von Neuem spürte ich einen Stich im Herzen. Ich würde Jared trotzdem nicht halten können.

Wir erreichten die Baumhäuser, die am Waldrand in den mächtigen Wipfeln erbaut waren. Eins allein umfasste vier Stämme, die in die Wohnfläche integriert waren. Die Lebensbäume meiner Eltern standen so dicht zusammen, dass sie miteinander verwachsen waren. Eine Wendeltreppe führte spiralförmig an ihnen hinauf.

»Irgendwie war deine Mutter vorhin komisch«, sagte Canny. »Stimmt etwas nicht?«

Ich wich ihrem Blick aus.

»Du wirkst auch bedrückt.«

War mein Unbehagen so offensichtlich? Sie kannte mich einfach zu gut, ich konnte ihr nichts vormachen.

»Seit wann lasst ihr das Kampftraining ausfallen, weil Grimmt und Will zu Besuch kommen? Jared ist viel zu ehrgeizig, er würde niemals schwänzen, wenn es keinen triftigen Grund gäbe.«

Mutter wollte nicht, dass wir darüber sprachen. Ich nestelte an meinem Kleid und suchte nach passenden Worten.

»Du kannst mir ja nicht mal mehr in die Augen schauen. Sieh mich an und rück endlich raus mit der Sprache.« Sie schnaufte ungeduldig.

»Du darfst mit niemanden darüber reden. Das musst du mir versprechen.« Ich presste die Lippen aufeinander.

Canny verdrehte die Augen. »Na klar, ich halte dicht.«

»Dein Vater steckt zusammen mit unserem Vater in Schwierigkeiten.« Die Worte sprudelten nun viel zu schnell und kaum verständlich aus mir heraus.

»Wie bitte?«

Ich seufzte. »Was noch nicht erwiesen ist.«

Canny sah mich mit großen Augen an. Sie war mit einem Mal blass und bewegte lautlos die Lippen.

Schnell zog ich meine Freundin in eine Umarmung, die sie nach kurzem Zögern erwiderte.

»Ich muss meine Mutter informieren«, sagte sie und trat einen Schritt zurück.

»Nein, sprich vorerst mit niemandem darüber.«

Sie erwiderte nichts, sondern eilte davon.

Ich sah ihr verunsichert nach und stieg dann die Treppe hinauf, über die man direkt auf die Veranda gelangte, die um das gesamte Baumhaus herumführte. Die Aussicht war atemberaubend. Die Tiefe des Ewigen Waldes, unser Bergtal, das Meer, unsere Siedlung – das alles konnte man von hier oben überblicken.

Ich ging hinein. Der Wohnraum war großzügig und gemütlich zugleich. Mutter hatte ihn liebevoll mit Schränken, Tisch, Stühlen und Regalen eingerichtet. Äste und wilde Blumen waren an manchen Stellen bis zu den Innenwänden durchgedrungen und erfüllten den Raum mit ihrem Duft.

Jared war gewiss zu seinem Freund Conner gegangen. Wir mussten in Ruhe miteinander reden und beratschlagen, wie wir Mutter beistehen konnten, sobald er nach Hause kam.

Ich lief in mein Zimmer und ließ mich aufs Bett fallen. Im Gegensatz zu den Menschen verspürten wir Unsterblichen keine Müdigkeit – wir schliefen nicht. In den Nächten vertrieben wir uns die Zeit, indem wir uns zur Ruhe begaben und träumten. Heute fiel es mir allerdings schwer, in einen Traum zu finden, da meine Gedanken unentwegt um Vater kreisten.

Wie sollte ich mit der Situation umgehen? Wir wussten nicht, wo genau er war, ob es ihm gut ging oder ob er in Gefahr schwebte.

Der Inselstaat Darkona lag viele Seemeilen entfernt. Wenn ich mich schon hilflos fühlte, wie musste es dann erst Mutter ergehen? Als wäre die Sorge um Vater nicht genug, musste sie in seiner Abwesenheit auch die Verantwortung für unseren Clan tragen. Ich wollte nicht in ihrer Haut stecken.

Um den Kummer zu verdrängen, versuchte ich abermals, in mein Unterbewusstsein zu flüchten. Ich schloss die Augen und konzentrierte mich mit all meinen Sinnen auf einen Ort, an den ich mich wünschte. Es war meine Entscheidung, wo ich mich wiederfand und was ich erlebte. Wir beherrschten es, unsere Träume zu lenken, und nahmen sie so intensiv wahr, als würden wir sie erleben.

Meine nackten Füße versanken im feuchten Moos, während ich durch meinen geliebten Ewigen Wald spazierte. Der Wind streichelte meine Haut, die Blätter raschelten bei seinem Spiel. Die Vögel sangen ihre schönsten Lieder. Es roch nach Regen.

Ich legte mich auf den Waldboden und verschränkte die Hände hinter dem Kopf. Eine Weile versuchte ich, in den vorüberziehenden Wolken Figuren zu erkennen, so wie Jared und ich es als Kinder getan hatten.

Ob Mutter ebenfalls gerade träumte? Vielleicht gelang es ihr in dieser Nacht, zu Vater Kontakt aufzunehmen. Ich konnte von ihm träumen, war aber nicht dazu imstande, ihm dort zu begegnen. Dies war nur zwischen Seelenverwandten möglich.

Die dunklen Wolken verdichteten sich. Ich konzentrierte mich darauf, die Sonne hervorzurufen, aber stattdessen durchzog ein gleißend heller Blitz den Himmel, gefolgt von einem lauten Donnerhall.

Was war los? Ich stand auf und schaute mich um. Der Wind nahm spürbar zu und bauschte sich zu einem Sturm auf, ohne dass ich etwas dagegen tun konnte. Wie war das möglich? Ich verlor die Kontrolle über meinen Traum.

Kaltes Wasser umspülte meine Füße. Der Ewige Wald verschwand vor meinen Augen. Ich wurde von einer Welle mitgerissen und tauchte unter. Mein Herz zersprang fast vor Panik. Ich kämpfte mich mit kräftigen Schwimmzügen an die Wasseroberfläche und befand mich plötzlich mitten auf dem Meer.

Am Horizont erkannte ich weiße Segel. Der Zweimaster hielt genau auf mich zu, näherte sich rasend schnell. Im nächsten Moment starrte ich auf die Fratze eines Wasserdrachen, der als Galionsfigur am Bug des Schiffes angebracht war – und dann glitt es bei voller Fahrt über mich hinweg.

Ich verlor im Strudel die Orientierung, wusste nicht, ob ich nach unten oder oben schwamm. Als ich der Tiefe entkam, schnappte ich gierig nach Luft. Meine Lunge brannte und ließ mich nur schwer zu Atem kommen. Hustend und würgend bemühte ich mich, die salzige Flüssigkeit auszuspucken. Mir war so kalt. Ich blinzelte das Wasser aus meinen Augen, um trotz des verdunkelten Himmels klarer sehen zu können. Da entdeckte ich eine Steilküste und schwamm hastig auf die Felsen zu, voller Angst, sie könnten verschwinden, bevor ich bei ihnen war.

Erschöpft kam ich auf einem großen glatten Stein zum Liegen. Ich fror. Noch immer durchzogen Blitze die dichte Wolkendecke, aber der Sturm ließ mehr und mehr nach.

Im nächsten Moment vernahm ich hinter mir ein bedrohliches Knurren. Vorsichtig drehte ich mich um und fand mich einem weißen Wolf gegenüber, der nur wenige Schritte von mir entfernt war. Seine gefletschten Zähne und der Nebel, der ihn umgab, jagten mir einen kalten Schauer über den Rücken.

Die Silhouette eines groß gewachsenen Mannes kam hinter ihm zum Vorschein. Erst konnte ich ihn nur schemenhaft wahrnehmen, doch als er neben den Wolf trat, erkannte ich einen Jungen in meinem Alter. Mit seinem langen, ungebändigten Haar wirkte er einschüchternd und gefährlich. Ich verlor mich in seinen bernsteinfarbenen Augen, die beinahe glühten. Die Intensität seines Blickes zog mich auf eine unerklärliche Weise in den Bann. Niemals zuvor hatte ich eine solch einzigartige Augenfarbe gesehen, die funkelte wie flüssiges Gold.

Ich spürte die Gefahr. Es war zu spät, um fliehen zu können …

3. Sorgen

Ich schrak auf und brauchte einen Moment, um zu realisieren, wo ich war. Was hatte das zu bedeuten? Wie war es möglich, die Kontrolle über einen heraufbeschworenen Traum zu verlieren? Einen, wie ich ihn nie zuvor erlebt hatte und der mir Angst machte.

Meine Kehle fühlte sich trocken an, ich war klitschnass geschwitzt. Hastig stand ich auf und trat zum Fenster. Ich brauchte frische Luft. Die aufgehende Sonne beruhigte mich. Ich liebte den Anblick, wenn die felsigen Kuppen der Zwillingsberge im rötlichen Licht der Morgendämmerung erstrahlten. Dann wirkten sie noch mächtiger und eindrucksvoller.

Auf Zehenspitzen schlich ich zu Jareds Zimmer, klopfte leise an die Tür und wartete. Hm … Er war die ganze Nacht weggeblieben.

Als das Morgenrot vom Himmel verschwunden war und von Mutter und Jared nach wie vor jede Spur fehlte, machte ich mich auf den Weg, um sie zu suchen.

Ich kam an Sallys und Matts Baumhaus vorbei und hörte die beiden streiten. Sie waren mit Mutter zusammen aufgewachsen, als sie ebenfalls noch ein Mensch gewesen war. Ihr Sohn Conner war Jareds bester Freund. Er war mit Sicherheit bei ihm.

Matt saß auf der untersten Stufe der Treppe, die zum Baumhaus hinaufführte. Sally schaute von der Veranda zu ihm herunter und schimpfte.

»Mein Kopf ist kurz vorm Platzen und das Gezeter von meinem Weib macht es nicht besser«, sagte er mit schmerzverzerrter Miene, als ich neben ihm zum Stehen kam. Es machte den Anschein, als wäre selbst das eigene Sprechen eine Qual für ihn.

»Das geschieht dir recht«, tadelte Sally ihn. Sie kam die Treppe heruntergeeilt und stieß ihn unsanft beiseite. »Wer sich die ganze Nacht mit Wein zuschüttet, muss am nächsten Tag mit den Konsequenzen leben.« Sie kam mit ausgebreiteten Armen auf mich zu. »Hallo, Liebes. Was verschafft uns die Ehre deines Besuchs?«

Ich kam nicht dazu, zu antworten, da Matt aufstand und Anstalten machte, die Stufen hinaufzusteigen.

»Oh nein.« Sally hielt ihn zurück. »Glaub bloß nicht, du kannst dich jetzt hinlegen und deinen Rausch ausschlafen.«

Matt seufzte. »Ich habe doch nur mit Grimmt und Will zusammengesessen. Die beiden vertragen einfach mehr als ich.«

»Papperlapapp. Grimmt hat dich schon mehrmals unter den Tisch getrunken. So langsam solltest du also aus deinen Fehlern lernen.«

Das hörte sich nicht so an, als hätten Grimmt und Will in der vergangenen Nacht viel Schlaf abbekommen.

Matt schloss die Augen und atmete tief durch. »Wenn ich mich kurz hinlege, dann …«

Sally fiel ihm ins Wort. »Halt die Klappe, Matt. Mach dich endlich an die Arbeit. Bevor die Gardisten eintreffen, müssen wir die Gästeunterkünfte hergerichtet haben.«

Wieso wussten sie über das Eintreffen der Friedensgarde Bescheid? Hatte Mutter sie über alles informiert? Oder hatten Grimmt und Will sich bei Matt verquatscht, als sie dem Wein frönten?

Matt lehnte sich hastig über das Geländer und erbrach sich. Der Arme tat mir leid.

»Ähm … Ich wollte nur fragen, ob Jared bei Conner ist?«

»Nun sieh dir diese Sauerei an«, schimpfte Sally. Sie verdrehte die Augen und wandte ihrem Mann angeekelt den Rücken zu. »Entschuldige, Jenna. Was wolltest du?«

»Ich suche meinen Bruder.«

»Jared? Der ist nicht bei uns.« Sie strich durch ihr langes rotes Haar. »Er und Conner wollten zusammen auf die Jagd. Ich dachte, Conner hätte bei euch übernachtet, weil sie noch nicht zurück sind.«

Ich runzelte die Stirn. »Nein, bei uns waren sie nicht.«

»Na, der Junge soll mir heimkommen. Er ist genauso unzuverlässig wie sein Vater.« Sally warf einen frustrierten Blick auf Matt, der sich nach wie vor übergab.

»Ich kann mir denken, wo die beiden sind«, sagte ich und lief davon. In Wirklichkeit hatte ich nicht die geringste Ahnung, aber so konnte ich Sally zum einen beruhigen und zum anderen verschaffte es mir einen schnellen Abgang.

Jared und Conner stellten ständig irgendwelchen Unsinn an. Es konnte nichts Gutes bedeuten, wenn sie die ganze Nacht zusammen unterwegs gewesen waren.

Der Hall eines Horns drang von einem der Zwillingsberge und ließ mich innehalten. Bildete ich es mir nur ein, oder vibrierte der Boden unter meinen Füßen? Nein, ich irrte mich nicht. Es näherten sich viele Pferde. Das Trampeln ihrer Hufe, das sehr schnell lauter wurde, zeugte von der Eile, die ihre Reiter antrieb.

Ich rannte los. Von dem unüberhörbaren Tumult angelockt, strömten die Anwohner unseres Bergtals, unter ihnen auch Jared und Conner, zum Tempelplatz, auf dem die Gardisten in diesem Moment eintrafen. Die beiden bemerkten meine Zurufe nicht, ihre Aufmerksamkeit galt voll und ganz den Reitern, deren schwarze lederne Rüstungen sie sofort als Männer der Friedensgarde erkennen ließen. Ich sah Jared und Conner an, welch große Ehrfurcht sie empfanden.

Der Kommandant trug einen weißen Umhang. Er stieg vom Pferd und eilte die Freitreppe des Tempels hinauf. Mutter stand mit Grimmt und Will in der offenen Vorhalle und erwartete ihn bereits. Sie reichte ihm die Hand, bevor sie im Tempel verschwanden.

Die Nachricht von der Ankunft der Gardisten verbreitete sich wie ein Lauffeuer. Aufgeregt versammelten sich alle Anwohner um die wartenden Reiter, die ihrerseits Distanz wahrten.

Canny stand plötzlich neben mir und rempelte mich an. »Ich bin mir nicht sicher, ob ich sie bewundern oder vor ihnen Angst haben soll.« Sie beobachtete die Reiter skeptisch.

Ich wusste, was sie meinte. Diese Männer strahlten eine unleugbare Faszination aus, waren aber gleichzeitig kühl und unnahbar.

»Hey, Schwesterherz.« Jared trat mit Conner neben uns und legte seinen Arm um meine Schultern.

Canny verlor sofort ihre Lockerheit. Sie starrte ihn mit großen Augen an, tat dann aber betont gleichgültig, als er sie ignorierte.

»Wo habt ihr euch die ganze Nacht herumgetrieben?«, fragte ich.

Jared zuckte nur mit den Achseln und blieb mir eine Antwort schuldig.

Ich musterte die beiden aus zusammengekniffenen Augen. »Habt ihr Geheimnisse?«

Conner grinste mich an, wodurch sein abgebrochener Schneidezahn besonders gut zur Geltung kam. »Vor dir könnte ich niemals Geheimnisse haben.« Er wackelte übertrieben mit den Augenbrauen.

Canny stieß genervt die Luft aus. Sie mochte Conner nicht besonders und ließ ihn das spüren. Ich hingegen konnte ihm nichts übel nehmen. Durch sein kupferrotes stets zerzaustes Haar und die unzähligen Sommersprossen wirkte er jünger als wir.

»Mutter war auch nicht zu Hause«, ließ ich Jared wissen.

»Ich weiß. Sie war in der Bucht und hat unser zweites Schiff beladen lassen.«

Als Mutter mit dem Kommandanten auf der Bildfläche erschien, verfielen die Umstehenden in lautes Gemurmel. Grimmt und Will folgten den beiden die Treppe hinab.

Mein Bruder ergriff meine Hand und wir liefen ihnen entgegen. »Wie werdet ihr vorgehen?«, erkundigte er sich, sobald wir sie erreicht hatten.

Der Kommandant bedachte ihn mit einem kurzen Blick und ging danach zu seinen Männern, um mit ihnen zu reden.

»Grimmt und Kommandant Ramsey werden umgehend mit unserem Schiff nach Darkona aufbrechen«, sagte Mutter. »Die Gardisten, die auf dem Schiff keinen Platz mehr finden, werden zu den benachbarten Clans reiten und um weitere Schiffe bitten.«

»Sie stellen eine Flotte zusammen«, flüsterte ich gedankenverloren.

Sie nickte. »Auf Darkona kommt es zu Unruhen. Wir können nicht einschätzen, was dort auf uns zukommt, und müssen deshalb bestmöglich vorbereitet sein.«

»Du kannst uns nicht begleiten.« Grimmt trat auf sie zu und strich ihr mit den Händen die Arme hinab. »Jenna und Jared sind hier – und dein Clan ebenso. In Jakes Abwesenheit ist es deine Aufgabe, sie zu führen.«

Mutter ließ den Kopf hängen und schloss die Augen. Es war ersichtlich, wie sehr sie mit sich rang. »Wenn ich nur wüsste, wo Silas und Nancy sind.«

Seit meine Großeltern den Clansitz an Vater abgegeben hatten, reisten sie oft durchs Land und besuchten Freunde. Sie ahnten nicht, wie sehr Mutter gerade ihre Hilfe benötigte.

»Will wird zur Unterstützung bei dir bleiben«, fuhr Grimmt fort und erntete dafür von seinem Sohn ein missbilligendes Schnaufen.

»Ach ja?« Will verschränkte die Arme vor der Brust. »Warum bleibst du nicht hier und ich schließe mich Kommandant Ramsey an?«

»Das kannst du vergessen. Jake ist mein bester Freund und ich kann hier nicht tatenlos herumsitzen, wenn er mich vielleicht braucht.«

Jared baute sich vor Mutter auf. »Ich empfinde genauso. Vater ist in Gefahr und ich werde hier nicht einfach Däumchen drehen. Im Training habe ich schon mehrfach bewiesen, wie gut ich kämpfen kann.«

»Du wirst auf keinen Fall mit nach Darkona reisen«, stieß Mutter aus.

»In wenigen Wochen werde ich achtzehn und kann mich dann ohnehin für die Aufnahme in die Friedensgarde bewerben.« Er ergriff ihre Hände. »Ich weiß, du meinst es nur gut. Aber die Langeweile und die Nutzlosigkeit fressen mich auf. Lass mich beweisen, dass ich eine Herausforderung annehmen kann und ihr gewachsen bin.«

Mutter schüttelte den Kopf. »Nein, Jared. Es ist noch zu früh.«

»Jake würde dich ebenso hier in Sicherheit wissen wollen«, sagte Grimmt an meinen Bruder gewandt.

Jared öffnete den Mund, um etwas zu sagen, blieb jedoch stumm. Ohne Mutter aus den Augen zu lassen, lief er langsam rückwärts. In seinem Blick spiegelten sich Enttäuschung und Wut.

Als er davonging, war es totenstill. Alle Umstehenden hatten die Szene beobachtet.

Mutter sah sich um. »Tut mir bitte einen Gefallen und geht euren normalen Alltagsbeschäftigungen nach«, wies sie die Schaulustigen an, die ihrer Aufforderung umgehend nachkamen. Sie wandte sich an mich. »Kannst du heute bitte für mich einspringen und die Kinder unterrichten?«

»Natürlich.« Wenn ich nur ein klitzekleines bisschen dazu beitragen konnte, ihr ein Stück Last von den Schultern zu nehmen, würde ich das tun. Es machte mich traurig, sie so niedergeschlagen zu sehen. Die Sorge um Vater belastete uns alle sehr. Ständig zermarterte ich mir darüber den Kopf, was er vielleicht gerade durchmachen musste. Wenigstens spürte Mutter, dass er am Leben war, und das spendete mir ein wenig Trost.

Ich rief die Kinder zusammen. Sie waren wegen der Ankunft der Friedensgarde sehr aufgeregt und plapperten durcheinander. Deshalb pfiff ich durch die Zähne, um sie unter Kontrolle zu bringen. Als ich mich gerade mit ihnen auf den Weg machte, rief Jared vom Waldrand her nach mir und winkte mich zu sich.

»Bitte richte Jared aus, er soll nach Hause kommen, falls es wichtig ist«, forderte ich Conner auf.

Er fuhr sich mit der Zunge über seinen abgebrochenen Schneidezahn. »Bekomme ich eine Belohnung, wenn ich das tue?«

Ich atmete tief durch. »Weißt du was? Vergiss es einfach.« Meine Laune war heute nicht die beste und auf Conners Spielchen hatte ich keine Lust.

Der kleine Elia zog mich ungeduldig an der Hand, während ich mich abermals nach Jared umdrehte und vielsagend mit den Schultern zuckte.

Sobald wir im Baumhaus angekommen waren, ließ ich mich im Schneidersitz auf dem Teppich nieder. »Macht es euch bequem«, wies ich die Kinder an. »Bei welchem Thema seid ihr gestern stehen geblieben?«, fragte ich in die Runde.

»Bei der großen Schlacht«, antwortete Elia, der mit seinen vier Jahren der Jüngste in unserem Clan war. Milo und Brenda waren sechs und Nala elf. Jared, Conner, Canny und ich waren mit unseren siebzehn Jahren dem Kindesalter bereits entwachsen.

»Es herrschte lange Zeit Krieg«, begann ich zu erzählen. »Die Menschen wurden von den Unsterblichen unterdrückt und in Arbeitslagern gefangen gehalten. Und die unsterblichen Clanführer bekämpften sich zusätzlich.«

Jared platzte herein, als Milo gerade näher an mich heranrückte. »Aber dann hat Jake in eurer Mutter seine Seelengefährtin gefunden, obwohl sie nur ein Mensch war«, sagte er.

»Das stimmt. Als Mutter durch die Seelenverschmelzung mit ihm zu einer Unsterblichen wurde und schließlich mit Jared und mir schwanger war, erkannten die großen Clanführer, dass die Seelenverwandtschaft zu den Menschen möglich ist und aus einer solchen Verbindung Kinder auf die Welt kommen können.«

»Seitdem leben die Unsterblichen und Menschen friedlich miteinander und gründen Familien«, sagte Jared. Er schenkte mir ein verhaltenes Lächeln.

»Eure Geburt brachte den Frieden«, ergänzte Nala und warf einen bewundernden Blick in seine Richtung. Selbst in ihrem jungen Alter machte sie ihm schon sehr offensichtlich schöne Augen. »Gäbe es euch nicht, hätten wir vielleicht noch Krieg. Ihr seid Legenden.«

Jared atmete hörbar aus. »Jenna und ich haben bisher keine Heldentat vollbracht, die eine Hochachtung rechtfertigt. Ehre muss man sich erst durch Mut und Taten verdienen.« Er sah mich an. »Hast du kurz Zeit zum Reden?«

»Nach dem Unterricht«, erwiderte ich und stand auf. »Kommt mit auf die Veranda. Ich möchte euch etwas zeigen.«

Die Kinder huschten bereits durch die Tür nach draußen, aber Jared hielt mich am Arm zurück.

»Jenna … Ich …« Er schaute zu Boden. »Ich weiß, dass du mein Verhalten gegenüber Mutter nicht gutheißt.«

Ich strich ihm das Haar aus der Stirn. »Sie braucht uns jetzt, Jared.«

»Vater auch. Für was absolvieren wir jeden Tag das harte Kampftraining, wenn wir unsere Fähigkeiten nicht nutzen?«

»Um uns im Notfall verteidigen zu können.«

Ich sah in seine tiefblauen Augen, in denen nur ich den silbernen Glanz seiner Seele ausmachen konnte. Mein Herzschlag passte sich dem seinen an und begann zu rasen. Jared war völlig durcheinander.

»Lass uns nachher zu unserem Lebensbaum gehen und in Ruhe reden«, sagte ich. »Ich muss mich erst um die Kinder kümmern.«

Jared zog mich in seine Arme. »Du weißt, du bist alles für mich.« Er hielt mich ganz fest und gab mir einen langen Kuss auf die Stirn. Nur widerwillig gab er mich frei und verschwand eilig nach draußen.

Was war das?

»Ich komme zum Lebensbaum, sobald ich hier fertig bin«, rief ich ihm nach. Doch er blickte nicht zurück.

4. Auf See

Mein Bruder rannte so schnell, als wäre der leibhaftige Teufel hinter ihm her, und das beunruhigte mich zutiefst. Nie zuvor hatte ich ihn so aufgewühlt erlebt. Vater war sein Held, von klein auf eiferte er ihm nach. Die gegebene Situation belastete ihn sehr und ich sollte für ihn da sein. Aber Mutter brauchte mich auch und ich hatte ihr versprochen, die Kinder zu beschäftigen.

»Was willst du uns zeigen?«, erkundigte sich Elia.

Jared war inzwischen aus meinem Blickfeld verschwunden. Ich führte die Kinder zu dem Vogelkäfig, in dem das kleine Rotkehlchen von einem Ast auf den anderen flatterte.

»Ist das das Vögelchen, das aus dem Nest gefallen war?«, fragte Nala.

Ich nickte. »Inzwischen ist es putzmunter und alt genug, um in die Freiheit entlassen zu werden. Oder was meint ihr?«

»Ja, ja!«, rief Elia. »Darf ich es freilassen?«

»Ich will das tun«, protestierte Milo.

»Wir machen es alle zusammen«, sagte ich, nahm den Käfig vorsichtig vom Haken und stellte ihn auf das Holzgeländer. »Wollt ihr dem Rotkehlchen ein paar Worte mit auf den Weg geben?«

Elia streichelte liebevoll über das Gitter. »Ich wünsche dem kleinen Vögelchen, dass es seine Familie wiederfindet und ein schönes neues Zuhause bekommt, und …«

»Hey, wir sind dran.« Milo drängte Elia zur Seite. »Ich wünsche ihm eine Menge Insekten und Würmer, damit es nicht Hunger leiden muss.«

»Dann wünsche ich dem Vögelchen viel Glück«, sagte Nala.

Brenda zuckte nur desinteressiert mit den Schultern.

»Und es soll gesund bleiben«, sprach ich und öffnete die kleine Käfigtür.

»Falls nicht, kommt es zu dir zurück, damit du es heilen kannst«, sagte Nala.

Elia nahm meine Hand und lächelte mich an. »Ja, Jenna macht alle Tiere gesund.«

»Wie geht es dem Hirsch? Ist sein Bein wieder in Ordnung?«, fragte Milo.

»Es geht ihm schon viel besser«, entgegnete ich. »Wir können ihn gern morgen zusammen im Gehege besuchen. Für heute sind wir aber mit dem Unterricht fertig.«

»Jetzt schon?« Elia zog einen Schmollmund.

Ich hatte ein schlechtes Gewissen. Normalerweise dauerte der Unterricht viel länger und im Grunde hatten sie heute nichts Neues von mir gelernt. Aber ich war voller Unruhe und wollte zu Jared.

Da das Rotkehlchen keine Anstalten machte, den Käfig von allein zu verlassen, fing ich es vorsichtig mit meiner Hand und setzte es auf dem Geländer ab. Einen kurzen Moment lang saß es ganz still und sah sich um. Danach hüpfte es aufgeregt hin und her. Wir sahen ihm nach, als es endlich in Richtung unserer Siedlung davonflog. Dabei fiel mein Blick in die Ferne und traf auf das Schiff im Hafen, das soeben den Anker lichtete. Der Kommandant stach in See. Ich hatte es verpasst, mich von Grimmt zu verabschieden.

Ich lehnte mich nach vorn und verengte die Augen, um besser sehen zu können. Wer waren die zwei Gestalten, die auf das Schiff zuschwammen?

Jared … Mir blieb kurz das Herz stehen. Er und Conner kletterten in diesem Moment die Außenwand des Schiffes hinauf, das bereits an Fahrt aufnahm.

»Nala, du bist die Älteste«, rief ich. »Bring die Kinder zu ihren Eltern.«

Ich achtete nicht auf ihren Protest, sondern eilte bereits die Wendeltreppe hinab. Ein Knoten bildete sich in meiner Brust und erschwerte mir das Atmen. Meine Gedanken überschlugen sich.

Warum tat Jared uns das an? Er durfte Mutter in dieser schweren Situation nicht enttäuschen! Ich musste ihn unbedingt aufhalten. Er durfte mich nicht verlassen!

»Jenna.« Will saß vor der Schmiede und polierte seine Schwertklinge. Hätte er nicht meinen Namen gerufen, wäre ich an ihm vorbeigerannt.

Ich stoppte abrupt. »Will … Du musst mir helfen.«

»Was ist los? Du rennst, als hättest du einen Geist gesehen.«

»Jared und Conner sind abgehauen.«

»Wie bitte?«

»Hey, kommt ihr mit, Pilze sammeln?«, fragte Canny, die uns auf dem Pfad mit einem großen Korb entgegenkam.

»Jared und Conner sind abgehauen?«, stieß Will aus, ohne auf sie einzugehen.

Meine Freundin ließ den Korb fallen. »Was?« Sie wurde bleich. »Jared ist weg?«

»Er und Conner sind an Bord des Schiffes geklettert.« Ich rannte los. »Helft mir, sie aufzuhalten!«

Canny war sofort an meiner Seite. Will hatte als Mensch hingegen keine Chance, mit uns mitzuhalten.

Ich war zwiegespalten. Jared würde sich von mir verraten fühlen, trotzdem durfte ich sein Vorhaben nicht unterstützen.

Mutter würde es nicht verkraften, wenn er in Gefahr geriet. Die Sorge um Vater setzte ihr genug zu.

»Was hast du vor?«, fragte Canny, als wir in der Bucht ankamen.

Ich starrte auf das Meer hinaus und lief gleichzeitig zu einem unserer Fischerboote.

Will kam laut schnaufend bei uns an. Er stützte seine Hände auf die Knie und rang nach Luft. »Manchmal hasse ich es, ein Mensch zu sein«, schimpfte er, während er stoßweise ein- und ausatmete. Er folgte uns auf den Steg und hielt mich davon ab, in das kleine Boot zu klettern.

»Was soll das werden, Jenna?«

»Wir müssen hinterher und uns bemerkbar machen, damit sie das Schiff stoppen.«

Er blickte unschlüssig über die Schulter.

Ich kletterte hinein und spannte das kleine Segel. Canny löste das Tau und stieg zu mir.

»Ihr macht mich fertig.« Will fluchte und sprang ebenfalls ins Boot. »Nur bis zum Ende der Bucht«, wies er uns an und bemühte sich gleichzeitig, das Schaukeln auszubalancieren.

Wir halfen anfänglich mit den Rudern nach, doch als wir die Brandung hinter uns gelassen hatten, erfasste uns eine Brise und wir gewannen an Fahrt.

Der breite Sandstrand verlor sich an beiden Seiten in den Ewigen Wald. Die sich gegenüberliegenden Zwillingsberge flachten bis zum Ende der Bucht immer weiter ab, wo sie als steile Klippen nur eine schmale Öffnung zur rauen See ließen. Wir segelten zwischen den schroffen Felsformationen hindurch und fanden uns schließlich auf dem offenen Meer wieder.

»Sie sind schon zu weit voraus«, sagte Will, als wir das Schiff in der Ferne entdeckten. »Lasst uns umkehren.«

»Wir können es schaffen«, rief Canny. »Wenn wir uns weiter vom Festland entfernen und die Felsen nicht mehr unmittelbar im Rücken haben, können sie uns viel besser sehen.«

»Das könnt ihr vergessen.« Will stand auf und trat neben sie, wodurch wir erneut ins Wanken gerieten. »Wir kehren jetzt in die Bucht zurück.«

»Nur noch ein kleines Stück«, bat ich. »Wenn wir nicht gleich aufgeben, werden sie uns vielleicht wahrnehmen.«

»Wir sind chancenlos. Der Dreimaster ist schneller unterwegs und hat zudem einen riesigen Vorsprung«, ließ Will uns wissen. »Und außerdem ist diese Nussschale nicht fürs offene Meer geeignet.«

Canny verdrehte die Augen. »Du kannst ja rausspringen und zurückschwimmen, wenn du Angst hast.«

Er starrte ins Wasser. »Das mache ich mit Sicherheit nicht. Ich weiß nicht, was hier herumschwimmt.«

»Ich muss Jared zurückholen …«, rief ich.

Will schüttelte den Kopf. Ich wollte das Segel ausrichten und die Verfolgung aufnehmen, aber er packte mich und hielt mich fest. Während wir diskutierten und ich mich unaufhörlich aus seinem Griff zu winden versuchte, trieben wir weiter aufs Meer hinaus. Bald waren die Zwillingsberge nur noch schemenhaft am Horizont zu sehen und der Dreimaster in unerreichbarer Ferne. Es blieb mir nichts weiter übrig, als mir die Sinnlosigkeit unseres Vorhabens einzugestehen. Der Wind hatte merklich aufgefrischt und die Sonne verbarg sich inzwischen hinter einer dunklen Wolkendecke. Wir hatten keine andere Wahl mehr …

»Wir müssen umkehren«, sprach ich.

»Das sage ich schon die ganze Zeit«, schimpfte Will. Er kniete sich ans hintere Ende des Bootes und hielt sich mit beiden Händen an der Bordwand fest. Angewidert verzog er den Mund und schluckte gegen seine offensichtliche Übelkeit an.

Wir drehten ab und mir wurde das Herz schwer. Mit jeder Seemeile, die sich mein Bruder von mir entfernte, verspürte ich mehr und mehr die Zerrissenheit meiner Seele. Eine nie gekannte Trauer erfasste mich, fraß sich in mir fest und hinterließ eine Leere, die mich lähmte. Ich war nicht mehr vollständig …

Da unser kleines Boot durch den stürmischen Wind stark ins Schaukeln geriet, verlor Will nun vollends den Kampf gegen seine Übelkeit. Er krümmte sich würgend über die Bootswand.

Es hatte etwas Unheilvolles an sich, wie schnell sich der Himmel über uns verdunkelte. In kürzester Zeit bildeten sich gewaltige Gewitterwolken und es begann zu regnen.

»Kommen wir vorwärts?«, rief Canny. »Ich kann die Zwillingsberge durch den Wellengang nicht mehr sehen.«

Ich trat zu ihr. Das Meer wurde stetig unruhiger.

»In welche Richtung müssen wir?« Canny sah sich panisch um.

So langsam wurde ich ebenfalls nervös. »Ich kann kein Land mehr sehen.« Immerzu drehte ich mich um meine eigene Achse und ließ den Blick über das aufgewühlte Wasser schweifen.

»Das Boot ist zu leicht.« Will erhob die Stimme, um das laute Flattern des Segels zu übertönen. »Wenn der Sturm stärker wird, haben wir keine Chance mehr, es zu lenken.«

Der Himmel wurde noch dunkler. Blitze leuchteten in den Wolkengebilden auf. Ich hatte niemals zuvor ein so plötzlich aufkommendes Unwetter erlebt. War das auf offener See üblich?

»Bei allen Göttern … Steht uns bei …«, flehte Will, als ein lauter Donnerhall ertönte und der Sturm weiter zunahm. Er wankte zu uns und holte das Segel ein, bevor es Schaden nehmen konnte. Dann drängte er uns zu Boden. »Legt euch hin und haltet euch irgendwo fest«, schrie er.

Es regnete in Strömen und die Wellen schwappten in unser Boot. Wir hatten nichts bei uns, womit wir das Wasser herausschöpfen konnten.

Ich hatte jegliches Zeitgefühl verloren. Schutzlos waren wir dem tosenden Meer ausgesetzt, und irgendwann legte sich die Schwärze der Nacht unaufhaltsam über uns.

Will zitterte am ganzen Leib. Auch Canny und ich spürten die Kälte, doch da Will ein Mensch war, machte ihm der stürmische Wind, der durch unsere nasse Kleidung blies, weitaus mehr zu schaffen.

Die hohen Wellen brachten uns fast zum Kentern. Wir mussten aufpassen, nicht aus dem Boot gespült zu werden. Inzwischen war es tiefste Nacht. Kein einziger Stern war am Himmel zu sehen. Die dichte Wolkendecke, die über uns hinwegzog, hinderte den Mond daran, uns Licht zu spenden.

Als Unsterbliche konnten wir in der Dunkelheit schemenhaft sehen, aber bereits für uns war diese Situation anstrengend. Ich wollte nicht wissen, wie es für Will sein musste. Nur in den kurzen Momenten, wenn gleißend helle Blitze wie verzweigte Äste in der Schwärze aufleuchteten, konnte er das Ausmaß der Naturgewalt um uns herum erkennen.

Eine riesige Welle kam wie eine Wand auf uns zu. Will ahnte nicht, dass sie unaufhaltsam auf uns zuwälzte. Ich ergriff seine Hand und brachte vor Entsetzen keinen Laut über die Lippen. Canny schickte Stoßgebete zum Himmel.

Als wir erfasst wurden, schrien wir aus Leibeskräften. Unser Boot stand senkrecht im Wasser, weshalb ich mich panisch mit meiner freien Hand an der Bordwand festklammerte. Meine Freundin verlor den Halt und stürzte in die Tiefe.

»Canny …« Mein hilfloser Schrei verhallte, als die Welle ohrenbetäubend laut über uns hereinbrach.

5.
Katastrophe

Ich schaffte es kaum, Will über Wasser zu halten. Er war viel größer und kräftiger als ich, und außerdem behinderte mich mein Kleid, dessen schwerer Stoff sich unter Wasser um meine Beine wickelte und mich dadurch in den Schwimmbewegungen einschränkte. Ständig tauchte ich unter und schluckte salziges Wasser.

»Canny ...« Immer wieder rief ich ihren Namen. Ich konnte sie durch den hohen Wellengang nicht mehr sehen.

Will war ohnmächtig. Oder war er tot? Nein ... Diesen Gedanken durfte ich nicht zulassen. Ich hatte ihn von hinten unter den Armen gepackt und schwamm zu den Überresten, die von unserem zerschellten Boot übrig geblieben waren. Einige Bretter hingen lose aneinander, sie würden Wills Gewicht kaum standhalten.

Verzweifelt hielt ich mich mit meiner freien Hand an dem Treibgut fest und schaute mich nach meiner Freundin um. Ich zog Will samt den Planken hinter mir her und rief erneut nach ihr. Immerzu änderte ich die Richtung, um nicht zu weit abzutreiben. Doch Canny gab mir keine Antwort. Ich schlug mit meiner freien Hand auf die Wasseroberfläche und hoffte, Canny so auf uns aufmerksam zu machen. Die aufpeitschenden Wellen waren hingegen viel lauter. Ich legte meinen Kopf auf eine der Holzlatten und schloss die Augen. Es war aussichtslos. Wir hatten uns verloren.

»Jenna ...«

Mein Kopf schnellte nach oben. Cannys Stimme wurde kaum hörbar vom Sturm zu mir getragen. Aus welcher Richtung kam sie? Ich schaute mich hektisch um. Und dann sah ich sie …

»Canny, wir sind hier drüben.« Ich schrie so laut ich konnte, bis sie uns erblickte.

Wir schwammen aufeinander zu, wobei mir die Distanz endlos erschien. Als wir uns endlich erreichten, klammerte sie sich ebenfalls an den losen Brettern fest. Sie war zu erschöpft, um mir bei Wills Last behilflich sein zu können, aber ich war erleichtert, sie bei mir zu haben.

Wir waren Unsterbliche, irgendwann ließen aber auch unsere Kräfte nach. Keine Krankheit konnte uns befallen und es gab nur zwei Tode, die wir kannten. Zum einen war es die Enthauptung und zum anderen war es der unnachgiebige Wunsch zu sterben.

Wie lange würde Will durchhalten? Was würden Canny und ich tun, wenn wir ihn nicht retten konnten? Kam irgendwann der Zeitpunkt, an dem wir uns den Tod herbeisehnten?

Als der Morgen anbrach, ließ der Sturm allmählich nach.

Will stöhnte und reckte sein Gesicht dem Licht entgegen. Seine Lippen waren bläulich und sein Blick abwesend. Wenn wir nicht bald aus diesem kalten Wasser herauskamen, würde er an Unterkühlung sterben.

»Kannst du Will bitte kurz festhalten«, forderte ich Canny auf. Mein Arm fing bereits an zu krampfen.

»Natürlich«, flüsterte sie und ergriff unbeholfen seine Hand, mit der er sich an dem Holz festhielt. Sie war völlig neben sich.

»Nein. Du musst ihn mit deinem Arm unter den Achseln stützen, sonst geht er unter.«

Canny folgte meiner Anweisung. »Ist es so richtig?«

»Ja. Achte darauf, seinen Kopf über Wasser zu halten.«

»Ich glaube, ich habe mir eine Rippe gebrochen«, klagte Will.

»Die Welle hat das Boot zertrümmert, als wir gekentert sind, und du hast einen ordentlichen Hieb abbekommen.« Ich kreiste meine Schulter, bevor ich mir an dem gespaltenen Holz in den Finger stach, bis ein Tropfen meines silbernen Blutes zum Vorschein kam.

Dass wir die Wunden der Menschen mit unserem Blut heilen konnten, wussten nur wenige. Mutter hatte mich eingeweiht. Sie sagte, wir könnten auch den Verlauf ihrer Krankheiten beeinflussen, ihnen zu einer schnelleren Genesung verhelfen.

Ich fuhr mit meinem blutenden Finger zwischen Wills raue Lippen, was er bereitwillig über sich ergehen ließ. Nun konnte ich nur hoffen, dass er wenigstens etwas von seinen Kräften zurückgewann.

»Er braucht bald zu trinken«, sagte Canny.

Ich nickte. »Was denkst du? Wie weit sind wir durch den Sturm von zu Hause abgetrieben?«

»Keine Ahnung. Ich kann kein Land sehen. Wir können wer weiß wo sein.«

Ich strich Will die nassen Haarsträhnen aus dem Gesicht, ehe ich Canny ablöste und ihn über Wasser hielt. »Du musst durchhalten, Will! Bitte halte durch!«

Er versuchte sich an einem Nicken, was ihm kläglich misslang.

Seufzend schaute ich mich um. Der Wellengang ließ mehr und mehr nach und gewährte uns eine bessere Sicht auf die Umgebung. »Was zum …? Canny, schau!« Ich deutete mit dem Kinn auf das Schiff, das in einiger Entfernung zu sehen war.

»Ein Zweimaster«, stellte sie fest. »Das ist ein fremdes Schiff.«

Die Segel waren eingeholt. Vermutlich hatten sie bei dem Sturm Schäden davongetragen, die sie notdürftig reparieren mussten.

»Im Moment ist dieses Schiff unsere einzige Rettung«, sagte ich. »Will muss aus dem kalten Wasser raus.«

Canny verzog missmutig den Mund. Als ich uns mitsamt dem Treibgut in Bewegung brachte, tat sie es mir gleich und schwamm ebenfalls vorwärts.

Wir hatten etwa die Hälfte der Distanz hinter uns gebracht, da trat ein Mann an die Reling, um den Inhalt eines Eimers ins Meer zu entleeren. Er schaute nur kurz auf und wollte sich schon abwenden, als er uns bemerkte. Umgehend rief er andere herbei.

Sie ließen ein Beiboot zu Wasser, woraufhin uns drei Männer entgegenruderten.

»Ich will hier nicht zu Fischfutter werden«, sagte Will mit krächzender Stimme. Er löste sich aus meinem Griff und sah hinter uns.

Mit einer vagen Vorahnung blickte ich mich um und entdeckte zwei Haifischflossen, die sich schnell näherten.

»Haie …«, schrie Canny, als sie sich auch der Gefahr bewusst wurde. Sie tauchte ab.

Oh nein. Ich griff nach ihr, bekam sie zu packen und zog sie zurück an die Wasseroberfläche.

»Unter uns wimmelt es von Haien«, stieß sie aus.

»Das wollte ich jetzt nicht unbedingt wissen.« Will stöhnte auf.

»Bewegt euch nicht«, wies ich die beiden an und löste eine Holzlatte aus dem Treibgut. »Ihr müsst still halten …«

Konnten die Männer nicht schneller rudern? Mein Herz schlug mir bis zum Hals. Die Haifischflossen zogen um uns herum ihre Bahnen.

Eine Flosse kam uns gefährlich nah, weshalb ich instinktiv mit der Holzlatte darauf einschlug. Der Raubfisch drehte ab, nur um dann erneut Kurs auf uns zu nehmen.

Ein Mann kippte inzwischen weitere Eimer aus, deren Inhalt das Wasser neben dem Schiff rot verfärbte. Sofort gaben die Haie unsere Umkreisung auf und schwammen auf den Zweimaster zu.

Das Beiboot kam indes bei uns an, woraufhin uns die drei Männer zu Hilfe kamen und uns aus dem Wasser zogen.

Ich hatte mich noch nie zuvor so erschöpft gefühlt. Will lehnte sich zurück und schloss die Augen. Canny und ich hielten einander fest und starrten zu der aufgepeitschten Wasserstelle, wo mehrere Haie in einen wahren Blutrausch verfielen. Ihre Schwanzflossen trafen hart auf der Wasseroberfläche auf, als sie sich im Kampf um das Fleisch selbst attackierten.

»Gefräßige Viecher«, sagte der jüngste der Männer, der sein langes schwarzes Haar zu einem Zopf gebunden hatte. Er wandte sich von dem Spektakel ab, um uns drei eingehend zu mustern. »Wo kommt ihr eigentlich her?«

Canny und ich tauschten einen unsicheren Blick.

»Wir ... Der Sturm ...«

Er runzelte über unser Gestammel die Stirn, beließ es aber dabei und übernahm ein Ruder.

Will ertastete meine Hand und zog mich zu sich heran. »Verrate niemandem, wer du bist, solange du nicht sicher sein kannst, ob es sich um Freunde oder Feinde handelt«, flüsterte er mir ins Ohr. »Du bist die Tochter des ranghöchsten Clanführers des Landes. Wenn du den falschen Leuten in die Hände fällst, könnte das verheerende Folgen haben.«

Während wir uns dem Zweimaster näherten, drückte ich zustimmend seine Hand. Die Besatzung sah uns neugierig entgegen.

Meine Aufmerksamkeit fiel auf die Galionsfigur des Schiffes und mir gefror das Blut in den Adern. Wie gebannt starrte ich auf den Wasserdrachen, den ich aus meinem seltsamen Traum wiedererkannte. Sofort spürte ich ein mulmiges Gefühl in der Magengrube. Hoffentlich brachte uns dieses Schiff keinen Ärger ein.

Canny war die Erste, die an der Strickleiter hinaufkletterte. Das Wasser tropfte aus ihrem nassen Kleid auf uns herab und traf Will mitten ins Gesicht, der gegen eine erneute Ohnmacht ankämpfte. Er konnte es in seinem geschwächten Zustand unmöglich schaffen, die Leiter allein zu erklimmen.

»Du bist als Nächstes dran, Mädchen«, forderte mich der Schwarzhaarige auf.

Ich schüttelte den Kopf und zeigte auf Will. »Er braucht Hilfe. Ich werde ihm hinaufhelfen, indem ich ihn von unten stütze.«

Der Mann hob die Augenbrauen. »Warum sorgst du dich um einen Sklaven?«

»Wie kommt Ihr darauf, dass er ein Sklave ist?«, rügte ich ihn, ohne die Empörung in meiner Stimme zu verbergen.

Seine Augenbrauen schoben sich weiter nach oben. »Er ist ein Mensch … Entweder er schafft es allein oder eben nicht.« Er sah vielsagend zu den Haien, die nach wie vor um den Zweimaster ihre Bahnen zogen.

Wo lebte dieser Mann, wenn für ihn ein Mensch gleichbedeutend mit Sklave war? Die Zeit, in der die Unsterblichen die Menschen unterdrückten, lag weit zurück. Seit Jareds und meiner Geburt waren sie uns gleichgestellt.

Ich schaute zu Will. Er war zwar ebenso groß gewachsen wie wir, der Leberfleck auf seiner Stirn war allerdings ein Makel, den wir Unsterblichen nicht besaßen. Es war nicht möglich, seine Menschlichkeit zu leugnen.

Demonstrativ wandte ich dem Mann den Rücken zu, um Will auf die Beine zu ziehen und zu stützen. Sein Taumeln hatte wohl mit seiner Schwäche und dem Schaukeln des Bootes gleichermaßen zu tun.

»Reiß dich zusammen, Will«, flüsterte ich ihm zu. »Du hast selbst gesagt, du willst nicht zu Fischfutter werden.«

Er ächzte.

»Halte dich gut fest«, wies ich ihn an. »Ich helfe dir.«

Will sah zu den Raubfischen, ehe er das dicke Tau der Strickleiter ergriff und sich daran festklammerte. Ich blieb direkt hinter ihm, stemmte meine Schulter gegen seinen Hintern und schob ihn ein Stück nach oben, bis er die nächste Sprosse erreicht hatte. Er wog dreimal so viel wie ich. Auch wenn ich bedeutend mehr Kraft als ein Mensch hatte, so stieß ich an meine Grenzen.

»Denk an die Haie«, ermahnte ich ihn, da er zu zittern begann. »Wenn du ohnmächtig wirst, dann …«

Ich brauchte nicht weiterzusprechen. Will zog sich höher.

Canny lehnte sich über die Reling und reichte ihm die Hand. Als wir das Deck erreichten, ließ ich mich ebenso wie Will völlig entkräftet gegen die Bordwand sinken. Die gaffenden Blicke der umstehenden Männer waren mir egal, zumindest bis zu dem Moment, in dem ein beleibter Mann vor uns zum Stehen kam und es still wurde.

»Na, sieh mal einer an, welch hübsche Schiffbrüchige uns das Meer übergeben hat«, sagte er und betrachtete Canny und mich eingehend. Er leckte sich über die Lippen.

Seine Kleidung war einem hohen Rang angemessen und der schwere Goldschmuck an seinem Hals und seinen Fingern sprach ebenfalls für Wohlstand. Trotzdem machte er auf mich einen ungepflegten Eindruck. Die runden Wangen und langen strähnigen Haare glänzten speckig. Allein die Art, wie er breitbeinig mit seinem plumpen Leib vor uns stand und sich mit beiden Händen den Bauch kratzte, war abstoßend.

»Wollt ihr uns nicht eure Namen verraten, immerhin haben wir euch vor den Haien gerettet?« Er schnalzte mit der Zunge.

»Bitte entschuldigt unsere schlechten Manieren«, erwiderte Canny, als ich zögerte. Sie begann uns vorzustellen, indem sie auf uns zeigte. »Das ist Will und das ist Jenna …«

»Will, Jenna … Und wie ist dein Name, schönes Kind?« Er trat zu ihr, fasste sie am Kinn und sah ihr tief in die Augen.

Sie schluckte.

»Ihr Name ist Canny«, antwortete ich an ihrer Stelle, um diesen widerwärtigen Mann von ihr abzulenken.

Er wandte sich mir zu, streckte die Hand nach mir aus und wickelte eine Strähne meiner braunen langen Haare um seinen Finger, was ich in einer erstarrten Haltung über mich ergehen ließ. Dann blickte er zu Will, der inzwischen mehr lag als saß. Unübersehbar kämpfte er um seine Besinnung. Er hatte große Mühe, die Augen offen zu halten.

Der Mann ließ von mir ab und trat zu ihm. Er stützte seine Hände auf den Knien auf, um sich zu Will hinunterzubeugen. Wäre er in die Hocke gegangen, wäre er durch seine Last wohl nur schwer wieder zum Stehen gekommen. »Ihr habt einen Menschen bei euch.«

Will öffnete den Mund. Außer einem Stöhnen brachte er keine Silbe heraus.

Der Dicke lief einen kleinen Kreis und schaute aufs Meer. »Ich nehme mal an, ihr seid durch den Sturm in Seenot geraten. Ist der Sklave der einzige, der mit euch überlebt hat?«

»Ja«, erwiderte ich hastig, bevor Canny etwas Falsches sagen konnte.

Die Lippen des Mannes waren schon ganz feucht, so oft, wie er sich darüberleckte. »Wir werden keinen Proviant an den Sklaven verschwenden«, sagte er bestimmt. Mit einem Kopfnicken deutete er auf Will, woraufhin zwei Männer ihn auf die Beine zogen und im Begriff waren, ihn über die Reling zu stoßen.

Ich schnappte nach Luft. »Nein!«

Sie hielten inne und schauten ihren Befehlshaber und mich abwechselnd an.

»Er ist g… groß und stark«, stotterte ich. »Für diesen Sklaven wurde schon viel Gold geboten.«

Die Augen des Dicken waren nur noch Schlitze. »Tatsächlich?«

Ich nickte übereifrig.

Er griff nach meinem Rock und rieb den nassen Stoff zwischen seinen Fingern. »Mir scheint, die Damen stammen aus gutem Hause.«

Canny machte einen Schritt auf uns zu. Bevor sie zum Reden kam, bedachte ich sie mit einem eindringlichen Blick und schüttelte kaum merklich den Kopf, um ihr Einhalt zu gebieten.

Sie wirkte verunsichert und rieb sich die Stirn. Aber zu meiner Erleichterung blieb sie stumm.

Der Mann gab einen grunzenden Laut von sich. »Wenn man für einen gewöhnlichen Sklaven schon viel Gold bietet, wie viel werden wir da wohl für euch herausschlagen können?«

Canny blieb der Mund offen stehen.

»Sind Sie ein Pirat?«, stieß ich aus. »Ich hielt Sie für einen ehrenwerten Mann.« Es gefiel mir nicht, in welche Richtung das Gespräch verlief.

»Ich bin Kaufmann.« Er grunzte erneut. »Wenn ich es mir recht überlege, bin ich ehrenwert. Zumindest mache ich mir Gedanken, wie ich schnell an Gold komme, um die Sturmschäden am Schiff reparieren lassen zu können, und wie ich meine Besatzung trotzdem durchfüttern kann.«

Er suhlte sich im eintretenden Gelächter.

»Hisst das unbeschädigte Segel!«, rief er. »Wir laufen in den nächstgelegenen Hafen ein. Für diese Täubchen bekommen wir bestimmt einige Goldmünzen. Dann können wir das Schiff schnell wieder seetauglich machen.«

Sofort liefen alle aufgeregt durcheinander. Canny und ich standen regungslos da und versuchten zu begreifen, was hier geschah. Wir fassten uns an den Händen, um uns gegenseitig Halt zu geben.

»Schafft die Mädchen in die Arrestkammer«, befahl er ein paar Männern. »Sie sollen sich nicht länger als nötig an Deck aufhalten. Ihr sollt euch auf eure Arbeit konzentrieren, statt vor euch hin zu sabbern.« Er wandte sich von uns ab und beobachtete das rege Treiben.

»Was ist mit dem Sklaven?«, erkundigte sich der schwarzhaarige Mann, der uns an Bord gebracht hatte.

Der Kaufmann zuckte gelangweilt mit den Schultern. »Ein paar Münzen wird er sicherlich wert sein. Sperrt ihn mit ein.«

»Lass mich los«, schimpfte Canny, da der Mann sie vorwärtsdrängte.

Als er mich ebenfalls grob am Arm packte, wehrte ich ihn energisch ab. Ich schaute zu Will zurück, der nicht mehr bei Bewusstsein war. Zwei Männer hoben ihn hoch und folgten uns eine schmale Holztreppe hinab. Sie zerrten ihn achtlos die Stufen hinunter. Dabei kümmerte es sie wenig, dass er an jeder Kante einen Schlag abbekam und sein Kopf gegen die Wand stieß.

Ich musste mich zusammenreißen, sie nicht anzuschreien, denn ich wollte meine Verzweiflung nicht zeigen. Was konnten wir bloß tun?

»Da geht's lang.« Man drängte uns durch einen schmalen Gang, bis wir an dessen Ende vor einer Luke im Boden zum Stehen kamen. Einer bückte sich, um sie zu öffnen, und sobald sie Will an den Oberarmen herangezogen hatten, schmissen sie ihn in das dunkle Loch.

»Nein …«, schrie ich, als ich seinen Körper hart aufschlagen hörte. Im selben Moment versetzte der Schwarzhaarige Canny und mir einen Stoß und wir fielen ebenfalls in die finstere Tiefe.

Ich konnte nicht verhindern, dass ich unsanft auf Will landete. Auch wenn ich mich schnell von ihm abrollte, so bestätigte mir sein qualvolles Stöhnen den zusätzlichen Schmerz, den ich ihm bereitet hatte.

Besorgt beugte ich mich über ihn. Die Luke knallte über uns zu und wurde verriegelt.

»Welchen Hafen laufen wir an?«, hörte ich einen der Männer noch fragen.

»Darkona liegt momentan am nächsten«, bekam er zur Antwort.

6.

Darkona

Die Kopfschmerzen und die Übelkeit würden Will ein paar Tage zu schaffen machen. Seine Rippe und sein vom Sturz gebrochener Unterarm bereiteten ihm bei Weitem die meisten Qualen.

Ich hatte seinen Arm mithilfe eines Holzscheites, das ich aus einem maroden Schiffsbalken herausgebrochen hatte, geschient. Ein Stofffetzen aus meinem Unterrock diente als Armschlinge, damit er ihn einigermaßen ruhig hielt. Und außerdem nahm er regelmäßig einen Tropfen meines Blutes zu sich.

War es Tag oder bereits Nacht? Will war in der Finsternis, die uns hier in unserem Gefängnis umgab, ein Blinder. Er hatte es am schwersten.

Canny saß die meiste Zeit in einer Ecke und starrte vor sich hin. Normalerweise war sie den ganzen Tag am schwatzen, aber seit wir in diesem Loch waren, blieb sie stumm.

Ich wusste mir keinen Rat. Mit zittrigen Fingern riss ich Holzsplitter aus der Wand, versuchte mich Stück für Stück nach draußen vorzuarbeiten, um Tageslicht zum Vorschein zu bringen. Meine Nägel waren inzwischen abgebrochen, doch ich machte weiter. Es war wie ein Zwang. Wenn ich nichts zu tun hätte, würde ich hier drinnen verrückt werden. Die Enge nahm mir den Atem. Ich sehnte mich nach frischer Luft, nach Freiheit. Es fiel mir schwer, Haltung zu bewahren. Am liebsten hätte ich meine Verzweiflung laut herausgeschrien.

Ich hatte Mutter Kummer ersparen wollen, indem ich Jared zurückholte. Stattdessen brachte ich ihr nur noch mehr ein. Mein Bruder war weiterhin von Zuhause weg und ich steckte in Schwierigkeiten.

Ob jemand aus unserem Clan mitbekommen hatte, dass Will, Canny und ich dem Dreimaster in dem kleinen Fischerboot gefolgt waren? Selbst wenn, sie wussten nicht, wo sie nach uns suchen sollten. Und nun befanden wir uns ausgerechnet auf dem Weg nach Darkona.

Die Ungewissheit vor dem, was vor uns lag, machte mir Angst. Der widerliche Kaufmann wollte uns als Sklaven verkaufen und laut Mutter kam es auf den Inseln zu Unruhen. Aber Vater war irgendwo auf Darkona und deshalb durfte ich den Mut nicht verlieren. Zudem tröstete es mich, vom baldigen Eintreffen der Friedensgarde zu wissen.

Das Öffnen der Luke riss mich aus meinen Gedanken. Canny lief zu dem mit einem Krug Wasser und verschimmeltem Brot gefüllten Korb, den der schwarzhaarige Zopfträger an einem Seil herabließ.

»Nicht so hastig«, schimpfte er, als sie aus Versehen etwas von dem Wasser verschüttete. Er zog den leeren Korb am Seil hinauf und zwinkerte mir übertrieben zu. »Darkona ist übrigens schon in Sicht. Schade, ich hätte euch Mädchen gern behalten.«

Ich verzog den Mund. »Da müsstest du uns bei dem Kaufmann gegen Gold einlösen und du siehst nicht so aus, als ob du welches hättest.«

Er erwiderte nichts, sondern schlug stattdessen die Luke zu.

»Sei bloß vorsichtig, Jenna«, sagte Will in der Dunkelheit. »Du bist im Ewigen Wald aufgewachsen und hast keine Vorstellung davon, zu welchen Gräueltaten Unsterbliche und Menschen fähig sind. Provoziere nicht mit Worten oder Blicken, denn das kann dich deinen schönen Hals kosten. Hör auf meinen Rat und sprich nicht mit Fremden.« Er streckte seinen gesunden Arm aus, tastete nach mir und erfasste meine Schulter. »Vertraue niemandem!«

Canny und ich teilten uns nur ein kleines Stück Brot. Da wir lange ohne Essen auskommen konnten, überließen wir Will die dürftige Mahlzeit, um ihn bei Kräften zu halten.

»Werden sie uns trennen?«, fragte Canny mit weinerlicher Stimme.

»Das müssen wir unter allen Umständen verhindern«, antwortete ich.

»Darauf werden wir aber leider keinen Einfluss haben«, sagte Will und seufzte.

Lange Zeit starrte ich auf die Luke, bis das Schiff merklich an Geschwindigkeit verlor und hörbar der Anker geworfen wurde. Von draußen waren viele Stimmen zu hören, ebenso wie gelegentliches Poltern. Entluden sie ihre Fracht? Wann kamen sie uns holen?

Canny hielt meine Hand. Ich spürte ihr leichtes Zittern. Oder war es mein eigenes? Was, wenn sie uns trennten? Wir waren in einem fremden Land und völlig hilflos. Ich konnte die Vorstellung nicht ertragen, dem Kaufmann ausgeliefert zu sein. Canny und Will befanden sich allein meinetwegen in dieser Situation, denn ich war auf die dumme Idee gekommen, mit dem kleinen Boot Jareds Verfolgung aufzunehmen. Welchen Preis würden sie nun für ihre Unterstützung bezahlen müssen?

Über uns knarrten die Holzplanken unter der Last von Schritten.

»Denkt daran«, flüsterte Will. »Niemand darf erfahren, wer Jenna ist.«

Die Luke wurde geöffnet. Ein Mann ließ eine Leiter zu uns herab und nickte uns auffordernd zu. Sofort machte Will sich als Erster an den Aufstieg und ich folgte ihm, sobald er oben angekommen war.

Der Schwarzhaarige nahm mich in Empfang. »Du bist wirklich eine Schönheit.« Er trat nah an mich heran und strich mir langsam über den Arm. »Ich werde dich vermissen.«

»Lass es gut sein!« Sein Kamerad zog ihn zurück und stellte sich zwischen uns. »Der Kaufmann wartet.«

»Na und? Soll er doch«, gab er patzig zurück.

Der andere schüttelte missbilligend den Kopf und begann, meine Handgelenke zusammenzubinden. »Fessel die zwei ebenfalls und bring sie nach draußen«, wies er ihn an. Er deutete mit dem Kinn auf Will und Canny und stieß mich vorwärts.

Als wir an Deck ankamen, nahm ich einen tiefen Atemzug. Durch den unfreiwilligen Aufenthalt in der Dunkelheit musste ich mich erst ans Tageslicht gewöhnen.

Es wehte ein kalter Wind. Dunkle Wolken trieben auf uns zu und brachten bestimmt Regen mit sich. Wir lagen als einziges Schiff vor Anker und diese Erkenntnis betrübte mich. Insgeheim hatte ich gehofft, Grimmt und Jared wären vor uns eingetroffen. Aber dieser Wunsch war absurd. Warum sollte ihr Schiff ausgerechnet auf dieser Insel, an genau diesem Platz anlegen? Darkona war ein Inselstaat, dem mehrere Inseln angehörten. Wenn ihr Schiff den Sturm gut überstanden hatte, waren sie wahrscheinlich schon an einer anderen Stelle an Land gegangen.

Eine Steilküste umgab die Bucht, lediglich eine Schlucht gaben die grauen Felsen frei, in der vereinzelt alte Häuser standen.

Ich verengte die Augen, um alles deutlicher erkennen zu können. Es irritierte mich, keine Anwohner zu sehen. Der Ort wirkte still und verlassen.

Der Kaufmann stand an der Reling und schaute ebenfalls zum Festland hinüber. »Lasst die Beiboote ins Wasser und stellt fünfzehn unserer besten Männer zusammen«, wies er den Schwarzhaarigen an. »Der Rest bleibt hier und bewacht das Schiff.« Er trat zur Strickleiter und machte sich daran, zu einem der Beiboote hinabzusteigen, was ihm durch seinen unförmigen Leib sichtlich schwerfiel.

»Es ist ein Wunder, dass die Strickleiter das aushält«, flüsterte Canny, die inzwischen mit Will neben mir stand.

Trotz unserer gefesselten Hände stiegen wir schneller hinab als der Kaufmann, der keuchend nach Atem rang, als wir in dem Boot ankamen. Er wischte sich mit einem Taschentuch den Schweiß von der Stirn und trank gierig aus seinem Trinkbeutel. Danach leckte er sich mehrfach über die Lippen und deutete mit seinem Doppelkinn auf das Dorf. »Mal sehen, ob sich ein spendabler Käufer für die Sklaven findet.«

Mit Canny, Will und mir waren neben dem Kaufmann und dem Schwarzhaarigen fünf weitere Männer mit an Bord. Ein zweites Beiboot mit einer ebenfalls zehn Mann starken Besatzung folgte uns.

Als wir am Holzsteg anlegten, stieg der Schwarzhaarige aus dem Boot, winkte vier Männer zu sich und zog sein Schwert. Achtsam drangen sie in die Siedlung vor, während wir ihnen folgten.

Die Häuser waren alt, aber nicht verwahrlost. Bis vor Kurzem musste dieser Ort bewohnt gewesen sein. Alle Fensterläden standen offen, ebenso wie manche Türen. Überall lagen Sachen verstreut. Zertrümmerte Möbel, zerbrochenes Geschirr, Kleidungsstücke … Außer dem Heulen des Windes, dem Meeresrauschen und unseren eigenen Schritten war nichts zu hören.

»Seht in den Häusern nach, ob was zu holen ist«, befahl der Kaufmann. »Und bleibt auf der Hut.«

Will stöhnte auf. Er sah nicht gut aus. Kalter Schweiß bedeckte seine Stirn und er war bleich. Um seine Hände fesseln zu können, hatten sie ihm die Armschlaufe abgenommen. Wenigstens die Schiene hatten sie ihm gelassen. Wenn ich ihm ein paar Tropfen von meinem Blut geben könnte, wären seine Schmerzen erträglicher.

Der Schwarzhaarige war mit ein paar Männern in dem Haus verschwunden, vor dessen Eingang wir stehen geblieben waren. Sein Befehlshaber beratschlagte mit den anderen, wie weiter vorzugehen war. »Dieser Ort ist nicht dazu geeignet, um das Schiff reparieren zu können. Uns fehlt es hier an allem und für die Sklaven finden wir keine Käufer.«

Will senkte den Kopf. »Bevor wir zum Schiff zurückkehren, wirst du mit Canny weglaufen«, flüsterte er.

Ich sah ihn mit großen Augen an.

Er vergewisserte sich, dass niemand seinen Worten lauschte. Da die Männer weiterhin in ihr Gespräch vertieft waren, fuhr er fort. »Ich werde ihre Aufmerksamkeit auf mich lenken. Zögert nicht und schaut nicht zurück, sondern …«

Ich ließ ihn nicht ausreden. »Wir werden dich auf keinen Fall im Stich lassen.«

»Doch, das werdet ihr.«

»Du bist wegen mir in diese Situation geraten, Will. Ich werde mich nicht verkriechen, so wie ich es bisher in meinem Leben getan habe. Wie soll ich mir jemals verzeihen, wenn ich dich hier einfach deinem Schicksal überlasse?«

Will intensivierte seinen Blick. » Du wirst tun, was ich sage! Sobald sich die Gelegenheit ergibt, werdet ihr weglaufen.«

»Ich bin dafür«, sagte Canny, die direkt hinter uns stand.

»Nein.« Ich hob das Kinn und wandte mich von Will ab.

»Du sturköpfiges …«, begann er zu schimpfen. Da er die Stimme erhoben hatte, sahen die Männer zu uns herüber und er verstummte.

»Hier liegen drei Leichen«, rief jemand aus einem der Häuser.

»Wir kehren aufs Schiff zurück«, schrie der Kaufmann. Er drehte sich um und schlug den Weg zum Meer ein. Doch er kam abrupt zum Stehen.

Hörte er es auch? Ein immer wiederkehrendes Zischen zerschnitt die Luft, als brennende Pfeile über uns hinwegschwirrten. Wie ein Feuerregen gingen sie auf das Schiff nieder, von dem kurz darauf schwarze Rauchschwaden zum Himmel stiegen. Wehklagen drang zu uns herüber und Männer sprangen über Bord.

Ich erschauderte. Wie festgenagelt stand ich da, unfähig, mich nur einen Schritt zu bewegen. Mit weit aufgerissenen Augen starrte ich gebannt auf die Segel, die sofort Feuer fingen. Ich konnte den Blick nicht abwenden, während die Flammen das komplette Schiff einnahmen.

Will riss mich aus meiner Trance, als er Canny und mich schützend an eine Hauswand drängte. Ein erneuter Feuerregen prasselte über uns hinweg und ließ auch die Männer des Kaufmanns zur Besinnung kommen.

»Was machen wir jetzt?«, schrie er dem Schwarzhaarigen zu, der soeben aus dem uns gegenüberliegenden Haus trat und sich verwirrt umsah. Doch er konnte ihm nicht mehr antworten. Er wurde von irgendetwas getroffen, erstarrte in seiner Bewegung und ging zu Boden.

Daraufhin eilte der Kaufmann zu ihm, fiel wimmernd wie ein Kind auf die Knie und gab sich seiner Angst hin. Die übrigen Männer liefen in alle Richtungen davon.

Der Schwarzhaarige war ein Unsterblicher und konnte nur sterben, wenn er seinen Kopf verlor. Aber nachdem er getroffen wurde, lag er da wie tot.

»Sie haben Betäubungspfeile«, rief Will, packte mich am Arm und rannte in einer geduckten Haltung weiter in die Siedlung hinein. Canny folgte uns.

Ich wollte mutig sein, doch meine Beine fühlten sich kraftlos an. Mein Herz überschlug sich in meiner Brust.

Plötzlich waren wir von fremden Männern umzingelt und konnten nicht weiter. Eine Gruppe kam uns entgegen, andere tauchten hinter uns auf. Sie trugen zerlumpte, dreckige Kleidung, besaßen nicht einmal Schuhe. Langsam kamen sie näher. Die Ruhe, die sie dabei bewahrten, war unheimlich.

Das Jammern des Kaufmanns wurde lauter, als einer der Fremden ihn am Kragen packte, auf die Beine zog und vom Boden anhob. Die Leichtigkeit, mit der er das tat, machte mich sprachlos.

»Wer seid ihr und was wollt ihr hier?« Die Stimme klang tief, rau und gleichzeitig jung.

Ich bekam nicht mit, was der Kaufmann ihm antwortete, weil ich viel zu sehr damit beschäftigt war, den Fremden in Augenschein zu nehmen. Sein Körper war groß und schlank, seine Schultern breit. Da er den dicken Kaufmann in die Luft stemmte, zeichneten sich seine Arm- und Rückenmuskeln unter dem teilweise zerrissenen Leinenhemd ab. Das dunkle Haar fiel ihm lang über die Schultern.

»… Bitte tut mir nichts. Ich bin nur ein Kaufmann auf der Durchreise.«

Die Umstehenden lachten. »Da hättest du dir keinen besseren Ort aussuchen können«, rief einer. »Hier auf der Gefängnisinsel wirst du keine Geschäfte abschließen können.«

»Ich habe Sklaven bei mir.« Der Kaufmann zeigte mit dem Finger auf uns. »Ihr könnt sie haben. Ich schenke sie euch.«

Der Fremde ließ ihn fallen. Ich wartete darauf, dass er sich zu uns umdrehte. Ich wollte sein Gesicht sehen.

»Dieser Sklave ist verletzt«, sagte einer, der neben uns stand und Wills gebrochenen Arm inspizierte. »Den kann niemand gebrauchen.«

Nun wandte sich der Fremde uns zu und mir stockte der Atem. Er kam näher. Unsere Blicke trafen sich. Durch die dichten schwarzen Wimpern wirkten seine goldenen Augen dunkler, aber dennoch erkannte ich sie wieder. Er war es, der in meinem Traum an der Seite des weißen Wolfes gestanden hatte.

Er konnte nicht viel älter sein als ich. Wer war er, dass sie in ihm unverkennbar ihren Anführer sahen?

»Was machen wir jetzt mit ihnen?«, fragte ihn einer seiner Gefährten.

Ohne den Blick von mir abzuwenden, trat er einen Schritt zurück. Er legte den Kopf schräg, wirkte nachdenklich.

Ich nahm all meinen Mut zusammen. Gerade als ich zu ihm sprechen wollte, griff er nach der Armbrust, die an seinem Gürtel befestigt war, richtete die Waffe auf mich und drückte ab.

7.
Fremde

Drystan fing sie auf, bevor sie auf dem Boden aufschlug. Der Mensch, der neben ihr gestanden hatte, stürzte sich schreiend auf ihn, wurde jedoch von Gregor zurückgezerrt und außer Gefecht gesetzt – ebenso wie das andere Mädchen.

»Bringt sie zur Ruine«, befahl er. Kurz überlegte er, ob er die Fremde selbst tragen sollte, übergab sie aber schließlich an einen seiner Gefährten.

Er spürte ihren Blick, schenkte ihr allerdings keine Beachtung. Dass sie nicht bewusstlos, sondern nur handlungsunfähig war, bestätigte ihm ihre Unsterblichkeit. Die Betäubung würde bei ihr nicht lange andauern.

»Ich halte es für keine gute Idee, die zwei Mädchen mitzunehmen«, sagte Gregor. »Was willst du denn mit ihnen anfangen?«

Drystan presste die Lippen zusammen. Er konnte Gregor schlecht erzählen, wie sehr ihn die Fremde aus der Fassung gebracht hatte. Einen Moment lang war er einzig und allein nur dazu fähig gewesen, in ihre saphirblauen Augen zu starren, und hätte sich selbst dafür ohrfeigen können. Er durfte vor den Männern keine Unsicherheit zeigen, wenn er sie weiterhin dazu bringen wollte, ihm zu folgen.

»Die Mädchen tragen noble Kleidung«, erwiderte er mit Verzögerung. »Ich glaube, sie werden uns von Nutzen sein.« Innerlich seufzte er auf. Vermutlich wäre es das Beste, sie so schnell wie möglich wieder loszuwerden.

Er schaute zurück, um sich zu vergewissern, dass das Schiff noch brannte. Die Öffentlichkeit durfte nicht erfahren, was sich heute hier zugetragen hatte, damit die Gefängnisrevolte so lange wie möglich vor Darkonas Clanführer verborgen blieb. Sobald John McGee etwas von den Geschehnissen mitbekam, würde er Drystans Rachepläne erahnen.

Unauffällig musterte er die Männer an seiner Seite. Es waren Unsterbliche und Menschen. Sie waren Verbrecher, die wie er in Darkonas berüchtigtem Gefängnis elend vor sich hin gesiecht hatten. Ob Mörder, Diebe oder Betrüger – die Gründe, weshalb sie eingesessen hatten, waren ihm völlig egal, solange sie ihn bei seinem Rachefeldzug unterstützten. Momentan waren sie noch zu wenige, um John McGee ernsthaft gefährlich werden zu können. Drystan musste mehr kampfbereite Männer um sich scharen. Und dann würde McGee für alles, was er ihm angetan hatte, bluten …

Ich wollte schreien und um mich schlagen. Aber so sehr ich mich auch anstrengte, meine Stimme und mein Körper versagten mir den Dienst. Stumm und bewegungsunfähig musste ich es hinnehmen, von diesen Wilden verschleppt zu werden.

Canny und Will hatten sie ebenfalls betäubt. Meine Freundin hing regungslos über der Schulter eines Mannes, der neben dem lief, der mich auf seinen Armen trug. Wo war Will? Ich konnte den Kopf nicht drehen, konnte ihn nirgendwo sehen.

Dieser gewissenlose Fremde hatte aus unmittelbarer Nähe auf mich geschossen. Ich ärgerte mich maßlos darüber, welche Wirkung er im Vorfeld auf mich ausgeübt hatte. Vor lauter Herzrasen hatte ich die Gefahr nicht einmal kommen sehen.

Ich musste mich zusammenreißen und einen klaren Kopf bewahren. Wenn sie uns töten wollten, hätten sie es gleich tun können. Was hatten sie also mit uns vor?

Alles war fremd ... Warum musste sich Jared auf das Schiff schleichen? Warum musste ich ihm unbedingt folgen? Warum war ich jetzt in dieser ausweglosen Situation und nicht zu Hause in Sicherheit? Erneut war mir nach Schreien zumute. Wenn Canny und Will etwas zustieß, könnte ich mir das nie verzeihen. Ich musste mich um die beiden kümmern, musste sie hier heil herausbekommen.

Langsam kehrten erste Anzeichen von Empfindungen in meinen Körper zurück. Es gelang mir, meine Finger ein wenig zu bewegen. Ansonsten konnte ich nicht viel tun, außer zu versuchen, mir den Weg zu merken, der zum Meer führte.

Nach einer weiteren Anhöhe lag eine brache Ebene vor uns, in deren Mitte sich eine alte Festung befand. Je näher wir kamen, umso ersichtlicher wurde, dass diese ihre besten Zeiten längst hinter sich hatte. Große Teile des Gemäuers glichen einer Ruine, da die Wände schief im Wind hingen oder bereits in sich zusammengefallen waren.

Mein Träger legte mich neben einer Mauer ab und lief davon. Canny landete unsanft neben mir. Der Mann mit dem blonden Ziegenbart zwinkerte ihr zu, bevor er sich ebenfalls entfernte.

Sofort suchten sich unsere Blicke. »Weißt du, wo Will ist?«, presste ich mit Mühe heraus. Das Sprechen fiel mir schwer.

Sie antwortete mit einem kaum erkennbaren Kopfschütteln.

Wie lange würde es dauern, bis wir uns wieder vollständig bewegen konnten? Seit der Fremde mich niedergeschossen hatte, war er wie vom Erdboden verschluckt. Ich verstand nicht, warum er hier das Sagen hatte, obwohl er so jung war.

Diese Augen ... Was hatte es bloß mit diesem Traum auf sich? Es schien eine Art Vorhersehung gewesen zu sein. Der Sturm und das Schiff hatten uns unfreiwillig nach Darkona gebracht. Und ausgerechnet hier begegnete ich diesem Fremden. Ich hatte nicht den Hauch einer Ahnung, welche Rolle er spielte. Aber er wollte uns sicherlich nichts Gutes.

So unauffällig wie möglich streckte ich meine Glieder. Mein Körper reagierte endlich etwas besser, wenn auch verzögert. Ich sah mich um und hielt nach Will Ausschau.

Es dämmerte bereits. Die Männer entzündeten mehrere Feuerstellen, die ihnen in der Nacht Licht und Wärme spendeten. Dank dem Wein, den sie sich in ledernen Trinkbeuteln hin und her reichten, herrschte bald eine ausgelassene Stimmung.

Canny rückte näher an mich heran. »Was haben die mit uns vor?«

»Wahrscheinlich dasselbe wie der Kaufmann.«

»Bald ist es dunkel. Wir sollten versuchen zu fliehen.«

»Nicht, solange wir nicht wissen, wo Will ist.«

Ich riss an meiner Handfessel. Das dicke Tau gab nicht nach, sondern schnitt in meine Haut. Silbernes Blut trat hervor. Die Striemen verheilten augenblicklich, als ich das Zerren aufgab.

Der Mann mit dem Ziegenbart ließ sich in unserer unmittelbaren Nähe auf einem großen Stein nieder und musterte uns eingehend. Wenn sie ihn allein als Wachposten für uns vorgesehen hatten, hielten sie uns nicht für besonders gefährlich.

Mit der Zeit trafen immer mehr Männer in der Ruine ein. Ihren Anführer konnte ich nicht unter ihnen entdecken und es beunruhigte mich zunehmend, dass Will verschollen blieb. Hatten sie ihn womöglich zurückgelassen? Er war verletzt und schwach und benötigte meine Hilfe. Oder hatten sie ihn getötet? Die Ungewissheit und Sorge machten mir zu schaffen. Ich vergaß alle Vorsicht und stand auf, um die Umgebung besser überblicken zu können.

Unser Aufpasser stand ebenfalls auf. »Wenn du keinen weiteren Betäubungspfeil abbekommen willst, dann …

»Wer ist das denn?«, rief ein Mann. Es erging ihm wie vielen anderen und er bemerkte erst jetzt unsere Anwesenheit, da wir weit im Abseits saßen. Die Gespräche unter den Männern verstummten und sie sahen in unsere Richtung.

Unser Bewacher brummte. »Na großartig.« Er sah mich grimmig an. »Setz dich bloß wieder hin!«

Canny zog an meinem Rock, um mich dazu zu bringen, seiner Aufforderung Folge zu leisten.

Ich tat, was er sagte, weil die Männer inzwischen zu uns kamen und sich um uns versammelten.

»Das nenne ich ja mal eine nette Überraschung«, sagte der Mann, der mich entdeckt hatte. Zugleich brach lautes Gejohle aus.

»Beruhigt euch.« Unser Aufpasser hob beschwichtigend die Hände. »Wir haben die Mädchen in der Siedlung der Gefängniswärter aufgelesen. Sie sind nicht für euch bestimmt. Also geht und besauft euch weiter.«

»Du willst sie wohl für dich allein haben, Gregor«, schrie einer und spuckte ihm vor die Füße.

Jener Gregor zog sein Schwert und setzte ihm die Spitze der Klinge direkt auf die Brust. »Glaub mir, du willst keinen Ärger mit mir. Verzieh dich einfach.«

Einige wichen zurück. Sie empfanden gegenüber Gregor einen gewissen Respekt. Doch der Pöbel und vier weitere Männer ließen sich nicht von ihm einschüchtern. »Spiel dich nicht so auf. Du kannst uns ruhig mal eine kleine Aufmunterung gönnen.«

Während der Mann sprach, zogen die anderen vier ebenfalls ihre Schwerter und kreisten Gregor ein. Dieser zeigte keine Unsicherheit. Im Gegenteil: Er zögerte nicht lange, sondern begann sofort die Männer zu attackieren.

Ich brauchte keine Hellseherin zu sein, um zu wissen, was die Männer mit Canny und mir vorhatten. Warum stellte Gregor sich ihnen entgegen? Er riskierte damit sein Leben.

Durch mein tägliches Training war ich dazu ausgebildet, eine Kampfsituation schnell und zielgerichtet einzuschätzen. Ich wollte nicht, dass Gregor unseretwegen zu Schaden kam. Er stand in dieser Situation auf unserer Seite. Wenn ich ihm nicht beistand, hatte er keine Chance, die Männer weiterhin von uns fernzuhalten. Ich reagierte, ohne zu überlegen, was ich da tat. Canny versuchte noch, mich zurückzuhalten, aber ich war schon aufgesprungen und stieß den Angreifer, der mir am nächsten war, beiseite.

Durch meinen unerwarteten Stoß landete der Mann der Länge nach im Matsch. Als ich mich auf ihn stürzte, starrte er mich verwirrt an. Sein Schwert wehrte ich ab, indem ich es zwischen meine Handflächen brachte und mit einem Ruck meine Handfessel mit der scharfen Klinge durchtrennte. Das hier war kein Training, sondern blutiger Ernst. Von Emotionen aufgepeitscht, führte ich jede Bewegung ohne zu zögern aus. Ich hatte keine Gewissensbisse, als ich ihm meinen Ellenbogen gegen das Kinn rammte und ihm im selben Moment die Waffe entriss. Er war nur ein Mensch und wurde durch meinen kräftigen Schlag bewusstlos. Schnell richtete ich mich auf und stürmte auf den Mann zu, der Gregor gerade ein Messer in die Hüfte stieß.

Ich trat mit dem Fuß gegen seinen Brustkorb, woraufhin er umfiel und dabei sein Messer aus Gregors Körper herauszog. Vater hatte Jared und mich dazu ausgebildet, einen Gegner schnell handlungsunfähig zu machen und zu entwaffnen – jedoch nur im Notfall zu töten. Bei diesen Menschen gelang mir das leichter als gedacht. Der Mann konnte nicht mehr angreifen, weil er angestrengt nach Luft japste. Im Vorbeigehen nahm ich auch sein kleines Messer an mich. Er würde sich von diesem Tritt nur langsam erholen.

»Was ist hier los?«, brüllte jemand.

Als man mich grob von hinten packte, fuhr ich in einer fließenden Bewegung herum und schlug dem Angreifer mit meiner um den Schwertgriff geballten Faust ins Gesicht.

Einen kurzen Moment lang war ich überrascht, als ich den jungen Anführer vor mir sah. Er wirkte unerschrocken und kam nicht einmal ins Straucheln. Ohne Zweifel war er ein Unsterblicher und somit war sein Hals seine einzige Schwachstelle.

Blitzschnell packte er mein Handgelenk und verdrehte mir den Arm, bevor er mir das Schwert aus der Hand schlug. Während er das tat, zielte ich mit dem kleinen Messer in der anderen Hand auf seinen Hals, doch er drehte seinen Oberkörper zur Seite und wich meiner Attacke gekonnt aus. Ehe ich michs versah, fasste er mich an der Schulter und stieß mich zu Boden. Es gelang mir rechtzeitig, mich auf die Knie fallen zu lassen, um nicht gänzlich zum Liegen zu kommen. Als er mich daraufhin erneut fassen wollte, holte ich zu meiner letzten Verzweiflungstat aus und stieß mit dem Messer zu.

Die Schneide drang tief in seinen Oberschenkel und machte dabei ein Geräusch, das mich bis ins Mark erschütterte. Es war das erste Mal, dass ich jemanden so schwer verletzte. Ich konnte spüren, wie das Messer durch Muskel, Fleisch und Sehnen schnitt.

Über die Stille, die uns umgab, wurde ich mir erst jetzt bewusst. Die Männer waren völlig regungslos und beobachteten uns. Canny lehnte zusammengekauert an einem Felsen. Sie hatte die gefesselten Hände vors Gesicht geschlagen, um den Kampf nicht mit ansehen zu müssen. Als sie aufgrund der eingetretenen Stille aufblickte und mich lebend vorfand, schluchzte sie im ersten Moment erleichtert auf. Ihre Augen weiteten sich jedoch, als der Anführer einen Laut von sich gab, der dem drohenden Knurren eines wilden Tieres ähnelte.

Er betrachtete sein Bein, in dem das Messer steckte. Seine Hände ballten sich zu Fäusten und seine Atmung ging abgehackt. Es war offensichtlich, wie schwer es ihm fiel, seine Wut unter Kontrolle zu halten.

»Das hättest du besser nicht tun sollen«, stieß er verachtend aus und trat auf mich zu.

Der Stoff meines Kleides riss, als er mich am Ärmel packte und auf die Füße zog. Er schmiss mich grob über seine Schulter und lief mit mir davon.

»Ja, zeig's ihr, Drystan«, rief einer der Männer uns nach.

Andere gaben ihrem Anführer ebenfalls gute Ratschläge mit auf den Weg, doch ich hörte ihnen nicht zu. Meine Gedanken kreisten unermüdlich darum, wie ich mich aus dieser Situation befreien konnte.

Ich hatte ihn vor seinen Anhängern erniedrigt, aber statt mich vor ihren Augen fertigzumachen, zog er es vor, mich im Stillen leiden zu lassen. Er war zu groß und viel zu stark. Ohne eine Waffe gab es keine Möglichkeit, mich gegen ihn zu wehren. Und was passierte mit Canny? Würde dieser Gregor sie weiterhin beschützen? Wo war Will? Ging es ihm gut?

Er trug mich von der Ruine fort. Was auch immer gleich geschehen würde, ich durfte mich nicht mehr gegen ihn wehren. Ich musste Canny beistehen – und Will. Irgendwie musste ich es schaffen, sie zu retten, und dafür musste ich erst einmal selbst überleben. Kommandant Ramsay, Grimmt, Jared und Conner … Sie waren bestimmt schon irgendwo auf Darkona eingetroffen. Ich brauchte Zeit, musste sie finden – ich musste Vater finden.

Der Fremde trug mich ein Stück in den Wald und ließ mich dort achtlos fallen. Ich rappelte mich gerade auf, als er mich packte und gegen einen Baum drängte, um mich an diesem festzubinden.

Wie es aussah, hatte er hier abseits der Ruine sein Lager aufgeschlagen. Zwischen zwei Bäumen war eine Plane gespannt, unter der er sich mit Moos und Blättern eine Ruhemöglichkeit geschaffen hatte. Steine umrandeten eine kleine Feuerstelle, über der ein Kessel hing.

Der Fremde zerrte an dem Seil und kontrollierte, ob es fest genug war. Ich hatte das Gefühl, dadurch schlang es sich noch fester um meinen Bauch. Er stand nun ganz dicht vor mir und schaute auf mich herab. Ich traute mich nicht, ihm in die Augen zu sehen.

Mir lief ein Schauer über den Rücken, als er seinen Kopf senkte und an meinem Haar roch. Schritt für Schritt wich er dann vor mir zurück, verschränkte die Arme vor der Brust und verharrte eine Weile regungslos.

»Wer bist du?« Er stellte diese Frage so leise, dass ich nicht sicher war, ob er sie an mich gerichtet hatte oder ob er nur nachdachte.

Ich biss die Zähne zusammen. Will hatte mich mehr als einmal belehrt, meinen Namen und meine Herkunft vor Fremden geheimzuhalten. Also schwieg ich.

»Woher kommst du?« Dieses Mal sprach er laut und deutlich. Obwohl sein Tonfall unfreundlich war, erzielte seine Stimme erneut diese unergründliche Wirkung auf mich. Sie erfüllte den Ort, der uns umgab. Seine Worte waren tief und klar. Es hörte sich an, als kämen sie aus seinem tiefsten Inneren – direkt aus seiner Seele.

Ich konnte nicht anders, ich musste ihn ansehen. Sein einnehmender Blick nahm mich gefangen. Die dichten schwarzen Wimpern brachten die goldene Farbe seiner Augen sehr intensiv zur Geltung. In ihnen lag ein Glanz, bei dessen Anblick mir warm ums Herz wurde. Mich überkam ein trügerisches Gefühl von Geborgenheit. Doch ich durfte mich nicht von ihm blenden lassen.

Er war wie alle Unsterblichen sehr attraktiv. Aber ihn umgab eine gefährliche Aura. Seine Größe und die stolze Haltung waren Respekt einflößend. Man dachte an Stärke, Mut und Entschlossenheit, wenn man ihn betrachtete. Das war es, was er ausstrahlte und was die Männer dazu brachte, zu ihm aufzusehen.

Durch seine zerlumpte Kleidung, das lange Haar und seine außergewöhnliche Augenfarbe erinnerte er mich an ein wildes Tier – ungezähmt und gefährlich. Das Messer steckte nach wie vor in seinem Oberschenkel. Ich starrte auf seine blutdurchtränkte Hose und meine Atmung beschleunigte sich. Das war nicht möglich. Hatte ich mich geirrt? Es war kein silbernes Blut, das aus der Wunde heraustrat … Dieser Wilde war ein Mensch.

8. Verwirrung

Drystan schaffte es nicht, den Blick von ihr abzuwenden. Es faszinierte ihn, wie das schwache Licht des Mondes ihre braunen Haare zum Glänzen brachte, die ihr in weichen Wellen bis zur Hüfte reichten. Ihre Wangen waren leicht gerötet, ebenso wie ihre Lippen. Doch am meisten bewunderte er ihre Augen. Die Schwärze der Nacht legte sich inzwischen über die Umgebung, dennoch schimmerten sie nach wie vor in diesem intensiven Blau. Rein und klar – wie ein Saphir. Das Mädchen war wie dieser Edelstein: außergewöhnlich, edel, begehrenswert. Selbst wenn sie nicht aus gutem Hause stammte oder er nicht herausfinden sollte, wer sie war, sie würde ihm allein durch ihre Schönheit von Nutzen sein. Es gab sicherlich viele Männer, die davon träumten, sie zu besitzen, und so wie er John McGee in Erinnerung hatte, war dieser da keine Ausnahme.

Ihm wurde klar, wie intensiv er sie musterte, und es gefiel ihm nicht, wie eingehend sie ihn ebenfalls betrachtete. Er wandte sich von ihr ab und lief zur Feuerstelle.

Dieses Mädchen war wunderschön – wirkte zart und zerbrechlich. Aber er durfte sich nicht täuschen lassen. Sie hatte ihm das Messer tief ins Bein gestoßen und dabei den Knochen durchbohrt.

Er setzte sich vorsichtig auf den Boden und achtete darauf, das Bein gestreckt zu halten. Trotzdem verließ seine Lippen ein gequältes Stöhnen.

»Dein Schweigen könnte dir zum Verhängnis werden«, sagte er, da sie ihm bisher eine Antwort schuldig geblieben war. »Stumm bist du für uns nutzlos.«

Er konzentrierte sich auf das Anzünden der Holzscheite. Gregor hatte ihm gezeigt, wie er den Feuerstein kurz und kräftig gegen einen anderen Stein schlagen musste und wie er die entstehenden Funken auf dem Zunder zum Glimmen brachte. Mit einem Gemisch aus Moos und trockenem Gras formte er eine lockere Kugel und blies dann so lange in das Glutnest hinein, bis der Rauch dichter wurde und eine kleine Stichflamme zum Vorschein kam. Nun brachte er das Reisig zum Brennen und legte Holzscheite nach.

Jetzt sollte er sich um sein Bein kümmern. Die blutdurchtränkte Hose klebte an seiner Haut und er musste den Stoff erst lösen, ehe er ihn um das Messer herum weiter aufreißen konnte.

Er spürte, dass sie ihn weiterhin beobachtete. Selbst als er ihr einen erbosten Blick zuwarf, sah sie nicht weg. Als er tief durchatmete, sich einen Holzscheit zwischen die Zähne klemmte und seine Hand um den Griff des Messers schloss, weiteten sich ihre Augen.

Mit einem kräftigen Ruck zog er sich die Klinge aus dem Oberschenkel, wobei ihm trotz seiner zusammengebissenen Zähne ein gedämpfter Laut entwich. Hatte er sich das nur eingebildet oder hatte sie auch geschrien? Er sah sie verschwommen und presste mehrmals die Augen zusammen. Der Geruch des Blutes, das nun schwallartig und warm aus der Wunde rann, stieg ihm in die Nase.

Er spuckte das Holzstück aus und wischte sich mit dem Handrücken den kalten Schweiß von der Stirn. Wenn er seinen Blutverlust nicht aufhalten konnte, würde er wohl oder übel ohnmächtig werden.

Jede andere Frau hätte den Blick längst abgewendet, aber sie achtete auf all seine Bewegungen. Sie wirkte nicht so, als würde sie über seine Qual triumphieren – eher machte es den Anschein, als hätte sie ein schlechtes Gewissen.

Drystan verzog den Mund und drehte ihr den Rücken zu. Das Schlimmste stand ihm noch bevor.

Er wischte die blutige Klinge an seinem Hosenbein ab und legte die Messerspitze in die heiße Glut. Sobald er das hier ausgestanden hatte, musste er sich dringend neue Kleidung besorgen. Diese Lumpen trug er schon viel zu lange, und außerdem wollte er alles vernichten, was ihn an das Gefängnis erinnerte.

»Du musst dein Bein abbinden.«

Überrascht drehte er sich zu dem Mädchen um. »Du kannst ja doch reden.«

Sie wirkte erschrocken und erweckte den Eindruck, die Worte wären ihr ungewollt über die Lippen gekommen. Zumindest presste sie diese nun fest aufeinander und zwang sich zum Schweigen.

»Keine Sorge, mir ist gerade nicht nach Reden zumute.« Drystan wandte sich von ihr ab und schob sich das Holzstück erneut zwischen die Zähne. Mit einem Stofffetzen erfasste er den Griff des Messers. Er zögerte. Doch dann presste er die Klinge auf die schmerzende Wunde.

Als die glühend heiße Schneide sein Fleisch verbrannte, stöhnte er qualvoll auf. Sein Kiefer knackte, so fest biss er auf das Holz. Tränen füllten seine Augen und alles verschwamm. Er ließ das Messer fallen. Dann wurde es schwarz …

Ich war wie erstarrt. Niemals zuvor hatte ich jemanden so leiden sehen. Wir Unsterblichen verspürten keinen Schmerz und ich konnte in keiner Weise nachvollziehen, wie sich das anfühlte. Nachdem ich gerade mit ansehen musste, mit welcher Entschlossenheit er seine eigene Qual ertragen hatte, bekam ich eine Vorstellung davon.

Wie konnte er nur den Mut aufbringen, sich selbst einer solchen Folter zu unterziehen? Warum tat er sich das an?

Er besaß das Gift der Betäubungspfeile. Jeder andere Mensch hätte sich damit einschläfern lassen und einen Vertrauten mit der Wundversorgung beauftragt. Und selbst wenn er kein Gift besitzen würde, so hätte er sich zumindest mit Wein berauschen können.

Ich betrachtete seine reglose Gestalt. Er lag mit dem Rücken zu mir und ich konnte nicht erkennen, ob es ihm gelungen war, die Blutung zu stillen.

Es roch beißend nach verbranntem Fleisch. Doch ich verspürte keinen Ekel – nur Ehrfurcht. Ich verstand nicht, warum er so brutal mit sich umging, und zollte ihm deshalb Respekt.

Nachdem er mich hierher verschleppt hatte, war ich davon ausgegangen, seine Wut zu spüren zu bekommen. Auch das Hinterherrufen der Männer hatte mich nichts Gutes ahnen lassen. Bisher hatte er mir kein Haar gekrümmt. Würde sich das ändern, wenn er zu sich kam?

Ich musste etwas tun. Zwar hatte ich mir den Weg zurück zum Meer gemerkt, aber was nützte das, wenn wir kein Schiff hatten. Wir waren hier auf einer für uns völlig fremden Insel …

Erneut nahm ich den Menschen in Augenschein, suchte nach der kleinsten Regung. Das gleichmäßige Auf und Ab seines Oberkörpers ließ mich erkennen, dass er am Leben war. Wenn ich bloß wüsste, warum ich von ihm geträumt hatte. Der Traum musste eine Bedeutung haben – dieser Drystan musste eine Bedeutung haben. Ich musste herausfinden, wer er war.

Der Lärm der Männer hallte leise aus der Ferne herüber. Hoffentlich ließen sie die Hände von Canny. Ich zerrte an dem Seil, mit dem ich an dem Baumstamm festgebunden war. Dadurch schnürte es sich allerdings enger um meinen Bauch.

Das Holz im Feuer knackte. Immerzu stoben Funken aus den Flammen und stiegen zu den Baumwipfeln empor. Das flackernde Licht warf Schatten auf die Stämme und tauchte die nähere Umgebung in ein sanftes Orange.

Es war eine täuschend friedliche Stimmung und erinnerte mich an mein Zuhause. Was würde ich dafür geben, jetzt mit Jared unter unserem Lebensbaum sitzen zu können. Wir waren nie getrennt gewesen. Ich weinte – vor Sehnsucht, Trauer, Wut, Enttäuschung, Hilflosigkeit.

Ein Rascheln im Unterholz ließ mich zusammenzucken. Doch im nächsten Moment war ich unsagbar erleichtert, als ich Gregor und Canny kommen sah. Er zog meine Freundin an ihrer Handfessel hinter sich her, ließ sie aber stehen, sobald er seinen Anführer erblickte.

»Drystan …« Er rannte zum Feuer und beugte sich über ihn. »Komm zu dir, Junge.« Er schlug ihm mit der flachen Hand ins Gesicht, bis dieser eine erste Regung zeigte.

Canny stolperte zu mir. »Was hat er dir angetan?« Sie lehnte sich an mich.

»Nichts. Es geht mir gut.«

Sie trat einen Schritt zurück und begutachtete mit hochgezogenen Augenbrauen meine einengende Lage. »Bist du sicher?«

Ich nickte. »Und geht es dir gut?«

Sie nickte ebenfalls und deutete mit dem Kinn in Gregors Richtung. »Wir haben diesem Mann zu danken.«

Er half Drystan beim Aufsetzen und redete unentwegt auf ihn ein.

»Hast du Will inzwischen gesehen?«, fragte ich.

»Ja, sie haben ihn zur Ruine gebracht. Er ist noch immer von dem Betäubungspfeil bewusstlos.«

Die Betäubung lag schon viele Stunden zurück. »Hoffentlich ist er wirklich nur bewusstlos und nicht tot.«

»Warum sollten sie sich die Mühe machen und einen Toten zur Ruine schleppen?«

Canny hatte recht. Was bezweckten sie überhaupt damit?

»Haben die Männer sich beruhigt?«, hörte ich Drystans unverkennbare Stimme. Ich schaute zu ihm hinüber.

»Das haben sie«, antwortete Gregor. »Allerdings glauben sie, du amüsierst dich hier gerade mit dem Mädchen. Wenn sie wüssten …«

Drystan seufzte. Er stützte sich auf die Hände, achtete darauf, sein verletztes Bein ausgestreckt zu halten, und stand auf. Sein schmerzverzerrtes Gesicht sprach Bände. »Dann lassen wir sie am besten in dem Glauben …«

Unsere Blicke trafen sich. Jedes Mal, wenn er mir direkt in die Augen sah, brachte er mein Innerstes in Aufruhr. Ich wusste nichts von diesem Jungen. Er war derjenige, der momentan über unser Schicksal entschied. Ich musste ihn davon überzeugen, dass wir von Nutzen sein konnten, wenn er uns am Leben ließ. Aber wie konnte ich das tun, ohne dabei meine Herkunft zu verraten? Mir musste etwas einfallen, wie ich seine Gunst erlangen konnte. Nur so konnte ich Canny und Will beschützen.

»Ich kann dir helfen«, sagte ich. Eigentlich wollte ich selbstbewusst klingen, bekam die Worte aber nur leise und stockend über die Lippen.

Canny sah mich an, als hätte ich den Verstand verloren, Gregor runzelte misstrauisch die Stirn und Drystan intensivierte seinen Blick.

»Tatsächlich?« Er humpelte langsam auf mich zu. Seine Miene war versteinert, trotzdem hatte er beim Gehen erkennbare Schmerzen.

»Ich bin …« Kurz sah ich zu Canny, die kaum merklich den Kopf schüttelte. »Ich bin … eine Heilerin.«

Canny stieß hörbar die Luft aus und räusperte sich schnell, um ihre Erleichterung zu überspielen. »Und ich bin ihre Gehilfin.«

Drystan kam näher, weshalb Canny zurückwich. »Wer auch immer du bist – du bist keine Heilerin.« Seine Augen verengten sich. »Dafür bist du viel zu jung …«

Ich straffte die Schultern. »Lass es mich dir beweisen. Ich kann mich um dein verletztes Bein kümmern.«

»Du wirst mein Bein nicht anrühren.« Seine Stimme bebte.

Gregor lachte. »Nimm es mir nicht übel, Mädchen. Wenn du mir das Messer ins Bein gerammt hättest, würde ich dich keinen Schritt mehr an mich ranlassen.«

»Ich habe mich nur gewehrt.«

»Und das nicht schlecht«, erwiderte Gregor. »Seit wann beherrschen Heilerinnen die Kampfkunst? Und was hat eine Heilerin auf einem Kaufmannsschiff verloren?«

»Wir sind durch einen Sturm in Seenot geraten und der Kaufmann hat uns aus dem Meer gefischt«, antwortete ich.

Gregor sah zu Drystan. »Es stimmt, was sie sagt. Zumindest hat der Kaufmann dasselbe berichtet.«

»Und auf wessen Schiff wart ihr ursprünglich?«, fragte Drystan.

Ich überlegte krampfhaft nach einer Antwort, da kam Canny mir zuvor.

»Wir waren mit einem Fischer unterwegs, um nach Leuchtquallen zu suchen. Ihr Nesselgift hilft Menschen bei der Wundheilung, wenn man es mit Schweineschmalz, Eidotter und Wacholder als Salbe zubereitet.«

Die beiden sahen sie stirnrunzelnd an.

Ich nickte bestätigend, auch wenn ich keine Ahnung hatte, was meine Freundin da von sich gab. Ihre Mutter war ein Mensch und tatsächlich eine Heilerin. Canny hatte schon viel von Sophia gelernt. Diese Heilmethode wurde anscheinend unter Menschen angewandt. Wir hätten besser Canny als Heilerin und mich als ihre Gehilfin ausgeben sollen. Aber dafür war es nun zu spät. Das beste Heilmittel für einen Menschen war das Blut eines Unsterblichen – und damit konnte ich dienen.

Gregor war bei dem Kampf mit dem Messer an der Hüfte verletzt worden. Der Stoff seines Leinenhemdes war an dieser Stelle nicht rot getränkt. Seine Wunde war längst von selbst verheilt und bestätigte mir seine Unsterblichkeit.

Die Wirkung unseres Blutes war nur wenigen bekannt. Da Gregor bisher keine Anstalten machte, seinem Anführer zu helfen, konnte ich davon ausgehen, dass sie auf Darkona nichts darüber wussten.

»Dann ist der Mann, der bei euch war, der Fischer?«, erkundigte sich Gregor. Er schien dank Cannys Vortrag an unsere Geschichte zu glauben.

Canny überließ mir die Antwort und ich nickte zögernd, weil mir spontan keine bessere Rolle für Will einfiel. Da er der Sohn seines Vaters war, musste ich mir keine Sorgen machen, falls sie ihn befragten, wenn er zu sich kam. Sie würden kein Wort aus ihm herausbekommen.

Gregor wandte sich an Drystan. »Wenn du mich fragst, solltest du die Frauen laufen lassen. Ihre Anwesenheit führt unter den Männern zu Unruhen.«

Drystan rieb sich den Nacken, war hin- und hergerissen, was er tun sollte. Seine Wangenmuskeln zuckten, als er langsam auf mich zutrat und mir tief in die Augen sah.

Ich hatte vergessen, wie man atmete. Seine Haltung war stolz und das Hinken ließ ihn verwegen wirken. Er war unfreundlich und einschüchternd. Dennoch hatte er etwas an sich, was mich faszinierte – und das ärgerte mich maßlos. Dieser Mensch war ein Fremder – er war unser Feind. Er hatte uns betäubt und verschleppt …

Ohne den Blickkontakt zu unterbrechen, zerschnitt er meine Fesseln. »Verschwindet.«

Ich schluckte. War das sein Ernst? Ich hatte ihm ein Messer ins Bein gerammt und er ließ mich jetzt einfach so gehen?

Gregor löste Cannys Handfessel, die mich daraufhin am Arm fasste und von dem Stamm und Drystan wegzog.

Ich ließ es zu, aber ich verlor mich nach wie vor in der Tiefe seiner bernsteinfarbenen Augen.

Canny wurde drängender. Sie wollte weg. Doch ich blieb stehen.

»Was ist mit Will?« Ich machte wieder einen Schritt auf ihn zu.

»Der Fischer«, warf Canny eilig ein. »Was ist mit dem Fischer?«

»Der Mann ist groß und stark. Den kann ich noch gebrauchen.«

Drystan lehnte sich mit der Schulter gegen den Stamm. Er verzog kurz den Mund, verlagerte sein Gewicht auf das unverletzte Bein und benutze den Baum unverkennbar als Stütze.

Ich reckte scheinbar selbstbewusst das Kinn. »Wir gehen nicht ohne ihn.«

Bildete ich es mir nur ein oder war das ein verhaltendes Lächeln, das da kurz um seinen Mundwinkel zuckte?

»Geht, bevor ich es mir anders überlege.« Er wandte sich um und humpelte davon.

9. Schmerz

Canny stolperte immerzu, da sie mich hektisch hinter sich herzog. Ich war verwirrt, wusste nicht, ob wir das Richtige taten, und bremste sie aus. Wir durften uns nicht einfach aus dem Staub machen. Alles in mir wehrte sich gegen unsere Flucht. Ich hatte das Gefühl, einen Fehler zu begehen.

»Warte.« Ich blieb stehen.

»Was ist denn los mit dir?«

»Wir müssen darüber sprechen.«

»Nein, Jenna, das müssen wir nicht. Er hat uns freigelassen und wir suchen jetzt das Weite.«

»Und was ist mit Will? Wir dürfen ihn nicht im Stich lassen.«

»Glaubst du ernsthaft, wir könnten ihm in unserer Lage helfen?«

Ich ließ mich zu Boden sinken.

»Steh auf, wir müssen weiter.« Canny zerrte an mir – ohne Erfolg.

»Und wohin gehen wir?« Ich sah zu ihr auf. »Wir haben kein Schiff. Dieses Land ist in Aufruhr und wir haben keine Ahnung, wer an der nächsten Ecke auf uns lauert.«

Canny ließ sich neben mir nieder, umschlang die Beine mit den Armen und legte ihre Stirn auf die Knie.

»Vielleicht sind die Nächsten, auf die wir treffen, eine weitaus größere Gefahr für uns«, sagte ich. »Gregor hat uns beschützt und dieser Drystan hat mir nichts getan, obwohl ich ihn verletzt habe. Er hat uns gehen lassen.«

Sie hob den Kopf.

»Wir müssen überleben, bis wir unsere Väter oder Grimmt und Kommandant Ramsay finden. Ich denke, bei Gregor und Drystan sind wir momentan am sichersten.«

»Was, wenn du dich irrst? Womöglich ändert Drystan seine Meinung.«

»Er ist der Anführer. Wenn wir uns an ihn halten und ihn unterstützen, werden wir vielleicht sicher sein. Ich muss es nur schaffen, sein Vertrauen zu gewinnen.«

»Und wie willst du das anstellen?«

»Ich habe da eine Idee.« Schnell stand ich auf und lief los.

Canny fluchte, akzeptierte aber schließlich meinen Entschluss und machte sich mit mir auf den Rückweg. Hoffentlich beging ich keinen Fehler. Cannys und Wills Schicksal lag nun in meinen Händen, ebenso wie mein eigenes in Drystans lag.

Bald konnten wir das unruhige Licht des Feuers durch das Dickicht sehen. Wir näherten uns dem Platz, an dem Drystan sein Lager aufgeschlagen hatte. Warum er wohl zu den anderen auf Abstand ging? Es war eine von vielen Fragen, denen ich auf den Grund gehen wollte.

Drystan und Gregor waren nirgends zu sehen. Waren sie zur Ruine gelaufen? Da sie das Feuer nicht gelöscht hatten, würde zumindest einer von ihnen hierher zurückkehren.

Ich zog Canny hinter einer kleinen Anhöhe in die Hocke. »Du bleibst hier und hältst dich versteckt.« Ich atmete tief durch und spähte über die Kuppe. »Ich darf es nicht vermasseln.«

»Was hast du vor?« Sie hielt mich am Handgelenk zurück.

»Ich werde mich um sein Bein kümmern.«

»Er wird das nicht zulassen.«

»Ich weiß. Deshalb darf ich ihm keine Wahl lassen.« Ich wand mich aus ihrem Griff. »Halt den Kopf unten, bis ich dich rufe.«

Bevor sie mich aufhalten konnte, rannte ich zu der Feuerstelle. Ich wusste genau, wonach ich suchte und was ich zu tun hatte.

Die Armbrust lehnte an einer Wurzel, die aus der Erde herausragte. Jetzt musste ich nur noch die Betäubungspfeile finden. Hastig durchwühlte ich einen Sack, in dem nur Werkzeug und eine Eisenkette zum Vorschein kamen.

Mist. Ich sah mich um und kniete mich neben Drystans Ruhelager, um unter der verschlissenen Decke nachzusehen.

»Was zum Teufel machst du da?«

Ich erschrak und schaffte es nicht einmal mehr, mich nach ihm umzudrehen. Er hatte mich bereits gepackt und schleuderte mich zur Seite.

»Was genau hast du daran nicht verstanden, dass du verschwinden sollst?«

Nur durch seine Beinverletzung gelang es mir, mich rechtzeitig aufzuraffen, bevor er erneut nach mir greifen konnte. Ich sprang zurück und entkam nur knapp seinen Händen.

»Hör mich erst einmal an, statt wie ein wildes Tier auf mich loszugehen«, schrie ich ihn an.

Er verharrte mitten in der Bewegung. Einen Herzschlag lang wirkte er irritiert. Dann richtete er sich so gut es ging auf und sah mich abwartend an.

Also schön, er würde mir zuhören. Ich sollte meine Worte mit Bedacht wählen. Durch sein animalisches Auftreten fiel es mir nicht leicht, mich zu konzentrieren.

Ich hatte Vater einmal gefragt, warum er bei anderen Clanführern so hoch angesehen war. An seinen genauen Wortlaut konnte ich mich nicht mehr erinnern, aber er hatte mir zu verstehen gegeben, wie wichtig es war, sich respektvoll und ehrlich zu begegnen. Es war ein gegenseitiges Geben und Nehmen.

Drystan durfte meine Herkunft nicht erfahren. Es war allerdings von Vorteil, so nah wie möglich an der Wahrheit zu bleiben.

»Ich benötige deine Hilfe.«

Drystan verengte die Augen. Er öffnete den Mund, blieb aber stumm. Offenbar war er von meinem Geständnis genauso überrascht wie ich selbst.

»Wir sind auf dieser Insel gestrandet und so wie es aussieht, ist das hier kein sicherer Ort. Ich bitte dich darum, uns für eine Weile deinen Schutz zu bieten, bis wir uns darüber im Klaren sind, wie wir nach Hause kommen können.«

Er sagte noch immer nichts.

»Und im Gegenzug werde ich mich nützlich machen«, sagte ich, als die Stille unerträglich wurde.

Drystan legte den Kopf schräg. »Ich kann dich hier nicht gebrauchen.«

»Doch, das kannst du. Viele deiner Männer sind verletzt … Und du bist es auch.«

Er lachte höhnisch auf. »Ja, dank dir.«

Ich machte einen Schritt auf ihn zu, war aber auf der Hut. »Es tut mir leid.«

Er humpelte zum Feuer, ließ sich dort mit schmerzverzerrter Miene nieder und entledigte sich seines Gürtels, den er neben sich ablegte. Dabei entging mir nicht, dass an dem robusten Leder Ösen angebracht waren, in denen die gesuchten Betäubungspfeile steckten.

»Dein Bein blutet wieder«, ließ ich ihn wissen. »Wenn du Glück hast, fällst du erneut in Ohnmacht, bevor du stirbst. Wenn du Pech hast, beginnt dein Bein zu eitern. Du wirst hohes Fieber bekommen und noch größere Schmerzen haben, während dein Bein verfault. Und sollte sich niemand deiner erbarmen und dir dein Bein abnehmen, wird die Fäulnis auf den restlichen Körper übergehen und du …«

»Das weiß ich«, unterbrach er mich ungehalten.

»Dann hast du eigentlich nichts mehr zu verlieren. Lass mich dir helfen.«

»Du kannst mir nicht helfen. Das Messer hat den Knochen verletzt.«

»Ich kann es. Du musst nur versuchen, mir zu vertrauen.«

»Ich vertraue niemandem.«

Drystans Sinne schwanden. Das Mädchen verschwamm vor seinen Augen. Er durfte sich seine Schwäche nicht anmerken lassen. Das Sitzen machte die Schmerzen einigermaßen erträglich.

Sein ganzes bisheriges Leben hatte er Qualen ertragen und sich mehr als einmal den Tod herbeigesehnt. Einzig die Aussicht auf Vergeltung hatte ihn das alles durchstehen lassen. Tag für Tag hatte er gehofft, seiner Gefängniszelle entkommen zu können, und nun, wo er endlich in Freiheit war und seinem Rachefeldzug nichts mehr im Weg stand, kreuzte dieses Mädchen seinen Weg. Es war schon eine Ironie des Schicksals, letztendlich durch ihre zarte Hand zugrunde zu gehen.

Sie stand nur wenige Schritte von ihm entfernt und wusste anscheinend nicht, was sie tun sollte. Als sie es wagte, sich ein wenig zu nähern, reichte ein zorniger Blick und ein Knurren, um sie auf Abstand zu halten.

Er hatte unzählige Kämpfe bestritten. Nie war er ernsthaft zu Schaden gekommen, stets war er der Sieger. Doch das Mädchen hatte er unterschätzt.

Mehrmals kniff er die Augen zusammen, um klarer sehen zu können. Seine jetzige Situation war nicht ihre Schuld, sondern seine eigene. Er hatte sie kämpfen sehen, bevor er eingeschritten war, und er hatte sie nur halbherzig abgewehrt, weil er sie nicht verletzten wollte. Sie hatte ihn von Anfang an auf eine unerklärliche Weise fasziniert. Nicht einmal jetzt, da sie ihn auf dem Gewissen hatte, konnte er sie hassen.

Abermals kam sie ein Stück näher. Er schüttelte warnend den Kopf.

Sie ließ sich seufzend auf die Knie sinken. »Ich kann warten.«

Er hob fragend die Augenbrauen.

»Ich sehe den kalten Schweiß auf deiner Stirn und deine Gesichtsfarbe ist bleich. Es fällt dir sichtlich schwer, dich aufrecht zu halten, und du hast angefangen zu zittern.« Sie zuckte mit den Schultern. »Es wird nicht mehr lange dauern, bis du ohnmächtig wirst … Danach werde ich mich um dein Bein kümmern.«

Er biss knirschend die Zähne zusammen. Der unerträgliche Schmerz, der sich weiter und weiter durch sein Bein fraß, erforderte seine ganze Selbstbeherrschung. Sie wusste, wie es um ihn stand. Er hatte keine Kraft mehr, mit ihr herumzustreiten, denn es würde ihm rein gar nichts nützen.

Sie stand auf und kam entschlossen auf ihn zu.

»Bleib, wo du bist.« Seine Stimme hörte sich seltsam fremd an.

Dieses Mal ließ sie sich nicht beirren. »Bist du immer so stur?« Sie ging neben ihm auf die Knie und griff nach seinem Gürtel.

»Was soll das werden?« Er packte ihr Handgelenk, als sie einen Betäubungspfeil aus einer der Schlaufen zog.

»Wenn du betäubt bist, kann ich die Wunde gründlich säubern.«

Drystan betrachtete den Pfeil in ihrer Hand und verzog den Mund. »Das Zeug wirkt bei mir nicht.« Er ließ sie los.

Sie gab einen amüsierten Laut von sich. »Ja, klar.« Blitzschnell stach sie ihm die Pfeilspitze in den Oberarm.

Er spürte den Einstich kaum. Sein Bein schien hingegen in alles verzehrenden Flammen zu verbrennen.

Sie stützte seinen Rücken, um ihn aufzufangen. Doch er sackte nicht zusammen, sondern saß weiterhin aufrecht.

»Ich habe dir gesagt, dass das Gift bei mir nicht wirkt.«

Sie zog den Pfeil aus seinem Arm und betrachtete die Spitze. »Aber … Wie ist das möglich?«

Nachdenklich kaute sie auf ihren Lippen und sah ihn stirnrunzelnd an, bevor sie Holzscheite nachlegte.

»Sieh es endlich ein. Du kannst mir nicht helfen.«

Sie atmete tief durch. »Ich kann und ich werde dir helfen, nur hatte ich gehofft, dir dabei die Schmerzen ersparen zu können.« Sie stand auf, fasste ihn am Arm und versuchte ihn auf die Beine zu ziehen.

Drystan machte sich schwer und blieb sitzen.

»Komm schon. Ein wenig Unterstützung kann ich gebrauchen. Wir müssen dir die Hose ausziehen.«

Er sah sie aus halb geöffneten Augen an. »Du willst mich ausziehen? Dabei kenne ich nicht einmal deinen Namen.«

Sie verdrehte die Augen. »Nenn mich, wie du willst.«

Da er nach wie vor sitzen blieb, ging sie wieder neben ihm auf die Knie. Ohne auf seinen Einwand zu achten, riss sie den Stoff oberhalb der Wunde weiter auseinander, bis sie ihm das Hosenbein komplett vom Bein streifte. Er musste schmunzeln, weil sie dabei errötete.

»Hast du Wein hier?«

»Nein. Ich trinke keinen Wein. Er raubt mir die Sinne.«

»Wasser?«

Er deutete zu seinem Ruhelager. »Da müsste irgendwo ein Trinkbeutel sein.«

Drystan beobachtete, wie sie den Trinkbeutel holte, das Wasser in den Kessel füllte und es über dem Feuer aufkochte. Seine Aufmerksamkeit lag auf ihrem bildschönen Gesicht. Wie es sich wohl anfühlen würde, über ihre Wange zu streicheln? Ihre Haut war rosig und zart. Und ihre Lippen … Noch nie war er einer Frau so nah gewesen wie ihr. Er verschwendete keinen Gedanken an eine eigene Familie, denn in seinem Leben gab es keinen Platz dafür. Es gab niemanden, dem er etwas bedeutete und der für ihn von Bedeutung war. Er war vollkommen allein und hatte keinerlei Erwartungen. Alles, was er wollte, war McGees Tod. Und danach war er bereit zu sterben.

Er zwang sich, den Blick von ihren Lippen zu lösen. Ihre wunderschönen Augen brachten ihn jedoch noch mehr durcheinander. Was war bloß mit ihm los? Es war ihm nicht leichtgefallen, sie wegzuschicken. Doch er hatte es getan, weil er für die Emotionen, die sie in ihm auslöste, keine Verwendung hatte. Verdammt. Warum war sie zurückgekommen? Er wünschte, er wäre ihr nie begegnet.

»Wo hast du dein Messer?«, fragte sie und holte ihn damit aus seinen Gedanken.

Seine Kehle war trocken, selbst das Schlucken schmerzte. Die Stoßgeräusche seines eigenen Atems rauschten in seinen Ohren. Er wurde immer schwächer.

»Du leidest länger, wenn ich es erst suchen muss.« Sie legte die Handfläche auf seine Stirn. Er entzog sich ihr.

Selbst diese kleine Bewegung war zu viel. Alles um ihn herum begann sich zu drehen.

»Lass dich fallen, Drystan. Ich verspreche dir, ich werde dich auffangen.«

Ihre Worte klangen wie aus weiter Ferne. Er sackte in sich zusammen, aber sie stützte ihn und legte ihn behutsam ab. Seine Sinne drifteten mehr und mehr davon.

Sie beugte sich über ihn. »Schlaf. Wenn du zu dir kommst, wird es dir besser gehen.«

Er blinzelte. Ihr Gesicht war ihm ganz nah und er verlor sich im Blau ihrer Augen.

»Saphir … Ich werde dich Saphir nennen«, flüsterte er schwach.

Ihre Augen weiteten sich, während er seine schloss. Eine Weile konzentrierte er sich darauf, einfach weiterzuatmen, bis er eine Berührung an seinem Bein spürte. Der Schmerz durchfuhr seinen ganzen Körper und drang bis in seine Eingeweide vor. Er fiel ins Nichts …

10.
Heilung

Saphir? Er benannte mich nach einem Edelstein? In seinem schlechten Zustand war es ein Wunder, wie lange er sich bei Bewusstsein gehalten hatte. Er würde sich bestimmt nicht mehr daran erinnern, wenn er zu sich kam.

»Canny …«, rief ich. »Komm her und hilf mir.«

Meine Freundin lugte über die Hügelkuppe und kam dann eilig auf mich zu. »Ich dachte schon, du hast mich vergessen«, rügte sie mich, als sie neben mir zum Stehen kam. Sie schaute auf Drystan hinab. »Ist er tot?«

»Nein, aber wenn wir uns nicht beeilen, wird er es bald sein.«

Ich riss Stofffetzen aus meinem Unterrock, von dem inzwischen nicht mehr viel übrig war. Die Streifen gab ich in das kochende Wasser und sah mich um.

»Bitte hole das Seil«, wies ich Canny an und deutete zu dem Baum, an dem ich festgebunden gewesen war. Drystan hatte es liegen lassen, nachdem er es durchtrennt hatte.

Mit einem Stock fuhr ich unter den Henkel des Kessels und hob ihn aus dem Feuer. Das Wasser musste abkühlen, ehe ich seine Wunde säubern konnte.

Canny brachte mir das Seil, mit dem ich das verletzte Bein oberhalb der Wunde abband. Es blutete erneut. Besorgt sah ich Drystan an. Seine Haut und die Lippen waren bleich. Sein Anblick versetzte mir einen Stich im Herzen. Der Gedanke, seine Augen könnten für immer geschlossen bleiben, schnürte mir die Kehle zu. Sein Tod wäre allein meine Schuld. Wenn ich ihn nicht retten konnte, würde ich ewig mit den Vorwürfen leben müssen. Doch ich wollte für niemandes Tod verantwortlich sein. Ich wünschte, alles wäre nur ein schlechter Traum und ich könnte aufwachen und im Ewigen Wald sein – fern von Darkona, fern von Gefahr, fern von Drystan.

»Ich brauche sein Messer«, sagte ich und streifte mit einer Vorahnung Drystans Leinenhemd nach oben.

Er trug das Messer in seinem Hosenbund und ich zog es vorsichtig heraus. Dabei bemerkte ich die blauen Flecken auf seinem flachen Bauch. Nach und nach schob ich das Hemd weiter nach oben bis über seine Brust und hielt die Luft an. Sein muskulöser Oberkörper war mit Blutergüssen und Hautabschürfungen übersät.

Canny kniete sich neben mich. »Was ist denn mit dem passiert?«

Ich sah ihm ins Gesicht und wischte ihm mit der Hand den kalten Schweiß von der Stirn. »Was hast du durchlebt?«, flüsterte ich.

»Ähm … Ich glaube, er hört dich nicht.« Canny flüsterte ebenfalls.

Ich zwang mich, meinen Blick von ihm abzuwenden. »Kannst du ihm die Wunde auswaschen? Ich gebe ihm inzwischen ein paar Tropfen von meinem Blut.«

Canny nickte und machte sich an die Arbeit. Als sie das warme Wasser über seinem Bein auswrang, stöhnte er leise auf. Er blieb jedoch regungslos und seine Augen waren nach wie vor geschlossen.

Ich schnitt mir mit dem Messer in den Finger. Sobald mein silbernes Blut zum Vorschein kam, strich ich Drystan mit meiner Fingerspitze zwischen den Lippen entlang. Kurz zuckte ich zurück, da sein

Mund sich unvermittelt ein wenig öffnete. Erneut schnitt ich mir in meinen bereits verheilten Finger und wiederholte die Prozedur.

Als Canny die tiefe Wunde gereinigt hatte, träufelte ich mein Blut hinein. Ich tat es mehrmals, weil ich sichergehen wollte, dass es bis zu seinem verletzten Knochen vordrang.

»Was geht hier vor?«, schrie Gregor plötzlich, der auf uns zuhastete und gleichzeitig sein Schwert zog.

Ich sprang auf und hob besänftigend die Hände. »Wir tun ihm nichts. Wir helfen ihm.«

Gregor richtete die Schwertspitze auf mich und sah besorgt auf Drystan hinab.

»Er ist schon eine Weile bewusstlos«, erklärte ich und bemühte mich um einen ruhigen Tonfall. »Wir haben seine Wunde gesäubert. Jetzt müssen wir den Schnitt vernähen.«

Das Schwert hielt er weiterhin auf mich gerichtet, mit der freien Hand kratzte er sich den Kopf. Abwechselnd schaute er Drystan und mich an.

»Wird er es schaffen?«, fragte er.

»Wir geben unser Bestes«, erwiderte Canny. »Besorge uns etwas zum Nähen! Ich schau inzwischen, ob ich ein paar Heilpflanzen finde.« Ohne auf sein Schwert zu achten, stand sie auf und ging davon.

Gregor kratzte sich abermals den Kopf. »Ich besorge euch alles, was ihr haben wollt. Bitte macht den Jungen wieder gesund.« Er ließ sein Schwert sinken und lief ebenfalls los.

Ich blieb allein bei Drystan zurück. Da ich gerade nichts anderes zu tun hatte, behandelte ich die Abschürfungen auf seinem Oberkörper mit meinem Blut. Ihn dort zu berühren, kam mir irgendwie verboten vor. Wäre er bei Bewusstsein, würde er den Körperkontakt niemals zulassen, denn dafür waren wir nicht annähernd miteinander vertraut.

Mein blutender Finger zitterte, als ich über seine Blessuren fuhr. »Wer hat dir das angetan? Wie kannst du ein Mensch sein, wenn du dich mit der Stärke eines Unsterblichen messen kannst? Wieso kann das Gift dich nicht betäuben? Warum erscheinst du in meinem Traum?« Ich seufzte und strich ihm eine Haarsträhne aus dem Gesicht. »Wer bist du?«

Drystan vernahm Vogelgezwitscher, das immer weiter in sein Bewusstsein vordrang. Tageslicht schien durch seine geschlossenen Lider und er öffnete die Augen. Der Wind brachte die Blätter über ihm zum Tanzen. Er konnte sich gar nicht daran sattsehen. Zu lange hatte er nichts anderes gekannt als die trostlosen Mauern seiner Gefängniszelle. Drystan vergrub seine Hände in dem weichen Waldboden und atmete den harzigen Duft der Bäume ein.

Er fühlte sich frei und schwerelos. Es kam ihm vor, als würde er träumen. Lebte er noch oder war er tot? Irgendetwas fehlte, das ihn mit dem Leben verband, und die Erkenntnis traf ihn wie ein Schlag. Der Schmerz … Er spürte keinen Schmerz.

Er stützte sich auf die Unterarme, richtete sich langsam auf und betrachtete sein Bein. Die Wunde war verbunden. Er wartete auf die zurückkehrende Qual. Doch er blieb verschont.

Was hatte das Mädchen getan?

Sein Blick schweifte umher und traf auf Gregor, der mit dem Rücken an einem Baumstamm lehnte und ihn lächelnd ansah. »Es wird Zeit, dass du wach wirst. Die Männer fragen schon nach dir.«

Drystan stand langsam auf, darauf bedacht, sein Bein so wenig wie möglich zu belasten. Selbst in Bewegung verspürte er nur ein leichtes Ziehen.

»Wo ist Saphir?« Er sah sich suchend um.

»Saphir?«

»Das Mädchen … Wo ist das Mädchen?«

Gregor kam zu ihm. »Du hast sie freigelassen. Erinnerst du dich?«

Er verspürte plötzlich einen Knoten in der Brust. »Dann ist sie also fort?«

Ein breites Grinsen trat in Gregors Gesicht. »Nein, sie ist mit ihrer Gehilfin im Lager. Ich habe sie zu dem Fischer gebracht. Sie weigern sich, ohne ihn zu gehen.«

Drystan atmete hörbar aus. Er band seine Haare im Nacken mit einer Strähne zusammen und nahm den Trinkbeutel entgegen, den Gregor ihm reichte. Das Wasser löschte seinen Durst.

»Du solltest dich umziehen, bevor du den Männern unter die Augen trittst. Dein momentaner Anblick lässt echt zu wünschen übrig.«

Drystan sah an sich hinab. Da ihm ein Hosenbein vollständig fehlte, wirkte er tatsächlich belustigend.

»Hier sind Sachen drin, die wir den Toten abgenommen haben.« Gregor warf ihm einen Stoffsack zu. »Beeil dich! Die Männer werden schon ungeduldig.«

Er sah Gregor nach, bevor er den Sack vor seinen Füßen auskippte und sich durch die Kleidung wühlte. Als er einen schwarzen Brustschutz aus Leder in die Hände bekam, erinnerte er sich an den Mann, gegen den er seinen letzten Kampf in der Arena bestritten hatte.

Dieser Unsterbliche würde ihm für immer in Erinnerung bleiben. Nach diesem Kampf hatte Drystan sein Schwert gegen die gaffenden Aufseher gerichtet und sich bis zu den nächstgelegenen Gefängniszellen durchgeschlagen. Die befreiten Gefangenen hatten ihm geholfen und hatten sich mit ihm gemeinsam weitere Zellen vorgenommen, bis alle Insassen frei waren. Vereint war es ein Leichtes gewesen, den verfluchten Mauern zu entkommen.

Er betrachtete das eingestanzte Clanwappen auf dem schwarzen Leder, das einen Baum zwischen zwei Bergen zeigte. Dieses Wappen war ihm unbekannt. Er kannte nur die rote Flagge mit dem weißen Wolfskopf, die auf einem Gefängnisturm wehte. Aber auch wenn Gregor ihm einbläute, dass ihm mit dem Wahrzeichen Darkonas weit mehr als nur die Geburtsstätte verband, so würde Drystan das Clanwappen des weißen Wolfes nicht tragen, solange McGee unter diesem herrschte.

Er legte die schwarze Rüstung sorgsam beiseite, entschied sich für eine dunkle Hose und ein cremefarbenes Leinenhemd und streifte sich den Fetzen, den er momentan trug, über den Kopf. Überrascht hielt er inne. Gestern war seine Haut von den Spuren der täglichen Schläge übersät gewesen. Wo waren die Blutergüsse und die Schürfwunden? Nur vereinzelte Narben waren noch zu sehen.

Drystan massierte sich die Schläfen. Entweder wurde er jetzt völlig verrückt oder das Mädchen war weit mehr als eine Heilerin. Wie bei allen Göttern war das möglich? Wenn er es nicht mit eigenen Augen sehen würde, dann würde er es nicht glauben.

Hastig löste er den Verband an seinem Oberschenkel, aus dem orangefarbene Blüten und verschiedenartige Blätter herausfielen. Er betrachtete seine Wunde, von der fast nichts mehr zu sehen war. Der Schnitt war sorgsam vernäht und die Haut war nur leicht gerötet. Das war wahrlich Zauberei.

Er zog sich um und machte sich auf den Weg zur Ruine. Irgendwie fühlte er sich eigenartig, ohne genau sagen zu können, woran das lag. Vielleicht fehlten ihm einfach die Schmerzen, die er sonst als Ballast mit sich herumgeschleppt hatte. Seine Füße trugen ihn mit einer Leichtigkeit, die er nicht kannte, und zum ersten Mal verspürte er ein Gefühl von Freiheit.

Einige Männer kamen ihm entgegen, sobald sie sein Näherkommen bemerkten. Mit den meisten hatte er bisher kein Wort gewechselt, trotzdem zollten sie ihm Respekt. Er hatte schon im Gefängnis mitbekommen, wie die Insassen über ihn sprachen. Sie hatten ihn viele Jahre durch die vergitterten Fenster beobachtet, wenn er in der Arena um sein Leben kämpfte – und er hatte stets gewonnen. Trotz seines jungen Alters hatte er die stärksten Gegner besiegt. Deshalb, und weil er ihnen zusätzlich zur Freiheit verholfen hatte, schauten sie zu ihm auf.

»Du siehst erholt aus«, sagte einer. »Wie es scheint, ist dir die Gesellschaft des Mädchens gut bekommen.«

Ein anderer lachte. »Wenn du keine Verwendung mehr für sie hast, vertreibe ich mir auch liebend gern mal die Zeit mit ihr.«

Drystan blieb schlagartig stehen und packte den Unsterblichen am Kragen. »Ich habe durchaus noch Verwendung für sie. Wenn einer von euch sie anrührt, bekommt derjenige es mit mir zu tun.« Er stieß ihn von sich weg. »Habe ich mich klar und deutlich ausgedrückt?«

Der Mann wich mit erhobenen Händen zurück und nickte. »Sie gehört allein dir.«

»Gut, dann richte das allen anderen aus.« Drystan sah warnend in die Runde. »Das gilt ebenfalls für das andere Mädchen. Keiner rührt sie an.«

Er ließ die Männer stehen und war sich über ihre ihm nachfolgenden Blicke bewusst. Deshalb straffte er die Schultern, hob das Kinn und setzte jeden Schritt mit Bedacht. Er konnte froh sein, dass sein Bein nicht nachgab. Hätten sie ihn vor wenigen Stunden in seinem geschwächten Zustand gesehen, hätten sie sich nichts mehr von ihm sagen lassen. Was auch immer das Mädchen getan hatte – dank ihr würde er seinen Rachefeldzug fortsetzen können. Zwar hatte sie ihn erst in diese missliche Lage gebracht, doch das verdrängte er.

Ich war froh, Will von seiner Handfessel befreit zu sehen. Da von meinem Unterrock nicht mehr viel übrig war, ergriff ich den unteren Saum meines Kleides und riss den Stoff auseinander. Will ächzte, als ich ihm eine neue Armschlinge anlegte.

Da ich ihm von meinem Blut gegeben hatte, konnte ich ihm zu einer schnelleren und schmerzloseren Heilung verhelfen. Der Knochen brauchte trotzdem etwa vier Wochen, um restlos zusammenzuwachsen.

»Ihr hättet fliehen sollen«, schimpfte er und nahm getrocknetes Fleisch aus dem Korb, den Gregor uns gebracht hatte. »Warum habt ihr die Gelegenheit nicht ergriffen?«

»Weil du hier bist.« Ich biss in einen Apfel.

Will zog die Augenbrauen zusammen und sah mich grimmig an.

»Ich glaube, hier sind wir vorerst sicher«, versuchte ich ihn zu beschwichtigen.

Er wollte etwas erwidern, stockte aber, da die Umstehenden nach und nach verstummten.

»Was ist denn plötzlich los?« Canny schob sich eine Handvoll Beeren in den Mund und stand auf, um besser sehen zu können.

Ich erhob mich ebenfalls und beobachtete die Männer, die sich alle in dieselbe Richtung drängten. Mein Herz setzte ein paar Schläge aus, als ich Drystan auf einer Mauer stehen sah, um die sich die Anwesenden versammelten. Er schien sich von dort oben einen genauen Überblick über die Anwesenden verschaffen zu wollen.

»Wie ich sehe, habt ihr die erste Nacht in Freiheit gut überstanden«, rief er der Masse zu.

Sofort entbrannten Jubelschreie.

Hatte mein Herz zuvor ein paar Takte ausgesetzt, so raste es jetzt umso schneller. Es war beeindruckend, welche Wirkung Drystan auf die Männer hatte – ebenso wie auf mich. Er hatte sich umgezogen. Man konnte ihn fast für einen Edelmann halten. Ich wischte meine feuchten Hände an meinem Rock ab, bevor ich meine Finger ineinander verschränkte. Warum war ich so aufgeregt?

Drystan zeigte keine Emotion, seine Gesichtszüge blieben unergründlich. Er wartete darauf, dass die Menge sich beruhigte.

»Wie viele Wochen und Monate, wenn nicht sogar Jahre, habt ihr hinter den Gefängnismauern zugebracht?«

Alle schrien durcheinander, indem jeder die Zahl der Monate oder Jahre, die er eingesessen hatte, preisgab.

Canny lehnte sich gegen meinen Arm. »Das sind Straftäter«, säuselte sie mir ins Ohr. Ihre Stimme klang seltsam schrill.

»Achtzehn Jahre …«, rief Gregor neben uns.

Wir starrten ihn an und gingen instinktiv auf Abstand. Ich wollte gar nicht erst wissen, was er verbrochen hatte.

Es dauerte eine Weile, bis es ruhiger wurde. »Ihr habt viel Zeit eingebüßt«, rief Drystan schließlich. »Doch ich am meisten …« Er machte eine Pause. »Ich wurde hinter diesen Mauern geboren.«

Mir klappte die Kinnlade herunter, Canny schlug sich die Hand vor den Mund und Will schüttelte immerzu den Kopf. Ich klammerte mich an seinen gesunden Arm und bemühte mich, das Wirrwarr in meinem Kopf unter Kontrolle zu bringen.

Bisher hatte ich keine Ahnung, wie unheimlich Stille sein konnte. Was empfanden die Anwesenden? Fassungslosigkeit? Entsetzen? Mitleid? Wut? Verunsicherung? Ich fühlte alles gleichzeitig …

Drystan wirkte weiterhin selbstbewusst, so als würde ihm die eingehende Betrachtung nichts ausmachen. »Ich hörte, die Darkonaer waren einst ein rechtschaffenes und friedliches Volk. Seit John McGee die Macht übernommen hat, soll es dagegen zu Aufständen kommen.«

»Er lässt die Siedler verhungern«, rief jemand.

»Die wenigsten schaffen es, seine wucherischen Steuern zu tilgen«, warf ein anderer ein.

»Ihr bestätigt es also?« Drystan ließ seinen Blick aufmerksam über die Menge schweifen. »Ich saß im Gefängnis und kann es nicht wissen. Es wurde mir nur so berichtet.«

»Natürlich stimmt es …«

Abermals redeten die Männer aufgeregt durcheinander.

»McGee sieht zu, wie die einfachen Leute mehr und mehr verarmen und lässt sie in der größten Hungersnot im Stich.«

Meine Muskeln spannten sich an. Mutter hatte Grimmt und Will im Speisehaus erzählt, dass Darkonas Clanführer Vater um die Hilfe der Friedensgarde gebeten hat, da er die Volksaufstände nicht mehr allein bewältigen konnte. Aus diesem Grund war Vater nach Darkona aufgebrochen.

Drystan hob die Hand, um die Männer zum Schweigen zu bringen.

»Dann sind also auch eure Familien von McGees Machenschaften betroffen?«, erkundigte er sich.

Sie antworteten ihm mit zustimmendem Gemurmel und Kopfnicken.

»Er ist wahrhaftig seines Vaters Sohn«, sagte Gregor neben uns. »Er wird die Männer dazu bringen, ihm zu folgen.«

»Ihr könnt es sicherlich nicht erwarten, zu euren Familien heimzukehren.« Drystan erhob seine Stimme, damit ihn alle gut verstehen konnten. »Aber bedenkt, McGee wird von der Gefängnisrevolte erfahren, und er schickt bald seine Truppen, um jeden Einzelnen von euch erneut hinter Gitter zu bringen.«

Stille.

»Wir werden die Gefängnisinsel heute gemeinsam verlassen«, sprach Drystan weiter. »Es ist eure Entscheidung, welchen Weg ihr danach einschlagt.« Er baute sich zur vollen Größe auf. Nichts deutete darauf hin, wie nah er dem Tod noch vor wenigen Stunden gewesen war. »Doch ich rufe euch dazu auf, mit mir zu McGees Clansitz aufzubrechen und diesen Mann zur Strecke zu bringen.«

Es setzte verhaltenes Getuschel ein. Die Männer steckten die Köpfe zusammen, um sich zu beratschlagen.

»Ich folge dir«, rief Gregor Drystan zu. Er lief in die Menge und schaute in die Runde. »Und ihr solltet es ebenfalls tun! Tut es für eure Väter, Mütter und Kinder.«

»Wir haben wahrlich gute Gründe, um McGee den Tod zu wünschen«, erwiderte ein Mann und wandte sich anschließend an Drystan. »Warum willst du gegen ihn in den Krieg ziehen, wenn du keine Familie hast, für deren Zukunft es sich für dich zu kämpfen lohnt?«

Nun war Drystan derjenige, der schwieg.

»Warum wurdest du im Gefängnis geboren?«, rief plötzlich Will neben mir. »Für was oder für wen willst du dich rächen?«

Drystans Blick fand ihn, ehe er mich neben Will bemerkte. Ich erschauderte. Mir war heiß und kalt zugleich. Meine Beine fühlten sich auf einmal ganz schwach an. Ich hatte das Gefühl, ich würde jeden Moment einknicken. Erst als Drystan seinen Blick von mir löste und sich gezielt an Will wandte, gewann ich meine Fassung zurück.

»Ich empfinde blanken Hass, wenn ich auch nur an diesen Mann denke«, antwortete er. Seine Stimme klang ruhig und doch triefte sie vor Verachtung. »John McGee hat meine Blutlinie ausgelöscht. Er hat sie alle vernichtet.«

11.

Abmachung

Ich stellte mich auf die Zehenspitzen, um im Gedränge der Männer nach Drystan Ausschau zu halten. Seit er von der Mauer gestiegen war, hatte ich ihn aus den Augen verloren.

»Das gefällt mir nicht …« Will lief auf und ab. »Das gefällt mir ganz und gar nicht.«

Canny kaute auf ihren Nägeln.

»Falls die Männer sich dazu entschließen sollten, diesem Jungen zu folgen, dann ziehen sie in den Krieg.« Will fuhr sich durch den Vollbart. »Wir müssen schleunigst hier weg.« Er packte mich mit seiner freien Hand an der Schulter. »Ihr hättet fliehen sollen, als ihr die Gelegenheit dazu hattet. Du bist dir nicht darüber im Klaren, in welcher Situation du dich befindest.« Sein Griff wurde fester. »Vergiss nicht, wer du bist und welche Konsequenzen es hätte, wenn dir etwas zustößt.«

»Ich bin mir durchaus unserer Situation bewusst. Du bist verletzt. Wir sind hier in einem unberechenbaren Land – sind orientierungslos. Um nach Hause zu kommen, brauchen wir ein Schiff, und selbst wenn es ein Schiff gäbe, so haben wir keine Mittel, um eine Überfahrt zu bezahlen. Auf eine Zusicherung für eine nachträgliche Vergütung wird sich kein Kapitän einlassen, denn warum sollte man uns trauen? Hier sind wir die Fremden, Will. Als wir das letzte Mal auf einem unbekannten Schiff waren, wurden wir eingesperrt, um später als Sklaven verkauft zu werden.«

Die Worte sprudelten aus mir heraus. Ich schloss kurz die Augen und atmete tief durch, um mich zu mäßigen. »Seit wir in diese Notlage geraten sind, tue ich nichts anderes, als mir den Kopf darüber zu zermartern, wie wir hier heil herauskommen.« Kurz sah ich mich um, weil ich sichergehen wollte, dass uns niemand zuhörte. »Vater ist nach Darkona gereist, um John McGee einen Besuch abzustatten. Und auch Kommandant Ramsay wird diesen Mann aufsuchen, wenn er Vater finden will.« Ich nahm Wills Hand. »Uns bleibt keine andere Möglichkeit. Wir müssen uns an die Hoffnung klammern, bei McGee auf Vater oder den Kommandanten und Grimmt zu treffen.«

»Und auf Jared und Conner«, sagte Canny.

Ich nickte, ohne den Blick von Will zu lösen. »Wir haben keine Ahnung, wie wir zu McGees Clansitz gelangen sollen. Doch wenn wir uns an Drystan halten, wird er uns direkt zu ihm führen.«

Will schnaufte. Er sah nachdenklich zum Himmel. »Ich kann euch nicht beschützen, wenn wir in einen Kampf geraten«, sagte er und deutete mit dem Kinn auf seinen gebrochenen Arm.

»Wir werden versuchen, uns von den Auseinandersetzungen fernzuhalten«, versprach ich.

Canny trat zu uns und wir schlossen uns zu dritt in eine Umarmung. »Wozu hatten wir jahrelang Kampftraining?« Sie blinzelte. »Die sollen sich bloß nicht mit uns anlegen.«

»Tut mir bitte den Gefallen und verhaltet euch so unauffällig wie möglich«, forderte Will uns auf. »Werdet unsichtbar.«

»Ihr scheint dem Fischer sehr nahezustehen«, sagte Gregor plötzlich.

Wir schnellten auseinander.

Er stand nur wenige Schritte von uns entfernt und schmunzelte. »Ich soll dir von Drystan ausrichten, dass es dir nach wie vor freisteht, zu gehen.«

Ich hob das Kinn. »Er kennt meine Entscheidung bereits. Ich habe ihm geholfen. Jetzt soll auch er sich an unsere Abmachung halten.«

Gregor strich sich nachdenklich durch seinen blonden Ziegenbart.

»Welche Abmachung?«, fragten er und Will gleichzeitig.

Ich hielt wieder nach Drystan Ausschau. »Er bietet uns seinen Schutz, bis sich etwas anderes für uns ergibt.«

Gregor hob die Augenbrauen und verschränkte die Arme vor der Brust. »Schau dich um, Mädchen. Siehst du hier noch irgendjemanden, der mit euch auf dem Schiff war?«

Ich tat es, und ein ungutes Gefühl breitete sich in mir aus.

»Ihr seid als Einzige übrig«, sagte Gregor. »Also seid dankbar und geht.«

»Heißt das, ihr habt alle umgebracht?« Canny trat einen Schritt zurück.

Ich konnte den Kaufmann, den Schwarzhaarigen oder ein anderes bekanntes Gesicht nirgends entdecken.

»Warum habt ihr ausgerechnet uns verschont?«, flüsterte ich, als mir die grausamen Umstände bewusst wurden. Mein Magen krampfte sich zusammen. Es war so schrecklich. Ich schlang die Arme um meinen Körper und wich ebenfalls zurück.

Gregor zuckte mit den Schultern. »Ihr wart Sklaven – also ebenso Gefangene wie wir. Das macht uns zu Gleichgesinnten.« Er trat nah an mich heran. »Drystan kann euch hier nicht schützen und lässt euch deshalb gehen. Also zögert nicht, sondern sucht schnell das Weite.«

Drystan lief mit Gregor voraus. Er wusste nicht, wie sie von der Gefängnisinsel herunterkommen sollten. Gregor musste ihm den richtigen Weg zeigen.

Sie waren viele Jahre in benachbarten Zellen untergebracht gewesen, getrennt durch Mauern. Durch die Biegung des Ganges hatte er selbst durch die vergitterte Tür Gregors Kerker nicht sehen können. Nachts, wenn es im Turm still geworden war, hatte er ihn manchmal singen hören. In seiner Kindheit hatte allein diese Stimme ihm Trost gespendet, und es hatte ihn schier in den Wahnsinn getrieben, als er auf einmal nächtelang umsonst darauf gelauert hatte, dass der unbekannte Häftling ein Lied anstimmte. Er hatte sich gefragt, ob der Mann krank oder tot war. Und so hatte er all seinen Mut gefasst und nach Worten gesucht, die ihm nach jahrelangem Schweigen nur sehr mühsam über die Lippen gekommen waren. »Bitte sing ...«

Damals war er gerade elf Jahre alt gewesen. Seine schmächtigen Hände hatten sich um die dicken Eisenstäbe geklammert, voller Angst, er würde keine Antwort erhalten. Doch dann hatte er die Stimme des Mannes wieder vernommen, die erst schwach, vor Aufregung aber immer weiter anschwellend, zu ihm vorgedrungen war.

Seither hatte er jede Nacht nicht nur Gregors Liedern, sondern auch seinen Erzählungen gelauscht – ebenso wie die Wachen, die für etwas Abwechslung dankbar gewesen waren. Gregor hatte berichtet, einst der persönliche Berater eines Clanführers gewesen zu sein. Er hatte von seinem Leben erzählt, das er an dessen Seite geführt hatte, bevor sein Herr einer Meuterei zum Opfer gefallen war. Es waren schöne und zuletzt sehr schaurige Geschichten, von denen er behauptete, sie wären wahr – und Drystan wäre ein Teil von ihnen.

Gregor wusste von Drystans Herkunft. Er hatte ihn höchstpersönlich durch seine Geschichten mit allen Informationen versorgt, die er ihm geben konnte. Und Drystan glaubte ihm. Warum sollte er ihn belügen? Welche Gründe hätte er, sich so etwas auszudenken? Auch wenn Drystan zum Zeitpunkt der Ereignisse noch nicht einmal geboren gewesen war, so spürte er tief in seinem Inneren, dass es die Wahrheit war.

John McGee war gelegentlich persönlich ins Gefängnis gekommen, um ihm beim Kämpfen zuzusehen. Der Clanführer wollte sich wohl mit eigenen Augen ein Bild davon machen, wie sich der Spross seines einstigen Rivalen entwickelte.

Drystan sah Gregor, der nach wie vor neben ihm lief, eingehend an. Als er während der Revolte die Treppe des Turmes hinaufgestürmt war, hatte er vor Nervosität fast keine Luft bekommen. Obwohl er nur seine Stimme gekannt hatte, war Gregor für ihn zu einem Vertrauten geworden. Er hatte es nicht erwarten können, ihn aus seiner Zelle zu befreien und ihm ins Gesicht zu sehen.

»Es macht es einfacher für mich, weil du an meiner Seite bist«, ließ er ihn wissen.

Gregor sah ihn überrascht an. »Es ist mir eine Ehre, Drystan. Ich habe deinem Vater gedient, der für mich ein Freund war. Wie du werde ich erst mit McGees Tod meinen Frieden finden.«

Sie nickten sich einvernehmlich zu und setzten ihren Weg schweigsam fort.

Drystan wollte nicht nur um seinetwillen Rache üben. Durch die Ermordung seiner Eltern waren auch andere Familien ausgelöscht worden. Jeder, der ein Anhänger seines Vaters, dem einstigen Clanführer Darkonas, gewesen war, musste damals sterben.

Er drehte sich beim Gehen um und ließ seinen Blick über die etwa hundert Männer schweifen, die ihm und Gregor folgten. Als ihm klar wurde, nach wem er suchte, wandte er sich schnell nach vorn und schalt sich innerlich einen Narren. Er presste die Lippen fest aufeinander, bis sie taub waren. Auf keinen Fall würde er Gregor nach dem Mädchen fragen. Er hatte ihn mit einer Botschaft zu ihr geschickt, und sie war anscheinend doch noch auf ihre Freilassung eingegangen. Wenn sie es nicht getan hätte, hätte Gregor ihm das sicherlich gesagt.

Was tat er da? Er durfte die ständigen Gedanken an sie nicht zulassen, durfte sein Vorhaben nicht aus den Augen verlieren. Zu lange hatte er auf diese Gelegenheit gewartet. Er hatte für Emotionen keine Verwendung – egal, welcher Art sie waren. Deshalb hoffte er inständig, dass das Mädchen verschwunden war.

»Wie geht es deinem Bein?«, ertönte unmittelbar hinter ihm eine weiche Stimme.

Kurz schloss er die Augen. Die Hände ballte er neben seinem Körper zu Fäusten. Sein Verstand sagte ihm, er sollte sich über ihre Anwesenheit ärgern – sein Herz sprach eine andere Sprache.

»Du humpelst nicht einmal mehr«, sagte sie, als er nichts erwiderte. Sie lief nun direkt neben ihm.

»Du solltest deine Heilkünste besser vor den Männern verschweigen«, riet Gregor, als Drystan keine Anstalten machte, sich auf ein Gespräch mit ihr einzulassen. »Die Darkonaer sind ein sehr abergläubisches Volk. Hier bekommst du schnell den Ruf einer Hexe.«

»Ich hatte nicht vor, damit hausieren zu gehen«, antwortete sie. »Aber ich danke dir für die Warnung.«

Drystan tat so, als würde er Gregors Blick nicht bemerken. Er wusste, woran er gerade dachte, denn in einer seiner Geschichten hatte er Drystan von einer Hexenverbrennung erzählt, die an Grausamkeit nicht zu überbieten war. Es war die Geschichte vom Tod seiner Mutter. Sie starb nur wenige Stunden später, nachdem er auf die Welt gekommen war.

»Wieso bist du noch hier?«, platzte es aus Drystan heraus. Es war ihm bewusst, wie unfreundlich er klang. Er wollte sie nicht hierhaben und versuchte ihr das mit aller Deutlichkeit klarzumachen. Grob packte er sie am Arm und zog sie beiseite. »Verschwinde endlich!«

Die vorbeilaufenden Männer beobachteten sie. Ihre Gehilfin und der Fischer blieben stehen und warteten.

Drystan deutete auf den Mann. »Du gehst nicht ohne ihn?« Er biss die Zähne zusammen, seine Wangenmuskeln zuckten. »Dann nimm ihn mit.« Ungehalten drängte er sie zu dem Fischer. »Sieh zu, dass du endlich von hier wegkommst.«

Ihre Augen glänzten. Sie gab die Tränen nicht frei, doch er erkannte trotzdem, wie sie um Fassung rang.

»Ich weiß nicht, wohin wir gehen sollen«, sagte sie mit brüchiger Stimme.

Drystans Herz fühlte sich an, als wäre es schwerer als sein restlicher Körper. Ihre spürbare Verzweiflung erreichte ihn tief in seinem Inneren. Hätte er sie in einem anderen Leben getroffen, dann … »Das ist nicht mein Problem«, hörte er sich sagen. Er sah sie mit versteinerter Miene an, bevor er sich abwandte und sie stehen ließ.

Seine Seele war längst verloren. Er hatte zu viel Blut an seinen Händen, er konnte nichts anderes als töten. Das war es, wofür er überhaupt noch am Leben war. Er würde so lange töten, bis er vor McGee stand und seine Familie rächen konnte. Das war seine Bestimmung – das war sein Leben. Und deshalb war es das Beste für sie, wenn sie so weit wie möglich von ihm weg war.

Wir durften uns den Männern nicht länger anschließen. Sie hatten uns zurückgelassen.

Will und Canny sahen mich immerzu von der Seite an. Sie beschäftigten wahrscheinlich dieselben Fragen wie mich. Was machen wir jetzt? Sollten wir vielleicht zu der Bucht zurückkehren und auf ein Schiff hoffen? Das Dorf, das offenbar nur den

Gefängniswärtern als Zufluchtsort gedient hatte, war von den Häftlingen geplündert worden. Nahrungsmittel würden wir dort keine finden.

Ich blickte zurück. Von hier aus konnte man auf einer Anhöhe eine burgähnliche Festung erkennen, die von hohen Mauern umgeben war. Auf einer der Turmspitzen wehte eine rote Flagge. Wir waren zu weit entfernt, um das Motiv darauf erkennen zu können. Die Männer trugen Säcke bei sich, weshalb ich davon ausgehen konnte, dass sie in dem alten Gemäuer nichts Brauchbares zurückgelassen hatten. Außerdem widerstrebte es mir, diesen Ort zu betreten, an dem Drystan geboren worden war.

So viele Jahre … Er kannte nichts anderes. Das Gefängnis war sein Zuhause gewesen. Während ich am wohl schönsten Ort der Welt und voller Liebe aufgewachsen war, hatte er hinter diesen trostlosen Mauern sein Dasein gefristet.

Meine Gefühlswelt war das reinste Chaos. Ich empfand Mitleid ebenso wie Ehrfurcht. Seine Mutter musste ein schweres Verbrechen begangen haben, wenn man sie schon während ihrer Schwangerschaft in diesem Gefängnis festgehalten hatte. Wer sie wohl gewesen war?

Ich stellte mir vor, wie Drystan als Kind ausgesehen hatte. Ein kleiner Junge mit schwarzem Haar und Augen, die schimmerten wie flüssiges Gold – hager, verschmutzt, hungrig, allein … Sein Oberkörper war von den Spuren der Gewalt gezeichnet. Musste er schon von klein auf mit Misshandlungen leben?

Mir entwich ein tiefer Seufzer. »Er ist launenhaft und ungehobelt und wild …«

»Ja, das ist er«, erwiderte Will. »Und du kannst ihn nicht zähmen, Jenna.«

Ich hörte ihm nicht zu. »Aber ich glaube, tief in seiner Seele ist er einfach nur verletzt und verzweifelt und zerbrochen.«

»Er ist gefährlich.« Canny hakte sich bei mir ein. »Wir können ihm dankbar sein. Er lässt uns gehen und nun sollten wir ihn vergessen.«

»Das kann ich nicht«, flüsterte ich.

Wenn wir den Männern auf den Fersen blieben, würden wir einen Weg von dieser Insel finden. Ich wusste nicht, was wir danach tun würden, ich durfte den Traum nicht außer Acht lassen. Unsere Begegnung musste eine Bedeutung haben, auch wenn ich sie noch nicht verstand. Ich war verunsichert und hatte keine Ahnung, wohin die Reise gehen würde. Aber eines wusste ich genau: Es würde mir niemals gelingen, Drystan zu vergessen.

12. Der Wolf

Wir hielten uns hinter Büschen versteckt und beobachteten die Männer, wie sie aus dünnen Stämmen junger Bäume provisorische Flöße bauten. Dort, wo wir die Insel betreten hatten, war die Küste hoch und steil gewesen. Hier verlief das Land flach ins Meer.

Durch die Meerenge trennte uns nur ein schmaler Streifen Wasser von der benachbarten Insel. Es sollte sogar möglich sein, hinüberzuschwimmen. Da Drystan sein Leben lang eingesperrt war, hatte er es sicherlich nie gelernt und vermutlich ging es anderen ebenso.

Ich begutachtete Wills gebrochenen Arm.

»Das wird schwierig werden«, sagte er, als er meinen Blick bemerkte.

»Dann bauen wir dir eben auch ein Floß.« In geduckter Haltung begann ich, aus den umliegenden Sträuchern Äste herauszubrechen.

Will beobachtete mich. »Das ist echt nett von dir und ich bin mir sicher, dass diese Ästchen dich problemlos über Wasser halten würden.« Er verzog bedauernd den Mund. »Bei meinem grazilen Körper wird das allerdings nichts. Du kannst dir die Mühe also sparen.«

Ich hielt inne und schaute zum Ufer. Die Männer hatten Äxte dabei, mit denen sie problemlos Bäume fällen konnten. Wir hingegen hatten keinerlei Werkzeug.

»Hat jemand eine bessere Idee?«, fragte ich.

Will und Canny schüttelten gleichzeitig den Kopf.

Ich gab meine Deckung auf und marschierte los.

»Jenna, was soll das werden?«, zischte Will.

»Ich frag nach, ob wir eine Axt bekommen können.« Ich blieb nicht stehen und drehte mich nicht um.

Will nahm meine Verfolgung auf – ebenso wie Canny.

Sie überholte mich und verstellte mir den Weg. »Du solltest unser Schicksal nicht herausfordern, Jenna. Er hat sehr deutlich gemacht, dass wir uns fernhalten sollen.«

»Manchmal bist du genau wie deine Mutter«, sagte Will. »Sam ist immer Risiken eingegangen, um ans Ziel zu kommen. Sie hatte großes Glück, letztendlich überlebt zu haben.«

Ich straffte die Schultern. »Und das ist der Punkt: Sie hat überlebt und damit dem jahrelangen Krieg ein Ende gesetzt. Ich bin sehr stolz auf sie, denn sie hat für diesen Preis Risiken auf sich genommen, und ich werde dasselbe tun, weil ich sonst keine Möglichkeit sehe, von dieser verdammten Insel herunterzukommen.«

Canny hob die Augenbrauen. »Ich glaube, ich habe dich nie zuvor fluchen hören.«

»Er wird mir nichts tun, da bin ich mir sicher. Ich will nur eine Axt.«

Bevor Canny oder Will etwas erwidern konnten, drängte ich mich entschlossen an ihnen vorbei – und blieb wie angewurzelt stehen. Die Männer waren bereits im Wasser. Einige schwammen, andere hielten sich an den treibenden Flößen fest. Die Hälfte der Distanz hatten sie schon hinter sich gebracht. Ich konnte Drystan unter ihnen nicht mehr ausfindig machen.

Ich sackte auf die Knie. Der Himmel, das Wasser, meine Gedanken – alles war grau. Hoffnungslos blickte ich den Männern hinterher, bis sie am Ufer der benachbarten Insel ankamen. Dann fixierte ich den Wald, in dem sie verschwanden … Und schließlich starrte ich nur noch vor mich hin.

»Du machst mir Angst«, hörte ich Canny irgendwann wie aus weiter Ferne sagen. Sie fasste mich an den Schultern und begann mich zu rütteln. »Es wird bald dunkel. Wir sollten uns einen Unterschlupf suchen.«

»Vielleicht fällt uns bis morgen etwas ein«, sagte Will. »Falls nicht, werdet ihr mich hier zurücklassen und hinüberschwimmen.«

Ich stand schwankend auf, fühlte mich schwach. Mehrfach rieb ich mir über die Stirn und versuchte einen klaren Gedanken zu fassen. Alles erschien mir sinnlos. Ich wünschte, jemand würde mir sagen, was ich tun soll. Wie würden meine Eltern und Jared mit dieser Situation umgehen? Sie würden auf keinen Fall aufgeben.

»Irgendwie werden wir dich hinüberbekommen«, erwiderte ich und ging zum Wasser, um die Holzreste zusammenzulesen, die die Männer zurückgelassen hatten. Und da sah ich es …

»Will … Canny …« Meine Stimme überschlug sich. Ich hörte die beiden zu mir eilen.

»Wo kommt denn das auf einmal her?«, rief Will, als er das Floß am Ufer entdeckte.

»Wie unachtsam, dass sie das hier vergessen haben«, sagte Canny.

»Die haben das nicht vergessen.« Will sah mich an. »Ich weiß nicht, was zwischen dir und diesem Drystan vorgefallen ist, aber du hast ihn dazu gebracht, unsere Leben zu verschonen, und nun gibt er uns zusätzlich die Möglichkeit, von dieser Insel zu entkommen.«

»Du denkst, er hat das Floß mit Absicht zurückgelassen?«

Er nickte. »Ja, das glaube ich.«

»Worauf warten wir also noch?«, fragte Canny. »Lasst uns von dieser Insel verschwinden.«

Ich lächelte sie zaghaft an und wir schoben das Floß gemeinsam ins Wasser. »Auf geht's.«

Will legte sich mit dem Oberkörper auf das mit Seilstücken aneinandergebundene Holz und hielt sich mit seiner freien Hand fest. Canny und ich schwammen los und schoben das Floß an.

Ich spürte das kalte Wasser kaum. Mein Blick war auf die Nachbarinsel gerichtet, zu deren Ufer es mich unnachgiebig hinzog. Wir kamen nur langsam vorwärts, da die Strömung gegen uns arbeitete. Irgendwann hatten wir es jedoch geschafft. Ich konnte es nicht erwarten, aus dem Wasser herauszukommen, und lief sofort auf den Wald zu. Wie viel Zeit hatten wir verloren? Der Vorsprung der Männer musste inzwischen beachtlich sein. Wir mussten uns beeilen …

»Warum hast du es so eilig, Jenna?«, fragte Will.

Als ich mich umdrehte, bemerkte ich, dass er und Canny am Ufer stehen geblieben waren.

»Er hat uns das Floß nicht zurückgelassen, damit wir ihm folgen«, sagte Will. »Also gönne mir eine Verschnaufpause.«

»Wir müssen an ihnen dranbleiben. Sie werden uns zu McGee führen.«

»Lass ihn ziehen.« Will kam langsam auf mich zu. »Das ist nicht unser Krieg. Wir werden uns raushalten und eine andere Lösung finden. Es gibt immer mehrere Wege, um ans Ziel zu kommen.«

Im nächsten Moment ertönte ein animalisches Heulen. Laut und klar drang es aus dem Wald und jagte mir einen kalten Schauer über den Rücken. Erst war es nur ein einzelner Ruf, verzögert stimmten weitere Wölfe mit ein.

»Glaubst du an Zeichen?«, fragte ich Will. Meine Beine setzten sich währenddessen von selbst in Bewegung und ich betrat den Wald. »Das hier ist der einzig richtige Weg.«

»Wovon sprichst du? Welches Zeichen?«

»Wir müssen dem Wolf folgen. Ich habe von ihm geträumt.«

»Ich träume auch hin und wieder von Tieren«, sagte Will. »Neulich von einem Kaninchen, das unsere Vorratskammer geplündert hat. Und es hat mich sogar rotzfrech angelächelt.« Er grinste mich an.

»Haha … Ich meine es ernst, Will.«

»Ich auch. Nur weil ich von einem Tier träume, mache ich mich am nächsten Tag nicht gleich auf die Suche nach ihm oder gehe ihm nach, wenn es mir begegnet.«

»Bei mir war es aber kein normaler Traum, sondern eher eine Vision.«

Er verdrehte die Augen.

»Sam hat Visionen«, sagte Canny gedankenverloren. »Es kann doch wirklich sein, dass Jenna die Gabe ihrer Mutter geerbt hat.«

Will runzelte die Stirn. »Was genau hast du von dem Wolf geträumt?«

»Ich habe ihn nur gesehen.«

»Und das allein bringt dich dazu, seinem Ruf zu folgen?«

»Ja. Der Wolf hat eine Bedeutung. Da bin ich mir sicher.«

Canny ergriff meine Hand. »Also los. Durch den Wald müssen wir sowieso.«

Will versuchte nicht mehr, uns aufzuhalten, sondern lief uns schweigend nach. Das Wolfsheulen war mittlerweile verstummt, die Spuren der Männer aber gut zu erkennen. Und so liefen wir tiefer in den Wald hinein, während die untergehende Sonne ihn mit ihrem orangefarbenen Licht flutete. Erst als es dunkler wurde und die Nacht hereinbrach, gaben wir unseren Marsch auf.

Ich lauschte. Wenn ich mich konzentrierte, konnte ich die leisen Stimmen der Männer in der Dunkelheit hören. Vielleicht bildete ich mir das aber auch nur ein. Wir waren ihnen auf jeden Fall auf der Spur und sie mussten ebenfalls irgendwann Rast einlegen.

Will lehnte mit dem Rücken an einem Baumstamm. Sein Kopf war auf seine Brust gesunken, er atmete tief und gleichmäßig. Die Erschöpfung hatte ihn übermannt. Der Schlaf würde ihm neue Kraft schenken. Mit etwas Glück würde sich Will nicht erkälten und seine nassen Sachen würden in dieser milden Nacht schnell trocknen.

Canny legte sich neben mich auf den mit Kiefernnadeln und Moos bedeckten Waldboden. Lange Zeit schaute sie wie ich zu den sanft schwingenden Ästen hinauf, ehe sie irgendwann die Augen schloss, um zu träumen.

Ob mein Vater meiner Mutter inzwischen in ihren Träumen erschienen war? Es verging keine Stunde, in der ich nicht an die beiden dachte – ebenso wie an Jared … und Grimmt und Conner … Hoffentlich ging es ihnen gut. Mutter sorgte sich ohne jeden Zweifel sehr und es machte mich traurig, ihr noch zusätzlich Kummer zu bereiten. Die anderen wussten nichts von meinem Verschwinden. Grimmt und Jared waren in dem Glauben, Will, Canny und ich wären bei Mutter zu Hause. Und Vater? Wir wussten noch immer nicht, wo er war.

Ich vermisste sie alle so sehr. Die Trennung von Jared belastete mich am meisten. Ein Teil von mir fehlte. Seit er auf dem Schiff davongesegelt war, hatte er eine Leere in meinem Herzen hinterlassen, die mich innerlich auffraß. Es war ein tiefgründiger, seelischer Schmerz, der mich daran erinnerte, dass ich nur mit Jared vollständig war.

In wenigen Wochen war unser achtzehnter Geburtstag. Ab diesem Zeitpunkt würde es uns mit ein wenig Übung gelingen, uns in unseren Träumen zu treffen – so wie es unter Seelenverwandten möglich war. Sollte ich jetzt einen Versuch wagen? Vielleicht schafften wir es schon heute, miteinander in Kontakt zu treten. Dann könnte ich Jared von allem berichten und herausfinden, wo er war.

Ich zog mich in einen Traum zurück, der mir die Möglichkeit verschaffte, diesem fremden Ort für eine Weile zu entfliehen. Ich entspannte mich und verwob all meine Sinne, um schwerelos in mein Unterbewusstsein einzutauchen.

Mich überflutete ein fast schon vergessenes Glücksgefühl, als ich mich im Ewigen Wald wiederfand. Ich reckte das Gesicht in den Wind und atmete den Duft der Wildblumen ein. Das Rauschen der Blätter vermischte sich mit dem wundervollen Gesang der Vögel. Ich war zu Hause.

Wo sollte ich nach meinem Zwillingsbruder suchen? Im Bergtal oder in unserem Baumhaus? Während ich darüber nachdachte, trugen meine Füße mich bereits zu unserem Lebensbaum. Würde er mich finden wollen, würde er unseren Lieblingsplatz aufsuchen.

Ich rief Jareds Namen und beschleunigte meine Schritte.

Die Sonnenstrahlen wärmten mich. Das Wissen, nicht wirklich hier zu sein, konnte ich nicht ganz verdrängen. Will schlief und Canny träumte ebenfalls. Wir lagen in diesem fremden Wald und waren völlig schutzlos. Hätte ich nicht lieber Wache halten sollen?

Unser Lebensbaum kam in meine Sichtweite, doch mein schlechtes Gewissen wurde zu groß, ich durfte nicht länger verweilen, sollte gar nicht erst hier sein. Sobald Canny wach war, konnte ich noch einen Versuch unternehmen und hierher zurückkehren. Aber vorerst musste ich aufwachen …

Ich warf einen letzten, sehnsuchtsvollen Blick zurück – und erstarrte. Hinter dem mächtigen Stamm sprang ein weißer Wolf hervor und sah mich an. Ich war nicht fähig, mich zu bewegen, konnte meinen Blick nicht abwenden. Da nahm er Anlauf, sprang über den Fluss, der die kleine Insel umgab, und kam langsam auf mich zu. Er zeigte keine drohende Gebärde, wie er es in dem vorherigen Traum getan hatte, nein, er war ganz ruhig. Dieses Mal empfand ich keine Angst.

Seine gelben Augen zogen mich in ihren Bann. Er stoppte, blieb auf Abstand. Und dann legte er den Kopf in den Nacken und begann zu heulen.

Der Traum ging zur Wirklichkeit über und ich schreckte auf. Bis auf den Sternenhimmel war es stockdunkel und die Silhouetten der umstehenden Bäume wirkten gespenstisch. Ich stand auf, taumelte zurück und schlang die Arme um meinen Körper.

Er war ganz nah … Ich starrte in die Finsternis, in die Richtung, aus der das Wolfsheulen zu vernehmen war. Canny und Will lagen seelenruhig da. Sie hörten den Wolf nicht.

Ich schlich mich leise davon, lief von Baum zu Baum und folgte seinem Ruf. Das Verlangen, den Wolf zu sehen, war übermächtig. Ich musste wissen, ob er weiß war.

Das Heulen verstummte abrupt und es folgte ein herzzerreißendes Winseln. Was war passiert? Ohne zu überlegen, rannte ich los. Seine Klagelaute berührten mich.

Ich kam näher. Das Winseln wurde qualvoller. Da sah ich ihn … Der Wolf wand sich am Boden. Die Falle, in der sein Bein festhing, machte es ihm unmöglich zu fliehen. Er war wild und wunderschön – und er war weiß.

Meine Hände zitterten und meine Knie waren ganz weich.

Als er mich bemerkte, erstarb das Winseln und es folgte ein leises Knurren. Zurückhaltend, dennoch warnend. Seine gelben Augen leuchteten heller als die Sterne, aber er schaute nicht mehr in meine Richtung.

Er riss das Maul auf und bleckte die Zähne. Sein Knurren klang nun tief und beängstigend. Die gesträubten Rückenhaare zeigten unverkennbar seine Bereitschaft zur Verteidigung.

Ich stand versteinert da, als Drystan plötzlich hinter dem Wolf zwischen den Bäumen hervortrat. Er bewegte sich selbst wie ein

Raubtier. Langsam und bedacht, lauernd und bereit zum Angriff. In beiden Händen hielt er ein Messer und er hob langsam die Arme.

Der Wolf wand sich erneut und gab einen bellenden Laut von sich.

Drystan holte zum Wurf aus …

»Nein!«, schrie ich.

Er hielt mitten in der Bewegung inne und fuhr zu mir herum. »Saphir?« Die Überraschung schwang deutlich in seiner Stimme mit.

Der Wolf winselte unaufhörlich und biss sich in das eingeklemmte Bein.

»Was soll das werden? Willst du den Wolf etwa töten?« Ich ging auf das arme Tier zu, doch Drystan eilte zu mir und stellte sich mir in den Weg.

»Und was hast du vor? Willst du dich von ihm beißen lassen?«

Wütend versuchte ich an ihm vorbeizukommen. »Ich will ihm helfen.«

Er bildete zwischen dem Wolf und mir eine Mauer. »Das will ich auch. Ich werde ihn von seinem Leid erlösen.«

»Aber dafür musst du ihn nicht töten«, schrie ich ihn an.

Als ich meine Fäuste gegen seine Brust stemmte, um ihn beiseitezudrängen, ließ er die Messer fallen, packte mich an den Oberarmen und hob mich hoch.

»Beruhige dich. Es ist nur ein Tier.«

Ich trat nach ihm.

Drystan setzte mich ab und drehte mich mit einer ruckartigen Bewegung um, sodass ich ihm den Rücken zukehrte. Er schlang von hinten die Arme um mich und nahm mir somit jede Gelegenheit, mich noch weiter gegen ihn zu wehren.

Ich spürte seinen starken Griff, seine sich schnell hebende und senkende Brust, seinen Herzschlag … Unsere Nähe war erzwungen, dennoch wurde mir heiß und kalt zugleich. Sein langes Haar kitzelte an meinem Hals und sein warmer Atem strich über meine Haut.

Als hätte er sich an mir verbrannt, gab er mich frei und trat hastig vor mir zurück.

Ich wandte mich ihm zu und unsere Blicke trafen sich. Mehrere Herzschläge lang sahen wir uns einfach nur an, bis das klägliche Winseln des Wolfes zurück in mein Bewusstsein drang.

»Lass mich ihm helfen«, bat ich Drystan.

Er zögerte. »Wie?«

Tief durchatmend trat ich langsam auf ihn zu. »Ich werde es dir zeigen.«

Als ich einen Betäubungspfeil von seinem Gürtel löste, ließ er es zu und nickte verstehend. Ohne ein weiteres Wort nahm er den Pfeil aus meiner Hand und verschwand zwischen den Bäumen. Ich fragte mich, ob er gegangen war, aber kurz darauf kam er aus der Dunkelheit wieder zum Vorschein.

Er hielt seine Armbrust in der Hand und führte den Pfeil in den Lauf. Kurz sah er mich an, bevor er die Waffe auf den weißen Wolf richtete. Dann drückte er ab …

13. Nähe

Nachdem die Klagelaute verstummt waren, herrschte Stille. Kein Windzug, kein Rascheln, kein Knacken im Unterholz war zu hören. Es war beinahe unheimlich.

Er sah zu dem Tier hinüber, das nun bewegungslos dalag. Als er sich dem Wolf näherte, löste sich auch Saphir aus ihrer Starre und kam langsam zu ihm. Drystan beobachtete sie, während sie neben dem Wolf auf die Knie fiel. Er hatte die Augen geschlossen, das Maul war leicht geöffnet und er schlief friedlich.

Vorsichtig legte sie eine Hand auf das weiße Fell. »Sie atmet flach.«

»Sie?«

»Ja, das ist eine Wölfin.«

Drystan ging in die Hocke und strich über das verletzte Hinterbein, das in einer Seilschlinge festhing.

»Habt ihr diese Falle gebaut?«, erkundigte sie sich.

»Wir brauchen Nahrung.«

Sie sah ihn verärgert an. »Geht jagen und sucht euch alte oder bereits kranke Tiere aus, anstatt zu solch grausamen Methoden zu greifen.«

Er hob die Augenbrauen. »Das klingt so, als kennst du dich mit der Jagd aus.«

»Ich war schon oft mit meinem Vater und meinem Br…«

Sie stockte und bis sich auf die Unterlippe. Dann stand sie auf und lief zu der Stelle, wo er die Messer hatte fallen lassen. Mit einem davon kam sie zurück.

Behutsam schnitt sie die Schlinge durch, die sich durch die verzweifelten Befreiungsversuche tief in Fell und Fleisch geschnitten hatte. »Wie könnt ihr das nur mit eurem Gewissen vereinbaren?«

»Ich habe schon lange kein Gewissen mehr.«

»Diese Wölfin ist Teil eines Rudels. Vielleicht ist sie sogar das Alphatier und führt es an. Oder sie hat da draußen irgendwo ihre Jungen, die nun vergeblich auf ihre Mutter warten.« Sie senkte den Blick und streichelte der Wölfin liebevoll den Kopf. »So rottet man Familien aus.«

Ihre letzten Worte trafen ihn direkt ins Herz. Er konnte nicht aufhören, sie anzustarren. Sie huldigte der Wölfin Respekt, und das beeindruckte ihn. Besorgt beugte sie sich über das verletzte Tier und betrachtete die blutende Wunde. Im Ausdruck ihrer blauen Augen erkannte er Demut und Trauer. Unbestreitbar war sie ebenfalls Teil eines Rudels und könnte den Verlust eines Familienmitglieds nicht ertragen. Sie empfand Mitgefühl für das Tier. Auf ihre eigene Art und Weise schien sie sich mit der Wölfin zu identifizieren.

Wieso war sie hier? Er hatte sie weggeschickt, hatte sie zurückgelassen. Niemals zuvor war ihm etwas so schwergefallen. Aber er hatte es getan. Er hatte sich auf sein Vorhaben besonnen und sich ihrer unnachgiebigen Anziehungskraft entzogen. War es Zufall oder eine Fügung des Schicksals, dass sie trotzdem erneut aufeinandergetroffen waren?

»Du musst mir helfen.« Sie reichte ihm das entknotete Seil, das mit dem Blut der Wölfin behaftet war. »Ich halte den Kopf und du ziehst ihr eine Schlinge über die Schnauze.«

»Hast du Angst, sie beißt dich doch noch? Sie schläft tief und fest.«

»Wenn sie wach wird und die Gelegenheit bekommt, wird sie um sich beißen.«

»Bevor sie aufwacht, gehen wir.«

»Die Verletzung ist zu schwer und wird nicht von allein verheilen. Ich muss die Wunde behandeln.« Sie packte die Wölfin mit beiden Händen im Nacken und hob ihren Kopf an. »Beeil dich, der Kopf wird schwer«, sagte sie, als er nicht gleich reagierte.

Drystan seufzte und formte eine Schlinge.

»Der Knoten muss oberhalb der Schnauze sein und die Enden musst du nach unten führen und dort erneut verknoten.«

Er befolgte ihre Anweisungen. »Woher weißt du, wie man so etwas macht?«

»Ich kümmere mich bei uns zu Hause um verletzte Tiere.«

Drystan runzelte die Stirn. »Warum?«

»Weil ich sie mag und ihnen Leid ersparen will.« Sie begutachtete die Maulschlinge. »Richtig gemacht. Nun musst du die Enden hinter den Ohren zusammenbinden.«

Als er das Seil am Hinterkopf des Tieres festzog, berührten sich ihre Hände.

Saphir legte den Kopf behutsam ab und wandte sich der verletzten Pfote zu. »Ich brauche Wein und etwas zum Nähen.«

Drystan zögerte abermals. Ein Blick in ihre erwartungsvollen Augen reichte aus und er fuhr mit den Armen unter den schlaffen Körper des Tieres, hob ihn hoch und stand auf. »Komm mit.«

Sie war sofort an seiner Seite und stützte den Kopf der Wölfin, damit dieser nicht herunterhing. »Wir müssen auf ihre Atmung achten.«

Er nickte, focht innerlich jedoch einen Kampf aus. Er sollte schlafen, um morgen bei vollen Kräften zu sein. Und was tat er stattdessen? Er folgte mitten in der Nacht dem Klageruf eines Wolfes und lief ausgerechnet Saphir in die Arme. Und als wäre das nicht schon genug, ließ er sich auf ihre Rettungsaktion ein.

Im Gefängnis hatte er unter der Einsamkeit gelitten. Jetzt mied er absichtlich die Gesellschaft der Männer, weil ihm der Trubel fremd war und er sich allein wohler fühlte. Die Feuer waren von seinem Lagerplatz aus zu sehen. Da er keine Stimmen hörte, schliefen die Menschen bereits, und die Unsterblichen ruhten zumindest.

Er legte die Wölfin neben seiner Feuerstelle ab. »Bleib hier. Ich hole Wein und Nähutensilien.« Kurz trafen sich ihre Blicke, dann machte er sich auf den Weg zu Gregor.

Ich sah Drystan nach. Er lief auf die Lagerfeuer zu, die in der Ferne loderten. Seine dunkle Gestalt wurde von dem glühenden und funkenstiebenden Licht umstrahlt, ehe er hinter den Flammen verschwand.

Es war bestimmt kein Zufall, ihm ausgerechnet bei der weißen Wölfin wiederbegegnet zu sein. Ich setzte mich neben sie auf den Boden und betrachtete sie nachdenklich. Welche Rolle spielte sie? Ich fragte mich, ob ich Drystan vielleicht von den Träumen erzählen und ihn um seine Meinung bitten sollte, denn sie war mir mittlerweile das zweite Mal in einem Traum erschienen.

Als er sich plötzlich neben mich setzte, zuckte ich zusammen. Ich war in Gedanken versunken gewesen und hatte sein Näherkommen nicht bemerkt.

»Und nun?« Er reichte mir einen ledernen Trinkbeutel und eine Gürteltasche.

Ich mied seinen Blick und versuchte mich voll und ganz auf die Verletzung zu konzentrieren. Drystans Nähe verunsicherte mich. Er machte mich nervös.

Meinen schnellen Herzschlag ignorierend, goss ich Wein über die Wunde, woraufhin das Bein kurz zitterte. Ich schaute besorgt auf, aber die Wölfin schlief nach wie vor.

In der Gürteltasche fand ich Stoffbänder, eine Bügelschere, ein kleines Messer, Seidenfäden und gebogene Nadeln. Ich hob das verletzte Bein an und schnitt mit der Schere das Fell zurück. Vorsichtig entfernte ich kleine Steinchen und Kiefernnadeln aus der Wunde, bevor ich wiederholt Wein darüber gab.

Drystan ließ mich nicht aus den Augen. Er zog anscheinend Rückschlüsse auf seine eigene Behandlung, und was er als Nächstes zu sehen bekam, irritierte ihn sehr.

Ich wischte meine feuchten Hände an meinem Rock ab und schnitt mir mit dem kleinen Messer in den Finger.

»Was …?« Er stockte und rückte näher, während ich mein Blut in die Wunde träufelte. »Hast du das auch bei mir gemacht?«

Ich nickte.

»Wieso?« Er klang aufgeregt.

»Das Blut der Unsterblichen hat bei euch Menschen eine heilende Wirkung.«

Da er nichts erwiderte, sah ich ihn an. Seine großen Augen und der leicht geöffnete Mund ließen seine Fassungslosigkeit deutlich erkennen.

Ich unterdrückte ein Schmunzeln. »Es reinigt, heilt, beugt Krankheiten vor und nimmt euch die Schmerzen.«

Drystan hatte es die Sprache verschlagen.

Ich vernähte die Wunde, indem ich die Hautränder aneinanderlegte, mit einer gebogenen Nadel einen Seidenfaden hindurchzog und die Enden miteinander verknotete. Danach legte ich mit einem Stofftuch einen Verband an.

Drystan schwieg die ganze Zeit.

»Jenna …« Mein Name hallte durch den Wald. »Jenna …«

Ich stand hastig auf. Canny und Will riefen nach mir.

Drystan erhob sich ebenfalls. Er legte den Kopf schräg und sah mich an.

»Du … Du solltest …«, stotterte ich. »Du musst die Wölfin an die Leine nehmen, damit sie nicht weglaufen kann.«

»Ich?«

»Sie braucht ein paar Tage Ruhe und sollte sich so wenig wie möglich bewegen. Und achte darauf, dass sie die Wunde nicht ableckt.«

Wieder hallte mein Name durch den Wald. Ich wandte mich um und lief los – Canny und Will entgegen.

»Hey!«

Ich stoppte und drehte mich um.

Drystan schüttelte kaum merklich den Kopf. »Wo willst du hin?«

Verunsichert sah ich abwechselnd zu ihm und in den Wald.

»Du kannst nicht gehen.« Er kam langsam auf mich zu.

»Kann ich nicht?«

»Du wolltest dich unbedingt um die Wölfin kümmern, also bist du für sie verantwortlich.«

Ich hob trotzig das Kinn. »Das sehe ich anders. Du hast die Falle gebaut, also bist du für sie verantwortlich.«

Schritt für Schritt trat er weiter an mich heran. Sein Gesicht war mir plötzlich ganz nah. Ich musste all meine Selbstbeherrschung aufbringen, um nicht meine Hand nach ihm auszustrecken, musste dem Drang widerstehen, ihn zu berühren. Seine Augen schimmerten wie flüssiges Gold.

»Dann haben wir wohl ein Problem – Jenna.«

Seine Stimme hatte von Anfang an eine fesselnde Wirkung auf mich erzielt. Ihn jetzt meinen Namen aussprechen zu hören, ging mir durch und durch. Wie eine Liebkosung erreichte mich der Klang tief in meiner Seele.

Wir standen beieinander, unschlüssig, was wir tun sollten. Ich war mir seiner Nähe mehr als deutlich bewusst und deshalb wie versteinert. Meine Füße verweigerten mir ihren Dienst. Ich schaffte es nicht, vor ihm zurückzuweichen, ebenso wie ich es nicht schaffte, die letzte winzige Distanz zu überbrücken, die noch zwischen uns war.

Ich könnte mich nach vorn beugen und mich an ihn schmiegen. Aber ich hielt der Versuchung stand. Und Drystan könnte den Kopf senken und … Doch er wollte es nicht – er tat es nicht. Ich schluckte. Wieso kam ich auf solche Gedanken?

Drystan atmete tief durch und trat einen Schritt zurück. Seine Bewegung war zäh, als würde es ihn Überwindung und Kraft kosten. Er löste seinen Blick von mir und sah zu der schlafenden Wölfin hinüber.

»Ich werde ihr die Maulschlinge abnehmen und wenn sie zu sich kommt, werde ich sie ziehen lassen.«

»Ihre Wunde wird aufreißen und alles war umsonst«, entgegnete ich.

Drystan hörte mir nicht zu. Er lief zu der Wölfin und begann die Maulschlinge zu lösen.

»Bitte, Drystan. Du musst sie anleinen und vom Rennen abhalten.«

»Sie wird es auch so überstehen, denn sie trägt nun dein Blut in sich.«

»Die Naht wird aufgehen, die Verletzung kann sich entzünden, und …«

»Jenna!« Er stand auf und schmiss das gelöste Seil der Maulschlinge achtlos zur Seite. »Meine Wunde war bedeutend schwerer als ihre und ich bin heute den ganzen Tag gelaufen. Ich habe keinerlei Schmerzen mehr und mein Bein ist verheilt, als wäre nie etwas gewesen.«

Ich schüttelte den Kopf. »Auch wenn du schmerzfrei bist, so musst du den Verband noch ungefähr zwölf Tage tragen. Die Wunde braucht Zeit, um vollständig zu verheilen.«

»Hast du mir nicht zugehört?« Drystan sah mich eindringlich an. »Mein Bein ist bereits verheilt.«

Ich zog die Stirn in Falten. »Wie meinst du das?«

»Genau so wie ich es sage.«

»Das ist unmöglich.«

»Ist es nicht.«

Ich verschränkte die Arme vor der Brust. »Zeig es mir.«

Canny und Will riefen abermals nach mir.

»Wenn die weiterhin so herumschreien, locken sie womöglich Feinde an. Du musst zu ihnen gehen und sie zum Schweigen bringen.«

Er wollte der Situation entkommen, aber ich ließ es nicht zu. »Zeig es mir«, forderte ich ihn erneut auf.

Drystan zögerte. Doch dann begann er seine lockere Leinenhose hochzukrempeln.

»Du hast den Verband gelöst«, schimpfte ich. Im nächsten Moment stockte mir der Atem. Ich ging zu ihm und kniete mich hin. Drystan ließ mich sein Bein ohne Einwand betasten.

Wie war das möglich? Dort, wo der tiefe Schnitt gewesen war, zeigte sich nur eine feine, blasse Narbe. Kein Schorf, nicht einmal eine Rötung war zu sehen. Die Fäden, mit denen ich die Wunde vernäht hatte, ragten deplatziert aus seiner gesunden Haut.

»Das kann nicht sein.« In meinem Kopf herrschte Chaos. »Das Blut beschleunigt eure Wundheilung … Aber niemals so schnell.« Ich ließ sein Bein los und legte meine zitternden Hände in meinen Schoß. »Du hast rotes Blut wie ein Mensch, kannst Schmerzen spüren, bist verletzbar und trägst Narben.

Gleichzeitig bist du stärker als ein Unsterblicher. Das Gift der Betäubungspfeile zeigt bei dir keine Wirkung. Und jetzt das.« Ich starrte auf sein Bein und sah dann zu ihm auf. »Wer bist du, Drystan?«

Er zuckte mit den Schultern und setzte sich auf den Boden, sodass wir fast auf Augenhöhe waren. »Mein Vater war ein Unsterblicher und meine Mutter war ein Mensch.«

Ich kaute nachdenklich auf meinen Lippen. »Das ist nichts Ungewöhnliches. Kinder, die aus einer solchen Konstellation stammen, sind menschlich oder unsterblich, je nachdem, welcher elterliche Erbfaktor sich durchgesetzt hat. Bei Canny verhält es sich zum Beispiel genauso wie bei dir und sie hat die Unsterblichkeit ihres Vaters geerbt.«

»Sie hat eine menschliche Mutter?«

Ich nickte.

»Du sagst das so leichtfertig. Ist da, wo du herkommst, eine Beziehung zwischen einem Unsterblichen und einem Menschen nicht verboten?«

Ich griff nach der Gürteltasche mit den Nähutensilien, die in meiner Reichweite lag. »Na ja, früher war es das schon. Das ist ewig her. Seit man herausgefunden hat, dass die Unsterblichen in den Menschen ihre Seelenpartner finden können, dürfen sie nun rechtmäßig miteinander Beziehungen eingehen.«

Mit einer Handbewegung bedeutete ich ihm, das Bein auszustrecken. Will rief ganz in der Nähe meinen Namen. »Ich bin hier …«

Ich löste die Fäden von der Hautoberfläche ab und schnitt sie mit der Bügelschere durch, um sie herauszuziehen.

»Hier ist das anders.« Drystan sprach die Worte voller Verachtung. »Meine Eltern wurden wegen ihrer Beziehung zum Tode verurteilt und öffentlich hingerichtet.«

»Wie bitte?« Ich hatte gerade den letzten Faden herausgezogen, hielt mitten in der Bewegung inne und sah ihn fassungslos an. »Sie wurden wegen ihrer Liebe zueinander ermordet?«

Drystan erwiderte meinen Blick nur kurz. Er krempelte sein Hosenbein nach unten und stand auf.

»Wurdest du deshalb im Gefängnis geboren?«

Eine Weile wandte er mir den Rücken zu und ich rechnete mit keiner Antwort mehr. Als ich ebenfalls aufstand, drehte er sich zu mir um.

»Mein Vater war Darius McKay, der einstige Clanführer Darkonas.«

Ich machte große Augen.

Drystan wartete auf meine Reaktion. Da ich völlig ruhig dastand, sprach er weiter: »Als mein Vater sich in eine Sterbliche verliebte, kam es im Volk zu Unmutsbekundungen. Doch er war der Clanführer und ließ sich die Beziehung zu meiner Mutter nicht verbieten. Als die Zeit verging und ihre Schwangerschaft sichtbar wurde, verleumdete man sie als Hexe. Sie musste mit dem Teufel im Bunde sein, wenn sie es geschafft hatte, einen unsterblichen Clanführer in ihr Bett zu locken und dann auch noch ein Kind von ihm auszutragen.« Drystan stockte. »Selbst seine treuesten Anhänger waren sich sicher, dass sie ihn verflucht hatte und er ihr deshalb hörig war.«

Ich öffnete die Lippen, um etwas zu sagen. Mir fehlten die Worte.

»John McGee gehörte einst wie Gregor zu den Beratern meines Vaters. Er ist ein gewissenloser Mann und ergriff die Gelegenheit, die Macht an sich zu reißen. Das Volk war bereits in Unruhe und er wiegelte es mehr und mehr auf. Eines Nachts sind sie in die Burg eingedrungen, haben ihn auf den Marktplatz geschleppt und ihn ohne einen Prozess hingerichtet.«

Ich schüttelte fassungslos den Kopf. Wie abergläubisch musste ein Volk sein, um eine solche Meuterei zu begehen?

»McGee brachte meine Mutter auf die Gefängnisinsel. Er wollte sehen, welche Ausgeburt der Hölle sie auf die Welt bringen würde. Erst danach sollte sie sterben.«

Ich verspürte einen Druck in der Brust. Das Schicksal seiner Familie ließ mein Herz schwer werden.

»Als wir geboren waren, wurde sie bei lebendigem Leib auf dem Scheiterhaufen verbrannt«, flüsterte er.

Ich hob verwirrt den Blick. »Wir?«

»Mein Bruder und ich.«

14.
Brüder

Ich schnappte nach Luft. Er hatte einen Bruder? Ein Unsterblicher konnte doch nur ein Kind zeugen? Jared und ich waren die einzigen Geschwister, die von einem Unsterblichen abstammten – wir waren einmalig.

»Du lügst …« Ich wich zurück.

Drystan zog irritiert die Augenbrauen zusammen. »Ich bin Darius McKays Sohn und vielleicht bin ich der Sohn einer Hexe – aber ein Lügner bin ich nicht.«

Meine Gedanken rasten im Wettlauf mit meinem Herzen. Immer weiter wich ich zurück, stolperte über eine Wurzel und fiel unmittelbar neben der Wölfin hin.

Ihre Gliedmaßen zuckten. Sie kam zu sich.

»Geh auf Abstand«, sagte Drystan, der es offenbar ebenfalls bemerkte. Er war sofort bei mir, zog mich auf die Beine und drängte mich von der Wölfin weg, die in diesem Moment die Augen aufschlug und den Kopf hob.

»Wir müssen sie anleinen.«

»Du hast ihr dein Blut gegeben. Sie wird also klarkommen.«

Die Wölfin versuchte auf die Beine zu kommen. Sie taumelte wie ein Jungtier, das seine ersten Stehversuche unternahm.

»Zu Hause habe ich schon oft verletzten Tieren mein Blut gegeben. Und ja, ich habe ihnen dadurch zu einer schnelleren Genesung verholfen. Aber nicht von einem Tag auf den anderen.« Ich machte eine Pause, bis er den Blick von der Wölfin löste und mich ansah. »Bei dir wirkt es anders – du bist anders.«

Will war ebenso wie Drystan ein Mensch. Ich konnte ihm zwar die Schmerzen lindern, sein Arm machte ihm trotzdem noch Probleme.

Gerade als ich an ihn dachte, trat er hinter uns zwischen den Bäumen hervor. Drystan fuhr herum und ehe Will sichs versah, lag er auf dem Bauch am Boden und Drystan hielt ihn unter seinem Knie gefangen.

Da er unsanft auf seinem gebrochenen Arm aufgekommen war, stöhnte er schmerzvoll auf. Canny kam nur wenige Schritte hinter den beiden zum Stehen.

»Was soll das?« Ich ging zu Drystan und versuchte ihn von Will herunterzuziehen.

»Es sollte sich niemand von hinten an mich heranschleichen«, sagte er und stand auf.

Will schnaufte. Er hielt sich den Arm und raffte sich auf. »Ich habe mich nicht angeschlichen.« Rügend sah er mich an. »Ich habe nur nach … dem Mädchen gesucht, weil ich besorgt war und dachte, sie ist vielleicht Straftätern oder wilden Tieren zum Opfer gefallen.«

»Es tut mir leid«, erwiderte ich.

»Es tut dir leid?«, stieß Canny aus. Sie kam mit hochrotem Kopf auf mich zu und schloss mich erleichtert in ihre Arme. »Ich bin fast durchgedreht, als ich aus meinem Traum aufgetaucht bin und du plötzlich nicht mehr da warst.«

Ich erwiderte ihre Umarmung. Wenn sie wüsste, was ich soeben erfahren hatte. Ich wollte ihr davon erzählen, wollte Will fragen, was er von Drystans Behauptung, einen Bruder zu haben, hielt.

»Wieso bist du weggelaufen?« Canny sah verunsichert zu Drystan. »Hat er dich verschleppt?«

Er erwiderte ihren Blick herausfordernd.

»Nein, hat er nicht. Ich bin dem Ruf der Wölfin gefolgt und dabei sind wir zufällig aufeinandergetroffen.«

Ich deutete zu dem verletzten Tier und erschrak. Der Platz, wo die Wölfin gelegen hatte, war leer. Von ihr war weit und breit nichts mehr zu sehen.

Stattdessen näherten sich in der Finsternis dunkle Gestalten. Sie hatten sich angepirscht und uns bereits von allen Seiten umstellt.

Auf der Suche nach Jenna hatten ihre Freunde den ganzen Wald zusammengeschrien. Statt es sofort zu unterbinden, hatte er sich von ihr ablenken lassen und war unvorsichtig geworden. Wenn sie in seiner Nähe war, setzte sein Verstand völlig aus. Allein ihre bloße Anwesenheit riss ihm den Boden unter den Füßen weg.

Sein Schwert lehnte viel zu weit entfernt an einem Stein. Er konnte nichts weiter tun, als Jenna an seine Seite zu ziehen und die Fremden im Auge zu behalten. Es war ihm gerade völlig egal, wer die Männer waren und was sie von ihnen wollten. Allein der Gedanke, Jenna beschützen zu müssen, beherrschte ihn.

Seine Sinne waren in Bereitschaft. Die Anspannung brachte seine Adern zum Pulsieren. Er lauerte auf den bevorstehenden Angriff und ballte seine Hände zu Fäusten.

Dieser Will nahm ebenfalls eine Abwehrhaltung ein, indem er das Gewicht auf sein Standbein verlagerte und seinen gesunden Arm auf Brusthöhe hob. Sie würden ihn niedermachen, bevor er zum Schlag kam.

Jenna hatte er schon einmal kämpfen sehen und er traute ihr durchaus zu, sich vor dem einen oder anderen Angreifer verteidigen zu können. Wie sich das bei ihrer Freundin verhielt, konnte er nicht einschätzen. Da es etwa zwanzig Männer waren, die den Kreis um sie enger schnürten, waren die Aussichten, diesen Kampf zu gewinnen, sehr schlecht. Er musste nach Verstärkung rufen. Doch bis Gregor und die anderen hier waren …

Ein Mann trat aus der Dunkelheit hervor und gab im Schein des Feuers sein Gesicht zu erkennen. Da atmete Will erleichtert auf, Jenna schlug sich die Hände vor den Mund und ihre Freundin kreischte auf, rannte auf den Mann zu und sprang ihm in die Arme. »Vater …«

Nach und nach traten auch die anderen näher. Sie hatten keinen Kampf im Sinn, ihre Körperhaltung ließ das klar erkennen. Als der Mann auch Jenna in seine Arme schloss, konnte sich Drystan gewiss sein, dass keine Gefahr drohte.

»Was bei allen Göttern habt ihr denn hier auf Darkona zu suchen?«, fragte der Blonde und schob die Mädchen etwas von sich, um sie ansehen zu können. »Wieso seid ihr hier?«

Drystan wich unwillkürlich einen Schritt zurück. Jetzt, da die Mädchen ihn freigaben, bemerkte Drystan die Kleidung des Blonden und sah sich die übrigen Männer genauer an. Sie alle trugen einen Brustschutz aus schwarzem Leder, der ihm sehr bekannt vorkam.

»Wir waren hinter Jared her …«, begann Canny zu erzählen.

Hatte Drystan es richtig mitbekommen? Sie hatte den Blonden vorhin ihren Vater genannt.

»Jared hat sich auf das Schiff des Kommandanten geschlichen …«, berichtete Jenna gleichzeitig.

Die Mädchen waren aufgeregt. Wer war dieser Jared?

»Ich hätte Jenna und Canny aufhalten sollen …«, stimmte nun Will in ihren Redeschwall mit ein.

Der Blonde hob die Hand. »Langsam, langsam. Wenn ihr alle durcheinanderredet, kommt ja keiner mit.«

»Ich bin so froh, dich zu sehen, Ryan«, sagte Jenna.

»Wir hatten in der Nähe ein Nachtlager aufgeschlagen und plötzlich hörte ich jemanden deinen Namen rufen.« Er sah zu Canny. »Und dieser Jemand hörte sich ausgerechnet wie meine Tochter an.«

Jenna schaute sich suchend um. »Wo ist Vater?«

Dieser Ryan seufzte und sah zu Boden. »John McGee hat die Friedensgarde um Hilfe gebeten, um die Aufstände unter Kontrolle zu bekommen. Als wir hier eintrafen, haben wir schnell gemerkt, weshalb sich das Volk gegen ihn zur Wehr setzt. Sie leiden Hunger und zudem erzählt man sich Geschichten, in denen McGee beschuldigt wird, den früheren Clanführer ermordet und die Macht an sich gerissen zu haben. Aber als wir McGee darauf ansprachen, stritt er alles ab.«

Drystan bemerkte Jennas Blick, erwiderte ihn jedoch nur kurz.

»Was ist dann passiert?«, fragte sie.

»Jake ließen die Geschichten keine Ruhe und wir gingen deren Wahrheitsgehalt weiter auf die Spur«, sprach Ryan. »Als Jake sich auf die Seite des Volkes stellte, statt John McGee zu unterstützen, beschlagnahmte er unser Schiff. Er wollte unsere Abreise verhindern, damit wir nicht mit Verstärkung der Friedensgarde zurückkommen konnten, um gegen ihn vorzugehen.«

»Vater hätte doch bloß mit Mutter Kontakt aufnehmen brauchen«, sagte Jenna. »Sie hat tagelang vergeblich versucht, ihn im Traum zu treffen.«

Ryan nickte. »Das hatte McGee bedacht. Er nahm uns in Gewahrsam und gab den Befehl, uns auf die Gefängnisinsel zu bringen. Seine Untergebenen sollten uns Tag und Nacht im Auge behalten. Sie ließen keine Träume zu.« Er stockte.

»Und weiter?«, drängte Will.

»Sie transportierten uns in mehreren Gefängniswagen und als wir über ein Feld fuhren, brach bei dem Wagen, in dem ich mit vier weiteren Männern saß, die Achse. Die Pferde scheuten und es blieb ihnen nichts weiter übrig, als uns herauszulassen, um uns auf die anderen Wagen aufzuteilen.« Er verzog spöttisch den Mund. »Tja, und diese Chance haben wir genutzt, auch wenn wir Glück hatten, dass uns ein paar Bauern zusätzlich zu Hilfe kamen.«

»Also ist Vater in Sicherheit?« Jenna war die Erleichterung anzuhören.

Ryan wich ihrem Blick aus. »Jake gab mir den Auftrag, mit unseren Männern in einem anderen Hafen nach einem Schiff zu suchen und heimzureisen.« Nun sah er sie an und fasste sie an den Schultern. »Du kennst ihn und weißt, was für ein Dickkopf er sein kann. Ich habe wirklich alles versucht, ihm sein Vorhaben auszureden.«

Jenna erstarrte. »Was hat er getan?«, flüsterte sie.

»Laut Gerüchten ist Darius McKays Sohn noch am Leben. Jake hat sich absichtlich mit zwei weiteren Männern einfangen lassen, um ins Gefängnis gelangen zu können. Er will den Jungen finden und befreien. Danach werden wir ihn dazu bringen, sein Erbe – die Regentschaft über Darkona – einzufordern.«

Drystans Herz zertrümmerte ihm fast die Brust. Er stand regungslos da, versuchte vergeblich, einen klaren Gedanken zu fassen und das Gesagte zu verarbeiten. Die Worte des Mannes hallten in seinen Ohren nach.

»Es stimmt. Darius McKays Sohn ist am Leben. Er steht vor euch.« Jennas Blick durchbohrte ihn wie eine glühende Speerspitze. Sie kam schnell auf ihn zu. »Hast du meinen Vater gesehen?«

Er wich ihr aus. »Ich weiß überhaupt nicht, wer dein Vater ist.«

»Jake McAlaster …« Sie fasste ihn an den Unterarmen. »Sein Name ist Jake McAlaster.«

Die Erkenntnis traf ihn wie ein Schlag. Er hatte gehört, wie die Wachen Wetten abgeschlossen hatten. Die meisten hatten Drystan als Sieger auserkoren, nur ein Einzelner hatte auf seinen Gegner gesetzt und dabei dessen Namen ausgesprochen.

»Jake McAlaster … Gegen diesen Mann habe ich meinen letzten Kampf in der Arena bestritten.«

»Ich habe die Männer rühmend von deinen Kämpfen sprechen hören«, sagte Will mit belegter Stimme. »Jeder Kampf ging um Leben und Tod …« Er zuckte bei seinen eigenen Worten zusammen.

Jenna war plötzlich blass. Haltlos sackte sie auf die Knie, bevor Will, Canny und Ryan gleichzeitig zu ihr eilten.

Drystan lief rückwärts. Die Art und Weise, wie Jenna ihn anstarrte, verrieten deutlich ihre Gedanken. Ihre weit aufgerissenen Augen waren voller Tränen, die sich augenblicklich über ihre Wangen ergossen. Sie zitterte nicht, ihr Körper begann zu beben. Ein Laut, halb Schluchzen, halb Schrei, brach aus ihr heraus und brachte Drystans Blut zum Gefrieren. Mit jeder Faser seines Körpers spürte er ihre Verzweiflung – die Wut und Trauer darüber, ihn statt ihren Vater lebendig vor sich zu haben. In diesem Moment wünschte sie ihm den Tod.

Er wollte zu ihr gehen. Stattdessen wich er immer weiter zurück. Er war genau das, was sie in ihm sah – ein Mörder.

Als wäre es erst gestern gewesen, erinnerte er sich an den Tag, an dem er das erste Mal um sein Leben hatte kämpfen müssen. Normalerweise brachten sie ihn und seinen Bruder in der Arena zusammen, damit sie zur Belustigung des Clanführers mit den Fäusten aufeinander einschlugen. Anschließend gab dieser ihnen Zeit, sich von den Blessuren zu erholen, bevor sie abermals gegeneinander antreten mussten. An jenem Tag war es allerdings nicht sein Bruder gewesen, der ihn in der Arena erwartete.

Drystan war elf, der Mann ungefähr sechzig und betrunken. Als man ihm ein schweres, scharfes Schwert in die Hand gedrückt hatte, war er vor Angst wie gelähmt gewesen. Er hatte nicht einmal versucht, den Mann anzugreifen. Als dieser auf ihn zugetorkelt kam und mit dem Schwert zum Todesstoß ausholte, hatte er das eigene Schwert abwehrend vor sich gehalten und der Mann war ihm direkt in die Klinge gelaufen.

Danach hatten sie ihn in seine Zelle gebracht, ohne die Frage nach seinem Bruder zu beantworten. Er hatte eine Woche Zeit, um über den Tod des Mannes hinwegzukommen. Dann führte man ihn in die Arena und das Spiel auf Leben und Tod begann von Neuem. Anfänglich suchten sie ihm schwache Gegner aus, mit der Zeit, in der sich seine Kampfkünste weiterentwickelten, wuchs auch die Gefährlichkeit seiner Angreifer. Jede Woche hoffte er, seinen Bruder wiederzusehen, aber irgendwann begann er zu begreifen, dass dieser seinen ersten Kampf verloren hatte. Und das war der Zeitpunkt, als er seinem Überlebensinstinkt abschwor und sich mental darauf vorbereitete, durch das Schwert seines nächsten Kontrahenten zu sterben.

Das Schicksal verfolgte dagegen andere Pläne, denn in der Nacht vor seinem nächsten Wettkampf erzählte ihm sein Zellennachbar die erste Geschichte, von der er behauptete, es sei die von Drystans und Caydens Familie. Drystan überlebte, um weitere Geschichten hören zu können, und als Gregor ihm alle erzählt hatte, war es das Verlangen nach Rache, das ihn am Leben hielt.

Bei jedem neuen Gegner stellte er sich vor, dieser wäre John McGee. Und so verhielt es sich auch, als er Jake McAlaster in der Arena gegenüberstand. Jegliche Gefühle waren ihm abhandengekommen. Nicht einmal Mitleid und Erbarmen konnte er empfinden. Sein Körper war stark, aber nur noch eine seelenlose Hülle.

Alles war wie immer gewesen. Zwei Rivalen, zwei Schwerter und die gaffenden Aufseher. Doch dann hatte der Unsterbliche angefangen, mit ihm zu reden …

Die Erscheinung und das Auftreten des Mannes hatten ihn beeindruckt. Außerdem war er sein bisher stärkster Gegner, der ihn mehr und mehr an seinem eigenen Sieg zweifeln ließ. Und plötzlich hatte Drystan am Boden gelegen und seine Niederlage war besiegelt gewesen. Statt ihm den Todesstoß zu versetzen, hatte der Fremde ihm überraschend die Hand gereicht. Er hatte ihn aufgefordert, mit ihm gemeinsam das Schwert gegen die Wachen zu erheben, und war im nächsten Augenblick über die Absperrung geklettert, um die verdutzten Männer anzugreifen.

Drystan betrachtete Jenna, die am Boden hockte, ihr Gesicht in den Händen verbarg und bitterlich weinte. Die anderen standen desorientiert bei ihr, unfähig, ihr zu helfen. Es war offensichtlich, wie bedeutend Jake McAlaster für sie alle war.

»Dein Vater hat mich besiegt«, brachte Drystan mit Mühe heraus. Doch keiner hörte ihm zu. Alle redeten tröstend auf Jenna ein und waren in ihrer eigenen Trauer gefangen.

»Ich habe ihn nicht umgebracht«, schrie er, um sie zu erreichen. Nun hatte er ihre volle Aufmerksamkeit.

»Ich bin schon lange kein Mensch mehr, sondern nur eine empfindungslose Kreatur. Seit meiner Geburt befand ich mich am Rand des Abgrunds, mit elf Jahren bin ich unwiderruflich in die Tiefe gestürzt. Das, was ich getan habe, kann nie vergeben werden. Der Tod ist mein engster Vertrauter. Ich habe so vielen Männern das Leben genommen, dass ich sie nicht mehr zählen kann.« Er stockte und sah in Jennas gerötete Augen. »Aber deinen Vater habe ich nicht auf dem Gewissen.«

15. Ungewissheit

Ich stürmte auf Drystan zu. Unaufhörlich schlug ich ihm auf die Brust, zerknüllte den Stoff seines Hemdes zwischen meinen zitternden Händen und begann, ihn zu rütteln.

»Wo ist mein Vater?«, schrie ich ihn an. »Sag mir, wo ich meinen Vater finden kann!«

Drystan wehrte sich nicht. Als ich meine Attacke aufgab, starrte er nur vor sich hin. »Ich weiß es nicht.«

Ich stieß ihn nach hinten, doch er ließ es einfach über sich ergehen. »Du hast gegen ihn gekämpft. Was ist danach passiert?«

»Wir haben die Wachen angegriffen.« Nun sah er auf. »Es tut mir leid, Jenna. Mehr kann ich dir nicht sagen. Ich habe mir den Weg freigekämpft – wie er auch. Dann habe ich andere Insassen befreit und der Tumult wurde größer. Deinen Vater hatte ich da längst aus den Augen verloren.«

»Aber als du ihn das letzte Mal gesehen hast, war er am Leben …?«

Drystan ließ die Schultern hängen. »Alle, die die Gefängnisrevolte überlebt haben, sind hier.« Er schaute zu dem Lager hinüber.

Ryan rempelte ihn im Vorbeigehen an. Er und seine Begleiter liefen umgehend auf die brennenden Lagerfeuer zu.

»Vater ist nicht bei ihnen«, rief ich ihnen nach. »Ich hätte ihn schon längst gesehen und er hätte mich bemerkt, als sie uns gefangen nahmen.«

Ryan blieb stehen und wirbelte herum. »Sie haben euch gefangen genommen?«

»Sie haben uns danach gleich wieder freigelassen«, beschwichtigte ich ihn.

Er zeigte mit dem Finger zum Lager, ohne dabei den Blick von mir abzuwenden. »Sind diese Männer unsere Feinde?«

Ich biss mir verunsichert auf die Unterlippe. »Drystan ist es nicht. Und er ist ihr Anführer.«

Wir sahen Drystan gleichzeitig an. Er hatte sich nicht vom Fleck gerührt und beobachtete uns.

Ryan strich sich durch seine kurzen, zerzausten Haare. »Wieso sind diese Männer überhaupt noch hier versammelt? Haben sie keine Familien? An ihrer Stelle würde ich mich so schnell wie möglich auf den Heimweg machen.«

»Sie folgen Drystan in den Krieg«, erwiderte ich. »McGee soll für seine Vergehen bezahlen.«

Ryan lachte höhnisch auf. »Diese Straftäter können es unmöglich mit McGees Truppen aufnehmen. Sie sind zu wenige und im Kampf viel zu unerfahren.«

»Dann sterbe ich zumindest bei dem Versuch, diesen Mann zur Strecke zu bringen«, stieß Drystan zwischen zusammengebissenen Zähnen hervor.

Ryan ging auf ihn zu. »Hast du all die Jahre auf deine Freilassung gehofft, nur um McGee dein Leben leichtfertig vor die Füße zu werfen?«

»Ich hänge nicht an meinem Leben und eine andere Option habe ich nicht.«

»Oh doch, die hast du.« Ryan kam vor ihm zum Stehen und tippte ihm mit dem Zeigefinger an die Brust. »Jake ist der Initiator der Friedensgarde. Er hat sich stets für Gerechtigkeit und Frieden eingesetzt, und als er von deiner Existenz erfuhr, hat er sich sofort auf den Weg gemacht, um nach dir zu suchen.« Ryan sah traurig zu Boden. »Er wollte für dich und mit dir um das Erbe deiner Familie kämpfen, und das wird die Friedensgarde in seinem Sinn fortführen.« Er schluckte. »Jake hat für diese Sache sein Leben riskiert – er hat es für dich riskiert, wenn nicht sogar verloren. Also bist du es wert. Und sein Tod darf auf keinen Fall umsonst gewesen sein.«

Die Zeit stand still. Ich nahm alles verzögert wahr. Ryans Worte klangen gedämpft in meinen Ohren, als befände ich mich unter Wasser. »Ich werde erst an den Tod meines Vaters glauben, wenn ich ihn mit eigenen Augen leblos vorfinde«, stieß ich aus. »Keinen Augenblick eher. Er ist am Leben – er muss am Leben sein.« Meine Stimme brach. Bevor die Tränen erneut die Oberhand gewannen, lief ich los.

»Wohin gehst du?«, rief Canny mir nach.

»Zurück – auf die Gefängnisinsel …«

Getrieben von Hoffnung und Verzweiflung, rannte ich so schnell ich konnte. Es fing zu regnen an und der Wind peitschte mir ins Gesicht. Der Sonnenaufgang weckte Erinnerungen. Einen kurzen Moment sah ich unser Bergtal vor meinem inneren Auge vor mir. Den Ewigen Wald, eingetaucht in purpurner Farbe, während die Sonne hinter dem vordersten Zwillingsberg zum Vorschein kam. Dieser ehrwürdige Ort würde nicht mehr derselbe sein, wenn ich ohne meinen Vater dorthin zurückkehrte. Unsere Familie wäre nicht mehr dieselbe – ich wäre nicht mehr dieselbe. Allein bei dem Gedanken zerbrach mein Herz in tausend Stücke.

In der Ferne vernahm ich den Ruf eines einzelnen Wolfes und wusste mit einer unumstößlichen Gewissheit, dass es die weiße Wölfin war. Aus irgendeinem Grund spürte ich tief in meinem Inneren ihre Präsenz. Aber ich hatte keine Zeit, mir jetzt darüber Gedanken zu machen.

Ich hatte nicht darauf geachtet, ob mir jemand folgte. Als ich Ryan und die übrigen Gardisten hinter mir bemerkte, war ich sehr erleichtert. Ich drosselte mein Tempo, bis sie zu mir aufgeschlossen hatten, und lief dann umso schneller.

»Kennst du den Weg?«, rief Ryan.

»Nicht wirklich. Ich habe das Gefängnis auf einer Anhöhe gesehen und hoffe, dass ich diesen Ausgangspunkt wiederfinde«, antwortete ich.

Der Wald endete und die Meerenge kam in unser Blickfeld. Ich hatte diese Insel verlassen, ohne zu ahnen, dass Vater dort war. Als wir am Ufer ankamen, lief ich sogleich ins Wasser.

»Wir müssen vorsichtig sein.« Der melodische Klang der Stimme ließ mich innehalten.

Ich wandte mich ruckartig um. Was machte Drystan hier? Ungläubig starrte ich ihn an, sah, wie sein Brustkorb pumpte und er völlig erschöpft nach Atem rang. Wie war es ihm möglich, uns bei dieser Schnelligkeit zu folgen, wenn er ein Mensch war?

»Womöglich ist der Ausbruch inzwischen bemerkt worden«, presste er zwischen stoßweisen Atemzügen hervor.

Ryan rieb sich nachdenklich die Stirn. »McGee konzentriert sich derzeit auf die Häfen und hat seine Truppen dort stationiert. Es ist uns nicht gelungen, in die Nähe eines Schiffes zu kommen.«

»Das ist gut zu wissen«, sagte Drystan. »Wenn seine Truppen an den Küsten sind, fehlen ihm diese Männer unweigerlich bei der Verteidigung der Burg.«

»Da könntest du recht haben«, entgegnete Ryan. »Da Jake sich gegen McGee gestellt hat, will dieser mit allen Mitteln das Eintreffen der Friedensgarde verhindern. Er hat alle Hebel in Bewegung gesetzt, um fremde Schiffe umgehend abzuweisen. Mit einem Angriff innerhalb des Landes rechnet er nicht im Geringsten – zumindest so lange nicht, bis er von den Ereignissen auf der Gefängnisinsel erfährt.«

»Mutter hat die Friedensgarde tatsächlich nach Darkona ausgesandt, da der Kontakt zu Vater völlig abgebrochen war«, ließ ich ihn wissen. »Grimmt und Kommandant Ramsay bilden die Vorhut und auch Jared und Conner sind mit an Bord.« Ich berichtete knapp, wie es dazu gekommen war, dass Will, Canny und ich hier waren, und alle, einschließlich Drystan, hörten mir aufmerksam zu.

»Sie auf dem Weg zu wissen, ist tröstlich«, sagte Ryan, als ich endete. »Aber sie werden es nicht leicht haben, hier an Land zu kommen.«

Während ich weiter ins Wasser lief, sah ich kurz zum Waldrand zurück. »Canny und Will werden in Sicherheit sein, bis wir zurück sind, oder?«

Drystan nickte. »Ich habe Gregor angewiesen, gut auf sie aufzupassen.« Er schnappte sich eins der zurückgelassenen provisorischen Flöße und kam ebenfalls ins Wasser.

Ich hielt mich mit einer Hand an dem Floß fest und trieb es durch meine Schwimmbewegungen an. »Wenn es so ist, wie du sagst, heißt das, dass du zuerst zum Lager gehen musstest, um Gregor diese Anweisung zu geben, und uns erst danach folgen konntest. Das bedeutet, du kannst noch schneller rennen als wir Unsterblichen. Und das bestätigt mir – du bist kein normaler Mensch.«

»Ich habe nie behauptet, normal zu sein.«

Mein langer Rock schlang sich um meine Beine und behinderte mich beim Schwimmen. Als ich kurz innehielt, um den schweren Stoff zu entwirren, war es allein Drystan, der das Floß mit kräftigen Beinbewegungen vorwärtsbrachte – doch wir waren trotzdem bedeutend schneller als die anderen.

»Falls wir das hier überstehen sollten, werde ich dir irgendwann das Schwimmen beibringen«, sagte ich.

Ich spürte seinen Blick. Da wir das Ufer in diesem Moment erreichten, floh ich vor ihm aus dem Wasser, ehe er meine Verlegenheit bemerken konnte. Er hatte gegen meinen Vater gekämpft, aber laut seinem Bericht war es nicht zum Äußersten gekommen. Ryan hatte gesagt, Vater hätte sein Leben für Drystan riskiert … Würde ich es auch tun?

Er führte uns über die flache Ebene, direkt auf den kleinen Wald zu, hinter dem wir die Festung auf der Anhöhe sehen konnten. Als wir den Wald betraten, geriet sie außer Sichtweite.

Alle schwiegen. Es herrschte eine eigenartige Stimmung. Ryan und Vater waren wie Brüder. Deshalb war seine Anspannung, ebenso wie meine, förmlich greifbar. Ich wusste nicht, was passieren würde, wenn wir Vater leblos vorfanden. Ich konnte es mir nicht vorstellen. Mein Magen krampfte sich zusammen und ich schluckte gegen den bitteren Geschmack in meinem Mund an. Ich würde unausweichlich an seinem Verlust zugrunde gehen.

Wir kamen an der Ruine vorbei, zu der uns Drystans Männer verschleppt hatten. Von da aus dauerte es nicht mehr lange, bis wir den Berg erreichten, dessen Gipfel unser Ziel war. Ein steiniger Pfad führte steil hinauf. An manchen Stellen wurde der Pass so eng, dass man befürchten musste, beim kleinsten Fehltritt in die Tiefe zu stürzen.

Für einen Menschen musste der Marsch sehr anstrengend sein. Doch Drystan hatte keine Mühe, denn er lief voraus und gab ein beachtliches Tempo vor.

Oben angekommen, erwartete uns eine hohe Mauer. Die zwei Wachtürme waren unbesetzt und das dazwischenliegende Portal stand offen.

Drystan blieb inmitten des breiten Eingangs stehen. »Ich kann nicht fassen, dass ich hier noch mal freiwillig einen Fuß hineinsetze.«

Ich trat neben ihn. »Das musst du nicht. Du hast uns schon geholfen, indem du uns hierhergeführt hast. Ich wäre erst um den Berg herumgelaufen, ehe ich den Pfad entdeckt hätte.«

Er atmete tief durch. »Nachdem ich weiß, was dein Vater für mich riskiert hat, ist das wohl das Mindeste, was ich tun kann.«

Darauf erwiderte ich nichts, sondern trat als Erste durch das Portal der Mauer. Von hier aus führte ein gepflasterter Weg zu einem burgähnlichen Bauwerk, in dessen Fassade kein einziges Fenster zu finden war.

»Saphir …«

Ich drehte mich zu Drystan um, lief aber rückwärts weiter. Ryan und die Gardisten überholten mich.

»Du solltest noch etwas wissen …« Drystan ließ die Schultern hängen, um sie im nächsten Moment wieder zu straffen.

Nun blieb ich stehen.

»Die Männer haben alles mitgenommen, was sie für brauchbar hielten. Unter anderem die unversehrte Kleidung der Toten.« Er hielt die Hände neben seinem Körper, krümmte und streckte abwechselnd die Finger. »Es war auch ein schwarzer Brustschutz aus Leder dabei, der dem gleicht, den dein Vater bei unserem Zweikampf trug.«

Meine Knie begannen zu zittern.

»Du solltest auf alles vorbereitet sein.« Er kam zu mir, ergriff meine Hand und führte mich weiter in die Festung hinein. »Ich werde deine Hand halten, bis wir ihn gefunden haben. Danach wirst du mich nicht mehr in deine Nähe lassen.«

»Du hast ihn nicht umgebracht.« Mehr als ein Flüstern kam nicht über meine Lippen.

»Nein, habe ich nicht. Trotzdem trage ich die Schuld an seinem Tod.«

Seine Worte waren aufrichtig und voller Bedauern. Und mit jedem Schritt, den wir uns weiter in das Gefängnis vorwagten, wurde ich mir ihrer Bedeutung mehr bewusst. Es würde genauso sein, wie er es vorhersagte. Nach dem, was er erlebt hatte, hatte er es mehr als verdient, gerettet zu werden. Er hatte meinen Vater um nichts gebeten, aber dennoch hatte Vater sich seinetwegen in Gefahr gebracht. Wenn ich ihn dadurch verloren hatte, dann könnte ich Drystan nie mehr in die Augen sehen.

Ich verschränkte meine Finger mit den seinen. Bis es so weit war, hielt ich ebenfalls seine Hand, und zwar so fest ich konnte.

Ryan war mit den Männern bereits in dem alten Gemäuer verschwunden. Man hörte ihn nur ab und zu nach Vater rufen. Als Drystan mich durch die schwere Eisentür in einen Vorraum hineinführte, drang ein stickiger, modriger Geruch in meine Nase. Schwaches Licht fiel durch winzige vergitterte Fenster. Ich konnte nur erahnen, dass sie an einen Innenhof grenzten, da sie zu hoch gelegen waren und ich nicht hindurchsehen konnte.

Die an den feuchten Wänden befestigten Fackeln waren erloschen. Allerdings war das spärliche Licht für Drystan ausreichend. Er lotste mich in einen abzweigenden Gang, an dessen Ende eine Wendeltreppe hinabführte. Wir erreichten einen weiteren Flur, in dem man zu beiden Seiten durch dicke, verrostete Eisengitter in Gefängniszellen gelangte. Keine Sitzmöglichkeit, nicht einmal ein Ruhelager gab es dort. Die Insassen hatten auf dem kalten Steinboden geschlafen.

Im nächsten Gang lagen zwei Tote, die man fast vollständig entkleidet hatte. Ich wandte mich schnell von ihnen ab. Doch ihr Anblick war nichts im Vergleich zu dem, was mich erwartete, als wir den Innenhof betraten.

Dieses Bild des Grauens würde mich auf ewig verfolgen. Auf dem lehmigen Platz waren tote Menschen und kopflose Leiber von Unsterblichen verstreut. Ich kämpfte gegen die Übelkeit an und stieg über die leblosen Körper hinweg, die teilweise übereinanderlagen. Als ich in die Gesichter der geköpften Häupter sah, jagten eiskalte Schauer über meinen Rücken. Ich hatte Angst, ich könnte Vater unter ihnen entdecken. Es war schrecklich.

»Jake …« Die Männer riefen abermals nach meinem Vater. So angestrengt ich auch lauschte, ich konnte keine Antwort wahrnehmen.

»Wo hast du in zuletzt gesehen?«, erkundigte ich mich bei Drystan.

Er deutete auf einen Eisenzaun, der die Mitte des Platzes umsäumte und diesen Ort unschwer als Kampfarena zu erkennen gab. Seit wir das Gefängnis betreten hatten, war ich zu sehr mit den vielfältigen Eindrücken und meinen eigenen Empfindungen beschäftigt gewesen und hatte Drystans Verfassung deshalb außer Acht gelassen. Nun wurde ich mir darüber bewusst, wie aufgewühlt er war.

Seine Größe und sein muskulöser Körper machten seine Stärke für jedermann sichtbar. In diesem Moment strahlte er jedoch eine Verletzlichkeit aus, die mich zum einen erschreckte und zum anderen unnachgiebig zu ihm hinzog. Sein Blick war leer und emotionslos, als wäre er ein Blinder. Seine hängenden Schultern und sein gesenkter Kopf sprachen für seine Erschöpfung. Er sah so unglaublich müde aus. Müde von der Nacht ohne Schlaf, müde von der beschwerlichen Reise, müde vom Leben …

»Jenna …«, schrie Ryan. Er erschien uns gegenüber in einem Eingang. »Komm schnell! Wir haben Jake gefunden.«

16. Rote Flagge

Ich ließ Drystans Hand los und rannte zu Ryan, der mich umgehend zu einer Steintreppe lotste. Er trug eine Fackel und stieg vor mir die maroden Stufen hinab, die bis zum tief gelegenen Kellergewölbe führten. Dort standen die Männer um ein großes Eisengitter herum, das in dem lehmigen Boden verankert war. Auch sie hatten Fackeln bei sich.

War das ein Brunnen? Ein kopfloser Leib, in schwarz gekleidet wie ein Gardist, lag direkt neben dem Gitter. Nur der lederne Brustschutz mit dem eingestanzten Symbol unseres Clans fehlte.

»Ist das Vater?«

Meine Beine waren plötzlich ganz weich. Alles begann sich zu drehen. Ich schaffte es nicht mehr, aufrecht zu stehen und fiel deshalb auf die Knie. Mir war eiskalt. Mein Körper zitterte und meine Zähne schlugen aufeinander. Ich verlor mich …

»Jenna, nein, nein. Das ist nicht Jake.« Ryan stützte mich. »Wenn ich ihn so vorgefunden hätte, dann hätte ich dich niemals zu ihm gebracht.«

Zwei der Männer zwängten sich mit den Oberkörpern durch eine Öffnung des im Boden eingelassenen Gitters. Die anderen umklammerten ihre Beine, damit sie nicht in die Tiefe stürzten.

Das war kein Brunnen – das war ein Verlies.

»Nur noch ein kleines Stück, Jake. Hier, nimm meine Hand«, hörte ich einen der Männer in dem unterirdischen Verlies rufen.

Ryan legte seinen Arm um meine Schultern. Seine Anspannung war ebenso spürbar wie meine.

»Wir haben ihn. Zieht uns hoch.«

Vereint zogen die Männer ihre zwei Kameraden zurück durch die Gittertür nach oben, die wiederum meinen Vater an den Händen hielten und ihn aus dem dunklen Loch befreiten.

Als er vor ihnen zum Sitzen kam, jubelten sie auf und klopften ihm erleichtert auf die Schultern. Ryan ließ mich los und stieß ebenfalls zu ihnen, um seinen Freund überschwänglich zu umarmen. Ihr übermütiges Lachen erfüllte den Raum. Ich weinte und lächelte gleichzeitig.

»Oh Mann. Ihr könnt euch nicht vorstellen, wie froh ich bin, euch zu sehen«, sagte Vater.

Seine Kleidung war durchnässt, was darauf schließen ließ, dass das Verlies unter Wasser stand. Aus seinen dunkelbraunen Haaren, die ihm strähnig in die Stirn fielen, perlten Wassertropfen. Die Strapazen sah man ihm kaum an.

»Nachdem wir erfahren haben, was hier vorgefallen ist, hat Jenna sich nicht davon abbringen lassen, hinter diesen Mauern nach dir zu suchen.« Ryan deutete in meine Richtung.

»Jenna?«, stieß Vater ungläubig aus, als er mich erblickte.

Ich kniete noch immer, traute meinen Beinen nicht zu, mich wieder zu tragen. Aber ich rappelte mich auf.

Vater eilte auf mich zu und war bereits bei mir, bevor ich richtig aufgestanden war. »Jenna.« Er zog mich in eine feste Umarmung. »Was machst du denn hier?«

Ich war von seiner Anwesenheit überwältigt und brachte kein Wort heraus. Doch Ryan antwortete ihm und berichtete ihm in allen Einzelheiten, was geschehen war. Von Will, Canny und mir, von Jared und Conner, die mit Grimmt und dem Kommandanten auf dem Weg nach Darkona waren, von Drystan, bei dem er mich angetroffen hatte … Wie eine Ertrinkende klammerte ich mich an Vater fest und lauschte seinem Herzschlag. Er war am Leben. Wir hatten ihn gefunden.

Er hörte aufmerksam zu und hielt mich die ganze Zeit in seinen Armen. Als Ryan mit seinem Bericht endete, seufzte er auf und gab mir einen Kuss auf die Stirn.

»Deine Mutter hat mit keinem Wort eure Abwesenheit von zu Hause erwähnt.«

Ich sah zu ihm auf. »Du hattest mit Mutter Kontakt?«

Er nickte. »Vorletzte Nacht sind wir uns im Traum begegnet. Davor hatte ich tagelang keine Gelegenheit …«

»Ich weiß. Sie hat sich solche Sorgen um dich gemacht.«

Vater seufzte erneut und strich mir eine Haarsträhne hinters Ohr. »Sie wollte mich bestimmt nicht weiter beunruhigen und hat es mir deshalb verschwiegen.« Er gab mich frei. »Es ist unvorstellbar, was sie gerade durchmacht. Und ich bin nicht bei ihr …«

Unruhig begann er, auf und ab zu gehen, ehe er seinen geköpften Kameraden bemerkte. »Ich bin an einem Seil in das Verlies hinabgestiegen, weil ich jemanden gesucht habe.« Er hockte sich neben den leblosen Leib und senkte ehrgebietend den Kopf. »Duncan wurde in der Zwischenzeit in einen Kampf verwickelt. Dann wurde das Seil hinaufgezogen und ich hatte keine Möglichkeit, allein aus dem dunklen Loch herauszukommen.«

»Wen hast du in dem Verlies gesucht?«, fragte Ryan.

»Cayden McKay.« Vater trat auf Ryan zu. »Nach dem, was du erzählt hast, bin ich froh, dass Drystan bei der Revolte unversehrt geblieben ist. Von seinem Bruder fehlt bisher jede Spur.«

»Er hat einen Bruder?«

»Ja.«

Ryan zerzauste sich das Haar. »Aber ich dachte … Sein Vater war doch ein Unsterblicher.«

»Woher weißt du von Drystans Bruder?«, erkundigte ich mich.

»Hier im Gefängnis haben viele Insassen von den beiden Jungs erzählt. Angeblich sollen sie sich bis aufs Haar gleichen.«

»Zwillinge?« Als Drystan seinen Bruder mir gegenüber erwähnte, hatte ich mich geweigert, ihm zu glauben. Und nun sollte es sich auch noch ausgerechnet um einen Zwillingsbruder handeln? Das machte die Sache noch außergewöhnlicher.

»Wo ist Drystan McKay?«, fragte Vater.

Ich wandte mich um und ließ meinen Blick durch das Kellergewölbe schweifen. War Drystan uns nicht gefolgt? Die Sorge um Vater war so groß gewesen, dass mir seine Abwesenheit erst jetzt bewusst wurde.

Drystan war freiwillig zu diesem schrecklichen Ort zurückgekehrt. Hier hatte man Tag für Tag versucht, ihn zu brechen. Es musste ihm alles abverlangt haben und dennoch hatte er sich dazu durchgerungen, uns zu helfen. Er hatte mit mir nach meinem Vater gesucht und es war mir nicht entgangen, wie sehr ihn die Erinnerung an das Erlebte zu schaffen gemacht hatte. Drystan hatte meine Hand gehalten, um mir eine Stütze zu sein. Er hatte so verletzlich gewirkt und ebenso meinen Beistand gebraucht. Am liebsten hätte ich ihn umarmt und getröstet. Aber ich hatte es nicht getan. Ganz im Gegenteil: Ich hatte seine Hand losgelassen …

»Er ist in der Arena«, rief ich und rannte los.

Ich nahm zwei Stufen auf einmal, denn ich glaubte zu wissen, warum er zurückgeblieben war. Als Ryan mich zu sich gerufen hatte, war Drystan wahrscheinlich davon ausgegangen, dass ich meinen Vater leblos vorfinden würde. Er war uns nicht gefolgt, weil er mir seine Gegenwart ersparen wollte.

Der Innenhof hatte nichts von seinem grausamen Anblick verloren. Ich versuchte die vielen Leichen auszublenden und sah mich nach Drystan um.

»Hier ist er nicht«, sagte Vater, der mich mit den anderen Männern begleitete.

Wo war er? Panik stieg in mir auf. Hatte er uns verlassen? Ich legte die Hand auf meine Brust, als könnte ich meinen Herzschlag dadurch mäßigen.

Vater beobachtete mich, während ich in die Mitte der Arena rannte, mich hektisch umsah und mehrmals nach Drystan rief.

Er antwortete nicht. Trotz der vielen Toten und unserer Anwesenheit, kam mir dieser Platz plötzlich leer und verlassen vor. Drystan fehlte …

»Ich habe wohl einiges verpasst?« Vater warf Ryan einen fragenden Blick zu und musterte mich dann eingehend. »Anscheinend hast du Drystan McKay inzwischen gut kennengelernt.«

»Drystan!«, rief ich abermals, ohne auf Vater einzugehen. Warum antwortete er nicht? Vielleicht war er inzwischen nach draußen gegangen und wartete vor der Mauer auf uns. Ich lief auf die Tür zu, durch die ich vorhin mit ihm gekommen war.

»Jenna.« Vater ergriff meine Hand und hielt mich zurück. Seine dunkelblauen Augen strahlten Fürsorge und Kummer aus. »Dieser Junge ist mit anderen Werten aufgewachsen als du.«

»Er ist mit gar keinen Werten aufgewachsen«, erwiderte ich. »Jedes Tier hat mehr Geborgenheit erfahren dürfen als er.«

Vater nickte. »Ein solches Leben hinterlässt Spuren.«

»In Drystans Fall hinterlässt es hauptsächlich Narben.«

Er zog mich näher zu sich und ergriff zusätzlich meine andere Hand. »Was er und sein Bruder durchmachen mussten, ist schrecklich. Sie waren unschuldige Kinder, dazu verdammt, ihre Moralvorstellungen abzulegen. Durch körperliche Züchtigung und emotionale Folter hat man sie ihrer Seelen beraubt. Mitgefühl, Ehre und Freundschaft sind ihnen fremd.«

Ich schüttelte kaum merklich den Kopf. »Du kennst Drystan nicht.«

»Du kennst ihn auch nicht.« Er erhob die Stimme.

»Er ist nicht gefühllos«, flüsterte ich.

»Drystan hatte keinen guten Start ins Leben und das hat ihn geprägt. Er wird von den Schatten seiner Vergangenheit verfolgt werden. Und er wird immer für andere eine Gefahr darstellen – sogar für sich selbst.« Er führte meine Hände zusammen und legte sie an seine Brust. »Halte Abstand zu ihm.«

Meine Lider zuckten. »Warum hast du dein Leben für ihn riskiert, wenn du so wenig von ihm hältst?«

»Ich halte viel von ihm. Er ist der Sohn von Darius McKay, der ein angesehener und gerechter Clanführer war. Drystan ist ein begnadeter Kämpfer und hat gemeinsam mit seinem Bruder ein Anrecht auf Darkonas Thron. Aber! Er ist nichts für meine Tochter.«

»Mein Bruder ist tot.«

Drystans tiefe Stimme ließ mich zusammenzucken. Ich löste mich von Vater und fuhr zu ihm herum. Doch er sah mich nicht an. Sein Blick ruhte auf meinem Vater, der mich sanft beiseitedrängte und sich zwischen mich und Drystan stellte.

»Einige Insassen erzählten, sie hätten dich und deinen Bruder gegeneinander kämpfen sehen.«

»Dann müssen sie eine lange Zeit hinter diesen Gittern zugebracht haben«, erwiderte Drystan kühl. »Damals waren wir noch Kinder.«

Ryan trat neben uns. »Wann hast du deinen Bruder das letzte Mal gesehen?«

Drystan sah ihn flüchtig an, ehe er sich erneut an Vater wandte.

»Das ist acht Jahre her. Wir waren elf, als sie uns das erste Mal mit Waffen gegen andere Gefangene kämpfen ließen.« Er verzog den Mund. »Cayden hat nicht überlebt.«

Ich presste die Lippen aufeinander, um nicht aufzuseufzen. Wie konnte er das alles nur ertragen? Warum spielte das Schicksal seiner Familie so übel mit?

Vater neigte den Kopf und rieb sich den Nacken. »Du bist also der Letzte aus McKays Blutlinie.« Er lief an Drystan vorbei und starrte nachdenklich auf die herumliegenden Toten. »Sträflinge, die hier eingesessen haben und freigekommen sind, haben von deinem Bruder und dir berichtet. Das Volk erzählt sich Geschichten über euch, von McKays Söhnen, die eines Tages den Verrat an ihren Vater rächen und Frieden nach Darkona zurückbringen werden. Es sind nur Sagen, von deren Wahrheitsgehalt die wenigsten überzeugt sind. Sie klammern sich trotzdem an jede Hoffnung.«

»Das Volk von Darkona.« Drystan spuckte verächtlich aus. »Sie haben die Meuterei erst möglich gemacht. McGee konnte die Macht an sich reißen, weil sie ihn durch ihren Aberglauben bestärkt haben.«

»Sie haben es nicht besser gewusst, Drystan. Und inzwischen haben sie wahrlich dafür gesühnt. Seit dem Tod deines Vaters ist Darkona ein von Armut und Krieg gebeuteltes Land.«

»Nicht ein Einzelner ist für einen Krieg verantwortlich«, stieß Drystan aus. »Diejenigen, die weggesehen haben oder bei seinen Vergehen tatenlos blieben, sind es ebenfalls.«

»Sie brauchen dich. Das Volk braucht einen Anführer, der ihnen den richtigen Weg zeigt und sie wieder an eine aussichtsreiche Zukunft glauben lässt.«

Drystan schnaubte. »Daran glaube ich nicht einmal selbst.«

Vater trat näher an ihn heran und sah ihm direkt in die Augen. »Willst du den Thron deines Vaters nicht zurückerobern?«

»Ich habe kein Interesse daran. Alles, was ich will, ist McGees Tod.« Er hielt dem Blick meines Vaters stand. Die Kluft zwischen ihnen wurde spürbar größer.

Ich räusperte mich. »Wie geht es jetzt weiter?«

Schweigen.

»Vielleicht sollten wir erst einmal in kleinen Schritten überlegen, anstatt gleich zum Sprung anzusetzen?«, sagte ich.

Sie sahen mich gleichzeitig an.

»Mein erster Schritt wird darin bestehen, ein Schiff zu finden, auf dem ich dich nach Hause schicken kann«, entgegnete Vater.

Ich wollte etwas erwidern, da kam Ryan mir zuvor. »Das wird dir nicht gelingen. McGee lässt die Häfen überwachen.«

Vater strich sich das Haar aus der Stirn. »Dann muss uns eben etwas anderes einfallen. Ich muss Jenna in Sicherheit wissen.«

»Ihr sagtet, eure Schiffe wären hierher unterwegs«, meldete sich Drystan zu Wort.

»Ja, aber unsere Männer können nirgends an Land gehen«, sagte Ryan.

»Doch, das können sie.« Drystan machte eine ausschweifende Handbewegung. »Hier.«

Ryans Augenbraue zuckte.

»Auf der Gefängnisinsel gibt es zwar keinen richtigen Hafen, allerdings können sie in der Bucht an Land gehen.«

»Und wie sollen sie davon erfahren?«, fragte Ryan.

»Ich könnte es Sam im Traum mitteilen«, sagte Vater.

»Sam ist im Ewigen Wald und die Schiffe sind bestimmt längst in See gestochen«, gab Ryan zu bedenken. »Und Kommandant Ramsay und Grimmt kreisen bestimmt schon seit gestern um die Inseln.«

Über uns ertönte der zweisilbige Ruf eines Raubvogels. Ich sah nach oben und beobachtete, wie er auf einem Turm landete, auf dessen Dachspitze eine rote Fahne wehte. »Mir kommt da eine Idee …« Ich sah zu Ryan. »Kann man das Gefängnis von der benachbarten Insel aus sehen?«

Er schüttelte den Kopf.

»Kann man sie vom offenen Meer und von der Bucht aus sehen?«

Er runzelte die Stirn. »Vermutlich schon. Warum fragst du?«

Ich deutete zu der roten Fahne hinauf. »Die Flagge ist das Wahrzeichen Darkonas, richtig?«

»Richtig«, antworteten mir alle im Chor.

»Dann sollten wir sie gegen unser Wappen austauschen. Die Friedensgarde wird unseren Wink hoffentlich verstehen.«

Vater kam zu mir und lächelte mich an. »Das ist eine gute Idee. Nur haben wir leider keine Flagge bei uns.«

Er wandte sich an Ryan. »Wir …«

»Die Fahne von Darkona ist rot«, fiel ich ihm ins Wort. »Unsere ist grün und das Symbol können sie aus der Entfernung sowieso nicht erkennen.« Ich nahm meinen ganzen Mut zusammen und lief zu einem toten Menschen, um ihm seine grüne Leinenhose auszuziehen.

Vater nickte nachdenklich. »Das könnte funktionieren.«

Ich bemühte mich, den Toten so wenig wie möglich zu berühren und stellte mich daher ziemlich unbeholfen an. Als Drystan sich näherte und mir beim Entkleiden des Mannes half, war ich ihm sehr dankbar.

»Und wie bekommen wir die Hose da jetzt rauf?« Ryan blickte zur Turmspitze.

»Ich kümmere mich darum«, sagte Drystan. Er nahm mir die Hose ab und lief davon.

»Sei vorsichtig.« Ich wollte ihm folgen, doch Vater hielt mich zurück.

»Helft ihm«, forderte er zwei Gardisten auf, die sich umgehend auf den Weg machten.

Ich schaute zu dem Erker hinauf, der um den Turm herumführte. Gleich würde Drystan aus dem obersten Fenster heraustreten. Ein Luftzug hatte die rote Flagge erfasst und sie wehte nun kerzengerade im Wind, sodass ich das Symbol darauf deutlich erkennen konnte.

»Ein weißer Wolf?« Ich sah Vater an. »Ein weißer Wolf ist Darkonas Wahrzeichen?«

»Ja, er wird hier als heiliges Tier verehrt. Aber seit Darius McKay tot ist, wurde kein weißer Wolf mehr gesichtet.«

17. Schiffe

Drystan riss die rote Flagge herunter und überließ sie achtlos dem Wind. Die Hose des Toten befestigte er mit mehreren Knoten am Fahnenmast. Da er von hier oben das raue Meer überblicken konnte, war die Turmspitze und der grüne Stoff auch von dort aus zu erkennen.

Er machte sich daran, hinabzusteigen, und wurde auf dem Erker von zwei Männern in Empfang genommen. Sie reichten ihm die Hände, doch er schlug ihre Hilfe aus und überbrückte das letzte Stück mit einem Sprung. Durch das Fenster gelangte er in den Turm und fand sich auf dem Gang seiner ehemaligen Zelle wieder. Er beschleunigte seine Schritte und starrte angespannt zu Boden. Hier war sein Zuhause gewesen. Er wollte diese trostlose Stätte aus seinem Kopf bekommen.

Als er an der Gittertür vorüberkam, lief ihm ein eiskalter Schauer über den Rücken. Dahinter lag der leere, karge Raum mit dem winzigen, hoch gelegenen Fenster. Er hatte nichts besessen, nicht einmal ein Lager, auf dem er hätte schlafen können. Nur harter, rauer, kalter, feuchter Stein und die schweren, verrosteten Eisenketten, mit denen er zusätzlich an der Wand verankert gewesen war.

Er biss sich so sehr auf die Unterlippe, dass sie aufplatzte und blutete. Was machte er hier noch? Jennas Vater war am Leben. Er musste sich also nichts vorwerfen, hatte ihr gegenüber nichts mehr gutzumachen. Sie hatte ihm geholfen. Aber das hatte sie nur getan, weil sie seine Hilfe brauchte. Nun hatte sie ihren Vater und benötigte ihn nicht mehr.

Sein Herzschlag beruhigte sich, sobald er den Turm verlassen hatte. Die Männer waren dicht hinter ihm, als wären sie seine Lakaien. Er musste hier weg. Dieser Ort engte ihn ein, nahm ihm die Luft zum Atmen.

Jenna stand nach wie vor bei ihrem Vater und sah ihm entgegen. Ihre großen blauen Augen … Verdammt! Je länger sie bei ihm war, desto hungriger wurde er nach ihrer Nähe. Er musste gehen, bevor er nicht mehr dazu imstande war. Sie war in sein Leben gestolpert und brachte ihn schon nach wenigen Tagen dazu, sein Vorhaben zu verschieben. Er sollte nicht hier sein, sondern bereits auf dem Weg zu John McGee.

»Das war ziemlich hoch«, sagte sie und lächelte ihn an. »Hattest du keine Höhenangst?«

Drystan hatte vor nichts und niemandem Angst – außer vor ihr und davor, was ihr Lächeln in ihm auslöste.

»Ich hoffe, ihr werdet schnell einen Weg nach Hause finden«, sagte er zu ihrem Vater und nickte ihr dann kurz zum Abschied zu. »Lebt wohl.«

Er wandte sich um und ging davon.

»Ist das dein Ernst?«, rief sie ihm nach. Sie holte ihn ein und lief neben ihm her. »Du gehst? Einfach so?«

Warum machte sie es ihm so schwer? Er hatte das Gespräch zwischen ihrem Vater und ihr mitbekommen, und sosehr es ihm missfiel, er musste Jake McAlaster recht geben. Sie und er konnten nicht gegensätzlicher sein. Jenna war freundlich und hilfsbereit. Er war aufsässig und verbittert.

Er eilte über den gepflasterten Platz und hielt den Blick starr auf die Mauer gerichtet.

»Würdest du bitte mit mir reden?«, forderte sie ihn auf.

»Was gedenkst du jetzt zu tun?« Jake McAlasters Stimme hallte über den Platz.

Drystan blieb abrupt stehen, sodass Jenna auf ihn auflief. Er ging sofort auf Abstand und sie wich ebenfalls zurück.

»Darkona befindet sich kurz vor einem Krieg und die Lage spitzt sich weiter zu«, sagte Jake. Er kam näher. »Die Friedensgarde muss einschreiten, sonst treibt McGee das Volk in den Abgrund. Die Menschen sind am Verhungern.«

»Das Volk interessiert mich nicht«, erwiderte Drystan. »Sie haben sich auch nicht für das Schicksal meiner Familie interessiert.«

»Wie kannst du nur so etwas sagen?« Jenna wich weiter vor ihm zurück.

Drystan sah sie betont gleichgültig an. »Nimm hin, was ich bin.«

»Was bist du denn?«

»Die Welt ist voller schlechter Menschen und ich bin einer von ihnen.«

Sie kam wieder näher. »Das redest du dir ein.«

Er verengte die Augen und ging ebenfalls einen Schritt auf sie zu. »Du siehst etwas in mir, was kein anderer sieht.«

Jenna überwand die letzte Distanz und schaute zu ihm auf. »Weil sie blind sind.«

»Hört auf zu streiten.« Jake drängte sie auseinander. »Im Grunde wollen wir doch das Gleiche.« Er legte Drystan eine Hand auf die Schulter. »Du willst John McGee zur Strecke bringen und wir ebenso – also sollten wir uns zusammentun.«

»Ich brauche euch nicht.«

»Glaubst du ernsthaft, du könntest mit den Straftätern gegen McGee in den Krieg ziehen?«, fragte Ryan, der ebenfalls näher gekommen war.

»Ich will nicht in den Krieg ziehen. Ich will nur an McGee rankommen.«

Ryan verschränkte die Arme vor der Brust. »Dafür musst du aber erst einmal an seinen Truppen vorbei.«

»Das schaffe ich schon irgendwie.«

Ryan schüttelte den Kopf. »Mit diesen Vagabunden hast du keine Chance und tief in dir drinnen weißt du das.«

»Die Friedensgarde wird dir helfen«, sagte Jake. »Aber im Gegenzug musst du dich nützlich machen.«

Drystan hob die Augenbrauen. »Und wie? Was müsste ich für euch tun?«

»Für uns nichts, sondern für die Bewohner Darkonas«, erwiderte Jake. »Wenn wir McGee in die Finger bekommen, kannst du mit ihm anstellen, was du willst. Denn wer, wenn nicht du, darf über ihn richten? Du bist McKays Erbe, der Letzte seiner Blutlinie. Aus ebendiesem Grund, weil du der bist, der du bist, musst du Verantwortung übernehmen und im Sinne deines Vaters und deines Volkes handeln.«

Um das Zittern zu verbergen, ballte Drystan seine Hände zu Fäusten. »Ich kann das nicht.«

Jake sah ihn auf eine mitfühlende Art und Weise an, die ihn verunsicherte. »Du kannst es, denn ich werde es dir zeigen. Ich habe viel von meinem Vater gelernt und führe meinen eigenen Clan seit vielen Jahren. Wenn du mich lässt, werde ich dich unterrichten.«

Drystan verzog den Mund. »Was soll das werden? Willst du eine Vaterrolle für mich einnehmen? Ich brauche dein Mitleid nicht.«

Jake hob das Kinn. »Du solltest Mitleid nicht mit Toleranz verwechseln. Niemand kann deinen Vater ersetzen. Alles, was ich dir anbiete, ist mein Beistand und meine Freundschaft – um deines Vaters willen.«

Jenna schwieg beharrlich. Er spürte ihren durchdringenden Blick. Sie hatte dieselben hohen Erwartungen an ihn wie ihr Vater.

»Möchte das Volk mich überhaupt auf dem Thron sehen?«

»Es hat eine Weile gedauert, bis sie McGees Verrat erkannt haben. Nun bereuen sie ihr Verhalten zutiefst und wünschen ihm den Tod. Wenn sie Gewissheit bekommen, dass McKays Sohn wahrhaftig am Leben ist und sein Erbe von John McGee einfordert, werden sie Wiedergutmachung erfahren.«

Drystan atmete tief durch. »Das Volk kennt mich nicht. Woher sollen sie wissen, ob ich wirklich meines Vaters Sohn bin? Um McGee zu stürzen, müsste ich meine Herkunft beweisen können.«

Jake nickte. »Ich hatte gehofft, auch deinen Bruder lebend zu finden. Als McKays Frau zwei Söhnen hinter den Gefängnismauern das Leben schenkte, hat sich diese Nachricht schnell verbreitet. Zudem berichteten Insassen, ihr hättet von Kopf bis Fuß gleich ausgesehen. Es wäre also ein Leichtes gewesen, eure Abstammung glaubhaft zu machen, wenn ihr vereint vor McGee hättet treten können.«

Drystan sah Cayden in seiner Erinnerung vor sich – einen elfjährigen Jungen mit langen Haaren, dreckverschmiertem Gesicht und blutunterlaufenen bernsteinfarbenen Augen. Sein ausgemergelter Körper war umhüllt von zerlumpter Kleidung, aus der er längst herausgewachsen war. Und Drystan stand ihm als sein Ebenbild gegenüber, während die Wachen sie anheizten, aufeinander loszugehen.

Er und Cayden hatten abgesprochen, sich abwechselnd Verletzungen zuzufügen, damit sie eine Chance hatten, ihre Blessuren wenigstens einigermaßen auszukurieren. In der einen Woche hatte Cayden das Opfer gespielt, er in der nächsten. Die Schmerzen hätten sie sonst umgebracht.

An dem Tag, als er seinen Bruder das letzte Mal sah, war er derjenige, der Schläge austeilte. Cayden hatte ihm kaum merklich zugenickt und Drystan hatte die Fäuste erhoben und war auf ihn losgegangen. Die Wachen beobachteten sie genau. Wenn sie mit dem Kampf nicht zufrieden waren, würden sie später beide die Peitsche zu spüren bekommen.

Sein Bruder lag am Boden, ehe die Aufseher Gnade walten ließen und den Kampf für beendet erklärten. Er hatte Cayden die Hand gereicht und ihm aufgeholfen, bevor man sie grob auseinanderdrängte. Den Anblick, wie sie seinen vor Schmerzen gekrümmten Bruder wegführten, würde er niemals vergessen. Denn danach hatte er Cayden nie wiedergesehen.

Als Drystan eine Woche später mit dem Schwert gegen den Fremden anstatt mit der Faust gegen seinen Bruder kämpfen musste, hatte er sich halbwegs erholt. Cayden jedoch war unbestreitbar noch von Drystans Schlägen gezeichnet, als man ihn um sein Leben kämpfen ließ. Drystan war der Grund, warum Cayden seinem Gegner unterlegen war – er trug die Schuld an seinem Tod.

»Mein Bruder steht euch leider nicht mehr zur Verfügung«, sagte er und bemühte sich um eine gefestigte Stimme. »Ich wünschte, er hätte an meiner Stelle überlebt. Vielleicht hätte er für eure Pläne mehr Begeisterung gezeigt.«

Er ließ die Mauer hinter sich und machte sich an den Abstieg. Seine Gedanken waren ein einziges Chaos. Er wusste nicht, was richtig war und was falsch. War er ein Narr, wenn er Jakes Angebot ausschlug? Dennoch konnte und wollte er für niemanden Verantwortung übernehmen, weil er dazu nicht fähig war. Er hatte nicht einmal Cayden beistehen können. Wie sollte er da eine Stütze für ein ganzes Volk sein?

Kleine Steine lösten sich unter seinen Schuhsohlen und kullerten vor ihm den steilen Pfad hinunter. Die anderen sagten kein Wort, blieben ihm aber dicht auf den Fersen. Auch als Drystan den Gefängnisberg hinter sich gelassen hatte und in ein kleines Waldstück hineinlief, folgten sie ihm.

Wie es aussah, würden sie ihn nicht so einfach ziehen lassen. Er blieb stehen und drehte sich zu ihnen um, woraufhin Jenna den Blick hastig von ihm abwandte. »Also schön. Was habt ihr jetzt vor?«, erkundigte er sich.

»Erst einmal halten wir uns irgendwo versteckt, bis wir eine Aussicht auf ein Schiff haben, das Jenna von hier wegbringen kann«, antwortete Jake. Kaum hatte er ausgesprochen, donnerten in der Ferne mehrere hintereinanderfolgende Kanonenschüsse.

Jenna zog den Kopf ein. Jake nahm sie an seine Seite und rannte umgehend los.

»Was ist das?«, rief Ryan, der den beiden mit den anderen Männern folgte.

Drystan stand unschlüssig da und sah ihnen nach. Sollte er die Chance ergreifen und sich davonmachen? Als Jenna sein Zurückbleiben bemerkte, versuchte sie ihren Vater auszubremsen. Aber Jake zog sie unnachgiebig mit sich fort.

Erneut waren Kanonenschüsse zu hören. Er starrte auf die Böschung, wo Jenna aus seiner Sichtweite verschwand. Sein Herz raste. War sie in Gefahr?

Er hörte sie seinen Namen rufen, erwachte aus seiner Starre und setzte ihnen nach. Es donnerte nochmals – inzwischen klang es ganz nah. Was ging hier vor?

Sie rannten in einer geduckten Haltung in Richtung der Steilküste. Als Drystan sie einholte, ergriff Jenna seine Hand und ließ sie selbst dann nicht los, als sie kurz vor den Klippen zu Boden gingen und bis zum Rand krochen.

Sie blickten aufs Meer.

»Das ist unser zweites Schiff«, stieß Jake aus.

Der Dreimaster stand in Flammen. Dichter Rauch quoll aus einem großen Loch im Schiffsrumpf und stieg zum Himmel empor.

»Jared und Grimmt sind auf diesem Schiff«, rief Jenna. Ihre Hand, mit dem sie die seine hielt, zitterte.

Sie wurden von zwei Schiffen verfolgt, auf deren Masten Darkonas Flagge wehte. Eins holte seitlich zu ihnen auf und eröffnete erneut das Feuer. Als die Kanonenschüsse einschlugen, zerbarst das Heck des Schiffes. Explosionsartig stoben große Holzsplitter durch die Luft und Männer wurden über Bord geschleudert.

Jenna schrie verzweifelt auf. Tränen standen in ihren Augen. Sie beobachtete den unaufhaltsamen Untergang des Schiffes.

Der Hauptmast brach beim nächsten Kanoneneinschlag und fiel auf die Besatzung nieder. Schreie, überall waren Schreie zu hören. Viele Männer sprangen in Panik ins Meer.

Ohne noch weiter auf seine Deckung zu achten, sprang Jake auf. »Wo kommt man hier hinunter?«

»Folgt mir.« Drystan stand auf und schlug den Weg zum Dorf der Aufseher ein. Er ließ Jenna nicht los und Jake störte sich im Moment nicht daran. Sie hetzten auf die Schlucht zu.

Der Abhang war steil und schmal, aber jeder Vorsicht zum Trotz rannten sie ihn hintereinander hinab. Immerzu kam der Kies unter ihren Schuhsohlen ins Rutschen. Drystan konnte froh sein, wenn er sich nicht das Genick brach, bevor er unten ankam.

Schließlich durchquerten sie die verwaiste Siedlung, in deren Häusern die Leichen einiger Aufseher versteckt lagen, ebenso wie die der Männer, die einst der Besatzung des Kaufmanns angehört hatten. Bis auf ein wenig Treibholz war von dessen gesunkenem Zweimaster nichts mehr ausfindig zu machen.

Das brennende Schiff war am Ende der Bucht zu sehen. Obwohl es nicht mehr manövrierfähig war, wurde es weiterhin beschossen. Diejenigen, die von der Besatzung noch am Leben waren, schwammen im Wasser. Die Menschen unter ihnen würden die große Entfernung bis zum Ufer nicht schaffen.

Jake hatte den Steg als Erster erreicht und sprang in eins der zwei Beiboote, mit denen der Kaufmann und Jenna an Land gekommen waren.

»Bleibt bei Drystan«, wies er die Männer an, als sie ebenfalls ins Boot steigen wollten. »Ich brauche im Boot Platz für die Überlebenden.«

Ryan kletterte in das andere Boot, während Jake sich bereits mit dem Ruder vom Steg abstieß. Drystan war ihm behilflich und schob das Boot zusätzlich mit einem kräftigen Schwung an.

»Pass gut auf meine Tochter auf, bis ich zurück bin.« Er nickte Drystan zu.

»Bitte sei vorsichtig, Vater«, rief Jenna ihm nach.

Sie trat unruhig von einem Bein aufs andere. Der Wind hatte zugenommen. Die Wellen brachen an den Steilklippen und zogen sich als weiße Gischt ins Meer zurück. Die Hilfeschreie der Schiffbrüchigen gingen im Lärm der tosenden Strömung fast unter.

Als Jake und Ryan die Brandung hinter sich gelassen hatten, kamen sie gut voran. Doch die Boote würden nicht für alle ausreichen. Es war ein Wettlauf gegen die Zeit und sie gerieten auch von Handfeuerwaffen unter Beschuss.

»Die Kugeln können uns nichts anhaben«, sagte einer der Gardisten.

»Die Angreifer wissen, was sie tun«, erwiderte Jenna. »In diesen Gewässern gibt es Haie. Wenn sie durch das Blut angelockt werden, haben selbst die Unsterblichen ein Problem.«

Jake und Ryan hatten die ersten Schwimmer erreicht und zogen sie in die Boote. Die Schiffe hielten genau auf sie zu.

»Sie müssen da weg«, flüsterte Drystan gedankenverloren.

»Die werden sie rammen.« Jenna schlug sich die Hände vor den Mund. Ihre Atmung ging schwer und stoßweise.

Drystan wollte sie beruhigen, aber jedes ermutigende Wort wäre gelogen. Die Ruderboote ließen sich bei dem Wellengang nur schwer führen. Sie würden unweigerlich mit den Schiffen kollidieren.

Er stellte sich in ihr Blickfeld und sah ihr tief in die Augen. »Ich muss dich von hier wegbringen.«

»Was? Nein!«

»Diese Schiffe gehören zu McGees Flotte. Sie sehen uns hier stehen und haben sicherlich bereits mitbekommen, dass eine grüne Flagge anstelle der roten auf dem Gefängnisturm weht.« Er fasste sie an den Schultern. »Sie werden ihre Beiboote zu Wasser lassen und an Land kommen.«

Jenna schüttelte seine Hände ab und drängte ihn beiseite, um freie Sicht zu haben. »Wir müssen auf Vater warten.«

»Wenn wir das tun, wird es für eine Flucht zu spät sein.« Er sah zu den Männern. »Jake hat mich darum gebeten, auf seine Tochter aufzupassen. Ihr könnt selbst entscheiden, wie ihr vorgehen wollt. Ich verschwinde jetzt von hier.«

Drystan warf einen letzten Blick aufs Meer, wo Jake und seine Insassen in diesem Moment flüchtend ins Wasser sprangen, ehe das Boot laut krachend durch die Kollision mit einem Schiff zerschellte. Er schüttelte den Kopf und seufzte. Doch dann zögerte er nicht länger, packte Jenna, die verzweifelt nach ihrem Vater schrie, und warf sie sich über seine Schulter. Sie schimpfte und hämmerte mit den Fäusten gegen seinen Rücken. Drystan ließ sich nicht beirren und trug sie fort.

18. Flucht

Es fühlte sich an, als hätte ich mehrere Knoten im Magen. Da ich bäuchlings über Drystans Schulter hing, steigerte sich meine Übelkeit noch mehr. Ein paar der Gardisten begleiteten uns. Ich strampelte und schlug um mich, ohne dass ihn meine Bemühungen beeindruckten.

»Halt an!« Mit aller Kraft, die ich aufbringen konnte, stemmte ich mich an seiner Schulter hoch und drückte mich von ihm weg.

Er legte den Kopf in den Nacken, um mich anzusehen. »Dir ist schon klar, wie steil und eng dieser Pfad ist. Wenn du weiter herumzappelst, verliere ich das Gleichgewicht.«

»Dann lass mich endlich herunter«, schrie ich.

»Wenn ich dich herunterlasse, rennst du zurück.«

»Das werde ich so oder so.« Ich strampelte heftiger.

Drystan brachte das letzte Stück der Steilküste fluchend hinter sich. Oben angekommen, schmiss er mich auf die Grasfläche, setzte sich auf mich und hielt meine Handgelenke über meinem Kopf fest, damit ich nicht weiter um mich schlug.

»Ich bringe dich in Sicherheit, Saphir. McGees Truppen sind bestimmt schon hinter uns her und sie haben nichts Gutes im Sinn.«

»Wir müssen Vater helfen …«

»Das können wir nicht.«

»… und Jared und Grimmt …«

»Wir können nichts für sie tun.«

»… und Ryan und Conner …« Ich schluchzte auf.

»Tut mir leid, Jenna. Wir müssen jetzt weiter.«

Er lockerte seinen Griff, stand auf und zog mich mit sich auf die Beine. Anschließend fasste er mich an der Taille und wollte mich umgehend wieder schultern. Ich schaffte es, mich zu drehen und ihm den Rücken zuzuwenden, um ihm sein Unterfangen zu erschweren, und versuchte zu entkommen. Er bekam mich jedoch von hinten zu fassen und hob mich auf seine Arme, woraufhin ich ihm verzweifelt in die Schulter biss.

Drystan stöhnte auf. »Hast du mich gerade gebissen?« Er sah mich zornig an.

»Da kommt Jake …«, rief einer der Gardisten. Er stand noch am Abhang und schaute in die Schlucht hinab.

Drystan wandte sich zu ihm um. Er hielt mich nicht mehr davon ab, von seinen Armen zu springen, weshalb ich die Chance ergriff und zum Abgrund lief. Von dort aus sah ich, wie Vater und andere Männer, sich gegenseitig stützend, durch das Dorf der Aufseher rannten. Mehrere Beiboote näherten sich derweil dem Ufer. McGees Trupp hatte die Verfolgung aufgenommen.

»Das wird eine Hetzjagd«, sagte Drystan, als er neben mich trat. Er beobachtete ebenfalls die Szene und sah mich dann an. »Weißt du, wie du zur Meerenge zurückfindest?«

Ich nickte.

»Lauft so schnell ihr könnt und schaut nicht zurück.«

»Was hast du vor?«

Er gab mir keine Antwort, sondern lief zu den Männern. »Welche Waffen habt ihr bei euch?« Drystan nahm von einem Gardisten den Waffengürtel entgegen, band ihn sich um und bestückte diesen mit einem Schwert, acht Wurfmessern und einem Faustmesser. Die Männer wechselten verunsicherte Blicke, überließen ihm aber bereitwillig ihre Waffen.

»Drystan?« Ich machte einen Schritt auf ihn zu.

»Versucht euch bis zu meinen Leuten durchzuschlagen.« Er nahm in jede Hand ein Schwert. »Sie haben den Gefängniswärtern alle verfügbaren Betäubungspfeile abgenommen. Es müssten ausreichend übrig sein, mit denen ihr euch einen Vorteil verschaffen könnt.« Er wandte sich mir zu. »Lähmt sie und schlagt ihnen die Köpfe ab, solange sie sich nicht wehren können.«

»Und was machst du?« Meine Stimme klang rau.

»Ich verschaffe euch Zeit.«

»Du kannst nicht allein gegen sie antreten.«

»Der Geröllpfad ist sehr schmal. Es können höchstens zwei Männer nebeneinander heraufsteigen. Ich werde also immer nur gegen zwei gleichzeitig kämpfen, ehe die Nächsten an der Reihe sind.«

Vater hatte den Aufstieg soeben hinter sich gebracht. Ich atmete bei seinem Anblick erleichtert auf und trat ihm entgegen.

»Wo ist Jared?« Ich beobachtete die Männer, die nach und nach hinter ihm zum Vorschein kamen, und suchte nach meinem Bruder.

»Weg hier!«, schrie Vater. Er ergriff im Vorbeigehen meine Hand und winkte auch die wartenden Gardisten mit sich.

»Drystans Untergebene haben Betäubungspfeile«, rief einer ihm zu.

»Dann haben wir vielleicht eine Chance.« Vater rannte mit mir im Schlepptau an ihnen vorbei. »Wie weit ist es bis zu ihnen?«

»Etwa ein halber Tagesmarsch«, entgegnete ich.

Vater stoppte. »Das ist zu weit und Conner und Grimmt sind als Menschen zu langsam. Sie werden trotz unseres Vorsprungs nicht entkommen können.« Er drehte sich um seine eigene Achse. »Wir müssen die beiden irgendwo verstecken.«

Grimmt und Conner … Ich schaute zurück, suchte abermals nach ihren vertrauten Gesichtern. Da sah ich Drystan abwartend an der Klippe stehen. Sobald all unsere Männer die Anhöhe erreicht hatten, würde er unseren Verfolgern entgegenlaufen.

Ich machte mich von Vater los. »Du bist nicht furchtlos, sondern wahnsinnig«, rief ich Drystan zu.

Er sah zu mir herüber. »Dann hast du mein wahres Ich doch noch erkannt.« Er grinste spöttisch.

Vater hielt mich davon ab, zu ihm zu rennen. »Was hast du vor, Drystan?«, erkundigte er sich.

»Ich sehe keinen anderen Ausweg«, rief er. »Wenn wir alle draufgehen, bleibt McGee ungestraft und das Schicksal meiner Familie ungesühnt. Ich vertraue auf dein Wort, dass du diesen Barbaren zur Strecke bringen wirst. Und nun lauft! Wenn ich sie aufhalte, könnt ihr es bis zu meinen Leuten schaffen.«

»Das, was du vorhast, ist Selbstmord«, erwiderte Vater.

Drystan straffte die Schultern. »Bring deine Familie und deine Freunde in Sicherheit. Ich habe keins von beidem jemals besessen und hinterlasse keine Lücke. Der Tod ist für mich ein nach Hause kommen.«

Mein Herz hörte ein paar Takte auf zu schlagen. Ich starrte ihn mit offenem Mund an und verlor mich in seinem Blick, der mich wie eine Liebkosung streichelte und doch eindeutig ein Abschied war.

»Es ist in Ordnung, Saphir. Ihr werdet den Mord an meinen Eltern sühnen. Außer meiner Rache gibt es nichts, wofür es sich mehr zu sterben lohnt als für dich.«

Während er zu mir sprach, kamen die letzten Männer bei uns an. Unter ihnen waren auch Grimmt, der schnaufend nach Atem rang, und Jared, der Conner über seiner Schulter trug. Ich erzitterte vor Erleichterung. Sie waren hier, sie waren den Kugeln und dem Meer entkommen. Gleichzeitig gefror mir das Blut in den Adern, weil Drystan sich abwandte, die Schwerter erhob und den Abhang hinabstürmte.

»Drystan soll noch einmal sagen, er hätte nicht das Zeug zu einem Anführer«, sagte Vater. »Die nötige Courage hat er auf jeden Fall.«

»Was sollen wir jetzt tun?«, fragte Ryan.

»Bring alle in Sicherheit«, wies Vater ihn an und drängte mich ihm in die Arme. »Wenn uns die Götter gewogen sind, werden wir so schnell wie möglich nachkommen.« Er nahm Ryans Schwert, rief Kommandant Ramsay und ein paar Männer zu sich und lief auf den Abhang zu.

»Ich habe das Salzwasser der halben Bucht geschluckt«, schimpfte Grimmt und spuckte aus. Er sah Vater irritiert nach, da dieser ihn beim Vorbeirennen versehentlich streifte.

»Vater? Wo willst du hin?«, rief Jared.

»Kümmere dich um deine Schwester«, forderte er ihn auf.

»Was ...?« Jared schaute sich suchend um. »Jenna?«, stieß er überrascht aus, als er mich entdeckte.

»Wie kommst du denn hierher?«, riefen er und Grimmt gleichzeitig.

Vater sah zu uns zurück. »Worauf wartet ihr? Lauft!« Er verschwand aus unserem Blickfeld.

Jared trug Conner und übergab ihn an einen der Männer. Dann eilten wir aufeinander zu. Er fing mich auf, als ich in seine Arme sprang. Seine nasse Kleidung fühlte sich kalt an. Ich drehte meinen Kopf zur Seite und küsste ihn auf die Schläfe, schmeckte seine salzige Haut.

»Für eine Begrüßung bleibt keine Zeit«, schrie Ryan. »Folgt mir!«

Jared setzte mich ab, nahm mein Gesicht zwischen seine Hände und sah mich nochmals ungläubig an. Schnell gab er mir einen Kuss auf die Stirn und nahm meine Hand fest in die seine, bevor wir Ryan Seite an Seite begleiteten.

Er war wieder bei mir. Meine Seele hatte sich tief in mir vergraben und mich ihre Existenz fast vergessen lassen. Ich spürte deutlich, wie sie nun in Erscheinung trat und mich innerlich stärkte. Jared drückte meine Hand. Wir vervollständigten uns.

Trotzdem gab es eine Stelle in meinem Herzen, die nicht verheilte. Die Sorge um Vater brachte mich zum Verzweifeln. Aber er hatte Drystan nicht allein zurückgelassen und war ihm mit Kommandant Ramsay und ein paar Männern zu Hilfe geeilt, worüber ich sehr dankbar war. Ich wusste nicht, was ich fühlen sollte, denn mir gingen Drystans letzte Worte nicht aus dem Kopf. Sie erschreckten und berührten mich zutiefst. Ich war es ihm wert, sein Leben zu riskieren …

Jared blieb stehen. »Grimmt fällt zurück.«

Der Gardist, der Conner schleppte, lief an uns vorbei. Er würde sich nicht die Mühe machen, einen Toten zu tragen, weshalb ich davon ausgehen konnte, dass Conner nur bewusstlos war. Durch den schnellen Laufschritt wippte sein roter Schopf auf und ab und seine Arme baumelten hin und her. Sobald sich eine Gelegenheit bot, musste ich dringend nach ihm sehen.

»Wo bleibt ihr?«, rief Ryan zurück und blieb ebenfalls stehen.

»Grimmt hat Schwierigkeiten«, antwortete Jared.

»Ich … komme … schon klar.« Grimmt hielt sich die Seite und zog ein Bein nach. Sein Gesicht glühte.

»Du siehst aus, als würde dir gleich die Halsschlagader platzen«, sagte Ryan und winkte zwei Männer zu sich. »Wir werden dich tragen.«

»Bleibt mir bloß vom Leib.«

»Das ist der falsche Zeitpunkt, um hier den Helden zu spielen«, schimpfte Ryan.

»Ich bin zwar etwas eingerostet, aber ich rieche noch lange nicht nach Erde. Solange ich aufrecht stehen kann, werde ich euch nicht zur Last fallen.«

»Du bist zu langsam.«

»Ihr sollt ja nicht auf mich warten. Seht zu, dass ihr weiterkommt.«

»Du sturer, eigensinniger Mensch.« Ryan stampfte auf ihn zu. »Zur Not setze ich dich außer Gefecht und trage dich höchstpersönlich, wenn ich dich dadurch schneller von hier wegkriege.«

»Ach, machst du jetzt einen auf überheblichen, kraftprotzenden Unsterblichen?« Grimmt rempelte Ryan mit geschwellter Brust an, sobald dieser vor ihm zum Stehen kam.

Ryan seufzte auf. »Tut mir leid, mein Freund. Du hast es darauf angelegt.«

Grimmt legte die Stirn in Falten und war im Begriff, etwas zu erwidern, als Ryans Seitenhieb ihn auch schon am Kiefer traf. Sein Kopf schlug zur Seite und er verlor das Bewusstsein. Ryan fing Grimmt, der für ihn ein hochgeschätzter Freund war, behutsam auf und stemmte ihn sich auf seine Schulter.

»Er wiegt so viel wie ein Bär«, sagte er und lief los. »Mich muss dann jemand ablösen.«

»Ihr seid nicht weit gekommen …«, rief Vater plötzlich hinter uns.

Ich wirbelte herum und sah ihn und die anderen auf uns zueilen. Drystan rannte direkt neben ihm. Im Gegensatz zu den Männern war er von Kampfspuren gezeichnet. Seine Kleidung, seine Hände und sein Gesicht waren von silbernem und rotem Blut gesprenkelt. Da er gegen Unsterbliche gekämpft hatte, war es also auch sein eigenes Blut, er musste verletzt sein.

»Wer ist das?«, fragte Jared.

Als Drystan ohne zu stoppen an uns vorbeilief, wechselten er und Jared abschätzige Blicke und ich brachte vor Nervosität nur ein unverständliches Gestammel zustande.

»Wir sind nicht so schnell vorangekommen, wie wir es gern gewollt hätten«, beantwortete Ryan Vaters Frage und klatschte

Grimmt, der nach wie vor bewusstlos über seiner Schulter hing, vielsagend die Hand auf den Hintern.

»Du kannst beruhigt sein, momentan werden wir nicht mehr verfolgt«, sagte Vater.

Wir setzten uns alle wieder in Bewegung. Drystan lief voraus.

»Wie habt ihr das geschafft?«, erkundigte sich Jared. Um neben Vater laufen zu können, wechselte er an meine andere Seite, ergriff aber erneut meine Hand.

»Nicht wir … Das war Drystan allein.«

»Du meinst ihn?« Jared deutete mit dem Kinn fragend nach vorn.

»Das ist Drystan McKay, der wahre Erbe von Darkonas Thron«, erwiderte Vater und wandte sich an Ryan. »Du hättest ihn sehen sollen. Ich habe niemals zuvor jemanden so kämpfen sehen. Er war furchtlos und von Entschlossenheit besessen. Ich konnte das Schwert gegen keinen einzigen Gegner richten, weil wir nicht an ihm vorbeikamen. Es war viel zu eng und Drystan kämpfte immer gegen zwei Männer gleichzeitig, ehe er sie aus dem Weg geräumt hatte und die nächsten an der Reihe waren. Er ist keinen Schritt zurückgewichen, sondern hat die Meute den Abhang hinuntergetrieben.«

»Dieser Junge ist ein Dämon«, sagte Kommandant Ramsay.

Vater nickte. »Sie hatten Angst vor ihm. Da wir nicht zum Zug kamen, war er im Grunde der einzige Gegner, den sie vor sich hatten. Als er dann auch noch zu ihnen gesprochen hat, sind sie geflohen.«

»Was hat er zu ihnen gesagt?«, fragte ich und betrachtete Drystans Rückansicht, da er inzwischen einen beachtlichen Vorsprung hatte.

»Er hat sich als McKays Sohn zu erkennen gegeben und hat alle verdammt, die sich jemals gegen seinen Vater gestellt haben«, antwortete der Kommandant.

Vater lachte auf. »Ihm war die Bedeutung seiner Worte nicht bewusst. Die Darkonaer sind ein sehr abergläubisches Volk. Sie hielten seine Mutter für eine Hexe und gaben ihm und seinem Bruder in ihren Geschichten deshalb die Bezeichnung von Bestien statt Kindern. Und nun haben sie Drystans übernatürliche Stärke mit eigenen Augen gesehen. Als er sie verdammte, haben sie sich bestimmt vor lauter Angst in die Hosen gemacht.«

Der Kommandant fiel in sein Lachen mit ein.

»Müssen wir ihn fürchten?«, fragte Jared.

»Nein.« Die Antwort kam viel zu laut und viel zu schnell über meine Lippen, weshalb sämtliche Blicke auf mich gerichtet waren.

»Er trägt eine dunkle Seite in sich, über die wir uns stets bewusst sein sollten«, sagte Vater und sah mir dabei tief in die Augen. »Er ist wie ein Raubtier – wild und unberechenbar. Wenn er sich weiterhin von den Schatten seiner Vergangenheit leiten lässt, dann ist er für alle eine Gefahr.«

Da Jared unser Blickwechsel nicht entging, schaute er Vater und mich abwechselnd an. »Gibt es etwas, das ich wissen sollte?«

»Ich bin noch nicht dahintergekommen, was der Grund ist«, sagte Vater. »Aber Jenna hat einen Zugang zu Drystan und schafft es, trotz seiner Abwehr zu ihm durchzudringen. Ohne deine Schwester wäre er sicherlich schon längst nicht mehr bei uns. Deshalb hoffe ich, sie kann ihn letztendlich dazu bringen, sich uns und unserer Sache anzuschließen, anstatt nur unbedacht nach Rache zu sinnen.«

Ich sah meinen Füßen beim Laufen zu und tat so, als würde ich die eingehende Beobachtung der anderen nicht bemerken. Selbst wenn ich wollte, ich konnte ihre unausgesprochenen Fragen nicht beantworten, weil ich mir selbst keinen Reim darauf machen konnte. Drystan strahlte eine unbändige Gefahr aus, und doch schaffte ich es nicht, mich von ihm fernzuhalten. Statt ihm aus dem Weg zu gehen, ertappte ich mich dabei, bewusst seine Nähe zu suchen.

Da ich seinen Seitenblick konsequent ignorierte, blieb Jared stehen. Er ließ meine Hand los, trat einen Schritt zur Seite und verengte die Augen. »Was verbindet dich mit diesem Drystan?«

»Ich bin mir nicht sicher. Eigentlich ist es nicht möglich …«

Er legte den Kopf schräg. »Was meinst du?«

»Die Seelenverwandtschaft«, flüsterte ich.

Jared schüttelte heftig den Kopf und trat einen weiteren Schritt vor mir zurück. »Wir sind Zwillinge, Jenna. Nur deshalb können wir unsere Seelenverwandtschaft schon spüren. Normalerweise offenbart sie sich erst mit achtzehn Lebensjahren.«

»Ich weiß.« Meine Gedanken kreisten um den Traum, in dem ich Drystan gesehen hatte, bevor ich ihm wahrhaftig begegnet war. Nach dieser rätselhaften Prophezeiung hatte mich mein Weg direkt zu ihm geführt. »Aber heißt es nicht auch, zwei Seelen finden sich genau dann, wenn sie einander brauchen?«

19
Blut

Als sie das Lager erreichten, war es Nacht geworden. Drystan wollte sich nur kurz bei Gregor zurückmelden und sich dann zu seinem abgelegenen Platz begeben, aber die Männer nahmen ihn freudig in Empfang und überhäuften ihn sogleich mit Fragen.

Er berichtete ihnen von den Vorkommnissen und beobachtete Jenna, die sich abseits um die zwei Menschen namens Grimmt und Conner kümmerte. Die beiden waren inzwischen bei Bewusstsein, aber noch entkräftet. Canny und Will reichten ihnen Wasser und Essen. Die Ähnlichkeit zwischen diesem Grimmt und Will war enorm. Er hatte schon vermutet, dass sie Vater und Sohn waren, und wurde durch ihr Verhalten in seinem Verdacht bestätigt.

Erst musste Will sich eine nicht enden wollende Standpauke anhören, da sein Vater nicht sonderlich begeistert war, ihn hier anzutreffen, dann zog er ihn in eine Umarmung, die von einem sehr engen Verhältnis zeugte. Will betastete die blutunterlaufene Haut am Kiefer seines Vaters, der wiederum besorgt seinen gebrochenen Arm begutachtete.

»Der Trupp ist auf das Schiff zurückgekehrt«, informierte Drystan Gregor. »Sie werden John McGee Bericht erstatten und der wird alles daransetzen, uns ausfindig zu machen.«

»Wie soll es jetzt weitergehen?«, fragte Gregor.

Abermals beobachtete er Jenna, die jetzt neben ihrem Bruder stand und sich an ihn schmiegte. Als Jared ihr über den Rücken streichelte, lag eine Zärtlichkeit in seiner Berührung, die Drystans Blut zum Kochen brachte. Wenn er nicht wüsste, dass sie Geschwister waren, würde er sie für ein verliebtes Paar halten.

»Ich benötige dringend etwas Schlaf«, erwiderte er, als Jake im selben Moment neben ihn trat. »Bei Tagesanbruch werde ich umgehend zu McGees Clansitz aufbrechen. Es ist eure Entscheidung, ob ihr mich begleitet oder nicht.«

Jake seufzte. »Darüber sollten wir dringend noch mal reden. Wir brauchen eine Strategie.«

»Ich bin müde.« Drystan zwang sich, den Blick von Jenna und ihrem Bruder loszureißen und machte sich auf den Weg zu seinem Ruheplatz.

»Deine Wunden müssen versorgt werden.«

Da Jake ihm folgte, blieb Drystan stehen. »Meine Wunden sind früher nie versorgt worden. Lasst mich einfach in Ruhe.« Mit einer Handbewegung deutete er ihm an, zurückzubleiben und lief weiter.

Die tiefen Schnitte, die ihm seine Gegner mit ihren Schwertklingen zugefügt hatten, brannten wie Feuer unter seiner Haut. Der blutgetränkte Stoff klebte am offenen Fleisch der Wunden und seine Muskeln schmerzten von der körperlichen Anstrengung. Er zog sich das Hemd vorsichtig über den Kopf. In der Ferne vernahm er im selben Moment ein Wolfsheulen.

Er starrte in den dunklen Wald. Ob die weiße Wölfin trotz ihrer Verletzung zurechtkam?

»Welche Erwartungen hast du an dein jetziges Leben in Freiheit?«, fragte Jake, der sich zu Drystans Missfallen seinem Ruheplatz näherte.

»Was war an der Aufforderung, mich in Ruhe zu lassen, nicht verständlich?«, knurrte er.

Jake ging nicht darauf ein. Er hockte sich hin und entfachte mithilfe von zwei Steinen ein Feuer. »Wenn du das Erbe deines

Vaters ablehnst, kann ich nichts dagegen tun und werde es akzeptieren.« Er legte Zweige in die Flammen. »Aber ich möchte verstehen können, warum du dich deiner Bestimmung verweigerst.«

»Ich bin für nichts bestimmt.«

Jake setzte sich zu ihm. »Das sehe ich anders. Du kannst es nur noch nicht erkennen.«

Drystan nahm einen tiefen Atemzug. »Ich verstehe mich nur aufs Töten. Von allem anderen habe ich keine Ahnung.«

»Das lässt sich ändern.«

Er schwieg und lauschte dem Wolfsheulen. Der Wind streifte seinen Oberkörper und schmerzte auf seinen offenen Wunden. Er sog die Luft durch die Zähne ein und griff nach seinem Hemd, um es wieder anzuziehen. Jake nahm es ihm unvermittelt aus der Hand.

»Was siehst du?« Jake spannte das Leinenhemd zwischen seinen ausgebreiteten Armen.

Drystan hob die Augenbrauen. »Blut.«

»Sieh genau hin.«

»Silbernes und rotes Blut, Dreck, Löcher …«

»Du konzentrierst dich nur auf den Schmutz, statt das Hemd zu sehen.«

Drystan verzog den Mund.

»Und genauso betrachtest du das Leben. Du siehst nur die dunklen Flecken.«

Jake warf ihm das Hemd zu, woraufhin Drystan es auffing. Die ruckartige Bewegung ließ ihn jeden einzelnen Schnitt in seinem Fleisch spüren.

»Die Natur erneuert sich jeden Tag«, fuhr Jake fort. »So kann auch für dich jeder Tag ein neuer Anfang sein. Deine Vergangenheit war von Dunkelheit geprägt. Wenn du deine Aufmerksamkeit auf die Möglichkeiten und Momente in der Gegenwart richtest, wirst du erkennen, dass das Leben ein Geschenk ist.« Jake stand auf und stocherte mit einem kleinen Ast im Feuer. »Bitte denke darüber nach. Ich werde mich jetzt zurückziehen, um mich mit meiner Frau im Traum zu treffen. Sam weiß noch nicht, dass ich meinem unterirdischen Verlies entkommen bin und Jenna und Jared hier bei mir sind.«

»Du hast eine bemerkenswerte Familie. Dein Leben ist ein Geschenk, da du es mit ihnen teilen kannst.«

Jake nickte. »Vielleicht kann ich dir Sam eines Tages vorstellen. Ich glaube, du würdest meine Frau mögen. Sie ist außergewöhnlich und wundervoll.« Er sah zu den Sternen hinauf und lächelte versonnen.

Drystan blickte ebenfalls zum Nachthimmel auf. »Das kann ich mir gut vorstellen. Ich kenne ihre Tochter – und die mag ich.«

Jake atmete hörbar aus. »Jeder Mensch oder Unsterbliche, der dir in deinem Leben begegnet, lenkt es in eine bestimmte Richtung.« Er trat auf Drystan zu und legte ihm eine Hand auf die Schulter. »Ich hoffe, ich kann dir einen guten Weg zeigen. Aber ich habe das Gefühl, Jenna tut das schon längst. Sie ist wahrlich Sams Tochter.« Er nickte ihm zu und lief dann davon.

Eine Weile saß Drystan nur da, ohne zu wissen, was er tun sollte. Irgendwann zerknüllte er das Leinenhemd in seinen Händen und warf es ins Feuer. Er konnte es nicht mehr sehen. Die Flammen fraßen sich in den Stoff und er legte Holz nach, um die Verbrennung zu beschleunigen. Grob fuhr er sich mit der Hand über seinen Unterarm, an dem ebenfalls Blut haftete. Überall war Blut …

Hastig sprang er auf. Ohne zu wissen, wohin ihn seine Füße trugen, rannte er los. Er wollte einfach nur weg, bis ihm klar wurde, dass er nicht wegrennen konnte – nicht vor sich selbst.

Er sackte auf die Knie und schrie sich die Seele aus dem Leib.

Danach war seine Umgebung totenstill. Der Ruf der Wölfin, das Zirpen der Grillen, das Rauschen des Windes – alles war verstummt. Er hörte nur die eigenen Stoßgeräusche seines viel zu schnellen Atems – und das Plätschern von Wasser.

Schnell kämpfte er sich auf die Beine und hetzte über den unebenen, mit Wurzeln durchzogenen Waldboden. Er erreichte einen kleinen See, der von einem schmalen Kieselstrand umgeben und stellenweise von Sträuchern gesäumt war.

Drystan stürzte sich ins kniehohe Wasser, um den Schmutz, das Blut und die Sünden abzuwaschen. Sosehr er auch über seine Haut rieb, seine Wunden bluteten und benetzten ihn. Er würde seine Taten nie reinwaschen können.

Er gab auf, krümmte sich zusammen und weinte. Sein geschundener, schmerzender Körper wurde von seinen tiefen Schluchzern erschüttert, bis seine Tränen irgendwann versiegten.

Im Licht des Mondes spiegelte sich sein Antlitz auf der glatten Wasseroberfläche. Drystan beugte sich hinunter und betrachtete sein Gesicht. Wäre Cayden noch am Leben, dann hätte er jetzt ebenfalls Drystans Gestalt und Aussehen. Er wäre nicht mehr der schlaksige Junge, sondern ein groß gewachsener, starker junger Mann.

Ich saß bei Conner, Grimmt und Will, die tief und fest schliefen. Vater hatte sich zum Träumen und somit für ein Treffen mit Mutter zurückgezogen. Jared besprach mit Kommandant Ramsay unser weiteres Vorgehen und Canny stand bei ihnen. Sie ließ Jared nicht aus den Augen.

Drystan hatte mich auf dem Weg hierher kein einziges Mal beachtet. Da er mich deutlich auf Abstand gehalten hatte, riss ich mich zusammen, um den Drang nicht nachzugeben, zu ihm zu gehen. Aber er war verletzt. Hatte ich nicht allein deshalb einen Grund, mich um ihn zu kümmern?

Es verlangte mir alles ab, sitzen zu bleiben. Doch irgendwann verließ mich die Kraft und ich stand auf und schlich davon. Ich wollte wirklich nur schnell nach ihm sehen. Falls er schlief, würde er meinen kurzen Besuch nicht einmal bemerken.

Ich hatte sein abgelegenes Lager gerade erreicht, als ein markerschütternder Schrei aus der Tiefe des Waldes zu mir drang. Panisch sah ich mich um, entdeckte Blutspuren auf dem Waldboden und rannte los.

Drystans Schrei hallte in mir wider, obwohl er längst verstummt war. Hatte er vor Schmerz geschrien oder war er in Gefahr?

Mein Blick haftete auf dem Boden, auf dem das Blut im kargen Mondlicht eher schwarz als rot wirkte. Die Spur war bis zu einem kleinen See gut zu erkennen, wo sich eine Gestalt dunkel vorm Hintergrund abzeichnete. Ich stockte, ehe ich Drystan mit Gewissheit erkannte.

Meine Vorsicht war sofort vergessen und ich ging zu ihm. Er kniete im flachen Wasser und hielt ein Messer in der Hand.

»Was machst du da?«, rief ich, noch bevor ich bei ihm war.

Drystan sah überrascht auf.

Schockiert warf ich mich vor ihm auf die Knie, sodass Wasser an uns hochspritzte. »Hör auf!« Ich fasste ihn an den Schultern und rüttelte ihn. »Hör endlich auf, dich selbst zu quälen.«

Er sah mich an, als wäre ich ein Geist, als würde er nicht glauben, dass ich hier war.

Ich griff nach dem Messer, das er mir bereitwillig überließ, und starrte auf seine andere Hand, in der er etwas hielt, das ich nicht gleich zuordnen konnte.

»Was …?« Ich erkannte eine abgeschnittene Haarsträhne. »Wieso tust du das?«

Er zögerte. »Die langen Haare erinnern mich an meine Gefangenschaft. Ich will sie loswerden.«

Ich konzentrierte mich auf eine gleichmäßige Atmung, um Drystan meinen inneren Aufruhr nicht preiszugeben. »Verstehe. Und warum musst du dir dabei wehtun?«

»Tue ich gar nicht.«

»Du musst dein Haar straff halten und das grobe Schneiden mit dem Messer reißt an deiner Kopfhaut. Für einen Menschen ist das eine ziemlich unangenehme Prozedur.«

Er zuckte mit den Schultern. »Ich habe gerade nichts anderes.«

»Aber ich …«

Ich trug die Gürteltasche mit den Nähutensilien bei mir, da ich später auch Conners Verletzungen behandeln wollte. Nun kramte ich die Bügelschere hervor und hielt sie vielsagend hoch, um sie Drystan darzubieten.

Als er die Schere ergreifen wollte, zog ich meine Hand zurück, stand auf und ließ mich sogleich hinter ihm ins flache Wasser sinken. »Bitte lass mich das tun.«

Ich legte meine Hand auf seinen Kopf und er zuckte leicht. Kurz wartete ich, ob er mich abhalten wollte, doch als ich meine Hand in seinem Haar vergrub, ließ er es zu. Als würde ich sie kämmen, fuhr ich mit meinen Fingern bis zu den Knoten, die mein Weiterkommen verhinderten, und schnitt die Strähnen an diesen Stellen ab.

Drystan saß ganz still. Ich ertappte mich dabei, wie wohl ich mich in seiner Nähe fühlte, und genoss es, ihn zu berühren. Es bedeutete mir viel, dass er mir vertraute und diese fast schon intime Geste zuließ.

Zwischen uns herrschte eine nie da gewesene friedliche Stimmung. Ich redete mir ein, Drystan würde mit jeder abgeschnittenen Haarsträhne eine Erinnerung an sein altes Leben ablegen.

»Jared ist also dein Zwillingsbruder?«, sagte er plötzlich und riss mich dadurch aus meinen Überlegungen.

Ich presste die Lippen aufeinander. Drystan musste gerade an seinen eigenen Bruder gedacht haben, wenn er mich plötzlich nach Jared befragte. Auch wenn ich Cayden nicht gekannt hatte, so machte mich der Gedanke an ihn traurig.

»Ja, er ist mein Bruder und mein Seelenverwandter«, antwortete ich.

»Aber Geschwister sind doch unter Unsterblichen eigentlich nicht möglich?«

»Das stimmt. Unsere Existenz ist für viele nicht nachvollziehbar. In dem Land, aus dem wir kommen, sind wir einmalig und werden verehrt.« Ich stockte. »Bis ich dich getroffen habe, hatte ich keine Ahnung, dass außer Jared und mir weitere Geschwister aus einer nicht rein menschlichen Beziehung existieren.«

Drystan zuckte mit den Schultern. »Cayden und ich hatten immerhin eine sterbliche Mutter. Vielleicht stimmt es und sie war wirklich eine Hexe.«

Ich sog die Luft ein. »Deine Mutter war keine Hexe. Sie ist dummem Aberglauben zum Opfer gefallen. Hexen gibt es nicht.«

»Wenn sie keine Hexe war, dann ist sie völlig umsonst gestorben.«

Kurz hielt ich in meiner Arbeit inne und wickelte mir eine von Drystans Strähnen um den Zeigefinger. »Es tut mir unglaublich leid, was deiner Familie und dir widerfahren ist.«

»Bitte nicht, Jenna … Kein Mitleid.«

»Was bringt einen Mann wie McGee dazu, euch all das anzutun?«

Drystan seufzte. »Ich weiß es nicht. Er ist einfach ein machtgieriger, skrupelloser Tyrann.«

»Wieso hat er Cayden und dich nicht gleich nach eurer Geburt getötet, wenn er so erpicht darauf war, eure Familie auszulöschen?«

»Es war überraschend für ihn, als plötzlich zwei Kinder auf die Welt kamen. Er wollte sehen, wie wir uns entwickeln und ob wir besondere Fähigkeiten aufweisen. Als wir klein waren, durften wir uns eine Zelle teilen und Zeit miteinander verbringen. Weil wir mit zunehmendem Alter stärker wurden, hat er uns dann aber schließlich getrennt untergebracht. Gemeinsam waren wir ihm schon als Kinder überlegen und seine Angst vor uns wuchs. Deshalb ließ er uns gegeneinander kämpfen. Er wollte uns zu Feinden machen. Und als ihm das nicht gelang, befahl er die Kämpfe auf Leben und Tod, um uns zu brechen.« Drystan schlug die Faust ins Wasser und löste dadurch eine Fontäne aus. »Verdammt, wir waren damals erst elf Jahre alt …«

Ich schluckte. »McGee wollte euch also in eurem jungen Alter bei den Kämpfen sterben sehen, bevor ihr ihm zu gefährlich werden konntet?«

Er strich sich eine Haarsträhne aus der Stirn, die ihm nur noch bis zur Nasenspitze reichte. »Nein, ich vermute, es hat ihn überrascht, dass Cayden in seinem ersten Kampf sein Leben gelassen hat. Er wollte über uns bestimmen und hatte uns zukünftig als seine Leibwächter vorgesehen.«

»Er hat ernsthaft geglaubt, er könnte von eurer Stärke und euren Fähigkeiten profitieren, nachdem er eure Eltern ermordet hat?«, stieß ich verachtend aus und löste die letzte Strähne in seinem Nacken.

Drystan nickte. »An meinem achtzehnten Geburtstag hat er mich das letzte Mal im Gefängnis aufgesucht und mir die Freiheit versprochen, wenn ich ihm die Treue schwöre und an der Spitze seiner Truppen für ihn kämpfe. Aber ich habe sein Angebot abgelehnt und somit seinen Plan vereitelt.«

Er beugte sich nach vorn, tauchte seinen Kopf unter Wasser und fuhr mit den Händen darüber, um die restlichen losen Haare abzustreifen. Als er sich anschließend aufstellte und seinen Kopf nach hinten warf, spritzte das Wasser in alle Richtungen.

Ich schaute zu ihm auf. Mein Herz füllte sich mit Wärme und begann wild zu schlagen. Alles, was ich sah, war vollkommen.

20.
Narben

Drystan stand am Ufer und wandte mir den Rücken zu. Wasser tropfte im Nacken aus seinen Haarsträhnen und perlte über seinen Rücken, der von Narben überzogen war. Trotz seiner Verletzungen entging mir nicht, wie muskulös und wohlgeformt sein Oberkörper gebaut war.

Ich sollte ihn nicht so intensiv ansehen, schaffte es jedoch nicht, den Blick von ihm abzuwenden. Mir wurde heiß und kalt zugleich.

Der unnachgiebige Drang, ihn berühren zu wollen, war übermächtig, und so stand ich auf und trat von hinten an Drystan heran. »War das eine Peitsche?«, flüsterte ich.

Als meine Finger über seinen Rücken strichen, erstarrte er. Doch Drystan wehrte mich nicht ab und wich mir nicht aus. Sein Oberkörper war völlig regungslos. Er antwortete mir nicht, aber ich spürte, was in ihm vorging – ich verstand jedes ungesagte Wort.

»Mein Großvater ist ein sehr weiser Mann. Er sagte einmal zu mir, dass diejenigen, die Leid erlebt haben und Narben tragen, die stärksten Seelen haben.« Ich bemühte mich, meine Stimme ruhig und sanft klingen zu lassen. Sie zitterte dennoch.

Nun war Drystan nicht mehr erstarrt. Sein Oberkörper hob und senkte sich so schnell, als wäre er gerade um sein Leben gelaufen. Ohne einen Schritt zurückzuweichen, drehte er sich zu mir um und streifte mich dabei mit seinem Arm.

»In meinem Fall hat er sich geirrt, Jenna. Ich habe meine Seele schon längst verloren.«

Ich sah zu ihm auf, sah in seine goldschimmernden, von dichten schwarzen Wimpern umrandeten Augen, die mir inzwischen so vertraut waren. Sein Gesicht war mir ganz nah. Ich konnte seinen warmen Atem spüren.

»Dann lass mich dir dabei helfen, deine Seele wiederzufinden«, flüsterte ich.

Er legte den Kopf schräg. Um seine Mundwinkel zeigte sich ein verhaltenes und alles veränderndes Lächeln.

»Und wie willst du das anstellen?« In seiner Stimme lag diese unergründliche Tiefe, die ich so sehr mochte.

Ich hob meine Hand und streichelte über seine Wange, woraufhin er abermals zusammenzuckte. »Für den Anfang werde ich dir zeigen, dass Berührungen nicht zwangsläufig wehtun.« Ich zögerte nicht mehr, schlang meine Arme um seine Mitte und schmiegte mich an ihn. Es war spürbar, wie sehr ihn meine Geste überraschte. Aber er ließ es zu, senkte langsam den Kopf und legte sein Kinn auf meinen Scheitel. Seine Hände verweilten sanft auf meinem Rücken.

»Du spielst mit dem Feuer«, sagte er.

»Hm … Ich habe es gern warm.«

Er lachte. Ich hörte es nur leise, doch es war real. Drystan lachte.

Ich festigte meine Umarmung. Wir standen beieinander und die Zeit verlor jegliche Bedeutung. Wie bei Jared fühlte ich mich wohl und geborgen – auch wenn es anders war. Ich fühlte mich nicht nur emotional von Drystan angezogen, sondern gleichfalls körperlich.

Drystan begann sich zögernd von mir zu lösen und seufzte im nächsten Moment auf.

»Es tut mir leid. Aber du lässt mich selbst meine Schmerzen vergessen.« Er deutete auf mein Kleid. »Du bist voll von meinem Blut.«

Ich sah an mir hinunter und begutachtete den befleckten Stoff. »Es sieht so aus, als wäre ich mit dir in die Schlacht gezogen. Was ja in gewisser Weise sogar stimmt … Ich werde nicht aufgeben, bis du deine Seele wieder spüren kannst.«

Drystan schüttelte missbilligend den Kopf. »Was glaubst du, was dein Vater dazu sagen wird, wenn er dich so sieht?«

Er würde nicht begeistert sein – ebenso wie Jared.

»Ich werde mich jetzt um deine Verletzungen kümmern«, sagte ich. »Danach versuche ich die Flecken aus dem Kleid zu waschen.«

Ich suchte in der Gürteltasche nach dem kleinen Messer und schnitt mir in den Finger, um seine Wunden mit meinem Blut zu versorgen.

»Du könntest dich umziehen.« Drystan strich sich die Haare aus der Stirn, doch da er nach unten sah und mein Tun beobachtete, fielen sie sogleich zurück. »Allerdings haben wir nur Männerkleidung dabei.«

»Hör auf, dir Sorgen zu machen. Mein Vater hält weit mehr von dir als du selbst.«

Einige Wunden mussten genäht werden. Ich wühlte in der Gürteltasche, bis ich den Seidenfaden gefunden hatte.

»Was würdest du an meiner Stelle tun?«, fragte er.

Ich sah zu ihm auf. »Was meinst du?«

»Soll ich deinem Vater folgen?«

»Wenn du das Richtige tust, wird er dir folgen.« Ich legte meine flache Hand auf seine Brust und fühlte seinen schneller werdenden Herzschlag. »Du musst deine Vergangenheit hinter dir lassen und mit ihr abschließen. Solange du dich von Rache treiben lässt, wirst du nicht den richtigen Weg finden. Kämpfe für Gerechtigkeit und Frieden – dann werden wir alle hinter dir stehen.«

Drystan atmete tief durch. Er erwiderte nichts, sondern starrte nachdenklich in die Dunkelheit. Hin und wieder zuckte er, wenn ich ihn mit der Nadel stach, ansonsten verharrte er regungslos, bis ich mit meiner Arbeit fertig war.

»Danke.« Er lächelte. »Mittlerweile fließt vermutlich mehr von deinem Blut durch meine Adern als mein eigenes.«

Ich liebte sein Lächeln. Er hatte nicht die geringste Ahnung, wie tief im Herzen er mich damit erreichte.

Drystan legte sich den Zeigefinger auf die Lippen. »Hast du das gehört?«, flüsterte er.

Ich hatte nichts mehr wahrgenommen außer ihn. Doch seine Anspannung versetzte mich in Alarmbereitschaft. Ich lauschte und sah mich ebenso wie Drystan um.

Schatten schlichen um uns herum. Ich bekam eine Gänsehaut, als ich sie immerzu zwischen den Bäumen auftauchen sah. Sie hatten uns umzingelt.

Drystan zog mich an seine Seite. »Das sind Wölfe.«

Ihr gelegentliches Knurren war zu hören. Sie wagten sich gefährlich nah an uns heran. Ihr hochgereckter Schwanz zeugte von ihrer aggressiven Stimmung. Einige sträubten das Fell und entblößten ihre Fangzähne.

Drystan reichte mir sein Messer. Dann breitete er die Arme aus, lief in Abwehrhaltung um mich herum und erwartete ihren Angriff.

Ich zählte elf Wölfe. Sie hatten alle braungraues Fell, das am Rücken und Schwanz deutlich dunkler war. Zwei von ihnen pirschten sich in einer geduckten Haltung an.

Plötzlich vernahm man ein einzelnes tiefes Knurren, das sich zu einer Art Schrei steigerte. Die weiße Wölfin sprang aus der Dunkelheit hervor, woraufhin sich die zwei attackierenden Wölfe augenblicklich zurückzogen. Sie senkten die Köpfe und gesellten sich zu den anderen, die nach und nach davontrotteten. Nur einer blieb bei der weißen Wölfin zurück, die am Bein den abgewetzten

Verband trug. Er lief unruhig um sie herum, bis sie erneut knurrte. Dann machte er sich auf, um den anderen zu folgen.

Drystan und ich standen wie angewurzelt da, ebenso wie die Wölfin. Sie ließ uns nicht aus den Augen, zeigte aber keinerlei Anzeichen von Aggression. Nach einer Weile setzte sie sich auf die Hinterbeine.

»Sie wird uns nicht angreifen«, flüsterte ich.

Drystan schnaubte zweifelnd.

»Glaub mir. Ich habe schon viel Zeit mit Tieren verbracht – ich kenne ihre Körpersprache.«

»Und warum verschwindet sie nicht?«

Ich ging in die Hocke und zog Drystan am Hosenbein, damit er es mir gleichtat.

Er reagierte nur widerwillig. »Was soll das werden?«

»Wir unterwerfen uns.«

»So kann ich sie nur schwer abwehren, wenn sie uns attackiert.«

»Ist sie nicht wunderschön?« Das weiße Fell der Wölfin schimmerte im Mondlicht fast silbern.

»Sie ist riesig und hat messerscharfe Zähne.«

Die Wölfin erhob sich und kam langsam ein Stück näher, wobei sie stetig kurz innehielt.

»Ich würde gern unter ihren Verband schauen«, sagte ich. »Da er nicht blutig ist, deute ich das als gutes Zeichen.«

»Und ich würde mich jetzt gern zurückziehen«, erwiderte Drystan.

Ich ließ mich nach vorn auf die Knie fallen und streckte den Arm aus.

»Was tust du?«

»Ich biete ihr an, an mir zu riechen.«

Drystan kommentierte meine Erläuterung mit einem Seufzen. Er ging ebenfalls auf die Knie und blieb bewegungslos.

Ich hatte keinerlei Angst vor der Wölfin. Ihr ruhiges Verhalten zeugte von Sicherheit und Vertrauen.

Zuerst passierte nichts. Wir saßen uns mit einem Abstand von zwanzig Schritten gegenüber und musterten uns gegenseitig. Doch letztlich näherte sie sich weiter an. Sie war vorsichtig und blieb immerzu stehen, bis sie mir nah genug war, um den Kopf nach vorn zu strecken und mit etwas Abstand an meiner geschlossenen Hand zu riechen.

Ich hielt die Luft an, während Drystan den Griff um sein Messer festigte. Nachdem die Wölfin die Distanz zwischen uns überwunden hatte, verlor sie jegliche Scheu. Sie trat auch den letzten Schritt auf mich zu und schnüffelte an meinem Kleid.

»Das ist nicht gut«, flüsterte Drystan. »Sie wittert mein Blut.«

Da er sprach, sah sie ihn unvermittelt an.

»Strecke langsam deine Hand in ihre Richtung aus«, forderte ich ihn auf.

»Das mache ich ganz bestimmt nicht.«

Die Wölfin legte den Kopf schief, stellte die Ohren auf und hielt ihren Blick weiterhin auf Drystan gerichtet.

»Dann sprich ruhig zu ihr. Deine Stimme scheint ihr zu gefallen.«

Drystan verzog den Mund, als wäre er genervt.

Ich nickte ihm auffordernd zu.

Die Wölfin roch nun an seinem Oberkörper und stupste ihn dabei mit der Nase an. »Hey, das kitzelt.« Er drängte sie entschieden von sich weg.

Ich machte mich aufgrund seiner hektischen Bewegung auf ihre aggressive Reaktion gefasst. Doch sie trat erneut an Drystan heran und versuchte ihm das Gesicht abzulecken.

»Du stinkst aus dem Maul.« Er wehrte sie mit den Händen ab. »Geh und schnüffel an deinesgleichen.«

Mir blieb der Mund offen stehen. »Lass sie, Drystan. Sie unterwirft sich dir gerade.«

Er stand abrupt auf und scheuchte sie mit hektischen Armbewegungen davon. »Verzieh dich.«

Die weiße Wölfin ergriff die Flucht, während Drystan sich mit dem Unterarm übers Gesicht wischte. »Ihre letzte Mahlzeit bestand eindeutig aus Aas.«

Ich starrte ihn fassungslos an.

»Was ist?«

»Sie war freundlich zu dir und du hast nichts Besseres zu tun, als sie zu verjagen.« Ich stand auf. »Es war faszinierend und beeindruckend. Die Wölfin schenkte uns ihr Vertrauen, aber du hast es nicht angenommen.«

»Wozu auch?«

»Vielleicht, um eine Freundschaft zu schließen?«

»Mit so etwas kenne ich mich nicht aus. Ich bin bisher allein klargekommen.«

Ich schüttelte hoffnungslos den Kopf. »Nicht jeder erhält eine zweite Chance im Leben. Begehe nicht den Fehler, sie nicht zu ergreifen.« Ich wandte mich ab und ging davon.

Drystan sah ihr irritiert nach. Er verstand nicht, warum sie auf einmal wütend auf ihn war. Wenn er sich weiter von der Wölfin hätte ablecken lassen, dann wäre sie vielleicht auf den Geschmack gekommen und hätte gemerkt, wie hungrig sie war.

Das Verhalten der Wölfin war fragwürdig. Sie war anscheinend das Leittier des Rudels, da sich die anderen Wölfe zurückgezogen hatten. Hätte sie nicht eigentlich so wild wie ihre Artgenossen auftreten sollen? Warum hatte sie sich ihnen gegenüber so friedlich verhalten? Spätestens als sie das Blut vor der Nase hatte, hätte sie unruhig werden müssen.

Oder war das womöglich sogar der Grund für ihre Unterwerfung? Diese Wölfin trug Jennas Blut in sich – und er ebenso. Konnte sie diese Gemeinsamkeit wittern? Sie hatten die Wölfin aus der Falle befreit und Jenna hatte sich um ihr verletztes Bein gekümmert. Empfanden Tiere Dankbarkeit?

Ein Heulen ertönte. Vielleicht hatte er der weißen Wölfin wirklich unrecht getan, indem er sie verjagte. Jenna war nicht grundlos auf ihn wütend und er ärgerte sich inzwischen über sein Verhalten. Ohne weiter darüber nachzudenken, legte er den Kopf in den Nacken und ahmte das Wolfsheulen nach.

Die Antwort ließ nicht lange auf sich warten. Drystan lächelte und lief los. Jetzt unterhielt er sich schon mit einem Wolf.

Er folgte seiner eigenen Blutspur zurück zum Lager. Der Weg, der vor ihm lag, würde nicht einfach werden und er brauchte dringend etwas Schlaf. Wenn er Interesse an seinem Erbe zeigte, würde Jake ihm mit seinen Männern beistehen. Es war fraglich, ob die grüne Flagge auf dem Gefängnisturm noch nützlich war, um die Friedensgarde über die Möglichkeit eines Landganges zu informieren. Nach dem heutigen Kampf würde McGee von den dortigen Ereignissen erfahren und auch diesen Zugang zur Insel überwachen lassen.

Drystan hatte sich vor dem Trupp als Darius McKays Sohn zu erkennen gegeben. Es war also kein Geheimnis mehr, dass er Rache üben wollte, und McGee würde nicht tatenlos auf ihn warten. Er würde seine Suchtrupps losschicken, um Drystan dingfest zu machen. Und somit waren alle, die an seiner Seite waren, in Gefahr.

Er musste an Jenna denken, wie sie sich vertrauensvoll in seine Arme geschmiegt hatte. Ihre Nähe hatte ihn maßlos überfordert, doch sie hatte ihm Zeit gelassen, damit er sich an ihre Berührung gewöhnen konnte. Drystan hatte ihre Wärme gespürt, die sich dann nach und nach um sein Herz gelegt hatte, und dabei war seine Verzweiflung einer bisher unvorstellbaren Hoffnung gewichen.

Jenna war klug, wunderschön, zart und zerbrechlich. Das übermächtige Gefühl, sie beschützen zu wollen, war stärker denn je. Sie war in seiner Nähe in Gefahr, aber auch in der von ihrem Vater. So wie Drystan die Situation einschätzte, würde McGee ebenfalls nach Jake suchen lassen, wenn er von dem Gefängnisausbruch erfuhr. Es gab momentan kein Schiff, das Jenna von hier wegbringen konnte, und somit blieb Drystan keine Wahl. Er würde sie auf keinen Fall im Stich lassen – er würde für sie sterben, wenn es sein musste.

Zwischen den Bäumen neben ihm huschte ein Schatten vorbei. Die weiße Wölfin.

Er ging in die Hocke. Jenna hatte ihm geraten, keine zweite Chance verstreichen zu lassen, und außerdem wollte er sehen, was passieren würde. Wie sie es getan hatte, streckte er seinen Arm nach vorn und wartete.

Es dauerte nicht lange, da kam die Wölfin auf ihn zu. Sie ließ seine Hand völlig außer Acht, rieb sich stattdessen an seinem Arm und umkreiste ihn.

Drystan streichelte durch das dichte Fell. »Warum begleitest du mich?«, sprach er gedankenverloren.

Die Wölfin setzte sich vor ihm hin und sah ihn aufmerksam mit ihren bernsteinfarbenen Augen an. Sie erweckte den Eindruck, als wollte sie ihm zuhören.

»Jenna meinte, du magst vielleicht meine Stimme. Aber ich glaube, wir sind Gleichgesinnte, weil ihr Blut durch unsere Adern fließt. Sie ist es, die uns verbindet.«

21. Rebell

Du musst still halten«, forderte ich Conner zum wiederholten Mal auf.

Er stieß übertrieben die Luft aus. »Du hast gut reden. Dein Körper steckt nicht voller Splitter.«

Als ich ihm ein nagelgroßes Stück Holz aus dem Oberschenkel zog, zischte er auf.

»Wie soll ich die alle herausbekommen, wenn du so herumzappelst?«

»Gar nicht. Zur Not werde ich mit ihnen leben.«

»Das funktioniert vielleicht mit den kleinen …« Ich entfernte ein weiteres Bruchstück und er brüllte auf. »Mit den großen sicher nicht.« Ich hielt ihm den Splitter zum Betrachten vor die mit Sommersprossen gesprenkelte Nase.

»Du hast Glück gehabt, dass du auf dem Bug gestanden hast, als der hintere Teil des Schiffes explodiert ist«, sagte Grimmt. Er saß neben uns und kaute auf einem Stück getrocknetem Fleisch.

»Wo warst du zu dieser Zeit?«, fragte ich ihn.

»Ich war schon im Wasser.« Er betrachtete mein blutverschmiertes Kleid. »Wenn ich was abbekommen hätte, dann hätte ich mich heute trotzdem nicht bei dir unters Messer gelegt. Was hast du eigentlich getrieben? Du siehst aus, als hättest du ein Schwein geschlachtet.«

»Vielen Dank für die aufbauenden Worte«, rügte ihn Conner und sah mich dann flehend an. »Kann ich noch mal einen Nachschlag unsterbliches Blut haben?«

Ich schüttelte den Kopf. »Ryan hat dir vorhin erst welches gegeben.«

»Es wirkt nicht mehr. Das, was du da machst, tut echt weh.«

»Das liegt vielleicht daran, weil du ständig unsterbliches Blut zu dir nimmst«, entgegnete Grimmt. »Du hast dich schon an die Wirkung gewöhnt.«

Conner zog eine Grimasse und schmollte.

Seit wir Kinder waren, experimentierte er mit unserem Blut. Er wollte einen Weg finden, unsterblich zu werden.

»Dreh dich bitte auf den Bauch.«

Er errötete. »Du kannst es wohl gar nicht erwarten, meinen nackten Hintern zu sehen?«

»Jetzt mach schon.« Da Conner auf der Seite lag, brauchte ich ihm nur einen kleinen Schubs zu geben, um ihn in die richtige Position zu bringen. Er hatte sich gestern nicht von mir behandeln lassen, aber da er inzwischen nicht einmal mehr sitzen konnte, ließ er mich heute gewähren.

»Sei bitte vorsichtig mit meinem zarten Hinterteil«, flehte er theatralisch.

Grimmt schüttelte den Kopf. »Was bist du bloß für ein Weichei?«

Ich streifte Conners Hose über seinen Hintern, wobei er leise wimmerte. Beim Anblick des großen Holzsplitters, der in seiner linken Backe steckte, unterdrückte ich ein Lachen. Grimmt hingegen brach in schallendes Gelächter aus.

Conner hielt seine Arme unter dem Kopf verschränkt und vergrub zwischen ihnen sein Gesicht. »Ich ahne es schon. Das werdet ihr mir ewig vorhalten.«

»Darauf kannst du wetten, mein Kleiner.« Grimmt hielt sich den Bauch. »Das werde ich bei jedem Trinkgelage zum Besten geben.«

Conner knurrte.

»Kannst du mir bitte mal helfen?«, forderte ich Grimmt auf.

»Vergiss es, ich fasse seinen Hintern nicht an.«

»Du musst nur die Unterhose festhalten, damit sie nicht ständig hochrutscht. Ansonsten muss Conner sie ganz ausziehen.«

Grimmt hatte sich gerade eingekriegt, doch nun verfiel er in einen erneuten Lachanfall. »Na, das will ich sehen.«

Conner winselte wie ein Hund. Durch seine Verlegenheit konnte man seine Gesichtsfarbe von der seiner Haare kaum unterscheiden.

»Hab Erbarmen mit ihm«, sagte ich zu Grimmt. Meine Ernsthaftigkeit geriet ins Wanken.

Grimmt zwinkerte mir verschwörerisch zu. »Canny, kannst du mal kommen und Jenna bei Conners Hintern helfen?«, rief er.

Conners Kopf schnellte nach oben. »Nein, bloß nicht.«

Von Canny war weit und breit nichts zu sehen. Grimmt liefen schon die Tränen.

Wo steckte sie? Bestimmt war sie bei Jared.

Bevor ich vergangene Nacht zu Drystan aufgebrochen war, hatten Jared und ich lange geredet. Über das, was vorgefallen war, über das, was uns jetzt womöglich bevorstand ... Wir hatten es genossen, vereint zu sein. Dann hatte ich ihm von meinem Traum erzählt und von da an war Jared stumm geblieben. Ich hatte ihm nichts verschwiegen, hatte ihm in allen Einzelheiten geschildert, was zwischen Drystan und mir vorging. Er hatte dabei meine Emotionen gespürt, ebenso wie ich seine wahrgenommen hatte.

Es war ihm nicht verborgen geblieben, wie groß meine Sorge um Drystan war und wie sehr ich mich zu ihm hingezogen fühlte. Und ich hatte Jareds Angst erkannt – die Angst, mich an Drystan zu verlieren. Zu Hause war er derjenige, dem die Mädchen nachstellten. Er hatte nie für eine von ihnen Gefühle entwickelt und deshalb hatte ich mich nicht daran gestört. Wie aber würde es mir ergehen, wenn er plötzlich für ein anderes Mädchen eine solch seelische Verbundenheit empfinden würde wie für mich? War es überhaupt möglich, seine Seele mit zwei Seelenpartnern zu teilen?

Der Splitter in Conners Hintern war so groß wie Grimmts Daumen. Dieser hatte sich nun dazu herabgelassen, mir zur Hand zu gehen, und kniete mir gegenüber. Seine Lippen hatte er aufeinandergepresst und grinste vor sich hin.

Als ich das spitze Holzstück mit einem kräftigen, schnellen Ruck herauszog, hallte Conners Schrei durch das ganze Lager. Er tat mir leid. Unsterbliches Blut hatte er bekommen und Wein durfte er keinen trinken, weil wir bald aufbrechen wollten und er bei Sinnen bleiben musste.

»Halte durch. Du hast es fast geschafft«, ermutigte ich ihn.

Die Wunde, die durch den Splitter zurückgeblieben war, musste aufgrund ihrer Größe genäht werden. Conner war sehr tapfer und biss die Zähne zusammen.

Ich hörte Vaters und Jareds Stimmen, die sich von hinten näherten. Spätestens jetzt bereute ich es, mich nicht umgezogen zu haben.

»Ist Conner wieder einsatzfähig?«, witzelte Jared. »Er sollte seinen nackten Hintern langsam mal hochbekommen.«

»Haha«, kommentierte Conner.

Jared trat um uns herum und kam somit in mein Blickfeld. Ich schaute zu ihm auf, um ihn freudig zu begrüßen, doch er starrte auf mein Kleid und seine Gesichtszüge verhärteten sich umgehend.

»Was ist denn mit dir passiert?«, stieß Vater aus, als er im selben Moment neben Jared zum Stehen kam.

»Ich habe Drystans Wunden versorgt«, antwortete ich leise.

Jared verengte die Augen. »Solltest du sein Blut da nicht eher an deinen Händen anstatt auf deinem Kleid tragen?« Er klang eher betrübt als wütend.

Da ich mit Conners Behandlung fertig war, stand ich auf und straffte die Schultern. »Ich habe nichts getan, wofür man mich verurteilen müsste. Drystan hat sein Leben aufs Spiel gesetzt, als er uns verteidigte. Er hat weit mehr Wunden als die, die sichtbar sind.«

Mit erhobenem Haupt lief ich an Jared und Vater vorbei.

»Jenna …«, sagten sie im Chor.

Ich drehte mich zu ihnen um. Nachdem sie einen kurzen Blick gewechselt hatten, lächelte Vater mich gütig an und Jared war mit wenigen Schritten bei mir, um mich zu umarmen.

»Verzeih mir«, bat er. »Ich weiß nicht, was mit mir los ist.«

Ich wusste es und konnte es sogar nachvollziehen. Dennoch war die Situation nun mal so, wie sie war, und wir mussten beide damit klarkommen.

»Mir tut es ebenso leid«, sagte ich. »Bitte glaub mir, es ist auch für mich nicht leicht und ich weiß nicht, wie ich damit umgehen soll. Deswegen brauche ich dich umso mehr an meiner Seite. Ich werde dich niemals aufgeben und zwischen uns wird sich nie etwas ändern. Aber Drystans Seele ruft nach mir.«

Vater sah uns mit großen Augen an. »Wovon sprecht ihr?«

»Jenna spürt eine Verbindung zu Drystan, die der einer Seelenverwandtschaft gleicht«, erklärte Jared.

Vater trat einen Schritt zurück und schüttelte immerzu den Kopf. »Es ist keine leichte Zeit. Du bist das erste Mal von zu Hause weg und unsere momentane Situation ist sehr schwierig. Deshalb bist du durcheinander.« Er runzelte die Stirn und rieb sich den Nacken. »Drystan war irgendwie für dich da, als wir es nicht sein konnten – und das hat dich beeindruckt. Doch er ist nicht dein

Seelenverwandter, Jenna. Diese unwiderrufliche Verbindung tritt erst ab dem achtzehnten Lebensjahr in Erscheinung.«

Ich löste mich aus Jareds Umarmung und trat auf Vater zu. »Es ist alles wahr, was du sagst. Das ändert aber nichts an der Tatsache, dass ich seine Seele in seinen Augen sehen kann.«

Vaters Gesichtszüge erstarrten.

Jared seufzte. »Nur Seelenverwandte können das.«

Es herrschte Schweigen. Ich fühlte mich unter der eingehenden Musterung der anderen mehr als unwohl. Canny und Will schlenderten auf uns zu, blieben aber auf Abstand, als sie die eigenartige Stimmung bemerkten.

Im Lager wurde es plötzlich unruhig. Die Männer versammelten sich und gerieten in heftige Diskussionen. Bis auf Vater, der nachdenklich zu Boden sah, schauten wir alle zu ihnen hinüber.

Wir sollten zu ihnen gehen und nachfragen, was los war. Kaum hatte ich den Entschluss gefasst, trat Drystan aus der Mitte der Männer hervor und die Menge verstummte.

Bei seinem Anblick blieb mir die Luft weg. Nichts erinnerte mehr an den wilden Jungen, der er bei unserem ersten Treffen gewesen war. Drystan hatte sich umgezogen und trug nun die schwarze Kleidung der Gardisten. Allein sein kürzeres Haar verlieh ihm eine völlig neue Erscheinung. Es schimmerte in der Sonne, die heute vom wolkenlosen Himmel schien. Ich zog einen Vergleich zu Vaters wildem Mustang Legacy, dessen tiefschwarzes, glänzendes Fell ihm etwas Majestätisches verlieh. Und so war es auch bei Drystan. Er sah edel aus, besaß aber die Faszination und Verwegenheit eines Rebellen.

»Was ist denn mit dem passiert?«, stieß Canny neben mir aus.

Ich war mir darüber bewusst, wie intensiv ich ihn anstarrte, konnte jedoch nicht wegsehen. Sein Blick traf meinen. Drystan sah mir direkt in die Augen, bis er bei uns war.

»Guten Morgen.« Er nickte in die Runde.

Jeder erwiderte seinen Gruß, nur ich suchte nach meiner Sprache.

»Es wird Zeit, aufzubrechen«, sagte er an meinen Vater gewandt.

Vater trat neben mich und legte seine Hand auf meinen Rücken. Er räusperte sich. »Ich habe mich mit Sam im Traum getroffen. Sie ist auf der einen Seite erleichtert, endlich zu wissen, wo Jenna und Jared sind. Auf der anderen Seite ist sie verständlicherweise über unsere derzeitige Lage sehr besorgt. Bis Verstärkung kommt, werden wir uns zurückhalten. Das habe ich ihr versprochen.«

»Wann kommt Verstärkung?«, fragte Grimmt.

»Meine Truppen werden sich nach Darkona auf den Weg machen, sobald genügend Schiffe zur Verfügung stehen«, antwortete Kommandant Ramsay, der zu uns getreten war. »Ich hoffe auf ihr baldiges Eintreffen.«

Vater lächelte. »Sam sagt, die Friedensgarde ist bereits mit einer Flotte hierher unterwegs. Sie kommen zu Hunderten.«

Der Kommandant nickte ihm zu. »Das ist gut zu wissen.«

»Wie lautet also euer Plan?«, erkundigte sich Drystan.

»Wir halten uns versteckt, bis sie eintreffen«, erwiderte Jared.

Die beiden musterten sich aus verengten Augen, ehe Drystan sich umsah. »Einen Einzelnen kann man schwer finden. Eine ganze Meute kann sich nicht lange vor McGees Truppen verborgen halten.«

»Wie würdest du vorgehen?«, fragte ich, bevor Jared etwas einwarf.

Drystan wandte sich mir zu. »Ihr könnt euch nicht darauf verlassen, dass die Gefängnisinsel weiterhin für Schiffe zugänglich ist. Nach dem, was vorgefallen ist, wird McGee auch dort seine Truppen stationieren. Es nützt euch nichts, euch versteckt zu halten, wenn die Verstärkung euch nicht erreichen kann.«

»Ich stimme dir zu«, sagte Vater überraschend. »Was schlägst du also vor?«

»Statt uns zu verstecken, sollten wir uns sehen lassen. McGees Aufmerksamkeit liegt auf den Häfen, also müssen wir sie ins Landesinnere lenken. Wenn er seine Truppen dort benötigt, wird er sie zwangsläufig von der Küste abziehen und ermöglicht dadurch der Friedensgarde den Landgang. Wir dürfen ihm keine andere Wahl lassen.«

Vater nickte nachdenklich.

»Und wie willst du das anstellen, Junge?«, erkundigte sich Kommandant Ramsay.

»Auf dem Weg zu McGee werde ich von Stadt zu Stadt ziehen, um das Volk dazu zu bewegen, sich mir anzuschließen. Ich werde einen Aufstand ins Leben rufen, den der Clanführer nicht ignorieren kann.«

»Warum glaubst du, dass das Volk sich mit dir erheben wird?«, fragte Jared.

Drystan sah in die Runde. Inzwischen hatten sich alle Männer um uns versammelt und hörten aufmerksam zu. »Weil ich Drystan McKay bin – der letzte Überlebende meiner Familie und somit einziger und rechtmäßiger Erbe des Throns von Darkona. Das Volk leidet und ich werde ihm einen Weg aus dem Elend aufzeigen.«

Stille. Mehrere Herzschläge lang sprach niemand ein Wort. Doch dann entbrannten Jubelschreie. Die Umstehenden hielten ihre Fäuste in die Höhe und grölten Drystan zu.

Vater senkte den Kopf. »Was hast du mit ihm gemacht?«, schrie er mir ins Ohr, um den Trubel zu übertönen.

Meine Knie waren ganz weich. »Nichts, worüber ich mir bewusst wäre.« Drystans Blick traf mich und ich lächelte ihn an. »Ich glaube, er hat sich dazu entschlossen, seine Vergangenheit hinter sich zu lassen.«

22.
Rivalen

Mehr als einhundert Mann setzten sich in Bewegung, um sich gegen McGee aufzulehnen – weil Drystan sie dazu aufgerufen hatte. Hoffentlich würden sich ihm noch mehr auf dem Weg durch die Dörfer anschließen. Laut den Ortskundigen lag die erste Siedlung gut einen halben Tagesmarsch von uns entfernt.

»Die Kleidung der Gardisten steht dir«, sagte ich, als ich Drystan eingeholt hatte. Ich sah ihn nicht an, lief aber direkt neben ihm und musste an mich halten, um nicht einfach seine Hand zu nehmen.

»Du hättest dich auch umziehen sollen«, erwiderte er.

»Leider habe ich keine Wechselsachen dabei.«

»Ich hätte dir eine Hose und ein Hemd besorgen können, wenn du mich nicht verlassen hättest.«

Mein Herz holperte. »Das klingt fast so, als hättest du mich vermisst.«

Er schmunzelte. »Vielleicht habe ich das.«

Sein Lächeln ging mir durch und durch. Was stellte er bloß mit mir an? Ich wünschte, ich könnte sofort mit ihm allein sein. Von Tag zu Tag sehnte ich mich mehr nach seiner Nähe.

Wir verließen den Wald und betraten eine weitläufige Ebene. Der Wind fegte über die Grashalme hinweg und zerrte an meinem Kleid. Hinter uns ertönte ein Wolfsheulen.

»Da will sich wohl jemand verabschieden.« Drystan deutete mit dem Kinn zurück.

»Falls das die Wölfin ist, wird ihr Ruf kaum an uns gerichtet sein, so wie du dich gestern verhalten hast.«

»Das ist ganz sicher die Wölfin.« Er zwinkerte mir zu. »Sie mag mich.«

»Ach ja?«

»Sie hat mir eine zweite Chance gegeben und ich habe sie ergriffen.«

Was? Ich blieb stehen.

Er lief weiter, als würde er es nicht bemerken. »Ihre Wunde sieht übrigens gut aus. Ich habe ihr den Verband abgenommen.«

Sofort war ich wieder an seiner Seite. »Du willst mich doch auf den Arm nehmen?«

»Ich bin kein Lügner – das habe ich dir bereits gesagt. Ihr Bein wird ihr keine Probleme mehr bereiten und meine Verletzungen sind auch schon verheilt.«

»Wirklich?« Ich machte große Augen.

Drystan nickte. Es gefiel mir, wie der Wind mit seinen kürzeren Haaren spielte.

»Du trägst eine große Macht in dir, Jenna. Dein Blut lässt wilde Tiere zahm werden und mich macht es von einem Tag auf den anderen gesund.«

Ich runzelte die Stirn. »Nein. Das muss etwas mit dir zu tun haben. Ich habe viele Tiere mit meinem Blut versorgt und Will habe ich ebenfalls davon gegeben. Nur bei dir wirkt es in diesem Maße.« Da der Wind meine Haare durcheinanderwirbelte, nahm ich sie im Nacken zusammen und legte sie auf einer Seite nach vorn über meine Schulter. »Du hattest einen unsterblichen Vater und eine sterbliche Mutter«, fuhr ich fort. »Normalerweise verhält es sich so, dass Kinder, die aus einer solchen Konstellation geboren werden, entweder menschlich oder unsterblich sind. Du trägst allerdings Merkmale von beiden in dir – du bist etwas Besonderes.«

»Entschuldigt, wenn ich mich einmische«, sagte Conner, der mit Canny direkt hinter uns lief. »Ich habe zufällig euer Gespräch mitbekommen und …«

»Du hast gelauscht«, ging Canny ihn an.

Er drängte sich an Drystans Seite. »Hey, ich bin Conner«, stellte er sich vor und reichte ihm die Hand.

Canny lief nun neben mir und stöhnte auf. »Gleich können wir uns wieder seinen Mist anhören.«

»Du bist also ein Halbblut?«, fragte Conner. Drystan kam nicht zum antworten, weil er sofort weitersprach: »Meine Eltern sind zwar beide menschlich, aber wir wohnen bei den McAlasters und daher kenne ich mich bestens mit den Unsterblichen aus. Ich lebe wie sie, denke wie sie …«

Canny verdrehte die Augen. »Conner hat es sich in den Kopf gesetzt, unsterblich zu werden.«

Er rieb sich über seine roten Haare. »Es gibt irgendeine Möglichkeit und das unsterbliche Blut ist der Schlüssel dafür. Ich glaube fest daran.« Er sprach ununterbrochen, ohne dabei Luft zu holen.

Hörte Drystan ihm überhaupt zu? Wir wechselten verstohlene Blicke und unsere Hände streiften sich gelegentlich. Was würde ich dafür geben, jetzt seine Gedanken lesen zu können. Wenn er bei mir war, verdrängte ich alles andere in den Hintergrund. Ich konnte an nichts anderes denken als daran, wie sich seine Umarmung angefühlt hatte, und ich sehnte mich nach seiner körperlichen Nähe.

Conner wandte sich mir zu. »Von deinem Blut hast du mir nie gegeben. Wenn es bei Drystan eine so intensive Wirkung hat, dann muss ich unbedingt davon probieren. Oder besser noch – ich vermische es mit Drystans Blut.«

»Du bist so dermaßen bescheuert, dass es schon wehtut«, sagte Canny. »Das hält keiner aus, sich jeden Tag deinen Mist anzuhören.«

»Besser mein Gelaber als dein Gesäusel über Jared.« Conner machte ausschweifende Handbewegungen. »Hach, Jared ist so toll und sieht so gut aus und …« Er verstellte die Stimme, als wäre er eine Frau.

»Halt bloß deine Klappe.« Canny wollte auf ihn losgehen, aber ich hielt sie zurück.

»Habe ich hier gerade meinen Namen gehört?«, fragte Jared. Er war mit Vater vorausgelaufen und hatte sich zu uns zurückfallen lassen.

»Oh Jared«, sang Conner. »Wo warst du nur? Ich habe dich so vermisst.« Er ergriff seinen Arm und lehnte sich theatralisch an ihn.

»Was habt ihr dem denn gegeben?« Jared schubste ihn weg.

»Der wurde so geboren«, schnaufte Canny.

Conner fuhr sich mit der Zunge über seinen abgebrochenen Schneidezahn und grinste sie an.

»Ich glaube, ihr wurdet einander noch nicht vorgestellt«, sagte ich zu Jared und Drystan. Die abschätzenden Blicke, mit denen sich die beiden bedachten, machten mich nervös.

Mein Bruder nickte förmlich, was Drystan ebenso erwiderte. Da Jared sich neben mir einreihte, lief ich in ihrer Mitte.

»McKays Blut fließt also durch deine Adern?«, fragte er Drystan.

Und meins, dachte ich.

»So sagt man«, antwortete Drystan.

»Jenna meint, sie ist sich nicht sicher, ob du sterblich oder unsterblich bist.«

Drystan sah mich stirnrunzelnd an. »Ich bin ein Mensch.«

»Du hast Schmerzen, Narben und rotes Blut. Aber die Betäubungspfeile wirken bei dir nicht und du bist stärker und schneller als wir«, sagte ich.

»Es fällt mir schwer, das zu glauben.« Jared sah ihn herausfordernd an. »Das würde ich gern sehen.«

»Glaub, was du willst. Ich muss mich niemandem beweisen.«

»Wovor hast du Angst? Ein kleines Wettrennen hat noch keinem geschadet.«

»Jared ist bei uns zu Hause der Schnellste von allen«, berichtete ich. »Es würde mich auch interessieren, ob ihr euch messen könnt.«

»Hey, können wir da Wetten abschließen?« Conner klatschte in die Hände. »Ich setze auf Jared.«

»Ich halte dagegen«, sagte ich und erntete dafür von Jared einen rügenden Blick.

»Und was sind eure Wetteinsätze?«, fragte Canny.

»Nichts. Wir haben gar nichts dabei, um das wir wetten könnten«, entgegnete Conner.

Canny überlegte und lächelte dann triumphierend. »Wenn du verlierst, hältst du einen Tag lang deine Klappe. Es darf kein einziges Wort über deine Lippen kommen.«

Conner blieb stehen und verschränkte die Arme vor der Brust. »Na schön, einverstanden. Jared wird sowieso gewinnen und in dem Fall darf ich dich küssen.«

»Mich?« Cannys Stimme klang schrill.

Er zuckte mit den Achseln. »Oh ja, liebe Canny. Ich werde es genießen, weil du es hassen wirst.«

Jared und ich lachten. Drystan hingegen wusste offenbar nicht, was er von den beiden halten sollte. Er musterte sie skeptisch.

»Und was ist dein Wetteinsatz, wenn du schon auf den Verlierer setzt?«, fragte Jared mich.

Mit ihm konnte bisher keiner mithalten. Er glaubte verständlicherweise an seinen Sieg. Aber ich wusste es besser. Drystan hatte auf dem Rückweg zum Gefängnis zu uns aufgeschlossen, obwohl er erst zurück ins Lager musste, um Gregor über unser Vorhaben zu informieren. Die Sorge um Vater hatte mich so schnell rennen lassen wie ich konnte – dennoch war Drystan schneller gewesen.

»Wenn ich gewinne, küsse ich den Sieger«, antwortete ich und sah Drystan dabei tief in die Augen.

Er zuckte kaum merklich zusammen und erwiderte meinen Blick sehr intensiv.

»Und was machst du, wenn du verlierst?«, fragte Conner.

»Sie wird nicht verlieren«, sagte Drystan. Ein Lächeln lag auf seinen Lippen und er wandte sich Jared zu. »Kann es losgehen?«

Jared deutete nach vorn, wo in der Mitte der weitläufigen Ebene ein vereinzelter Baum stand. »Dort ist unser Ziel. Ich bin bereit, wenn du es bist.«

»Bei drei«, sagte Conner.

Sie nickten zustimmend.

»Eins …«, begann Conner zu zählen.

Drystan und Jared stellten sich nebeneinander auf.

»Zwei …« Canny und ich stimmten mit ein.

Die Konkurrenten wechselten einen kurzen Blick.

»Drei …«, riefen wir im Chor und sie stürmten davon.

Da den anderen der Wettstreit nicht mehr entging, feuerten sie Drystan und Jared an. Manche rannten ebenfalls los, aber die beiden hatten sich schon deutlich abgesetzt. Vaters Miene nach zu urteilen, war er von ihrem Unterfangen nicht besonders begeistert, und auch Ryan und Kommandant Ramsay schüttelten missbilligend die Köpfe.

Canny hakte sich bei mir ein und zog mich von Conner weg. »Was ist mir entgangen?«, fragte sie. »Kannst du mir mal erklären, was das soll?«

»Kann ich machen, wenn du mir sagst, was du meinst.«

Sie schnitt eine Grimasse. »Drystan und du … Was läuft zwischen euch?«

Ich sah zu ihm und Jared. Sie waren nach ungefähr der Hälfte der Distanz gleichauf. »Das ist schwer zu erklären.«

Canny stellte sich vor mich und stemmte die Hände in die Hüften. »Versuch es.«

»Ich mag ihn irgendwie.«

»Du magst ihn?«

»Drystan fasziniert mich.«

»Er fasziniert dich?«

»Kannst du mal aufhören, mir alles nachzureden?«

Sie räusperte sich. »Das ist ernster, als ich dachte. Du magst ihn, er fasziniert dich … und du willst ihn küssen.« Canny seufzte. »Wenn du ein Mensch wärst, würde ich fast glauben, du bist in ihn verliebt.«

Das Ziel war nicht mehr weit und Drystan erhöhte das Tempo. Jared konnte weiterhin mithalten, ging sogar ein wenig in Führung. Er war schneller, als Drystan angenommen hatte. Wenn er nicht aufpasste, würde Jared das Rennen für sich entscheiden, aber er hatte nicht vor, Jenna zu enttäuschen.

Sie hatte auf ihn gesetzt – gegen ihren Bruder. Sicherlich tat sie das nur, weil Jared nicht an seine Fähigkeiten glaubte und sie es ihm beweisen wollte. Ihr Wetteinsatz sollte Drystan anspornen, um sein Bestes zu geben.

Der Baum war kurz vor ihnen und sie setzten beide zum Endspurt an. Es war ein Kopf-an-Kopf-Rennen, bis Drystan es schaffte, sich leicht abzusetzen. Mit nur einer Armlänge Vorsprung schlug er am Baumstamm an.

»Du bist niemals ein Mensch«, stieß Jared aus.

Drystan rang nach Atem. »Doch, das bin ich.«

Jared schüttelte den Kopf. »Nein, das ist ausgeschlossen.«

»Ich kriege kaum Luft und du bist kein bisschen aus der Puste«, entgegnete Drystan.

Jared lief um ihn herum und musterte ihn eingehend. »Zeig mir, was du noch draufhast.« Er stieß ihn auffordernd an der Schulter an und holte im nächsten Moment zum Schlag aus.

Drystan duckte sich instinktiv und wich ihm aus. »Was soll das?«

Jared war über den Misserfolg seiner Attacke sichtlich verärgert. Er drehte sich rasend schnell um seine eigene Achse, hob dabei das Bein und trat mit dem Fuß nach Drystans Kinn. Da dieser rechtzeitig zurücksprang, streifte ihn der Tritt nur leicht.

»Was willst du von meiner Schwester?«, rief Jared und ging sogleich erneut auf ihn los.

»Nichts, was sie nicht auch will.« Er wehrte Jared ab und ging ebenfalls zum Angriff über.

Ihre Blicke trafen sich. Keiner von ihnen benutzte zweimal dieselbe Schlagfolge. Sie mussten auf jede kleine Bewegung achten, die die nächste Attacke des Gegners verriet. Drystan imponierte, wie überlegt Jared kämpfte, und auch Jared war von Drystans Kampfkunst beeindruckt, denn seine Wut verebbte allmählich. Er trat zurück, um die Rauferei zu beenden.

»Beantworte mir eine Frage«, stieß er aus. »Was siehst du, wenn du Jenna in die Augen schaust?«

Drystan blinzelte. »Worauf willst du hinaus?«

»Was siehst du in ihnen?«

»Sie sind saphirblau und wunderschön und ich verliere mich in ihrem Glanz.«

»Glanz?«

»Ja, in ihrer Tiefe liegt so ein silbriger Schein. Jennas Augen sind außergewöhnlich. Ich habe das bisher bei niemand anderem gesehen.«

»Du bist es wahrhaftig.« Er seufzte.

»Wer bin ich?«

Jared sah zu den anderen, die sich ihnen jubelnd näherten. »Ihr Seelenverwandter«, flüsterte er. »Und ich bin es ebenfalls.«

23.
Überfall

Sie starrten sich an. Die Männer klopften ihnen auf die Schultern und bekundeten ihnen ihre Anerkennung für das Rennen. Drystan rang nach Atem, aber das lag nicht mehr an der Anstrengung, sondern an der Fassungslosigkeit über Jareds Aussage.

»Ihr zwei!« Jake trat aus der Menge hervor und bedachte sie mit einem ernsten Blick. »Ich muss mit euch sprechen.« Er deutete von den Männern weg. »Sofort!«

Jared kam seiner Aufforderung umgehend nach. Der Respekt vor seinem Vater war spürbar.

Wo war Jenna? Drystan konnte sie nirgends entdeckten.

»Was sollte diese Aktion?«, fragte Jake, sobald sie außer Hörweite waren.

Die anderen hatten sich wieder in Bewegung gesetzt und marschierten auf den Wald am Ende der Ebene zu.

»Ich wollte sehen, was er kann«, antwortete Jared.

»Hier können jederzeit McGees Anhänger auftauchen und ihr veranstaltet ein Wettrennen?« Jakes Stimme bebte. »Was ist los mit euch? Schaltet ihr euren Verstand völlig aus?«

Er hatte recht. Drystan hatte alle Vorsicht vergessen, um sich mit Jared zu messen. Er wusste, wie nah Jenna ihm stand und er hatte Jared deshalb beweisen wollen, dass er mit ihm mithalten konnte. In der gegebenen Situation war das sehr leichtsinnig gewesen. Erneut hatte er seine Pläne außer Acht gelassen, weil er Jenna imponieren wollte.

Jared schwieg und sah reumütig zu Boden.

Da Drystan ebenfalls keine Rechtfertigung vorbringen konnte, ließ er die beiden stehen und folgte den anderen. Jake war nicht sein Vater und hatte daher keinen Anspruch auf seinen Gehorsam. Er achtete ihn jedoch sehr und ärgerte sich selbst darüber, ihn enttäuscht zu haben. Nach diesem Auftritt konnte Jake sich in seiner Meinung bestätigt fühlen und Drystan weiterhin als unwürdig für seine Tochter befinden.

Sie betraten den Wald. Der Wind rauschte durch die Baumkronen und brachte die Blätter zum Tanzen. Drystan mochte das Geräusch. Kleine Vögel flatterten zwischen den Ästen umher. Als sie einen Fluss erreichten, holte er zu Gregor auf. Dessen fragende Blicke ignorierte er und beobachtete stattdessen die Stromschnellen, an denen das Wasser durch erhöhtes Gefälle und entlang der im Flussbett befindlichen kleinen Felsen schnell und reißend floss. Der Lärm des brandenden Wassers beruhigte ihn. Es war ein Naturschauspiel, das ihm seine Freiheit versicherte.

Die Bäume warfen ihre Schatten auf die Wasseroberfläche. Im Schutz des Waldes blieben sie vorerst verborgen. Allerdings legte es Drystan darauf an, gesehen zu werden.

Ihn plagten Zweifel, ob das der richtige Weg war. Brachte er Jenna auf diese Weise womöglich mehr in Gefahr, als wenn sie McGee tatenlos in irgendeinem Versteck in die Hände gefallen wäre? Vermutlich machte es keinen Unterschied und so lockten sie die Truppen zumindest von den Häfen weg. Jake hatte seinem Plan zugestimmt. Es war also momentan das Beste, was sie tun konnten.

Drystan sah sich beiläufig um und hielt nach ihr Ausschau. Die Bäume standen hier sehr dicht und die Männer drängten sich eng beieinander durchs Unterholz. Er konnte sie nirgends entdecken, bemerkte aber Jake und Jared direkt hinter ihm.

Plötzlich drang ein Schrei durch den Wald und jeder blieb stehen, um Drystan verunsichert anzusehen. Er hingegen wandte sich Jake zu.

»Das klingt nach Ärger«, sagte dieser.

Drystan nickte. »Ich werde mit ein paar Männern vorausgehen und mir ein Bild von der Lage machen.«

»Da bin ich dabei«, erwiderte Jake.

»Ich auch«, sagte Jared.

»Du wirst hier bei den anderen bleiben«, wies sein Vater ihn an.

»Ich habe den weiten Weg nicht angetreten, um mich hier aus allem rauszuhalten«, stieß Jared ungehalten aus.

»Niemand hat dich dazu eingeladen, herzukommen«, entgegnete Jake wütend. »Du wirst tun, was ich sage und hierbleiben.«

»Ich kann kämpfen.«

»Du solltest auf deinen Vater hören«, sagte Drystan.

Jared hob das Kinn. »Du bist nicht viel älter als ich, also sage mir nicht, was ich zu tun oder zu lassen habe.«

Drystan trat einen Schritt auf ihn zu. »Hast du schon jemals einen Menschen oder einen Unsterblichen getötet?«

Jared atmete tief durch.

»Kennst du das Gefühl, wenn deine Klinge tief in das Fleisch eines anderen Mannes dringt? Kennst du das Geräusch, das es verursacht?«

Jared wich seinem Blick aus, was Drystan Antwort genug war.

»Ich wünsche dir, dass du diese Erfahrung niemals machen musst. Denn es verändert dich und verfolgt dich in deinen Träumen. Du hast nicht die geringste Ahnung, was es bedeutet, ein Leben zu nehmen. Und glaub mir, ich hätte liebend gern auf diese Erkenntnis verzichtet.«

»Du sprichst mir aus der Seele, Drystan.« Jake nickte ihm zu, bevor er seinen Sohn an den Oberarmen fasste. »Es geht nicht darum, dir das nicht zuzutrauen, Jared. Ich will es dir ersparen.«

Jared seufzte. »Ich möchte nur helfen. Wozu hatte ich tägliches Kampftraining?«

»Um kämpfen zu können, wenn dir kein anderer Ausweg mehr bleibt«, antwortete Jake. »Aber solange auch nur die kleinste Möglichkeit besteht, einen Kampf zu umgehen, dann halte dich von ihm fern.«

Er wandte sich von seinem Sohn ab und ging voraus.

»Wo ist Jenna?« Drystan legte Jared die Hand auf die Schulter. »Suche und beschütze sie, bis ich zurück bin. Ich verlasse mich auf dich.«

Jared starrte ihn an. Dann wurde seine Miene weicher. »Das werde ich«, sagte er und machte sich auf die Suche nach ihr. Drystan folgte seinem Vater.

Gregor lief an seiner Seite. Mit Jake, Kommandant Ramsay und etwa zwanzig Gardisten schlichen sie durch den Wald. Sie hielten sich in die Richtung, aus der der Schrei zu vernehmen gewesen war. Seitdem herrschte Stille.

Unterhalb einer Böschung wand sich ein Weg durch den Wald, auf dessen lehmigen Boden Spuren von Pferdehufen und Rädern zu erkennen waren. Ein Mann lag dort mit dem Gesicht nach unten im Matsch. Hatte er geschrien, als er dem Tod ins Auge gesehen hatte? Seiner verschlissenen Kleidung nach zu urteilen, musste er ein einfacher Bauer sein.

Kommandant Ramsay gab den Gardisten ein Handzeichen, woraufhin einige den Pfad überquerten und sich auf der gegenüberliegenden Seite im Dickicht versteckt hielten. So folgten sie dem Weg, bis hinter einer Gabelung Stimmen, Pferdeschnaufen und Hühnergegacker zu vernehmen waren.

Alle gingen zu Boden und schlichen sich so lautlos wie möglich an. Drystan hielt den Kopf unten und spähte die Böschung hinab, wo etwa zwanzig Reiter eine Rast machten. Sie führten zwei offene Pferdewagen mit sich, wovon in einem Sachen wie Tische, Stühle, Schaufeln, Äxte, Waffen und sogar Geschirr gestapelt waren. In dem anderen transportierten sie Ferkel, Gänse, Hühner und zwei kleine Kinder, die sie in Holzkäfigen gefangen hielten.

»Wenn die Hühner nicht gleich ihre Schnäbel halten, rupfe ich ihnen bei lebendigem Leib die Federn«, schrie ein Mann. Er trug einen langen, geflochtenen Bart.

Einer der Reiter löste seinen roten Umhang und warf ihn über den Hühnerkäfig.

»Das sind McGees Schuldeneintreiber«, flüsterte Gregor.

Drystans Herz lag schwer in seiner Brust. Er konnte den Blick nicht von den zwei Kindern lösen, die sich weinend in ihrem Gefängnis aneinanderklammerten. Die Jungs konnten nicht älter als vier Jahre alt sein.

Er hielt sein Messer und sein Schwert bereits in den Händen, ohne bemerkt zu haben, wie er sie erfasst hatte.

»Schuldeneintreiber«, zischte er und spuckte verächtlich aus. »Sie werden die Ersten sein, die McGee eine Nachricht von mir übermitteln werden.«

Gregor, Jake und der Kommandant sahen ihn fragend an.

»Haben wir die Betäubungspfeile dabei?«

Gregor nickte.

»Dann setzt sie ein.« Er stand entschlossen auf. »Jetzt!«

Laut schreiend stürmte er die Böschung hinab. Sie waren etwa gleich viele. Diese Männer waren ebenfalls kampferprobt, aber mithilfe des Gifts würde er sie bis auf den letzten Mann niedermetzeln. Hinter ihm und auch von der gegenüberliegenden Seite folgten die Gardisten ihm in den Kampf.

Viele ihrer überraschten Gegner gingen bereits von den Pfeilen getroffen bewegungsunfähig zu Boden, ehe sie die Gefahr realisieren konnten. Es war eine unfaire Schlacht. Drystan und die Gardisten zögerten dennoch nicht, ihnen die Köpfe abzuschlagen. Diese Männer waren selbst Mörder und betrogen die Schwachen um ihr Hab und Gut. Sie verdienten keine Gnade.

»Dieser nicht!«, rief Drystan, als Jake sich mit erhobenem Schwert dem Bartträger näherte. »Es muss immer einer übrig bleiben, der McGee von uns erzählen kann.«

Jake hielt mitten in der Bewegung inne und schaute auf den Mann hinab. »Entledigt ihm seiner Sachen und fesselt ihm die Hände«, befahl er den Gardisten.

Drystan lief zu den Kindern, doch Grimmt kam ihm zuvor und öffnete den Käfig. Bisher hatte er nicht bemerkt, dass Grimmt sich ihnen ebenfalls angeschlossen hatte.

Die zwei blonden Jungen drängten sich in die hinterste Ecke und ignorierten die Hand, die Grimmt ihnen reichte. Da nickte er ihnen freundlich zu und zog sich zurück.

Der Bartträger trug nur noch seine Unterhose und lag nach wie vor auf dem Boden. Zwei Gardisten fesselten ihm die Hände auf dem Rücken, als Drystan auf ihn zutrat und neben ihm in die Hocke ging.

»Mein Name ist Drystan McKay«, sprach er zu ihm. »Sag deinem Herrn, dass ich ihn heimsuchen werde. Der Thron meines Vaters wird nicht länger ihm gehören. Ich besorge ihm dafür einen Platz in der Hölle.«

Als sie ihn auf sein Pferd setzten, sah er dem Mann unentwegt in die vor Angst geweiteten Augen. Dann verpasste er dem Tier einen Schlag auf den Hintern, woraufhin es laut wiehernd davoneilte.

Die Gardisten standen schweigend zwischen den leblosen Leibern und abgetrennten Köpfen und sahen ihn an.

»Haben wir Verluste gemacht?«, erkundigte er sich beim Kommandanten.

Dieser schüttelte den Kopf.

»Gut.« Drystan drängte sich an ihnen vorbei. »Dann werden wir jetzt diese Fracht und die Kinder dorthin zurückbringen, wo sie herstammen.« Er trat auf ein weißes Pferd zu und streichelte ihm über die Nüstern. »Aber vorher müsst ihr mir zeigen, wie man reitet.«

Ich saß neben Jared auf einem umgestürzten Baum und rutschte unruhig hin und her. Als Vater ihn und Drystan nach dem Wettrennen gemaßregelt hatte, war ich im Abseits geblieben. Ich hatte ein schlechtes Gewissen, weil ich Drystan zu dieser Aktion ermutigt hatte. Da er nach ihrem Gespräch zu Jared und Vater auf Abstand gegangen war, konnte ich mir vorstellen, dass er momentan auch von meiner Gesellschaft nicht begeistert war.

»Bist du sicher?«, fragte ich Jared zum wiederholten Mal. »Ich habe nichts gehört. Vielleicht war das gar kein Schrei.«

Er sah sich immerzu um und wartete ebenso wie ich auf ihre Rückkehr. Statt mir zu antworten, ergriff er meine Hand und streichelte mit dem Daumen über meinen Handrücken. Warum war er so still? Er war völlig in Gedanken versunken.

Conner saß uns gegenüber auf einer Wurzel, wobei er das Gewicht sichtbar auf eine Seite verlagerte, um seine linke Pobacke zu schonen. Er kam nicht länger gegen seine Müdigkeit an und ihm fielen die Augen zu.

Canny lehnte abseits an einem Baum. Sie betrachtete unsere ineinanderliegenden Hände und beneidete mich um Jareds Berührung.

Meine Sorge und Ungeduld wuchsen mit jedem Herzschlag. Als sich Kommandant Ramsay aus dem Unterholz näherte und uns zum Mitkommen aufforderte, stieß ich erleichtert die Luft aus. Das musste bedeuten, dass alle wohlauf waren und keine Gefahr mehr drohte. Oder?

Jared und ich waren schnell auf den Beinen. Wir schlossen zu Ramsay auf, der zügig voranlief.

»Was ist passiert?«, erkundigte sich Jared.

»Wir sind auf McGees Schuldeneintreiber gestoßen und haben sie um ihre Fracht und ihre Leben gebracht«, berichtete er.

Ich schluckte. »Ist jemand von unserer Seite verletzt?«

Er schüttelte den Kopf.

»Wie hat sich Drystan im Kampf geschlagen?«, fragte Jared und erntete dafür von mir einen rügenden Blick.

»Wir hatten Betäubungspfeile. Aber Drystans Entschlossenheit und Mut sind beeindruckend. Den möchte ich nicht zum Feind haben.«

»Er ist ja zum Glück nicht unser Feind«, sagte ich und rempelte Jared vielsagend an. »Er ist unser Verbündeter.«

Wir erreichten einen Weg, auf dem die anderen auf uns warteten. Vater saß hinter Drystan auf einem weißen Pferd. Es beruhigte mich sehr, die beiden gemeinsam zu sehen.

Drystan sah mich nur kurz an und nickte Jared dann zu. Ich wusste nicht, was ich von dieser Geste halten sollte. Irgendwie kam es mir wie eine Übereinkunft vor.

Grimmt hob soeben einen kleinen Jungen vor sich aufs Pferd. Wo kam das Kind her? Auf einem Wagen saß noch ein weiterer Junge. Beide hatten blonde Locken, die ihnen bis zu den Schultern reichten.

Ich machte mich von Jared los und kletterte zu dem Jungen auf den Wagen. Canny und Conner taten es mir gleich und nahmen neben mir Platz. Der Kleine sah uns misstrauisch an und rollte sich in sich zusammen.

»Du brauchst keine Angst vor uns zu haben«, sagte ich, als der Wagen im selben Moment anfuhr.

Jared und Ryan teilten sich einen Pferderücken und ritten neben uns her. Grimmt ritt auf der anderen Seite des Wagens. Das Kind sah mit großen Augen zu ihm auf und Grimmt zwinkerte ihm lächelnd zu.

»Der Kleine ist von deinem Charme angetan«, kommentierte Ryan die Bewunderung des Jungen.

Grimmt verzog missbilligend das Gesicht. »Ich bin erst gestern hier angekommen, Ryan. Lege es nicht darauf an, dich mit mir zu streiten.«

Ryan lachte. »Warum denn nicht? Mir fehlen die kleinen Raufereien mit dir.«

»Kleine Raufereien? Wenn ich mich recht entsinne, lagst du das letzte Mal am Boden.«

»Vor Lachen, lieber Grimmt … Du weißt, wir empfinden keinen Schmerz. Du kannst dich noch glücklich schätzen, dass ich dich einfach zu charmant finde, um dir ernsthaft wehtun zu wollen.«

Grimmt schnaufte. »Du hinterhältige Brut eines Unsterblichen. Ich werde dir gleich zeigen, wie charmant ich bin. Kräftemäßig kann ich es locker mit dir aufnehmen.«

Ich schmunzelte. Es war immer ein Schauspiel, wenn Ryan und Grimmt aufeinandertrafen. Dabei mochten sie sich wirklich gern. Sie konnten es nur nicht lassen, sich gegenseitig aufzuziehen.

Die beiden lieferten sich einen verbalen Schlagabtausch, wobei sich die Umstehenden köstlich amüsierten. Drystan drehte sich ebenfalls zu ihnen um und lächelte verhalten. Als er meinen Blick bemerkte, wurde er schlagartig ernst und wandte sich ab.

Warum war er plötzlich so unnahbar? Am liebsten würde ich mit Vater den Platz tauschen, um mit Drystan reden zu können. Ich würde meine Arme um ihn schlingen und mich an seinen Rücken schmiegen. Vielleicht könnte ich …

»Papa …« Der kleine Junge sprang vom fahrenden Wagen, woraufhin alle stoppten. Er rannte an Drystans Pferd vorbei und sackte vor einem reglosen Mann auf die Knie, der weiter vorn auf dem lehmigen Weg lag.

Ich war wie versteinert. Grimmt drückte den anderen Jungen an sich, da dieser bitterlich aufschluchzte. »Papa … Papa …«, rief auch dieser.

Drystan stieg vom Pferd und ging langsam auf den Toten zu. Er kniete sich neben den weinenden Jungen und strich ihm behutsam über den Rücken.

Niemand sagte ein Wort. Nach einer Weile ließ der Kleine von seinem Vater ab und schlang seine Arme um Drystans Hals. Der Anblick, wie er ihn geborgen in seinen starken Armen hielt und ihn dabei sanft vor und zurück wiegte, traf mich mitten ins Herz. Am meisten berührte mich, dass er gemeinsam mit dem Jungen weinte.

Ich wischte mir die Tränen aus den Augen, um Drystan deutlich sehen zu können. Er nahm den Jungen hoch und nickte zwei Gardisten zu, die den Toten daraufhin aufhoben und zum Wagen brachten.

»Ich bringe dich zu deinem Bruder«, sagte er und lief auf Grimmt und den anderen Jungen zu. »Er braucht dich jetzt – ihr braucht euch beide.«

24. Gift

Wir hatten das Dorf erreicht, in dem die Jungen zu Hause waren. Kleine Häuser mit Strohdächern standen hier entlang eines kleinen Feldes, das die Anwohner gemeinschaftlich bewirtschafteten. Der Acker machte keinen erträglichen Eindruck. Die wenigen Pflanzen, die man noch erkennen konnte, waren aus der Erde gerissen und verdorrt.

Die Türen der Häuser waren eingetreten und die Einrichtung zertrümmert. Vorwiegend alte Menschen waren hier zu Hause. Die Mutter der Jungen saß auf der Eingangsstufe zu ihrem Haus und hielt die beiden im Arm. Sie lachte und weinte vor Erleichterung. Als die Gardisten ihren toten Mann vor ihr ablegten, begann sie kläglich zu wimmern.

»Wenn wir diese Bestien nicht schon umgebracht hätten, dann würde ich das jetzt nachholen«, sagte Grimmt.

Ich wandte mich ab, da ich das Leid der armen Frau nicht ertragen konnte.

Die Dorfbewohner zeigten keine Dankbarkeit, als die Gardisten die Wagenfracht entluden. Sie hatten Angst vor McGees Vergeltung.

»Sie werden wiederkommen und uns bestrafen«, rief ein alter Mann. »Nehmt die Sachen und verschwindet von hier.«

Die Mutter der Jungen war außer sich. Sie stieß den Mann beiseite und bat uns in ihr Haus. Doch wir waren zu viele, um darin Platz zu finden.

»In der Scheune findet ihr ebenfalls ein Ruhelager für die Nacht«, sagte sie und deutete auf einen heruntergekommenen Holzbau am Ende des Dorfes.

»Bist du verrückt, Elena«, schimpfte eine andere Frau. »Du stürzt uns ins Verderben. Wenn McGee erfährt, dass wir Rebellen Unterschlupf gewähren, lässt er uns öffentlich aufhängen.«

»Nein, ihr seid verrückt«, schrie sie. »Ihr stellt euch gegen die, die uns zu Hilfe kommen, und fügt euch weiterhin dem, der uns alles genommen hat.«

»Immerhin sind wir noch am Leben«, rief ein Mann.

»Nicht alle.« Elena betrachtete ihren Mann, woraufhin der Mann beschämt zu Boden sah. Sie streckte den Arm aus und deutete auf das zertrampelte Feld. »Und wir werden im nächsten Winter ebenfalls sterben.«

Nun ergriff Vater das Wort. »Sie hat recht. Ohne Vorräte werdet ihr den Winter nicht überleben.« Er lief langsam auf die Dorfbewohner zu. »Wenn ihr wollt, könnt ihr euch uns anschließen. Geht und überdenkt unser Angebot. Wir brechen nach einer kurzen Rast auf – mit oder ohne euch.«

»Meine Kinder und ich werden euch begleiten«, sagte Elena. »Vorher helft mir bitte, meinen Mann zu begraben.« Ihre Stimme brach.

»Natürlich.« Vater nickte ihr zu. Er folgte ihr und ihren Söhnen zu einem abgelegenen Platz am Waldrand, wo Holzkreuze aus der Erde ragten. Ein paar Gardisten trugen ihren toten Mann, um ihn dort zu bestatten.

Ich blieb mit den anderen zurück. Sie sollten sich im Stillen von ihrem Lieben verabschieden können, ohne dass zu viele Fremde um sie herumstanden. Jared, Canny und Conner waren bei mir und sahen ihnen nach. Mein Blick suchte Drystan.

Unter den Männern konnte ich ihn nicht entdecken, ebenso nicht bei den Dorfbewohnern, die sich zum Beratschlagen zusammengesetzt hatten. Ob er in einem der Häuser war?

»Schaut mal.« Jared deutete aufs Feld, an dessen Ende zwei Wölfe zu sehen waren.

»Ein Wolfsrudel«, sagte ich nachdenklich, als nach und nach noch mehr Wölfe die Lichtung betraten.

»Das ist ungewöhnlich. Normalerweise verlassen sie den Wald nicht und nähern sich keiner Siedlung.«

Canny beobachtete die Tiere ebenfalls. »Vielleicht treibt die Suche nach Nahrung sie hierher.«

Ich verengte die Augen, um besser sehen zu können. Die weiße Wölfin konnte ich nicht unter ihnen ausmachen. Ob das ihr Rudel war? Ich war verunsichert. Im Ewigen Wald lebten auch Wölfe und die verließen den Schutz der Bäume nie. Andererseits wusste ich aus Büchern, welch weite Strecken sie auf Wanderschaft zurücklegen konnten.

Wieder sah ich mich nach Drystan um. Das weiße Pferd war ebenfalls verschwunden.

»Seid ihr die einzigen Frauen, die mit diesen Männern unterwegs sind?«, fragte ein altes Weib, das sich Canny und mir näherte und uns genau musterte.

»Ja«, antworteten wir gleichzeitig.

»Haben sie dir wehgetan?« Sie deutete auf mein Kleid.

»Oh, nein, nein. Das Blut ist nicht meins ... Diese Männer sind ehrenwert.« Ich dachte an den ersten Abend auf Darkona, an dem ein paar von Drystans Männern zudringlich werden wollten. Aber das musste ich vor der Fremden nicht unbedingt erwähnen.

»Kommt, ich schau mal, ob ich saubere Kleider für euch habe.« Sie winkte uns mit sich.

»Ich brauche kein neues, meins ist nur etwas dreckig«, rief Canny ihr nach und wandte sich mir zu. »Diese Frau ist uralt. Da kannst du dir vorstellen, was für ein Kleid sie dir anbieten wird.«

Ich sah an mir hinab. Der Stoff war nicht nur mit Blut beschmiert, er war außerdem zerfetzt. Selbst wenn ich ein überaltertes Kleid tragen musste, konnte ich mich nur verbessern. Daher folgte ich der Frau in ihr kleines Haus, das kaum bewohnbar war. Ein Schrank war umgestürzt, drumherum lagen Tonscherben. In der Ecke stand ein Bett mit einem abgebrochenen Bein, darauf lag ein Haufen Kleidung. Ein Tisch und Stühle fehlten gänzlich in diesem Raum. Die Schuldeneintreiber hatten ganze Arbeit geleistet.

»Es tut mir leid, was hier passiert ist«, sagte ich.

Die Alte durchsuchte die Kleidung auf dem Bett und zog ein graues Kleid hervor. »Das gehörte einst meiner Enkeltochter.« Sie reichte es mir.

»Gehörte?«

»Sarah ist mit kaum zwanzig Jahren an einer Lungenentzündung gestorben.«

»Auch das tut mir leid.«

Sie nickte. »Du hast ungefähr ihre Größe. Es müsste also einigermaßen passen.«

Ich löste die obersten Knöpfe und streifte mein Kleid über die Schultern. Die Frau verließ indes das Haus. Die Tür war eingetreten und ließ sich nicht verschließen.

Sobald der Stoff zu meinen Knöcheln lag, trat ich ihn beiseite und griff nach dem kurzärmeligen Kleid, um es schnell überzuziehen. Es fühlte sich derb und kratzig an, aber es war sauber und hatte keine Löcher. Statt bis zu den Knöcheln, reichte es mir nur bis zu den Waden und hing sehr locker an meinem Körper. Ich störte mich nicht daran.

»Macht euch zum Aufbruch bereit«, hörte ich Vater rufen. Ich eilte umgehend nach draußen.

»Wer uns begleiten will, kann das tun. Allen anderen mögen die Götter beistehen.« Er schwang sich auf ein Pferd.

Ich lief auf ihn zu. Von Drystan war noch immer weit und breit nichts zu sehen.

»Wir können nicht aufbrechen«, sagte ich, als ich bei ihm ankam. »Drystan ist nicht hier.«

Vater sah zu Gregor. »Wo steckt der Junge?«

»Er wollte sich nur etwas umsehen«, antwortete dieser. »Ich weiß nicht, wo er bleibt.«

Ihn hätten ein paar Männer begleiten sollen. Ich spürte sofort einen unangenehmen Druck in der Brust. War er womöglich in einen Hinterhalt geraten?

»Da kommt er«, rief Kommandant Ramsay und deutete zum Waldrand, von wo aus Drystan auf dem weißen Pferd auf uns zugeritten kam.

Die Erleichterung ließ mich aufseufzen.

»Ich dachte, du hast heute zum ersten Mal mit einem Pferd Bekanntschaft gemacht«, sagte Vater, als Drystan uns erreichte. »Und jetzt reitest du schon allein durch die Gegend?«

Drystan zuckte mit den Schultern. »Ich muss nur draufsitzen.«

Vater hob die Augenbrauen, seine Mundwinkel verzogen sich jedoch zu einem verhaltenen Lächeln.

»Wo warst du?«, brach es aus mir heraus.

Er sah mich an und sein Blick blieb kurz an meinem grauen Kleid hängen. Dann wandte er sich wieder an Vater.

»Ich bin auf den Berg geritten und habe mich umgesehen.« Er nickte in Richtung einer Felsformation, die sich hinter dem Wald erstreckte. »Im Westen liegt eine größere Ortschaft, die wir als Nächstes aufsuchen sollten. So wie es aussieht, leben in den kleinen Siedlungen vorwiegend alte Menschen. Wir brauchen aber junge Männer, die gewillt sind, mit uns in den Kampf zu ziehen.«

»Eine größere Stadt birgt aber mehr Gefahren«, erwiderte Vater.

»Dieses Risiko muss ich eingehen.«

Vater musterte die wenigen Dorfbewohner, die sich dazu entschlossen hatten, sich uns anzuschließen. »So sei es«, sagte er und trieb sein Pferd an.

Die meisten Bauern, ebenso wie Elena und ihre Kinder, waren auf die Pferdewagen gestiegen. Sie hatten nichts weiter dabei außer den Sachen, die sie trugen. Die Gardisten hatten die Fracht entladen, um nötigen Platz zu schaffen. Nur die Tiere waren auf einem Wagen verblieben, um eine Weile den Fleischvorrat zu sichern.

»Reitest du mit mir?« Drystan lenkte sein Pferd neben mich und reichte mir die Hand.

Ich zögerte nicht, sondern ließ mir bereitwillig von ihm aufhelfen, um hinter ihm auf dem Pferderücken Platz zu nehmen. Immer zwei Mann teilten sich ein Pferd. Einige von Drystans Männern mussten zu Fuß gehen, was sie ohne Protest hinnahmen.

Anfänglich hielt ich mich an Drystans Schultern fest, doch mit der Zeit gab ich meine Zurückhaltung auf und schlang meine Arme um seine Mitte. Ich rechnete mit einer Abweisung, aber nichts dergleichen geschah.

»Schönes Kleid«, sagte er irgendwann.

»Danke.«

»Tut mir leid, dass ich dein anderes ruiniert habe.«

Ich hielt meine Finger vor seinem Bauch verschränkt und er umfasste sie unerwartet mit seiner Hand. Dadurch ermutige er mich dazu, noch weiterzugehen, und ich schmiegte mich an seinen Rücken.

»Sag Bescheid, wenn ich die Zügel übernehmen soll. Ansonsten mache ich es mir hier hinten gemütlich.«

»Machst du dir Sorgen, ich könnte das Pferd nicht unter Kontrolle haben?«, fragte er.

»Nein, ich wollte nur höflich sein. Du machst einen sehr sicheren Eindruck.«

»Es macht Spaß.«

»Mhm …«, stimmte ich zu und schmiegte mich enger an ihn. »Du solltest die Wildpferde im Ewigen Wald sehen. Sie sind viel größer als diese hier, und ihr Fell hat einen bemerkenswerten Glanz. Die Mähnen sind sehr lang, ihr Schweif berührt sogar fast den Boden. Sie lassen sich nicht einfangen und zähmen, sondern wenden sich aus freien Stücken einem Reiter zu und stehen ihm dann ein Leben lang treu zur Seite.«

»Das klingt wie aus einem Märchen.«

»Es ist wahr. Wir reiten sie ohne Sattel und Zügel. Sie bleiben immer frei. Die Wildpferde können über hundert Jahre alt werden.«

»Besitzt du ein solches Pferd?«

»Ich darf erst mit achtzehn Jahren auf die große Lichtung gehen. Dort finden sich die Wildpferde zu einer Herde zusammen, die Hunderte ihrer Art umfasst.«

»Und dann suchst du dir einfach ein Pferd aus?«

»Nein, es sucht mich aus – oder eben auch nicht. Es ist nicht allen Unsterblichen vergönnt, das Vertrauen eines solchen Pferdes zu gewinnen. Ein Mensch schafft es nicht einmal, in ihre Nähe zu kommen.«

Ich strich mit meinem Finger durch die Haare in seinem Nacken. Falls das überhaupt möglich war, schmiegte ich mich noch enger an ihn.

Er atmete tief durch. »Wenn du nicht gleich damit aufhörst, reite ich mit dir in den Wald.«

Ich streckte mich zu seinem Ohr. »Wir sind doch schon im Wald«, flüsterte ich und ließ meinen warmen Atem absichtlich über seinen Hals streifen.

Sein Griff um meine Hand wurde fester. Die Anziehungskraft, die von ihm ausging, raubte mir fast den Verstand. Was war das für ein schwindelerregendes Gefühl, das sich wärmend in meinem Körper ausbreitete? Mein Herz schlug schnell und kräftig in meiner Brust.

Drystans Oberkörper hob und senkte sich schwer. Ich war mir sicher, er empfand dasselbe wie ich.

»Es wird bald dunkel«, sagte Jared plötzlich neben uns. Seine Miene ließ nichts von seinen Gedanken erkennen. Ohne uns anzusehen, ritt er mit Conner, der sich mit ihm das Pferd teilte, neben uns her. »Wir sollten bald ein Nachtlager aufschlagen.«

»Ich möchte so nah wie möglich zu der nächstgelegenen Stadt vorrücken«, erwiderte Drystan. »Während ihr Nachtruhe haltet, werde ich mich dort im Schutz der Dunkelheit schon mal umsehen.«

»Du willst dich in die Stadt schleichen?«, fragte Gregor, der jetzt mit einem anderen Mann ebenfalls an unserer Seite ritt.

Drystan nickte. »Ich will sehen, was für Leute dort leben und wie sie es tun. Bevor wir geschlossen in die Stadt reiten, muss ich die Risiken abwägen.«

»Aber du solltest nicht allein gehen«, sagte ich flehend.

»So erwecke ich die geringste Aufmerksamkeit.«

»Schicke jemand anderen«, schlug Jared vor. »Du bist zu wichtig und darfst uns nicht abhandenkommen.«

»Nein, ich will mich selbst von der Lage überzeugen.« Er wandte sich an Gregor. »Wie viele Betäubungspfeile haben wir noch?«

Gregor zog sieben aus seiner Satteltasche. »Das sind die letzten.«

Drystan stoppte unser Pferd. »Mist. Das macht unser Vorhaben nicht einfacher.«

»Wir können selbst welche anfertigen«, schlug ich vor.

Er verlagerte das Gewicht und drehte sich zu mir um. »Du weißt, wie man Betäubungspfeile herstellen kann?«

»Ja, es gibt verschiedene Gifte, die diese lähmende Wirkung erzielen. Ich kann mich hier gern nach geeigneten Pflanzen und Tieren umsehen.«

»Ich helfe dir«, sagte Jared. »Wir sollten allerdings gleich mit der Suche anfangen, bevor die Nacht anbricht.«

Drystan dachte kurz nach. »Gut. Wir schlagen hier unser Lager auf. Ohne einen angemessenen Vorrat an Giftpfeilen sollten wir nicht in die Stadt vordringen. Wer weiß, was uns dort erwartet. Wir sind nicht besonders viele.« Er forderte unseren Trupp zum Verweilen auf, stieg vom Pferd und hob mich herunter.

Jared erklärte Vater, was wir vorhatten. Da er und Grimmt sich ebenfalls mit den Giften auskannten, schlossen sie sich uns an. Gemeinsam drangen wir tiefer in den Wald vor und teilten uns dann in gegensätzliche Richtungen auf.

»Wonach soll ich Ausschau halten?«, erkundigte sich Drystan.

»Nach gelben Pilzen und rötlichen Flechten an Baumrinden«, entgegnete ich.

»Oder nach einer schwarzen Natter«, sagte Jared.

Ich streifte mit den beiden durch den Wald und genoss diesen kostbaren Augenblick in vollen Zügen. Jared und Drystan bedeuteten mir alles. Wenn sie wirklich beide meine Seelenpartner waren, spürten sie dann auch zueinander eine besondere Verbundenheit? Sie standen mir so nah, wie es niemand anderem jemals möglich sein konnte. Ich gehörte zu ihnen – ebenso wie sie zu mir. Mit ihnen zusammen fühlte ich mich vollkommen.

Der Wind rauschte durch die Baumkronen, in der Ferne vernahm ich das Klopfen eines Spechts. Ich liebte das Spiel des abendlichen Sonnenlichts, das Schattenmuster auf die Stämme und den

Waldboden warf. Mit seiner beruhigenden Stille und Einsamkeit war der Wald ein Ort des Friedens und ließ mich für eine kurze Zeit unsere bedrohliche Situation vergessen.

Die Bäume wuchsen stetig dichter. Da nur wenig Licht zu uns vordrang, erschien die Umgebung ein bisschen düsterer und geheimnisvoller. Kiefernnadeln und Laub bedeckten abwechselnd den Untergrund, den ich nach etwas Brauchbarem absuchte. Das Moos war Lebensraum für winzige Lebewesen, die mir aber nicht von Nutzen sein konnten, und die Pilze, die in Gruppen aus dem feuchten Boden wuchsen, waren nicht die richtigen.

Inzwischen war einige Zeit verstrichen. Der Sonnenuntergang lockte Wild zwischen den Bäumen hervor. Die Äste knackten, als die Rehe bei unserem Näherkommen fluchtartig das Weite suchten.

Jared seufzte entmutigt. »Sieht nicht so aus, als ob wir heute fündig werden.« Er deutete zu einem Steinhang. »Ich schaue mich dort mal nach Schlangen um.«

»Lass dich nicht beißen«, sagte Drystan, der weiterhin an mir dranblieb.

Wir kamen an einem Teich vorbei, an dem sich die Frösche mit ihrem lautstarken Quaken gegenseitig zu übertrumpfen versuchten. Inmitten des Lärms hörte ich einen anderen Ton heraus und blieb stehen.

»Was ist?« Drystan stoppte ebenfalls.

Ich hielt mir einen Finger an die Lippen und lauschte. »Hörst du dieses Trällern?«

»Scheint ein kleiner Vogel zu sein«, äußerte Drystan seine Vermutung.

»Das ist kein Vogel, sondern ein ganz besonderer Frosch.« Ich lief zu dem Tümpel.

»Und was ist an dem Frosch so besonders?«

Ich blinzelte. »Er ist sehr, sehr giftig.«

Drystan runzelte die Stirn. »Na schön. Wie erkenne ich ihn und auf was muss ich achten? Spuckt der? Oder ist seine Zunge giftig?«

»Er ist schwarz-gelb gesprenkelt, hat einen weißen Bauch und ist klein. Seine Körperoberfläche ist mit giftigem Schleim bedeckt. Du solltest ihn also nicht berühren.«

»Dann wird es ja ein Kinderspiel, ihn einzufangen.«

»Der Betäubungspfeil hat keine Wirkung bei dir gezeigt. Aber wir wissen nicht, welches Gift für ihn verwendet wurde und müssen deshalb vorerst davon ausgehen, dass der Frosch auch dir gefährlich werden kann.«

»Wie wirkt es?«

»Ein Tropfen des Schleims reicht aus, um Vögel und kleine Säugetiere zu töten. Menschen werden erst ohnmächtig, bekommen danach Fieber und müssen meist noch Tage nach der Vergiftung erbrechen. Kommt das Gift in offene Wunden oder den Mund, können sie ebenfalls daran sterben.« Ich ging vor dem Wasser in die Hocke und versuchte auszumachen, aus welcher Richtung der trällernde Ton zu vernehmen war. »Unsterbliche sind für eine Weile gelähmt und somit handlungsunfähig.«

»Komm bitte von dem Wasser weg«, forderte Drystan mich auf. »Wer weiß, welches Getier da drin herumschwimmt.«

Er sorgte sich um mich, also stand ich auf und trat einen Schritt zurück. »Ich wollte dir sowieso das Schwimmen beibringen.« Mit einer weit ausholenden Handbewegung deutete ich auf das schlierige, dreckige Wasser, das zudem übel stank. »Worauf warten wir?«

Drystan sah mich mit großen Augen an. »Vergiss es, Saphir. Wir werden da ganz sicher nicht reingehen.«

Ich schmunzelte und verriet ihm dadurch, dass ich ihn nur aufgezogen hatte.

Er fuhr sich mit der Hand durchs Haar und schüttelte tadelnd den Kopf. Dann lächelte er ebenfalls und kam auf mich zu, um im nächsten Moment schlagartig innezuhalten.

»Beweg dich nicht«, flüsterte er. »Auf dem Strauch hinter dir … da sitzt so ein Frosch auf einem Blatt.«

Ich verschränkte die Arme vor der Brust. »Du glaubst nicht ernsthaft, ich falle da jetzt drauf rein?«

Er starrte hinter mich und streckte mir langsam seine Hand entgegen. »Komm zu mir.«

»Selbst wenn da ein Frosch wäre, würde er mich nicht gleich wie ein wildes Tier anfallen.« Ich drehte mich um und streifte dabei einen Zweig. Als etwas Schwarz-Gelbes auf mich niederfiel, warf ich mich auf den Boden, um dem Frosch auszuweichen. Aber er landete direkt auf meinem Hals.

25. Verbunden

Als Drystan den Frosch von mir wegschlug, streifte seine flache Hand meine Haut. Er trat an den Teich und kam mit einer Handvoll Wasser zurück, um den Schleim abzuwaschen. Obwohl der Frosch meine Haut nur kurz berührt hatte, ging eine unangenehme Hitze von der Stelle aus, und ich konnte mich nur langsam bewegen. Wäre das Gift durch einen Pfeil tiefer eingedrungen, wäre ich jetzt gelähmt.

»Wann fängst du endlich damit an, mir zu glauben«, schimpfte er. »Ich lüge nicht.«

»Ich dachte, du wolltest mich reinlegen«, erwiderte ich. Selbst die Worte kamen nur mühevoll über meine Lippen.

Um die Hautstelle betrachten zu können, strich er mir die Haare hinters Ohr und brachte mich damit vollends aus dem Gleichgewicht. Ich saß und doch schwankte ich.

»Jared …« Er rief nach meinem Bruder.

»Zeig mir deine Hand«, forderte ich ihn auf. »Du hast den Frosch auch berührt, als du ihn weggeschlagen hast.«

Er begutachtete seine Hand selbst. »Es ist nichts zu sehen. Dafür war der Kontakt viel zu kurz.«

Ich zog die Augenbrauen zusammen und deutete auf den kleinen Frosch, der nun auf dem belaubten Boden am Rand des Tümpels saß. »Nimm ihn mit einem großen Blatt auf, um dich vor dem Schleim zu schützen.«

»Und dann?«

»Du musst ihn irgendwo aufbewahren.«

Drystan schaute sich suchend um, ehe er mich fragend ansah.

»Zieh dein Hemd aus. Darin kannst du ihn einwickeln.« Ich hielt seinem Blick stand und verzog keine Miene, bis er sich das Hemd über den Kopf streifte.

»Fast jeden Stein habe ich umgedreht«, sagte Jared beim Näherkommen. »Es war keine Schlange zu finden.«

»Da hatten wir mehr Glück«, erwiderte ich.

»Oder Unglück …«, sagte Drystan. Er hatte sich mit einem großen Blatt bewaffnet, ließ dieses auf den Frosch fallen und griff beherzt zu. »Wie viele Pfeile können wir vom Schleim eines Frosches anfertigen?«

»Ungefähr dreißig bis fünfzig«, antwortete ich und beobachtete, wie er den Frosch in sein Hemd packte.

»Ich wusste gar nicht, dass die in dieser Region vorkommen.« Jared ließ seinen Blick über den Tümpel schweifen. »Sind hier noch mehr?«

»Es gibt nur einen Weg, das herauszufinden«, sagte ich. »Ihr müsst den Teich absuchen.«

Drystan verzog das Gesicht. »Das ist kein Teich, sondern eine stinkende Brühe. Darin hält sich doch kein Lebewesen freiwillig auf.«

»Du wirst dich wundern, welches Getier dort zum Vorschein kommt«, erwiderte Jared und lief zum Wasser.

»Toll, du machst mir die Sache richtig schmackhaft.« Drystan seufzte und folgte ihm.

Das hohe Trällern, das nun neben dem eher rauen Quaken der anderen Frösche wieder deutlich herauszuhören war, machte unsere Hoffnung gewiss. Es gab mehr von ihnen. Drystan und Jared mussten sie nur noch fangen.

Da ich mich kaum auf den Beinen halten konnte, übernahmen sie die Jagd allein. Ich sah zu, wie sie um den Rand des Teiches schlichen und den Waldboden sowie umliegende Sträucher nach den kleinen Fröschen absuchten. Nach einer Weile kamen Vater und Grimmt dazu. Vater war den Jungs behilflich und Grimmt setzte sich zu mir, um dem Risiko einer Ohnmacht aus dem Weg zu gehen.

Ich vernahm den leisen Ruf eines Käuzchens. Die Schwärze der Nacht legte sich nach und nach über uns.

»Das ist eine gute Ausbeute«, sagte Vater und nahm Drystans verknotetes Hemd, das mit vielen Fröschen gefüllt war. »Jetzt brauchen wir nur noch Pfeile.« Er trottete davon.

»Holz gibt es hier genug, und dank der Gänse haben wir lange Federn«, entgegnete Grimmt, der sich umgehend an seine Fersen heftete.

»Und aus Feuersteinen können wir Pfeilspitzen anfertigen«, erwiderte Jared, der zu den beiden aufholte.

»Holz allein tut es auch«, sagte Grimmt.

Selbst wenn ich gewollt hätte, ich hätte ihnen bei ihrem Tempo nicht folgen können. Jedenfalls machte es mir nichts aus, den Anschluss zu verlieren. Denn Drystan wich mir nicht von der Seite, um mich beim Gehen zu stützen.

Mittlerweile konnte ich mich fast normal bewegen. Drystans Hand lag auf meiner Taille. Ich konnte ihre wohltuende Wärme durch mein Kleid spüren. Meine Schulter berührte seinen Oberkörper, den kein Stoff verhüllte. Ich war mir seiner übermächtigen Anziehungskraft nur allzu bewusst und sehnte mich nach mehr Nähe.

Drystan blieb stehen und sah mir lange und tief in die Augen. Ich bekam ganz weiche Knie.

»Du spürst es auch, oder?«, flüsterte er. »Was geschieht mit uns?«

Die Emotionen, die er in mir auslöste, überwältigten und verwirrten mich zutiefst. Wie musste es da erst Drystan gehen, dem Gefühle dieser Art stets verboten gewesen waren?

»Das ist nicht leicht zu erklären«, erwiderte ich.

Er seufzte. »Wenn es da draußen jemanden gibt, der dich verdient, dann bin das gewiss nicht ich. Es wird wohl kein Tag mehr vergehen, an dem ich nicht an dich denken werde. Ich werde mich fragen, was du gerade machst, und allein der Gedanke, dass ein anderer bei dir sein könnte, bricht mir das Herz. Aber du verdienst es, glücklich zu sein, und ich bin nicht dazu in der Lage, dich glücklich zu machen.«

Das Mondlicht spiegelte sich in seinen Augen und seine Haare fielen ihm in die Stirn. Sie verführten mich, sie zu streicheln, und so trat ich näher an ihn heran und fuhr mit den Fingern zärtlich durch die dunklen Strähnen.

»Du irrst dich, Drystan – du bist der Einzige, der mich glücklich machen kann.«

»Was fühlst du?« Seine Stimme klang rau.

»Kennst du die Worte, die bei einer Zeremonie, bei der man zwei Seelenpartner öffentlich einander zuspricht, verlesen werden?«

Er schüttelte den Kopf.

Ich ergriff seine Hände. »Zwei Seelen, von Geburt an füreinander bestimmt, haben zueinandergefunden. Bei ihrer ersten Begegnung hat sich das starke Band der Seelenverwandtschaft um die Herzen der beiden Liebenden gewunden, um sie für immer zusammenzuhalten. Keine Macht der Welt ist dazu imstande, die Seelenpartner zu trennen. Sie sind vereint, ob im Leben oder im Tod. Nur gemeinsam können sie glücklich sein.«

Drystans Brust hob und senkte sich schwer, als hätte er sich völlig verausgabt.

Ich legte meine Hand auf die Stelle, unter der ich seinen schnellen Herzschlag spüren konnte, und führte seine Hand zu meinem Herzen. »Spürst du es? Seit wir uns begegnet sind, schlagen sie im selben Rhythmus. Egal, wie weit wir voneinander entfernt sind, wenn du dich anstrengst und dein Herz rast, wird meines das auch tun. Wir können fühlen, wie es dem anderen geht, teilen unsere Sinne – unsere Seele.«

Drystan lehnte seine Stirn gegen meine. Er legte seine Hände auf meinen Unterkiefer und streichelte mit den Daumen über meine Wangen. Meine Haut brannte unter dieser sinnlichen Berührung.

»Dann bin ich dir völlig ausgeliefert«, sagte er.

Ich warf den Kopf in den Nacken. Meine Lippen berührten sanft seine Wange, während ich sprach: »Füreinander geboren …« Langsam wechselte ich zu seiner anderen Wange. »Füreinander bestimmt …« Ich stellte mich auf die Zehenspitzen und küsste ihn auf die Stirn. »Für die Ewigkeit …«

Er zog mich an sich. Nicht einmal ein Lufthauch passte zwischen uns. Unsere Nasenspitzen berührten sich fast, als er mir tief in die Augen schaute. Sein Blick war so intensiv, so einladend – ich konnte den silbrigen Glanz seiner Seele wahrnehmen.

»Mit der Ewigkeit kann ich dir leider nicht dienen. Aber ich gehöre dir, Jenna. So, wie du mich brauchst, so, wie du mich willst – ich gehöre dir.«

Seine Lippen trafen auf meine. Raum und Zeit verloren ihre Bedeutung. Ein wohliger, prickelnder Schauer jagte durch meinen Körper und ich drängte mich ihm weiter entgegen.

Erst war unser Kuss sanft und zärtlich, bis er schnell drängender und leidenschaftlicher wurde. Ohne ihn zu unterbrechen, hob Drystan mich auf seine Arme. Ich schlang meine Beine um ihn. Es war berauschend und schwindelerregend und wunderschön – ich war verloren.

Seine Lippen teilten sich und ich konnte seine Zungenspitze spüren. Ein unergründliches Pochen brachte Muskeln in meinem tiefsten Inneren zum Glühen. Ich vergrub meine Hände in seinem weichen Haar. Niemals würde ich genug von ihm bekommen.

Als Drystan sich von mir löste und mich vorsichtig absetzte, klammerte ich mich überwältigt an ihn. Ich konnte nicht sagen, wie lange wir einfach nur dastanden und uns hielten. Wir atmeten beide schwer. Die Hitze in meinem Körper ließ nicht nach.

»Wir sollten langsam zu den anderen zurückkehren, bevor sie uns suchen kommen«, sagte ich irgendwann.

»Wenn ich dich loslasse, breche ich auseinander«, erwiderte er. »Lass uns hierbleiben.«

»Wie lange?«, fragte ich.

»Ein menschliches Leben lang.«

Ich schaute zu ihm auf. Drystan legte seine Hand in meinen Nacken und führte meinen Kopf wieder an seine Brust. Er verbarg das Gesicht in meinem Haar und atmete tief ein. »Danach muss ich dich leider verlassen.«

Was sollte ich darauf erwidern? Er war anders als die Menschen und ich war mir nach wie vor unsicher, ob Drystan sterblich war. Aber er war auch anders als die Unsterblichen und war selbst von seiner Menschlichkeit überzeugt. Uns würde wohl nur die Zeit Klarheit geben können.

»Wieso hat das Schicksal wohl ausgerechnet mich für dich auserwählt?«, fragte er nachdenklich. »Du bist so rein, unschuldig und dazu unsterblich – und ich bin das genaue Gegenteil.«

Zögernd löste ich mich von ihm. »Warum bist du so hart zu dir? Du achtest dich selbst so wenig und bemerkst nicht, wenn andere zu dir aufsehen.«

Ich drehte mich um und lief langsam los. Da bemerkte ich die weiße Wölfin, die still zwischen den Bäumen verharrte und uns beobachtete. »Sie ist eine von ihnen.« Ich deutete auf das schöne Tier. »Und auch die Männer folgen dir – um deinetwillen, weil sie dich bewundern und du ihnen Hoffnung schenkst. Deine Stärke verleiht ihnen neue Kraft. Sogar mein Vater, der ein hoch angesehener und erfahrener Clanführer ist, schätzt dich. Und mein Bruder hat dich bereits mehr ins Herz geschlossen, als ihm lieb ist, weil seine Seele ebenfalls eine Verbindung zu der deinen spürt.« Ich trat zu ihm und ergriff seine Hände. »Und was mich angeht: Liebe ist keine Entscheidung, Drystan. Sie ist ein Gefühl. Du bedeutest mir die Welt.«

Er führte meine Hände an seine Lippen und küsste sie. »Ich danke dem Schicksal, dass ich dich kennenlernen durfte. Und ich danke dir, weil du mich Gefühle erfahren lässt, die ich nie für möglich gehalten hätte. Allein dafür hat es sich letztendlich gelohnt zu leben.«

Mein Herz fühlte sich seltsam heiß an. Aber da war noch ein anderes Gefühl … War das Schmerz?

Drystan ging ein paar Schritte auf die Wölfin zu. Der Wind plusterte ihr Fell auf. Das gelegentliche Blinzeln war ihre einzige Regung. Doch als er in die Hocke ging und den Arm nach vorn ausstreckte, zögerte sie keinen Augenblick und kam auf uns zu.

Ich streichelte ihr über den Kopf, während sie an Drystans Hand roch. »Sie hat dir tatsächlich eine zweite Chance gegeben.«

»Ja, das hat sie.« Er tobte mit ihr herum. Sie sprang immer wieder auf ihn zu und stupste ihn an.

»Weil du es wert bist …« Meine Stimme war nur ein Hauch.

Drystan richtete sich auf und sah mich an. »Du hast sie zu mir geführt.«

»Jenna …, Drystan …« Jared rief aus der Ferne nach uns.

Die Wölfin trat die Flucht an und war schnell aus unserem Blickfeld verschwunden. Da legte Drystan den Kopf in den Nacken und schickte ihr zum Abschied ein Heulen, woraufhin sie ihm umgehend antwortete.

»Das ist beeindruckend.« Ich reichte ihm meine Hand, die er lächelnd ergriff.

Wir gingen meinem Bruder entgegen. Ich schaute durch die Baumkronen zum Nachthimmel auf, an dem die Sterne heute heller denn je funkelten.

»Da seid ihr ja«, rief Jared, als er uns kommen sah. »Wir haben schon angefangen, uns Sorgen zu machen.«

Drystan wollte mir seine Hand entziehen, doch ich hielt sie demonstrativ fest. Jared bemerkte diese Geste sofort. Zu meiner Erleichterung störte er sich nicht daran.

Gemeinsam legten wir den Rest des Weges zurück und gesellten uns zu Vater ans Feuer. Jemand reichte Drystan ein Hemd. Ein Gänsebraten hing an einem Spieß über den Flammen. Die gerupften Federn wurden von Elena auf ihre Tauglichkeit für die Pfeile geprüft, und ihre kleinen Söhne pusteten sich die aussortierten gegenseitig ins Gesicht. Viele Männer waren eifrig bei der Sache und spalteten Holz. Einige Pfeile waren schon fertig und bis zum Morgengrauen würden es weitaus mehr werden.

Drystan nahm ein paar der Pfeile an sich. »Sind diese hier schon mit dem Gift der Frösche getränkt?«

»Ja«, antwortete Vater.

»Gut.« Drystan stand auf, lief zu dem weißen Pferd und verstaute die Pfeile in der Satteltasche. »Ich werde mich unauffällig in der Stadt umsehen.«

»Bitte geh nicht allein.« Ich war sofort bei ihm.

»Ich habe nicht vor, ihn das ohne mich durchziehen zu lassen«, sagte Vater und trat ebenfalls zu einem Pferd.

Drystan saß auf. »Ich will sichergehen, dass wir dort morgen nicht ungeahnt auf McGees Truppen treffen. Für eine solche Zusammenkunft sind wir zu wenige.«

»Aber wenn ihr nur zu zweit reitet, ist es viel gefährlicher.«

»Keiner wird uns bemerken«, erwiderte Vater und schwang sich in den Sattel.

Drystan berührte meine Hand, mit der ich über das weiße Fell seines Pferdes streichelte, und beugte sich zu mir herunter. »Bevor die Sonne aufgeht, sind wir zurück.«

»Versprochen?«

»Ich lüge nicht, Jenna.« Er zwinkerte mir zu. »Das weißt du doch.«

Noch bevor ich etwas erwidern konnte, trieb er sein Pferd an und ritt in Begleitung meines Vaters davon. Ich hingegen blieb mit einem unruhigen Gefühl zurück.

26. Umstellt

Da Jennas Vater neben ihm ritt, vermied Drystan es, sich nach ihr umzudrehen. »Du solltest hierbleiben«, forderte er Jake auf.

»Warum?«

»Für deine Familie ist es wichtig, dass dir nichts zustößt.«

»Jennas Sorge gilt nicht nur mir«, erwiderte er. »Du solltest ebenfalls zu ihr zurückkehren – und deshalb begleite ich dich.«

Drystan starrte ihn an.

Jake tat einen tiefen Atemzug. »Als Vater versucht man immer alles zum Wohl seiner Kinder zu tun, und ich dachte, Jenna von dir fernzuhalten wäre das Richtige. Inzwischen erkenne ich meinen Irrtum.« Er sah ihn an. »Jared hat mir die Augen geöffnet.«

»Jared?« Drystan runzelte die Stirn.

»Jenna ist hier in eine bedrohliche Situation geraten und ich dachte, sie wäre einfach durcheinander. Sie hat das notwendige Alter, um die unwiderrufliche Anziehungskraft eines Seelenpartners wahrnehmen zu können, noch nicht erreicht – deshalb habe ich daran gezweifelt.« Er stoppte sein Pferd, was Drystan ihm gleichtat. »Aber du bist alt genug und Jenna wurde durch ihren Zwillingsbruder schon von klein auf mit der Seelenverwandtschaft konfrontiert.« Er stockte.

»Was willst du mir damit sagen?«, hakte Drystan nach.

»Jared ist mit Jenna seelenverwandt und kann ihre Verbundenheit zu dir ebenfalls spüren.« Er trieb sein Pferd erneut an. »Das lässt sich nicht ignorieren und deshalb werde ich meinen Kindern glauben.«

Drystan sah ihm erstaunt nach, ehe er ihm mit einem Lächeln auf den Lippen folgte. Jared hätte das nicht tun müssen. Doch er hatte sich für ihn ausgesprochen und seinen Vater überzeugt. Also schien er sich damit abzufinden, dass er Jenna auf diese unvergleichliche Weise mit ihm teilen musste. Er akzeptierte Drystan an ihrer Seite und somit auch irgendwie an seiner.

»Ich werde mein Bestes geben, um euch nicht zu enttäuschen«, sagte er, als er neben Jake herritt.

»Durch Jenna gehörst du von nun an zu unserer Familie. Wir werden dir Respekt zollen und für dich da sein, als wärst du von unserem Blut.«

Eine tröstende Wärme legte sich um Drystans Herz, als er die Bedeutung von Jakes Worten verstand. Er fühlte sich plötzlich nicht mehr als Außenseiter, sondern dazugehörig.

Die restliche Strecke legten sie schweigend zurück. Es war eine einvernehmliche, gute Stille. Drystan spürte die Kraft des Pferdes, das ihn im schnellen Galopp vorwärtsbrachte. Das Reiten war völlig neu für ihn, aber er hatte keine Schwierigkeiten, sich selbst bei Sprüngen auf dem Rücken des Pferdes zu halten. Durch die Geschwindigkeit wehte die Mähne des Tieres umher. Drystan reckte das Gesicht in den Wind und schloss kurz die Augen. Er fühlte sich freier als jemals zuvor.

Den Wald hatten sie hinter sich gelassen und folgten nun einem Handelsweg durch eine Schlucht. Zu beiden Seiten ragten steile Felsen empor, die ihn an die rauen Steinwände seiner Gefängniszelle erinnerten. Das Gefühl von Freiheit ließ augenblicklich nach. Er trieb sein Pferd zur Eile an, um aus der Schlucht herauszukommen.

»Wir sind da«, sagte Jake, als sich eine Ebene vor ihnen auftat, in deren Mitte im Schein des Mondlichts eine Stadtmauer zu erkennen war. Fackeln brannten vor dem Eingangstor und säumten auch ein Stück des Weges. Sie würden sich also nicht unbemerkt nähern können.

Drystan stieg vom Pferd. Auf den Wehrgängen der Mauer waren mehrere Männer zu sehen. Die Stadt wurde besser bewacht, als er angenommen hatte. Er war unsicher, wie er weiter vorgehen sollte.

»Wir haben keine Handelspapiere oder dergleichen«, sagte Jake. »Durch das Stadttor werden wir also nicht ohne Weiteres Einlass erhalten. Wenn wir da reinwollen, müssen wir ein Schlupfloch in der Mauer finden.«

»Ein Schlupfloch funktioniert vielleicht für uns allein, keinesfalls für uns alle. Außerdem will ich dort nicht als Feind einmarschieren, sondern nach Anhängern suchen.«

Jake saß ebenfalls ab. »Das gefällt mir nicht. Wenn es schon schwierig ist, in die Stadt hineinzukommen, wird es noch schwieriger, wieder herauszukommen. Du kannst absolut nicht einschätzen, ob und wie viele Männer sich dir anschließen werden.«

Drystan strich sich das Haar aus der Stirn. »Was empfiehlst du?«

»Es ist zu riskant. Wir müssen uns an die kleinen Dörfer halten.«

So schwer es ihm auch fiel, Drystan musste einsehen, dass Jake recht hatte. Hier stand zu viel auf dem Spiel und er wollte Jenna nicht einer noch größeren Gefahr aussetzen.

»Na gut, suchen wir nur die Dörfer auf«, erwiderte er. »Bis die Friedensgarde uns erreicht, müssen wir unbeschadet bleiben. Das ist alles, was zählt.« Er trat zu seinem Pferd und schwang sich in den Sattel.

Jake sah zu ihm auf und lächelte.

»Was ist?«

»Als ich dich kennenlernte, hat dich nichts und niemand davon abhalten können, schnellstmöglich zu deiner Rache zu kommen.

Das Wohl anderer war dir völlig egal.« Er saß ebenfalls auf. »Du bist nun auf dem richtigen Weg, Drystan. Denn deine Vergangenheit interessiert dich nicht mehr.«

Vater und Drystan waren schon eine geraume Zeit verschwunden. Ich saß mit Grimmt und Will zusammen und starrte in die Dunkelheit. Dem Gespräch der beiden hörte ich nicht zu, sondern hing meinen eigenen Gedanken nach, die immerzu um Drystan kreisten. Als Grimmt seinen Namen sagte, wurde ich hellhörig.

»Drystan ist ein Widerspruch in sich selbst«, sagte er zu Will. »Trotz seines jungen Alters scheut er sich nicht vor Blutrache und kennt dabei keine Gnade. Aber dann hättest du ihn mit dem kleinen Jungen sehen sollen.«

Ich sah zu den zwei schlafenden Jungs hinüber, die heute ihren Vater verloren hatten. Sie waren zu klein, um das von einem Tag auf den anderen realisieren zu können. Ihre Mutter lehnte mit dem Rücken an einem Baum und streichelte ihren Söhnen über die blond gelockten Köpfe, die auf ihrem Schoß ruhten. Sie schaute zum Nachthimmel hinauf und weinte still vor sich hin. Gestern hatte sie noch einen Mann, einen Vater für ihre Kinder und ein Heim. Heute stand sie vor dem Nichts.

Ihr bedauernswerter Anblick war schwer zu ertragen. Ich wollte zu ihr gehen, sie in die Arme nehmen und trösten. Doch ihre Kinder würden aufwachen und sie könnte sich nicht länger ihrer Trauer hingeben, sondern müsste vor den Jungs Stärke zeigen. Daher war es das Beste, sie jetzt in Ruhe zu lassen. Die Nacht gewährte ihr etwas Zeit für sich allein, um sich ihren Gedanken und Ängsten zu stellen.

Will rieb sich über den Nacken und verzog verbittert das Gesicht, weshalb ich zu ihm trat und ihm die Armbinde abnahm.

»Das Ding scheuert mir die Haut auf«, schimpfte er. »Brauch ich das denn unbedingt noch?«

»Wenn ich mich darauf verlassen könnte, dass du den Arm so wenig wie möglich bewegst, dann nicht. Aber ich kenne dich. Du bist der Sohn deines Vaters.«

»Was soll das denn heißen?«, protestierte Grimmt.

»Mein Arm ist gebrochen – nicht meine Schulter«, sagte Will.

»Das Holzstück könnte verrutschen«, erwiderte ich und überprüfte den Verband. »Und somit hätte der Bruch keine Stütze mehr.«

»Lass mich mal ran«, forderte Grimmt mich auf. »Ich verbinde den Arm ganz fest, damit nichts verrutschen kann.«

»Du wirst ihm den Blutfluss abschnüren.«

»Will, sage ihr, ich kriege das hin«, wies er seinen Sohn an.

Dieser nickte überschwänglich. »Er kriegt das hin, Jenna.«

Ich rollte mit den Augen. »Macht, was ihr wollt und jammert mir nicht die Ohren voll, falls der Knochen wieder bricht. In dem Fall habe ich Will umsonst von meinem Blut gegeben.«

»Wo du gerade von deinem Blut sprichst …«, sagte Conner, der bisher ruhig im Hintergrund ausgeharrt hatte. »Könnte ich vielleicht …«

»Hast du Schmerzen?«, fragte ich Will, ohne auf Conner einzugehen.

»Die sind erträglich«, erwiderte er.

»Ich habe Schmerzen«, jammerte Conner. Er legte den Kopf schräg und klimperte übertrieben mit den roten Wimpern. »Bitte«, bettelte er.

»Zeig mir mal deinen Hintern.«

Will prustete los. »Du willst seinen Hintern sehen? Da zeig ich dir lieber meinen, der ist viel knackiger.«

»Hast du nichts von seiner Tortur mitbekommen?«, fragte Grimmt seinen Sohn. Er verzog belustigt den Mund. »Der arme Kerl hatte einen Schiefer im Arsch. Du hättest erleben sollen, wie er sich mutig seinem nahenden Tod entgegengestellt hat, als Jenna ihn aus seiner Sitzfläche entfernte.«

»Haha.« Conner schnitt ihm eine Grimasse.

»Lass mich kurz nach der Naht sehen«, sagte ich.

Conner stöhnte theatralisch auf, wandte mir den Rücken zu und zog sich die Hose über den Hintern runter. Im selben Moment kam Canny auf uns zu, blieb wie vom Blitz getroffen stehen und schlug sich die Hand vor die Augen.

»Igitt, ich werde blind.«

Conner errötete, überspielte seine Verlegenheit jedoch gekonnt. »Kommst du wegen Jareds und Drystans Wettrennen zu mir, um deine Schuld einzulösen?« Er warf ihr eine Kusshand zu. »Ich könnte mir keinen besseren Augenblick vorstellen.«

Grimmt lachte nicht, er kicherte. »Junge, wenn du in der Nähe bist, brauche ich keinen anderen Zeitvertreib. Bisher dachte ich, dein Vater wäre der größte Querkopf, der frei herumläuft. Aber du kannst ihn tatsächlich noch übertrumpfen.«

Canny schnaufte auf und warf Conner einen eisigen Blick zu. »Du Spatzenhirn hast deine Wette verloren.« Sie stemmte die Hände in die Hüften. »Du hast mit Jared auf den Verlierer gesetzt, also bereite dich schon mal darauf vor, morgen den ganzen Tag die Klappe zu halten.«

»Die Naht ist an einer Stelle aufgegangen«, stellte ich fest und unterbrach somit ihre Zankerei.

Conner zog hastig die Hose hoch und taumelte vor mir zurück. »Bleib mir bloß vom Leib.« Er ging davon. Als aus der Richtung plötzlich ein Wolfsheulen zu hören war, kehrte er aber schlagartig um.

»Hier gibt's Wölfe?« Seine Stimme hörte sich schrill an.

»Die tun nichts«, sagte ich. »Ihr solltet jetzt schlafen, damit ihr morgen ausgeruht seid.«

Weitere Wölfe stimmten in den einzelnen Ruf mit ein.

»Ich kriege kein Auge zu, wenn die in der Nähe sind.« Conner drehte sich um seine eigene Achse und starrte in den uns umgebenden Wald.

»Was ist denn mit dir los? Zu Hause gehst du ständig mit Jared auf die Jagd und bei uns gibt es ebenfalls Wölfe.«

»Die Tiere im Ewigen Wald sind alle friedlich«, erwiderte er. »Die hier klingen schon bedrohlich.«

Das Wolfsheulen wurde immer lauter. Inzwischen waren die Menschen, die schon geschlafen hatten, von dem Radau erwacht. Sie traten zu den Feuern, an denen die Unsterblichen gesessen hatten. Doch diese waren aufgestanden und sahen sich irritiert um.

Jared kam mit Kommandant Ramsay zu uns gelaufen. »Irgendetwas stimmt hier nicht«, sagte dieser.

»Ja, das Gefühl habe ich auch«, erwiderte ich.

»Die Wölfe rufen sich nicht, sie heulen gleichzeitig«, stellte Jared fest.

»Und was heißt das?«, stieß Conner aus. »Wollen die uns angreifen?«

»Ich glaube, sie wollen uns vor etwas warnen«, sagte ich nachdenklich.

Alle sahen mich an.

»Warum sollten Wölfe so etwas tun?«, fragte Grimmt.

»Das Alphatier ist kein gewöhnlicher Wolf«, erwiderte ich.

Kaum hatte ich ausgesprochen, vermischte sich Kampfgebrüll mit dem Heulen der Tiere und zwischen den Bäumen stürmten dunkle Gestalten von allen Seiten auf uns zu.

Ich war wie erstarrt, doch Jared fasste mich am Arm und zog mich an seine Seite. »An die Waffen«, schrie er.

Unsere Angreifer waren uns völlig überlegen. Ehe wir begreifen konnten, was geschah, fielen weit über hundert Mann über unser Lager her. Sie waren zu viele.

Jared stand mit erhobenem Schwert vor mir, während ich mich nach einer eigenen Waffe umsah. Im nächsten Augenblick waren wir schon von sieben Männern umzingelt, die mit blanken Schwertern immer näher kamen.

»Wir ergeben uns«, rief ich und hob meine zitternden Hände. »Wir ergeben uns, wir ergeben uns …« Ich sah mich panisch nach meinen Freunden um und hielt ebenso nach Elena und ihren Söhnen Ausschau, die ich zwischen anderen Bauern unversehrt erblickte.

Das Geschrei ließ allmählich nach. Die wenigen von uns, die in dem Tumult rechtzeitig zu ihren Waffen greifen konnten, warfen diese nun als Zeichen der Ergebung zu Boden und hoben ebenfalls die Hände.

Ich stieß Jared auffordernd an, damit er es ihnen gleichtat. Er zögerte.

»Ist das der Junge?«, rief einer unserer Angreifer.

Ein Mann mit geflochtenem Bart drängte sich zu uns durch. »Nein, das ist er nicht. Sucht ihn!« Er wandte sich an Jared. »Lass von deinem Schwert ab, sonst verlierst du die Hand, in der du es trägst.«

Wieder stieß ich Jared unauffällig an.

»Was wollt ihr von uns?«, fragte er und schmiss dem Mann das Schwert vor die Füße.

»Wo ist Drystan McKay?«

Mir schlug das Herz bis zum Hals. Wer war dieser Mann? Woher wusste er von Drystan?

Jared trat einen Schritt auf ihn zu. »Was wollt ihr von ihm?«

Wenn er den Mann weiterhin so provozierte, würde das schlecht für ihn enden. Ich legte ihm beschwichtigend meine Hand auf den

Rücken. Da zerrten mich zwei Männer von ihm weg und drängten mich zu den anderen, die sie wie Tiere zusammengetrieben hatten.

»Das ist der Schuldeneintreiber«, flüsterte Grimmt neben mir. Er ergriff meine Hand, ohne den Blick von Jared abzuwenden.

»Ich wiederhole mich ungern.« Der Mann ging weiter auf Jared zu und stellte sich ihm von Angesicht zu Angesicht gegenüber. »Also zum letzten Mal: Wo ist Drystan McKay?«, brüllte er ihn an und benetzte ihn dabei mit seiner feuchten Aussprache.

Jared blinzelte. »Er hat uns verlassen«, erwiderte er ruhig.

Der Mann verengte die Augen. »Weißt du, was ich glaube? Du willst mich zum Narren halten«, schrie er so laut, dass ich erschauderte. Dann hob er sein Schwert.

»Er ist auf dem Weg zu John McGee«, rief Ryan.

Ich starrte ihn an.

»In Bedrängnis muss man immer nah an der Wahrheit bleiben«, flüsterte Kommandant Ramsay, der zu meiner rechten stand.

Ich verstand. Hielt der Mann Jared für einen Lügner, konnte ihn das sein Leben kosten. Gab man ihm eine Antwort, an die er glauben konnte, hatte man die Chance, mit einem blauen Auge davonzukommen.

»Einige von euch tragen die Kleidung der Friedensgarde.« Er sah sich um und lief mit erhobenem Schwert auf Ryan zu. »Solch fähige Männer würde er nicht zurücklassen.«

Canny japste nach Luft. Sie blieb als Einzige neben ihrem Vater stehen, alle anderen, die bei ihm standen, wichen zurück.

Ryan drängte sie hinter sich. »Es sind viele Gardisten an seiner Seite. Und wir kümmern uns um diese Menschen hier.« Er deutete auf die Bauern.

Der Mann spuckte Ryan vor die Füße. »Wie rührselig. Ihr sorgt euch um die Armen und Schwachen.« Er sah sich erneut um und wandte sich schließlich seinen Männern zu.

»Drystan McKay hat mich gedemütigt. Wäre ich nicht zufällig auf euren Trupp gestoßen, hätte ich mich der Schmach stellen müssen, halb nackt in die nächste Stadt zu reiten. Und das wird er mir büßen.«

Er wandte sich ab, lief zum Feuer und schnitt mit dem Schwert Fleisch aus dem Gänsebraten.

»Was machen wir jetzt mit denen?«, fragte einer, der sich zu ihm gesellte und sich ebenfalls am Braten bediente.

»Wir nehmen sie mit.« Er schmatzte und wischte sich mit dem Handrücken über den Mund. »Soll McGee selbst entscheiden, was er mit ihnen anstellen will. Er möchte mit Sicherheit einige Informationen aus ihnen herauskitzeln.«

»Aber … Wir haben den Befehl, uns auf der Gefängnisinsel zu stationieren«, bekam er als Antwort. »Wir können nicht zur Burg zurück.«

Er strich sich über seinen geflochtenen Bart. »Gib mir wenigstens die Hälfte deiner Männer. Glaub mir, John würde es so wollen. Ich muss zu ihm, um ihm von den Gegebenheiten zu berichten. Es wird ihn erfreuen, wenn ich Drystan McKays Komplizen bei mir habe. Er hat sicherlich Verwendung für sie. Allenfalls lässt er sie zur Warnung an das Volk öffentlich hinrichten.«

27.

Unterwerfung

Drystans Herz begann auf einmal wild zu schlagen. Er strengte sich kein bisschen an, saß nur untätig auf dem Pferd und hörte Jake zu, der ihm von seinem Clan erzählte. Sein Blut geriet in Wallung. Was war plötzlich mit ihm los?

Er stoppte das Pferd und rieb sich über die Brust, als könnte er sein Herz dadurch beruhigen.

»Ist alles in Ordnung?«, fragte Jake und hielt ebenfalls an.

»Keine Ahnung.«

Jake beobachtete Drystans Hand, mit der er seinen Herzschlag fühlte.

»Was spürst du? Ist was mit Jenna?«

Drystans Kopf schnellte zu ihm herum. »Jenna …«

Er scheuchte sein Pferd vorwärts. Schneller und schneller trieb er es voran und brachte es an seine Grenzen. Jennas Herz war es, das das seine in Aufruhr brachte. Irgendetwas musste passiert sein. War sie in Gefahr? Er spürte die Verbindung zu ihr, aber das war neu für ihn und er wusste nicht, ob er ihre gegenwärtige Emotion richtig deutete.

Jake war dicht hinter ihm. Sie ließen die Schlucht hinter sich und drangen in den Wald vor, wo ihnen plötzlich das Wolfsrudel entgegenkam. Die weiße Wölfin lief direkt auf Drystan zu, wendete und rannte dann trotz des schnellen Galopps neben ihm her.

»Drystan …«, rief Jake.

Er blickte sich zu ihm um. »Was ist?«

Jake starrte zu der Wölfin, die Drystan nicht von der Seite wich. »Was geht hier vor? Seit wann folgt dir der weiße Wolf?«

»Jenna hat die Wölfin mit ihrem Blut geheilt und seitdem ist sie uns gegenüber zahm«, rief er zurück.

Jake holte zu ihm auf. »Der weiße Wolf ist Darkonas Wahrzeichen und wird als heiliges Tier verehrt. Seit dem Tod deines Vaters wurde keiner mehr gesichtet.«

Das ganze Rudel folgte ihnen. Jake war von der weißen Wölfin sichtlich beeindruckt und auch Drystan faszinierte es, wie die Wölfe mit ihnen gemeinsam durch den Wald preschten. Doch ebenso machte es ihm Angst, denn er sah es als Zeichen, dass Jenna etwas zugestoßen war.

Als sie das Lager erreichten, ließ ihn die Gewissheit verzweifeln. Verlassen war dieser Ort, einsam brannten die Feuer. Ein paar Leichen lagen verstreut, zu denen Jake eilte und nach bekannten Gesichtern suchte. Von allen anderen fehlte jede Spur. Die Wagen waren noch hier. Dass die Tiere in den Käfigen zurückgelassen wurden, zeugte von einem übereilten Aufbruch.

Drystans Magen krampfte sich zusammen. Er kämpfte um jeden Atemzug.

»Es sind Bauern und ein paar von deinen Männern«, sagte Jake, als er den letzten Toten gesichtet hatte. Er kam zu ihm. Da Drystan nach wie vor auf dem Pferd saß, schaute er zu ihm auf. »Konzentriere dich, Drystan. Ist Jenna unversehrt?«

Er versuchte, all die Gefühle, die ihn beherrschten, zu ordnen. Aber er schaffte es nicht, herauszufinden, welche davon er empfand und welche Jenna. »Ich weiß es nicht …«

Jake seufzte. »Wenn sie tot wäre, wüsstest du es. Du würdest es sofort spüren.«

Drystan stieg vom Pferd und begutachtete den zertrampelten Boden. »Kannst du Spuren lesen?«, erkundigte er sich bei Jake.

Dieser war bereits dabei, die Fährte aufzunehmen. Ab und an bückte er sich und berührte die Erde, ging ein Stück weiter und wiederholte die Prozedur. Drystan lief hinter ihm her. Je mehr Zeit verstrich, desto ungeduldiger wurde er.

»Sie haben sich aufgeteilt«, sagte Jake. »Ihre Spuren führen in zwei verschiedene Richtungen.«

Drystan legte die Hände in den Nacken und fluchte. »Und was machen wir jetzt? Welcher Spur sollen wir folgen?«

Jake überlegte. »Diese hier führt in Richtung der Gefängnisinsel. Da sie nicht getötet, sondern gefangen genommen wurden, wird man sie wohl ins Gefängnis bringen und dort einsperren.«

»Dann sollten wir keine Zeit mehr verlieren.«

Sie machten sich auf, der Spur zu folgen. Das Rudel verstellte ihnen jedoch den Weg und die weiße Wölfin heulte hinter ihnen auf. Als Drystan sich zu ihr umdrehte, lief sie in die entgegengesetzte Richtung davon, um der anderen Fährte zu folgen.

Er und Jake sahen sich an. »Das ist die richtige Spur«, sagten sie wie aus einem Munde und ritten ihr nach.

Die anderen Wölfe folgten ihnen nicht mehr. Ohne eine Pause einzulegen, lief die Wölfin unermüdlich voraus. Als einige Zeit verstrichen war, erreichten sie das Ende des Waldes und erblickten das gestreute Sonnenlicht, das am Horizont rötlich schimmerte.

Drystan hatte Jenna versprochen, pünktlich zur Morgendämmerung zu ihr zurückzukehren. Doch er war nicht bei ihr. Was auch immer sie gerade durchmachen musste, er konnte ihr nicht beistehen. Er fühlte sich, als hätte er sie im Stich gelassen.

»Da hinten …«, sagte Jake und deutete nach Osten, wo in der Ferne ein Trupp zu erkennen war. Sie ritten entlang eines Sees, in dessen Wasser sich die schneebedeckte Kuppe des Berges spiegelte, der im Hintergrund aufragte.

»Das müssen sie sein«, stieß Drystan aus.

Jake nickte nachdenklich. »Hinter dem Berg liegt die Burg.« Er sah Drystan an. »Sie sind auf direktem Weg zu John McGee.«

»Was können wir tun?«

Jake schnaufte. »Wir sind nur zu zweit. Es sind zu viele.«

»Wir dürfen sie nicht bis zur Burg kommen lassen.« Drystan ballte die Hände zu Fäusten.

»Vielleicht ist die Friedensgarde inzwischen eingetroffen«, sagte Jake gedankenverloren.

»Wir brauchen hier und jetzt Hilfe, aber von der Friedensgarde ist weit und breit nichts zu sehen.« Drystan sah sich um. Die weiße Wölfin war verschwunden. War sie zurückgeblieben, weil sie den Wald verlassen hatten? »John McGee ist ein unberechenbarer Mann.« Er deutete auf den Trupp. »Wenn sie erst einmal in der Burg sind, dann sind sie verloren.«

»Auf Rebellion steht die Todesstrafe«, entgegnete Jake.

Drystan starrte mit leerem Blick in die Ferne. »Würdest du dich für deine Familie opfern?«, fragte er.

Als Antwort erhielt er ein verzweifeltes Nicken.

»Ich auch.«

Seit der Morgendämmerung ritten wir an einem großen See entlang. Inzwischen stand die Sonne schon hoch am Himmel und das Wasser glitzerte in ihrem Licht wie poliertes Silber. Sanfte Wellen schwappten ans Ufer. Ihr Klang, verbunden mit dem Gesang der Vögel, täuschte über unsere aussichtslose Lage hinweg und schaffte eine friedliche Idylle.

Canny und ich teilten uns ein Pferd. Hin und wieder drehte ich mich nach Jared um, der wie alle Männer an den Händen gefesselt war und an einem langen Seil hinter einem Pferd hergeführt wurde. Die Frauen und die Alten bedachte man mit weniger Vorsicht. Elena und die Kinder hatten zu dritt ein Pferd zugewiesen bekommen. Die Jungs verhielten sich ruhig und weinten nicht, sonst könnten sie den Groll unserer Entführer auf sich ziehen.

Sorge, Verzweiflung und Angst beherrschten mich. Es fühlte sich an, als befände sich in meinem Brustkorb ein schwerer Klumpen, der immer weiter wuchs und mir mehr und mehr die Luft abschnürte.

Der Mann mit dem geflochtenen Bart führte unseren Trupp an. Er schlug nun einen anderen Weg ein und ritt in den seitlich angrenzenden Wald. Das Gras verlor sich allmählich und ging in einen teils felsigen, teils sandigen Boden über. Die Bäume säumten den hohen Berg, der seinen kühlen Schatten über uns warf.

Wir waren weit in der Unterzahl und ohne Waffen. Es war hoffnungslos. Sie brachten uns zu John McGee, dem Mörder von Drystans Familie. Wie skrupellos und barbarisch musste ein Mann sein, um mit dieser Schuld leben zu können und sich zudem im ehemaligen Zuhause der Familie heimisch zu fühlen?

Der Wald endete schneller als gedacht und vor uns tat sich eine weitläufige Graslandschaft auf. Moose und Flechten überzogen die Ebene und ich entdeckte mir bekannte Kräuter.

In der Mitte der Ebene erhob sich ein Hügel aus der sonst flachen Umgebung, auf dem eine beeindruckende Burg zu erkennen war. Eine Stadt lag zu ihren Füßen, umgeben von einer Mauer, die Fremden Einhalt gebot. Auf den sechs Turmspitzen der Burg wehten Flaggen unruhig im Wind. Rote Flaggen mit einem weißen Symbol, das ich aufgrund der Entfernung nicht erkennen konnte, von dem ich allerdings wusste, dass es ein Wolfskopf war.

Wenn das Schicksal Drystan nicht so übel mitgespielt hätte, wäre er an diesem Ort aufgewachsen und rechtmäßig zu Hause gewesen. Ob er und Vater uns inzwischen suchten? Waren sie aus der Stadt zurückgekehrt oder waren sie dort ebenfalls in Gefahr geraten? Mir war nach Weinen zumute, aber ich riss mich zusammen und zwang mich, uns noch nicht völlig aufzugeben.

Mir kam der Gedanke, das Pferd anzutreiben und mit Canny davonzureiten. Doch damit würde ich Jared, Grimmt, Ryan, Will und Conner im Stich lassen. Zudem würden sie uns wahrscheinlich sofort einholen und der Fluchtversuch würde nicht ohne Folgen für uns bleiben.

»Ihr da …«, rief plötzlich jemand über die uns begleitende Stille hinweg, die nur durch ein gelegentliches Schnauben der Pferde durchbrochen war.

Unser Anführer, den sie Travis nannten, stoppte sein Pferd, wodurch unser Trupp zum Halten kam. Er sah zurück zum Waldrand und strich sich nervös über den geflochtenen Bart.

Wie alle anderen drehte ich mich zum Wald um. Mein Herz machte vor Erleichterung einen Satz, als ich Vater auf dem Pferd sitzend zwischen den Bäumen ausharren sah. Gleichzeitig erfasste mich Panik. Wo war Drystan? Außer Vater war niemand zu sehen. Warum gab er sich zu erkennen? Er war schutzlos.

»Dich kenne ich«, rief dieser Travis ihm zu. »Du warst bei dem Überfall dabei und wolltest mir den Kopf abschlagen.«

»Das ist Jake McAlaster – der Clanführer aus dem Ewigen Wald und Initiator der Friedensgarde«, flüsterte ihm ein Mann zu.

Travis' Miene zeigte deutlich seine Verblüffung. Er brauchte einen Moment, um diese Information zu verarbeiten, bis er sich räusperte und die Schultern straffte. »Wo ist Drystan McKay geblieben?«

Ich versuchte in den Wald hineinzublicken. Die Bäume standen zu dicht und ihre Baumkronen ließen nur wenig Licht hindurch. Außer den Stämmen und gelegentlichen Sträuchern konnte ich in der schattigen Umgebung nichts erkennen.

»Ihr habt es gewagt, Gardisten gefangen zu nehmen?«, erwiderte Vater, ohne auf die eigentliche Frage einzugehen. Er deutete auf seine Männer in unseren Reihen. »Lasst alle frei, die ihr gefesselt bei euch führt, ansonsten werdet ihr die Burg nicht lebend erreichen.«

Unruhiges Gemurmel trat ein. Travis hob die Hand und brachte die Männer zum Schweigen. »Du bist allein und drohst uns?« Er lachte höhnisch. »Mutig bist du, das muss man dir lassen.«

»Ich bin nicht allein.« Nun war Vater derjenige, der die Hand hob.

Fast zeitgleich vernahm ich ein surrendes Geräusch und dann fiel ein Mann getroffen vom Pferd.

»Ihr werdet die Gefangenen zurücklassen und davonreiten«, rief Vater, während die Feinde auf ihren bewegungsunfähigen Kameraden starrten. Er hatte noch nicht zu Ende gesprochen, als von einer anderen Stelle ein Betäubungspfeil als Warnung abgeschossen wurde und das nächste Opfer traf. »Und zwar sofort!«, brüllte er. »Ich werde meine Aufforderung kein weiteres Mal wiederholen.«

Erneut zischte ein Pfeil durch die Luft und holte den Reiter direkt neben Travis vom Pferd. Kaum lag dieser am Boden, wurde ein anderer in der hintersten Reihe getroffen.

Travis zog den Kopf ein und starrte mit weit aufgerissenen Augen zum Himmel, da er mit weiteren Geschossen rechnete. Es kam Tumult auf. Seine Männer kappten die Seile, an denen die Gefangenen an den Pferden festgebunden waren, während er sie anschrie und davon abhalten wollte. Doch sie ignorierten ihn und galoppierten hastig davon. Travis zögerte. Er war unentschlossen, schaute zwischen dem Waldrand und den fliehenden Reitern hin und her. Zuletzt warf er Vater noch einen vernichtenden Blick zu und ritt ihnen nach, um sich in Sicherheit zu bringen.

Die Gardisten waren die Ersten, die sich von den Handfesseln befreiten. Sie nahmen die Schwerter der vier am Boden liegenden Männer an sich und schlugen ihnen mit ihren eigenen Waffen die Köpfe ab.

Vater stieg vom Pferd und begrüßte die Männer, die zu ihm eilten und ihm auf die Schultern klopften. Canny schlang von hinten die Arme um mich und drückte mich so fest sie konnte. Ich schaute unseren Feinden nach, die inzwischen weit entfernt waren und die Burg fast erreicht hatten. Erleichtert trieb ich das Pferd an und ritt zum Waldrand. Kaum kam es zum Stehen, sprang ich ab, drängte mich an den Männern vorbei und fiel Vater um den Hals. Jared erreichte ihn kurz darauf und wir schlossen uns zu dritt in eine Umarmung.

»Geht es euch gut?« Er küsste mich auf die Stirn und zerzauste Jared die Haare.

Wir nickten gleichzeitig.

»Wo ist Drystan?«, erkundigte ich mich.

Vater sah sich um, machte sich von uns los und lief Drystan entgegen, der sich aus dem Wald näherte. Mir blieb der Mund offen stehen, als er ihn überschwänglich in seine Arme schloss. Sie klopften sich gegenseitig auf den Rücken und lachten befreit.

»Wer hat euch geholfen?«, fragte Grimmt.

»Niemand.« Vater wandte sich ihm zu.

»Aber …« Grimmt kraulte sich nachdenklich den grauen Vollbart. »Die Männer wurden doch aus unterschiedlichen Richtungen beschossen.«

»Drystan ist schneller als jeder Unsterbliche.« Vater zog ihn an seine Seite. »Die haben wir schön hinters Licht geführt.«

Als Drystans Blick mich traf, begann es in meinem Bauch zu kribbeln. Das Gefühl breitete sich wohlig wärmend in meinem Körper aus und brachte meinen Herzschlag aus dem Takt. Fühlte er es auch?

Vater und Jared beobachteten uns, trotzdem kam Drystan ungeduldig und schnell auf mich zu. Bevor ich einen klaren Gedanken fassen konnte, hatte er mich schon erreicht. Seine Lippen trafen auf meine, ehe er seine Hand in meinem Haar vergrub und mich mit der anderen an sich zog.

Ich erlag sofort seiner Anziehungskraft. Die Umstehenden waren mir völlig egal. Einen kurzen Moment lang erwartete ich, von Vater oder Jared gestört zu werden. Als das zu meiner Verwunderung nicht geschah, vergaß ich all meine Zurückhaltung und schmiegte mich noch enger an ihn. Meine Hände verweilten in seinem Nacken und ich gab mich unserem Kuss sehnsuchtsvoll hin. Seine Lippen fühlten sich weich an und waren dennoch hart und fordernd. Er erweckte ein Verlangen in mir, das mich an die Grenzen meiner Selbstbeherrschung trieb. Ich brauchte ihn, wollte ihn. Wären wir allein, würde ich mich Drystan hier und jetzt hingeben.

Irgendwo in der hintersten Ecke meines Bewusstseins vernahm ich den Klang eines dumpfen Horns. Undeutlich hörte ich aufgebrachte Stimmen. Doch Drystans Nähe berauschte mich zu sehr, um dem Beachtung zu schenken.

Schwer atmend löste er seine Lippen von meinem Mund. Er legte seine Stirn gegen meine und rang wie ich um Fassung. Als das Horn erneut dröhnend aus der Ferne zu uns herüberschallte, trat er einen Schritt zurück und sah zur Burg.

»Was hat das zu bedeuten?«, fragte er mit rauer Stimme.

»Nichts Gutes«, erwiderte Vater.

28.

Abschied

Drystan hielt mich in seinen Armen, aber als ich seinem Blick zur Burg folgte, begann ich zu zittern. Mehr und mehr Reiter verließen die Stadt durch das Torhaus, passierten die Hängebrücke, die über den Wassergraben führte, und nahmen die Ebene für sich ein.

»Wir müssen hier weg.« Ich hatte Mühe, die Worte herauszubekommen.

Keiner der Männer setzte sich in Bewegung. Sie waren wie versteinert und starrten auf die Ebene, auf der sich mittlerweile Hunderte von Reitern näherten. Der Strom auf der Hängebrücke riss nicht ab. Es war eine Übermacht, die hier gegen uns in den Krieg zog.

»Wir können ihnen nicht entkommen«, sagte Drystan und hielt mich fester. »Wir haben zu wenig Pferde …«

»Die Frauen und Kinder ziehen sich unverzüglich in den Wald zurück«, befahl Vater. »Haltet euch dort versteckt.«

Ich sah Elena, ihren Jungs und den anderen Frauen aus dem Dorf nach, die umgehend seiner Aufforderung folgten. Canny und ich zogen uns nur hinter den Schutz der Bäume zurück und beobachteten von da aus das Geschehen.

»Schaffe deine Familie von hier weg«, forderte Drystan Vater auf und hob mich gleichzeitig auf seine Arme, um mich zu dem weißen Pferd zu tragen.

»Wir gehen nicht ohne dich«, rief ich und versuchte ihn abzuwehren, als er mich trotz meines Protests mühelos aufs Pferd setzte.

»Du hast mir die Schmerzen und die Finsternis genommen. Dank dir kann ich meine Seele wieder spüren – und sie wird in deiner weiterleben.« Er ergriff meine Hand und führte sie an seine Wange. »Vor meinem unausweichlichen Tod kannst du mich nicht retten, aber du hast es auf jede andere Weise getan, die möglich ist. Vielleicht habe ich nur so lange überlebt, um dir meine Seele übergeben zu können. Sie gehört dir, Jenna.« Eine einzelne Träne rann über seine Wange und benetzte meine Hand. »Ich hätte gern mehr Zeit mit dir gehabt. Trotz allem bin ich für jeden Moment dankbar, den ich an deinem Leben teilhaben durfte.«

Meine Augen füllten sich mit Tränen. Ich hatte vergessen, wie man atmete, war nicht fähig, etwas zu erwidern. Panisch schluckte ich gegen den Kloß in meinem Hals an, der sich um meinen Kehlkopf klammerte wie ein Würgegriff.

Drystan küsste meine Hand, wandte sich dann zur Seite und nickte Jared auffordernd zu. Als er mir daraufhin in die Augen schaute, kam mein Herz beinahe zum Stehen. In seinem Blick lag all die Verzweiflung und Trauer, die mich ebenso beherrschten und deren Last uns zu erdrücken drohte. Das Gold seiner Augenfarbe war kaum wahrzunehmen, da der glitzernde silberne Schein seiner Seele in den Vordergrund trat. Er nahm für immer von mir Abschied …

Jared hatte seine stille Aufforderung verstanden und saß hinter mir auf. Sobald er mich festhielt, ließ Drystan mich los.

»Sie sind fast da«, rief er. »Ihr dürft keine Zeit mehr verlieren.«

»Nein …«, schrie ich, als Jared das Pferd antrieb. Ich bekam Drystan noch am Arm zu fassen und versuchte vom Pferd herunterzukommen. Doch sie sorgten beide dafür, dass mir das nicht gelang.

»Jared wird als dein Seelenverwandter an deiner Seite sein.« Drystan wand sich aus meinem Griff und sah meinen Bruder flehend an. »Rettet euch!«

Er gab dem Pferd einen kräftigen Schlag auf den Hintern, das augenblicklich mit uns davonpreschte. Ich schrie und drehte mich nach ihm um. Drystan hatte sich bereits von mir abgewandt und zog das Schwert.

»Was glaubst du, was du da tust?«, fragte Jake. Er hielt Drystan zurück.

»Ich ergebe mich meinem Schicksal.«

»Wenn du glaubst, ich lasse dich tatenlos Selbstmord begehen, dann irrst du dich.«

Drystan deutete in den Wald. »Folge Jenna und Jared. Wenn ich euch alle in Sicherheit weiß, wird es einfacher. Mehr kannst du nicht für mich tun.«

»Ich werde kein Familienmitglied zurücklassen«, erwiderte Jake. »Und du gehörst mittlerweile dazu.«

Falls das überhaupt möglich war, wurde Drystans Herz noch schwerer. »Deine Worte ehren mich. Dennoch wünsche ich mir, dass du gehst.«

»Jake McAlaster …«, schrie jemand.

Beide sahen auf die Ebene hinaus, wo sich mehrere Hundert Reiter im Schritttempo näherten. Drei Männer ritten voraus, wobei Drystans Blick einzig und allein auf den Mann in der Mitte gerichtet war. Dieser hob in diesem Moment seinen Arm und brachte die Massen zum Stillstand. Er war der Einzige, der einen roten Umhang um die Schultern trug, auf dem Darkonas Clanwappen abgebildet war.

John McGee hatte es sich nicht nehmen lassen, sie persönlich in Empfang zu nehmen. Er trug eine glänzende Rüstung, als wäre er ein Mensch, der diesen Schutz bedurfte. Eine schwere Kettenhaube ließ nur sein Gesicht erkennen, sein wertvoller Hals wurde von den vernieteten Stahlringen geschützt.

»Jake McAlaster …«, rief John McGee abermals. »Zeig dich, du elender Feigling.«

»Tut mir leid, Drystan«, sagte Jake. »Ich werde mich nicht als Feigling beschimpfen lassen und einfach verschwinden.« Er winkte Grimmt zu sich. »Es sind noch Pferde übrig. Also schnapp dir Will, Canny und Conner und verschwindet von hier.«

Grimmt lief zu seinem Sohn. Da dieser durch seinen gebrochenen Arm eingeschränkt war, half er ihm aufs Pferd. Die beiden stritten.

Ryan hob Canny in den Sattel. Sie hielt sich an ihrem Vater fest und flehte ihn an, sie zu begleiten. Doch statt Ryan nahm Conner hinter ihr Platz und trieb das Pferd an.

»Ich habe geahnt, dass du dich querstellst«, sagte Jake zu Grimmt, als dieser wieder neben ihn trat.

»Ich renne vor keinem Kampf davon.« Grimmt verschränkte die Arme vor der Brust. »So weit kommt es noch.«

»Wir haben jetzt keine Zeit, darüber zu diskutieren«, schimpfte Jake.

Grimmt hob die Augenbrauen. »Also lass es und sag uns endlich, wie dein Plan aussieht.«

»Komm heraus, McAlaster«, brüllte McGee erneut. »Sonst stürmen wir den Wald.«

Drystan schaute sich zu den Gardisten um, die zusammen mit Gregor und den verbliebenen Straftätern an die hundert Mann zählten. John McGee wusste nicht, wie viele sich vor ihm im Wald verbargen. Aber so wie er auftrat, war er sich sicherlich darüber im Klaren, dass er ihnen weit überlegen war.

»Schlage ihm ein Übereinkommen vor«, sagte Drystan zu Jake. »Ein einzelner Kampf – Mann gegen Mann. So können wir die Schlacht vielleicht abwenden, bevor sie angefangen hat.«

Jake rieb sich die Schläfe. »Auf diese Weise kann über Sieg oder Niederlage entschieden werden, ohne dabei das Leben aller Männer zu riskieren.«

»Darauf wird sich McGee niemals einlassen«, sagte Kommandant Ramsay.

»Das wird er«, entgegnete Drystan. »Wenn ich für unsere Seite zum Zweikampf antrete, wird er dem zustimmen. Er fürchtet mich und wird sich diese Gelegenheit nicht entgehen lassen.«

»Falls er darauf eingeht, wird er sich nicht persönlich für den Zweikampf zur Verfügung stellen, sondern seinen besten Mann vorschicken«, sagte Ryan.

»Euch ist schon klar, dass er Drystan unter dieser Voraussetzung selbst dann töten wird, wenn er gegen seinen Mann als Sieger hervorgeht?«, fragte Grimmt.

Drystan seufzte. »Ja. Deshalb werde ich den Kampf so lange wie möglich aufrechterhalten, damit ihr die Zeit für eure Flucht nutzen könnt.« Er holte tief Luft und wollte loslaufen.

Jake hielt ihn abermals auf. »McGee ruft nach mir, also werde ich die Verhandlungen führen.«

Ohne Drystan anzusehen, drängte Jake sich an ihm vorbei und verließ den Schutz des Waldes. Er lief erhobenen Hauptes auf die Ebene hinaus, bis er den Feinden mit einem Abstand von etwa hundert Schritten gegenüberstand.

Drystan hielt sich mit den anderen im Schatten der Bäume versteckt und beobachtete das Geschehen. Er fluchte, weil er den Mann mit dem geflochtenen Bart an McGees linker Seite erkannte.

Hätte er ihm bloß den Garaus gemacht, als er die Gelegenheit dazu hatte. Allerdings war er sicherlich nicht der Einzige, der bei McGee Alarm geschlagen hatte.

An seiner rechten Seite saß ein stämmiger Mann im Sattel, der McGee fast zwei Köpfe überragte. Drystan überkam das Gefühl, seinen Gegner für den Zweikampf gerade entdeckt zu haben.

»Warum hat das so lange gedauert?«, rief McGee Jake zu. »Fürchtest du mich so sehr?«

»Wir wissen beide, dass du derjenige wärst, der sich vor mir fürchtet, wenn du mir allein gegenüberständest«, erwiderte Jake gut hörbar.

»Du solltest mit deiner losen Zunge vorsichtiger sein«, antwortete McGee mit etwas Verzögerung. »Sonst wirst du sie schneller verlieren, als dir lieb ist.«

In der Menge hörte man einzelne Männer lachen.

Jake blieb gelassen. »Ich habe dir einen Vorschlag zu unterbreiten.«

»Oh … Hört, hört«, zog McGee ihn auf. »Da bin ich aber gespannt, was der große Clanführer anzubieten hat.«

»Viele Männer stehen hinter dir.« Jake erhob die Stimme. »Du kannst ihnen die Schlacht ersparen, wenn du dich an ihrer statt einem Zweikampf stellst, der über den Sieg entscheidet.«

In der Menge entbrannten Diskussionen, die McGee mit seinem lauten, höhnischen Lachen zum Verstummen brachte. »Ach, Jake. Du musst wirklich sehr verzweifelt sein. Welcher arme Kerl soll denn die Verantwortung für deine Niederlage tragen?«

»Ich bin ein Mann, der seine Schlachten selber schlägt und erwarte dasselbe von dir.«

Drystan zuckte zusammen. »Was soll das?«, flüsterte er. »Ich werde zum Kampf auf Leben und Tod antreten.«

Ryan, Grimmt und der Kommandant antworteten ihm mit einem Schulterzucken.

»Hör auf, hier den ehrenwerten Helden zu spielen«, brüllte McGee Jake an. »Glaubst du im Ernst, du kannst meine Männer damit beeindrucken?«

Dieses Mal verstummte das Gemurmel nicht.

»Deine Männer?« Jake sprach sich in Rage. »Wie viele von ihnen gehörten wohl einst Darius McKay an? Vielleicht sollte ich sie fragen, ob sie lieber für dessen Sohn statt für dich Verräter kämpfen wollen?«

Die Masse wurde immer unruhiger.

»McKay hatte sich mit einer Hexe eingelassen und war verflucht. Jeder, der behauptet, ein Spross von ihm zu sein, lügt.« McGee spuckte voller Verachtung aus.

»Wisst ihr es? John McGee hat die Söhne eures einstigen Clanführers am Leben gelassen«, rief Jake in die Menge. »Er hat ihre Fähigkeiten überwacht, hat sie gefoltert und …«

»Schweig!«, schrie McGee aus Leibeskräften. Doch allein die aufgebrachten Stimmen der unzähligen Reiter übertönten Jakes Worte.

Im nächsten Moment sackte Jake zusammen und fiel haltlos zu Boden. Der Hüne an McGees Seite ließ die Armbrust fallen und stieg vom Pferd. Er zog sein Schwert und lief mit entschlossenen Schritten auf Jake zu, als Drystan zeitgleich losrannte. Jake war durch den Giftpfeil betäubt und konnte sich nicht mehr selbst gegen seinen nahenden Tod zur Wehr setzen. Drystan musste sich beeilen.

»Haltet ein!«, schrie er, sobald er auf der Ebene eintraf.

Er holte aus und schleuderte sein Schwert im hohen Bogen weg, das trotz der noch großen Entfernung zwischen Jake und dem Hünen im Rasen einstach und den Hünen zum Stehenbleiben veranlasste. Die Masse verstummte und es legte sich eine erdrückende Stille über die Ebene.

Alle starrten Drystan an. Er kümmerte sich nicht darum und eilte weiterhin auf Jake zu, um sich schützend vor ihm aufzubauen. McGee warf er einen verachtenden Blick zu, woraufhin dieser erstarrte und bleich wurde.

»Nimm mein Leben für das seine, aber lass ihn unversehrt heimkehren«, forderte Drystan ihn auf.

Der Hüne drehte sich irritiert zu seinem Herrn um. Die Stille war allgegenwärtig.

McGee zögerte, stieg langsam vom Pferd und kam näher, darauf bedacht, ausreichend Distanz zu wahren. Er wollte für Drystan nicht greifbar sein. »Ich lasse mich nur unter einer Bedingung auf deinen Vorschlag ein«, sagte er fast flüsternd. »Niemand darf erfahren, wer du bist.«

Drystan spannte seine Muskeln und Sehnen so fest an, dass sie schmerzten. »Gut, unsere Abmachung steht. Mein Leben für das freie Geleit meiner Freunde. Du wirst ihnen ein Schiff zur Verfügung stellen, damit sie Darkona verlassen können.«

»So sei es.« McGee räusperte sich. »Um unnötiges Blutvergießen zu verhindern, nehme ich diesen Jungen symbolisch für die Unterwerfung der Rebellen in Gewahrsam«, rief er mit bemüht fester Stimme und laut genug, damit ihn die Umstehenden gut verstehen konnten. »Wir lassen die Waffen heute ruhen.«

Jetzt spielte er tatsächlich den Wohltäter, der sich um die Sicherheit seiner Männer sorgte. Drystan presste seine Zähne knirschend aufeinander. »Es sind genug Anwesende vor Ort, die unsere Vereinbarung bezeugen können. Gib mir trotzdem zusätzlich ein Schriftstück, das die Freiheit meiner Freunde garantiert.«

McGee atmete tief durch, winkte einen Reiter zu sich und verlangte nach einem Stück Pergament, das dieser sofort aus seiner

Satteltasche zog. Dieser Mann schien sein Schriftführer zu sein, da er neben Pergamentrollen auch Tinte und Federkiele bei sich trug.

»Dein Leben für das Leben der anderen«, sagte McGee, während er den Rücken des Mannes als Unterlage nutzte und schrieb. »Ich werde sie ziehen lassen, solange du schweigst.« Er zog sich einen Siegelring vom Finger und übergab ihn zusammen mit dem beschriebenen Pergament an den Mann, der beides an Drystan weiterreichte. »Der Ring bürgt für die Echtheit des Briefes.«

Drystan betrachtete McGees krakelige Handschrift, er hatte das Lesen nie erlernt. Er nickte seinem Erzfeind zu, um die Abmachung zu besiegeln. Ohne ihn aus den Augen zu lassen, beugte er sich zu Jake hinunter und hob ihn auf seine Arme. Langsam ging er ein paar Schritte rückwärts, ehe er McGee den Rücken zuwandte und Jake zum Waldrand trug.

Gregor, Ryan und Grimmt traten zwischen den Bäumen hervor und sahen ihm entgegen. Inzwischen waren sie keine Fremden mehr. Er hatte sich in der Gesellschaft von Jennas Freunden wohlgefühlt. Drystan hatte nur wenige Tage mit ihnen verbracht, aber es waren die schönsten Tage seines Lebens gewesen.

Gregor kannte er von klein auf, er war sein Wegbegleiter. Grimmt war ein großer, kräftiger Kerl mit dem Herzen am rechten Fleck. Sein Sohn und Ryan waren ihm charakterlich sehr ähnlich. Jared wäre vielleicht irgendwann zu einem Bruder für ihn geworden – Jake womöglich zu einem Vater.

Und Jenna … Er fühlte sie in seinem Herzen, in seinem Geist, in seiner Seele. Sie war das Leben, sie war seine Bestimmung, sie war der Sinn – sie war alles.

Als er die Männer erreichte, übergab er Jake in Ryans Arme.

»Könnt Ihr lesen?«, fragte er und reichte Kommandant Ramsay das Pergament und McGees Siegelring. »Was steht da?«

Ramsay überflog die Zeilen. »Wir sind frei. Und Jake erhält sein Schiff zurück.«

Drystan nickte, während sie ihn schweigend ansahen. Nacheinander ergriffen sie seine Hand und drückten diese.

Jake war vom Gift gelähmt und das war gut so. Drystan wusste, er würde es sonst nicht zulassen, von Ryan davongetragen zu werden. Er hielt seinem starren Blick stand und verabschiedete sich innerlich von dem Mann, der mit seiner Weisheit und Gesinnung ein Vorbild für ihn war. Für ihn gab es keinen besseren Grund, als für Jake McAlaster und dessen Familie zu sterben. Es würde ein guter Tod sein.

»Passt gut auf euch auf«, sagte er. »Und jetzt bringt euch in Sicherheit.«

Grimmt schluchzte unvermittelt auf und zog ihn in eine kurze, innige Umarmung. Als er Drystan freigab, wischte er sich Tränen aus den Augen und stampfte davon, ohne sich noch einmal zu ihm umzudrehen.

Gregor folgte ihnen nur zögernd, doch Drystan nickte ihm auffordernd zu und bemühte sich um ein verhaltenes Lächeln. Er sah ihnen nach, bis sie nicht mehr zu sehen waren und er allein zurückgeblieben war. Dann schloss er für einen kurzen Moment die Augen und wappnete sich innerlich für das, was ihm nun bevorstand. Er würde sich nicht von McGee brechen lassen, denn er wollte seiner Familie ehrenvoll in den Tod folgen.

So gelassen wie möglich drehte er sich zu der Ebene um, auf der Hunderte auf ihn warteten. Mit festem Schritt ging er auf McGee zu, der ihn mit einem eiskalten, triumphierenden Lächeln empfing.

»Dieser Junge wird heute symbolisch für alle Rebellen wegen Hochverrats öffentlich hingerichtet – als Warnung für jeden Einzelnen, der es wagt, sich gegen mich und meine Gesetze zu erheben«, rief McGee aus. Er hob sein Schwert, woraufhin ihm die Menge zujubelte.

»Brichst du dein Wort, komme ich direkt aus der Hölle, um dich zu holen«, presste Drystan zwischen zusammengepressten Zähnen hervor, ehe vier Männer gleichzeitig über ihn herfielen und ihn an Händen und Füßen in Ketten legten.

29. Tod

Ich schrie, schimpfte und flehte. Doch sosehr ich mich auch gegen Jared wehrte, es gelang mir nicht, seinem festen Griff zu entkommen. Unermüdlich trieb er das Pferd im schnellen Galopp voran, bis wir das Ende des Waldes erreicht hatten.

Dort gab er mich frei und saß ab, woraufhin ich vom Pferd sprang und ihn ungehalten wegstieß. »Wieso hast du das getan? Warum hast du mich gegen meinen Willen verschleppt?« Ich schrie meine ganze Wut heraus.

Jareds Augen glänzten. »Weil ich dich liebe«, flüsterte er.

Ich sackte zu Boden.

»Weil ich dich beschützen will.« Er kniete sich ebenfalls hin und nahm mein Gesicht zwischen seine Handflächen, damit ich ihn ansah. »Weil Drystan mich darum gebeten hat, weil du das Wertvollste bist, was wir haben. Weil du uns zu Verbündeten machst.«

Er schloss mich in seine Arme und ich hatte keine Kraft mehr, mich dagegen aufzulehnen. Ich brauchte seinen Halt und weinte hemmungslos.

Das Pferd trank aus dem See, an dessen Ufer wir verweilten. Ich blickte zum Wald zurück, ohne zu wissen, was sich zu diesem Zeitpunkt hinter ihm abspielte. Die Sorge um Drystan und Vater ließ mich verzweifeln. Ich erschauderte vor Hilflosigkeit und Angst.

Als ich Canny, Will und Conner zwischen den Bäumen auftauchen sah, machte ich mich von Jared los, sprang auf und rannte ihnen entgegen. Conner hob Canny vom Pferd, ehe wir uns gegenseitig in die Arme fielen.

»Weißt du, was sie vorhaben?«, erkundigte ich mich.

Canny verzog bedauernd das Gesicht.

»Der Mann, der die Truppen auf die Ebene führte, hat nach Jake gerufen«, sagte Conner. »Aber dann sind wir aufgebrochen und ich habe nichts mehr mitbekommen.«

»Mein Vater ist ein elender Sturkopf«, schimpfte Will. »Wenn er sich etwas in den Schädel gesetzt hat, lässt er sich nicht mehr davon abbringen, sei es auch noch so unvernünftig.«

Da Grimmt nicht bei ihnen war, konnte ich mir denken, was Will meinte. Unsere Väter hatten bisher alle Schlachten gemeinsam bestritten und Grimmt würde bei der heutigen keine Ausnahme machen, auch wenn die letzte lange her und Grimmt damals achtzehn Jahre jünger gewesen war.

»Was machen wir jetzt?«, fragte Canny. »Wo sollen wir hin?«

»Bitte lass mich zurückgehen«, flehte ich Jared an.

Er schüttelte den Kopf. »Ich kann nicht. Dir darf nichts geschehen. Drystan und ich werden das nicht zulassen. Deshalb bin ich hier bei dir und stehe nicht neben ihm und Vater auf dem Schlachtfeld.«

»Wann genau habt ihr euch eigentlich verbrüdert?«, platzte es aus mir heraus.

»Als du auf ihn gesetzt hast und ich gegen ihn kämpfte, habe ich gespürt, dass meine Seele der seinen gleicht«, erwiderte er.

Ich presste die Fäuste gegen meine Stirn. Was sollte ich nur tun? Jared würde mich niemals allein ziehen lassen. Er würde mich begleiten und meinetwegen in Gefahr geraten. Hier war er momentan sicher.

»Es zerreißt mich, Jared. Ich muss zurück.«

Er zog mich erneut in seine Arme. »Ich versuche, das Richtige zu tun. Auch ich möchte zurück und an seiner Seite kämpfen, stattdessen bin ich hier, um dich von dort fernzuhalten.«

»Ich muss ihm beistehen«, flüsterte ich.

»Drystan muss sich auf den Kampf konzentrieren. Die Sorge um dich würde ihn nur ablenken und schwächen. Versteh doch, wir helfen ihm genau dadurch, indem wir fliehen und er dich in Sicherheit weiß.«

Ich seufzte. »Dann werde ich mich im Wald verstecken. Auf keinen Fall werde ich mich noch weiter von ihm entfernen.«

Er nickte. »Einverstanden.«

Ich lief entschlossen los.

»Und was machen wir mit den Pferden?«, fragte Will.

»Wir lassen sie hier«, erwiderte Jared und folgte mir.

Vater hatte Elena, ihre Jungs und die anderen Frauen angewiesen, sich im Wald einen Schlupfwinkel zu suchen und dort verborgen zu bleiben. Wo sie wohl waren?

»Jenna …« Jared hielt mich auf. »Du läufst zurück.« Er rügte mich mit seinem Blick. »Wir werden uns genau hier ein Versteck suchen.«

Die vier schauten sich nach einem Unterschlupf um, ich hingegen machte mich kurz entschlossen daran, den Baum neben mir hinaufzuklettern.

»Was soll das denn werden?«, stieß Conner aus.

»Es gibt kein besseres Versteck als die Wipfel«, sagte ich. »Reiter, die in Eile sind, schauen auf den Weg vor sich und nicht nach oben.«

Wenn ich bis ganz oben hinaufkletterte, konnte ich vielleicht bis zur Ebene zurückschauen. Aber das erwähnte ich nicht, da Jared mich sicherlich von diesem Vorhaben abhalten würde.

»Das ist mir viel zu hoch«, protestierte Conner. »Außerdem komme ich da niemals rauf.«

»Geht mir genauso«, entgegnete Will. »Mit einem Arm gestaltet sich das Klettern schwierig.«

Ich sah nach unten, wo Canny neben den beiden stand und mir unschlüssig nachschaute.

»Dann sucht euch etwas anderes«, forderte ich sie auf und deutete hinter die drei. »Dort hinten stehen dicht bewachsene Büsche, da könnt ihr euch unter den Zweigen verstecken.«

Jared war direkt hinter mir. Zu Hause waren wir schon oft auf unseren Lebensbaum geklettert, weil die Aussicht vom Giganten des Ewigen Waldes atemberaubend war.

»Das reicht«, sagte Jared. »Wir sind hoch genug.«

»Nur noch ein Stück.« Die Äste wurden immer dichter. Zu meiner Enttäuschung konnte ich nicht über die anderen Baumkronen hinwegsehen.

Jared und ich setzten uns auf einen starken Ast. Unten waren Canny, Will und Conner im Gestrüpp verschwunden. Das dichte Blätterdach ließe nur gebündeltes Licht hindurch, das in Streifen auf die Stämme und den Waldboden traf. Der Wind brachte die Zweige ins Schwanken und spielte mit den Blättern. Ihr Rascheln und der Gesang der Vögel umgaben uns. Irgendwo hämmerte ein Specht. Die Natur, das Leben, die Zeit – alles nahm weiterhin seinen gewohnten Lauf, ohne sich für die Begebenheiten auf der Ebene zu interessieren. Dabei war meine Welt gerade am Zerbrechen.

Eine Weile sahen Jared und ich uns schweigend an. Ich spürte seine Emotionen, die den meinen glichen. Die Ungewissheit machte ihm ebenso zu schaffen wie mir.

Plötzlich wurde er unruhig. »Hörst du das?« Er verlagerte sein Gewicht und spähte durch die Äste nach unten.

Ich hielt die Luft an und lauschte.

»Das sind unsere Leute«, stieß er erleichtert aus und machte sich sogleich an den Abstieg.

Ich folgte ihm umgehend. Als Jared unten angekommen war, breitete er die Arme aus und fing mich auf.

Grimmt kam vor den anderen in unsere Sichtweite. Er trug die beiden Jungs auf seinen Armen, Elena ging dicht hinter ihm.

»Was macht ihr noch hier?«, rief er, als er uns bemerkte.

Ich stellte mich auf die Zehenspitzen und hielt nach Drystan und Vater Ausschau. Alle waren so ruhig – beängstigend ruhig. Die gespenstische Stimmung ließ mich erschaudern. Keiner sah auf, sie sahen bedrückt zu Boden. Doch sie lebten, waren entkommen. Was ging hier vor?

So viele Fragen wirbelten durch meinen Kopf, aber ich brachte kein Wort über die Lippen. Erst als ich Ryan und Vater zwischen den Bäumen entdeckte, fand ich zu mir und rannte ihnen entgegen.

Warum musste Ryan Vater stützen? Er hatte sich seinen Arm um die Schultern gelegt und half ihm beim Gehen. Anscheinend war er betäubt worden. Ich konnte Drystan nicht sehen. Wo war er? Hinter ihnen kam niemand mehr, sie waren die Letzten. Ich ließ meinen Blick über die Ankömmlinge schweifen. Vielleicht hatte ich ihn übersehen? Er musste hier irgendwo sein.

Jared überholte mich. »Ich kann euch gar nicht sagen, wie froh ich bin, euch zu sehen.«

Ich war stehen geblieben, obwohl ich noch einige Schritte von ihnen entfernt war. Es war etwas Unsichtbares, das mich zurückhielt. Worte, die noch nicht gesagt worden waren, von denen ich jedoch ahnte, dass ihre Bedeutung mir den Boden unter den Füßen wegreißen würde. Ich schaffte es nicht, die letzte Distanz zu überbrücken – ich war wie gelähmt.

Als Vater sich auf einem kleinen Felsen niederließ, stützte Ryan ihn weiterhin. Jede seiner Bewegungen war mühsam.

»Wie habt ihr es geschafft, vor dieser Übermacht zu fliehen?«, fragte Jared.

Vaters Blick war von Traurigkeit getrübt. »Drystan hat mir das Leben gerettet«, sprach er mit schwerer Zunge. Die Nachwirkung des Gifts bereitete ihm Schwierigkeiten beim Reden. »Er hat uns gerettet. Wir haben nun freies Geleit und McGees Zusage, unser Schiff zurückzuerhalten.« Vater sah mich an und legte den Kopf schräg. Was auch immer er mir sagen wollte, er brachte es nicht über die Lippen.

»Drystan hat sich für uns geopfert«, flüsterte Ryan. »Er war alles, was McGee wollte.«

Mich verließ jegliche Kraft. Da meine wackeligen Beine unter mir nachgaben, setzte ich mich auf den Boden. Ich realisierte, dass Canny und Jared zu mir eilten und sich besorgt zu meinen Seiten niederließen. Das Rauschen in meinen Ohren übertönte ihre Worte. Es war mein Herzschlag, dem ich lauschte, und meine Seele, nach der ich tief in meinem Inneren suchte. Ryan irrte sich. Ich würde spüren, wenn Drystan diese Welt verließ. Er lebte!

»Als wir abzogen, haben wir McGee verkünden hören, dass Drystan heute öffentlich hingerichtet werden soll«, sagte Kommandant Ramsay.

Übelkeit stieg in mir auf. Ich beugte mich vornüber und erbrach augenblicklich.

»Ich kann das auf keinen Fall mit meinem Gewissen vereinbaren«, sagte Vater. »Wir dürfen den Jungen nicht im Stich lassen, wo er sich doch unseretwegen in Gefahr befindet.«

»Es gibt keine Alternative«, erwiderte Ryan. »Von unserer Garde ist weit und breit nichts zu sehen, und Drystan erwartet schon heute seine Hinrichtung in McGees Hauptsitz, wo es von unseren Feinden wimmelt. Es wäre fatal, unsere Freiheit aufs Spiel zu setzen. Wir können ihn nicht retten.«

»Vielleicht können wir ihm beistehen, indem wir bei seinen letzten Atemzügen bei ihm sind«, entgegnete Grimmt. »Er sollte wissen, dass er nicht allein ist und unvergessen bleibt.«

Ich spuckte nochmals aus, um den bitteren Geschmack aus meinem Mund zu bekommen. Kraftlos lehnte ich mich gegen Jared, der nach wie vor bei mir kniete und mich in seinen Armen hielt. Canny streichelte mir unentwegt über den Rücken.

Vater rappelte sich auf und wandte sich an Kommandant Ramsay. »Du trägst die Pergamentrolle und den Siegelring bei dir. Nehmt den direkten Weg zum Haupthafen, geht an Bord unseres Schiffes und wartet dort auf mich«, befahl er ihm.

Pergamentrolle? Siegelring? Ich hatte keine Ahnung, was das zu bedeuten hatte, und im Grunde war es mir auch egal. In meinem Kopf herrschte vollkommene Leere. Ich sagte nichts, ich tat nichts, ich starrte nur vor mich hin.

»Ich werde zur Burg aufbrechen und mich unters Volk mischen, um Drystan die letzte Ehre zu erweisen«, sagte Vater bestimmt. »Wer kommt mit mir?«

Die schwere Kette schliff klirrend zwischen seinen Fußgelenken über die Grasfläche und gestattete ihm nur kleine Schritte. Seine Handgelenke waren hinter seinem Rücken mit Eisenringen gesichert, die ihm schmerzhaft ins Fleisch schnitten.

Der Hüne trat ihm von hinten in die Beine, woraufhin Drystan nach vorn auf die Knie sackte. Er ignorierte das Gejohle der Männer und rappelte sich auf. Kaum war er wieder auf den Beinen, stieß man ihn erneut vorwärts.

Die demütigende Prozedur musste er den ganzen Weg über die Ebene über sich ergehen lassen, doch als man ihn über die Hängebrücke durch das Torhaus in die Stadt führte, ahnte er, es würde weitaus schlimmer werden.

McGee ritt stolz vor ihm her, als hätte er ihn höchstpersönlich im Zweikampf besiegt. Drystan und der Hüne folgten ihm zu Fuß, danach kamen die Reiter. Der Klang der Pferdehufe schallte durch die gepflasterte Gasse, die die Anwohner zu beiden Seiten säumten, um McGees triumphalen Einzug zu sehen.

»Macht Platz«, schrie der Hüne und schubste ihn erneut. »Dieser Rebell ist des Hochverrats angeklagt und wird in einer Stunde auf dem Marktplatz hingerichtet.«

Nach dieser Information wurde Drystan von Schimpfparolen begleitet. Einige spuckten ihm vor die Füße.

Drystan starrte nach vorn auf McGees roten Umhang und erinnerte sich beim Anblick des darauf abgebildeten Symbols an die weiße Wölfin. Er wollte sich dazu zwingen, nicht an Jenna zu denken, weil der Gedanke an sie alles nur schwerer machte. Aber wohin er auch sah oder auf was er sich besann – sie war allgegenwärtig. Bevor er Jenna getroffen hatte, wäre ihm der Abschied vom Leben leichtgefallen. Jetzt wünschte er, er könnte bleiben.

Er versuchte, das Geschrei und die Verleumdungen auszublenden und betrachtete stattdessen die Gesindehäuser, die Werkstätten und die Schenke, an denen sie vorüberliefen. Die Nachricht über das bevorstehende Ereignis verbreitete sich wie ein Lauffeuer, denn der große Platz, den sie überquerten, füllte sich in Windeseile. Zwei Stadtwachen traten noch zusätzlich neben dem Hünen an seine Seite und geleiteten ihn durch die Menge in Richtung eines Podestes, das am Ende des Marktplatzes als seine Richtstätte auf ihn wartete.

Im Hintergrund ragte die Burg auf einer Anhöhe empor, die dort von einer weiteren Mauer umgeben war. Drystan schaute zu dem beeindruckenden Bauwerk hinauf, dessen sechs Turmspitzen mit dem Wahrzeichen Darkonas beflaggt waren – dem Clanwappen seiner Familie. Dies war die Burg seines Vaters, sein rechtmäßiges Zuhause, sein Erbe. Es war eine grausame Fügung des Schicksals, diesen Ort heute zum ersten Mal zu sehen und hier am selben Tag den Tod zu finden.

»Bereitet die Hinrichtung vor«, rief McGee. »Ich will diesen Verräter vor Sonnenuntergang tot sehen.« Er saß von seinem Pferd ab und wandte sich zu ihm um.

Drystan straffte die Schultern und hob das Kinn. Betont selbstbewusst sah er in McGees graue Augen, die aus seinem geröteten und verschwitzten Gesicht hervorstachen.

Dieser Mann war kein Kämpfer. Er besaß nicht die Kraft und den Mut, die dafür notwendig waren, aber er war scharfsinnig und verstand sich darin, andere zu beeinflussen und als seine Lakaien auszunutzen. Er spann die Intrigen, die Drecksarbeit überließ er anderen.

»Dein Leben hätte anders verlaufen können, wenn du mir an deinem achtzehnten Geburtstag deine Treue geschworen hättest«, stieß McGee aus. »Ich hätte dich zu meinem Kommandanten erkoren und wir hätten gemeinsam viele Siege errungen. Doch als ich dir diesen Rang angeboten habe, hast du dich mir verweigert und jetzt wolltest du dich sogar gegen mich auflehnen.« Er verengte die Augen und musterte ihn von oben bis unten. »Welche Verschwendung, einen so begnadeten Krieger dem Henker zu übergeben.«

Drystan wollte ihn anschreien, beschimpfen, verfluchen, ihm Schmerzen zufügen, ihn brechen, ihn töten. Aber er lag in Ketten und war sein Gefangener. Er würde ihm nicht die Genugtuung geben, vor ihm die Fassung zu verlieren. Besiegen konnte er ihn nicht mehr. Alles, was er noch tun konnte, war, seine Achtung zu bewahren und ehrenvoll zugrunde zu gehen. Also schwieg er und machte stattdessen nur einen ruckartigen Schritt auf McGee zu, woraufhin dieser hastig zurückwich und der Hüne ihn von ihm wegdrängte.

Vier Stadtwachen waren nötig, um Drystan in eine Kammer unter das Podest seiner Richtstätte zu schleifen, wo er vorerst vor der versammelten Menge verborgen blieb. Sie banden ihn an einem Holzbalken fest und stellten sich zu seiner Bewachung auf. Bis die Vorbereitungen abgeschlossen waren, musste er hier auf seine Hinrichtung warten. Sein Ende war nah.

30.
Ehre

Ich konzentrierte mich auf mein Herz. Noch war es unbeschädigt und schlug im selben Rhythmus wie das von Drystan. In dem Moment, in dem sein Herz stehen blieb, würde es brechen und für immer aus dem Takt geraten. Ich würde sofort wissen, wenn er von mir gegangen war.

Vater hatte die letzten Auswirkungen des Gifts überwunden und lief mit Jared, Grimmt, Ryan und Gregor schweigsam neben mir her. Wir waren nur eine kleine Gruppe, der niemand Beachtung schenken würde. Um unter den anderen Leuten nicht aufzufallen, hatten Vater und Ryan sich umgezogen. Sie trugen nicht mehr die Kleidung der Friedensgarde, sondern die von einfachen Bauern. Alle anderen waren mit Kommandant Ramsay zur Küste aufgebrochen, weil Vater es ihnen so befohlen hatte.

Es gab keine Möglichkeit, Drystan zu retten. Aber wir wollten als Familie bei ihm sein, wenn er von uns ging. Vater hatte nicht einmal versucht, Jared und mich davon abzuhalten, ihn zur Burg zu begleiten. Vielleicht wäre ich ihm sogar dankbar gewesen, wenn er es getan hätte.

Ich wollte zu Drystan, wollte ihn ein letztes Mal sehen und ihn spüren lassen, dass ich bei ihm war – immer bei ihm sein würde. Doch wie sollte ich es ertragen, ihm beim Sterben zuzusehen? Mit ihm würde ich einen Teil meiner selbst verlieren. Ich liebte ihn über alles, war für ihn bestimmt, so wie er es für mich war.

Wir verließen den Wald und überquerten die Ebene, die zur Burg führte. Die bevorstehende Hinrichtung hatte sich schon herumgesprochen, es hatten sich von außerhalb der Stadt Schaulustige auf den Weg gemacht.

Jared hielt meine Hand. Ihm machte das, was uns bevorstand, genauso viel Angst wie mir. Wir wussten nicht, wie Drystans Verlust mich verändern würde, ob ich danach trotz seines Beistandes verloren war. Ich bewahrte nur für ihn die Fassung. Innerlich war ich ein Wrack, ein Schatten meiner selbst. Meine Tränen waren versiegt – meine Seele war in Aufruhr.

»Ich kann nicht glauben, wie übel das Schicksal den McKays mitspielt«, sagte Vater und brach somit das lang anhaltende Schweigen. »Der Junge hat in seinem kurzen Leben schon so viel durchmachen müssen und hat trotzdem nicht aufgegeben. Er ist etwas Besonderes und hat es verdammt noch mal verdient, glücklich zu werden.«

»Er wird nun zumindest seine Ruhe finden«, erwiderte Grimmt kaum hörbar.

Der Klumpen in meiner Brust schwoll ins Unerträgliche an. »Wenn das Volk erkennen würde, wer er ist …«

»Das würde nichts bringen«, entgegnete Gregor. »Sie hätten Angst vor ihm, weil sie seine Mutter für eine Hexe hielten. Durch ihren Aberglauben konnte es erst zu all dem Unglück kommen.«

»Aberglaube … Manche Legenden sind allerdings wahr«, sagte Vater. »Die Darkonaer verehren den weißen Wolf. Ein solch heiliges Tier wurde seit McKays Tod niemals wieder gesichtet, doch als …«

Ich blieb abrupt stehen. »Drystan und ich sind einer weißen Wölfin begegnet«, brach es aus mir heraus. »Und bevor ich nach Darkona kam, habe ich bereits von Drystan und der weißen Wölfin geträumt.«

Alle waren stehen geblieben und schauten mich an.

»Ja, ich habe sie ebenfalls gesehen.« Vater fasste mich an den Schultern. »Die Wölfin hat Drystan und mich auf eure Spur geführt. Sie hat uns geholfen.«

Grimmt nickte nachdenklich. »Dieses Wolfsheulen im Wald … Wenn es so ist, wie ihr sagt, dann wollten uns die Wölfe wirklich vor dem Überfall warnen.«

Mein Herz überschlug sich fast vor Aufregung. Ich ließ Jared los und lief rückwärts.

»Was hast du vor?«, fragten er und Vater gleichzeitig. Sie wollten mir folgen, doch ich hob die Hand und bedeutete ihnen somit, zurückzubleiben.

»Bitte vertraut mir. Ich muss allein gehen.«

»Wohin?«, erkundigte sich Vater.

»Geht und lasst Drystan sehen, dass ihr da seid.« Ich drehte mich um und rannte zurück zum Wald. »Sagt ihm, er soll die Wölfin rufen.« Ich wusste nun, was ich zu tun hatte. Mein größter Gegner war die Zeit.

Die Wachen ließen ihn nicht aus den Augen. Er brauchte nur die kleinste Bewegung machen und schon hoben sie warnend die Armbrüste und visierten ihn an. Das Gift würde bei ihm nicht wirken. Er könnte sich aber bewusstlos stellen, um seine Hinrichtung hinauszuzögern. Um ihn leiden zu sehen, würde McGee ihn bei Bewusstsein halten wollen, wenn er dem Tod ins Auge blickte. Drystan wollte die Angst nicht zulassen, aber sie war allgegenwärtig und nahm mit jedem Herzschlag, den er hier warten musste, weiter zu. Je schneller es vorbei war, desto besser.

Draußen stieg der Lärmpegel an. Die Leute konnten die Hinrichtung kaum erwarten. Drystan konnte nicht verstehen, warum sie so erpicht darauf waren, einem solch grausamen Ritual freiwillig beizuwohnen. Er konnte sich einen weitaus besseren Zeitvertreib vorstellen, als bei der Enthauptung eines Mannes zuzusehen.

Die Holzplanken über seinem Kopf schwankten unter den Schritten derer, die seine Richtstätte für ihn vorbereiteten. Die ganze Zeit starrte er zu der schiefen, löchrigen Tür, die ihn von der tobenden Menge trennte, und zuckte zusammen, als sie plötzlich aufgerissen wurde.

»Bringt den Gefangenen zu mir«, befahl der Hüne, der sich beugen musste, um in die Kammer eintreten zu können. Er trug eine lange rote Tunika mit einem breiten schwarzen Gürtel. Als die Stadtwachen Drystan von dem Balken losbanden, trat er näher. »Ich werde heute dein Scharfrichter sein«, ließ er ihn wissen, spuckte sich in die Hände und zog sich dann eine Henkersmaske über den Kopf, die sein Gesicht bis zur Nasenspitze verhüllte.

Drystan folgte ihm ohne zu zögern nach draußen. Innerlich brach er bereits zusammen, äußerlich wirkte er gefasst. Er hoffte, seine Haltung bis zum Schluss vor McGee aufrechterhalten zu können. Die Genugtuung darüber, ihn gebrochen zu haben, wollte er ihm nicht zugestehen.

Die Schaulustigen, die sich auf dem Marktplatz eingefunden hatten, stellten ihre Rufe ein, sobald sie ihn sahen. Auch aus den Fenstern der umliegenden Häuser bedachten sie ihn mit ihrer Aufmerksamkeit, selbst die Dächer nutzten einige, um einen guten Blick auf das Geschehen zu haben.

Unter leisem Gemurmel und dem Klirren seiner Ketten geleiteten ihn vier Stadtwachen die Treppe zum Podest hinauf, wo der Richtblock unheilvoll auf ihn wartete. Das schwere, zweihändig zu handhabende Henkersbeil lehnte an ihm, die geschärfte Schneide glänzte bedrohlich.

Ein kalter Schauer lief über seinen Rücken. Er versuchte die Richtstätte und die erwartungsvolle Menge auszublenden und schaute zum Himmel hinauf, an dem vereinzelte Schleierwolken gemütlich vorüberzogen. Wie gern hätte er noch einmal gesehen, wie die untergehende Sonne die Wolken glühend einfärbte.

Drystan dachte an Jenna – an ihre saphirblauen Augen, an ihr Lächeln und daran, wie es sich angefühlt hatte, sie in den Armen zu halten. Der Gedanke daran, sie verlassen zu müssen, quälte ihn. Aber seine Seele würde in ihr weiterleben. Er wollte, dass sie all das tat, was er sich immer gewünscht hatte. Jenna sollte ihr Leben in vollen Zügen genießen und glücklich sein. Die Welt hatte ihr so viel zu bieten. Er musste jetzt loslassen.

»Dieser Junge wird des Hochverrats angeklagt«, schrie John McGee. Er stand auf einem weiteren Podest, das sich hinter der Richtstätte befand. »Sein Tod durch das Henkersbeil soll für alle Rebellen eine Warnung sein – denn jeden Einzelnen, der es wagt, sich gegen mich zu stellen, wird das gleiche Schicksal ereilen.«

In der Menge kam Unruhe auf.

McGee machte es sich auf einem hochlehnigen Stuhl bequem und bedeutete dem Scharfrichter, die Todesstrafe zu vollstrecken.

Als die Stadtwachen Drystan zu dem Holzblock stießen, fühlte er sich, als hätte man ihm sämtliche Luft aus den Lungen gepresst. Sie befreiten ihn von den Ketten, banden seine Handgelenke hinter seinem Rücken zusammen und zwangen ihn vor dem Richtblock in die Knie. Vereinzelt hörte man leise Rufe um Gnade.

Der Hüne riss an Drystans Hemd und streifte es ihm über die Schultern. Er griff nach dem Henkersbeil und ließ die scharfe Schneide betont langsam über die Holzdielen des Podestes schleifen. »Ob ich heute wohl einen guten Tag habe und nur einen Schlag brauche, um deinen Kopf vom Rumpf zu trennen?«

Drystan rang nach Atem.

»Werden dem Verurteilten keine letzten Worte gewährt, so wie es üblich ist?«, rief jemand aus der Menge.

»Bedenke, du musst schweigen, sonst ist die Vereinbarung hinfällig«, ermahnte der Henker ihn, ehe er die aufgebrachte Menge anbrüllte, um für Ruhe zu sorgen.

Drystan hob ein letztes Mal den Kopf. Sein Blick fiel auf einen kleinen Jungen, der auf den Schultern seines Vaters saß. Am liebsten hätte er den Mann eigenhändig vom Platz gezerrt, um dem Kind das nachfolgende Erlebnis zu ersparen.

Die Anwesenden warteten auf seine Worte, aber Drystan blieb stumm.

»Dann werde ich für ihn sprechen«, rief jemand.

Drystan erkannte Jareds Stimme und zuckte unwillkürlich zusammen. Er suchte ihn in der Menge, bis er ihn erblickte. Was tat er hier? Sie sollten doch längst in Sicherheit sein.

»Dies ist Drystan McKay, der Sohn von Darius McKay und Erbe des Throns von Darkona«, rief Jared laut und deutlich, damit ihn alle gut verstehen konnten. Er nickte Drystan ermutigend zu.

»Ergreift ihn«, brüllte McGee und sprang von seinem bequemen Stuhl auf.

Daraufhin bahnten sich einige Männer der Stadtwache einen Weg durch die Masse, um zu Jared zu gelangen.

»John McGee hat euch benutzt und getäuscht, um Darius McKay zu stürzen und selbst an die Macht gelangen zu können«, schrie Jared noch hastig, ehe sie ihn erreichten.

Kaum hatten sie ihn gepackt, ertönte von einer völlig anderen Stelle, aus den hinteren Reihen der Menge, eine tiefe Stimme. »McKays Frau war keine Hexe. Sie war ein unschuldiges Opfer von McGees Intrigen«, rief Grimmt und zeigte mit dem Finger auf den jetzigen Clanführer. »Ihre Söhne musste sie hinter Gefängnismauern auf die Welt bringen, damit ihr McKays Nachkommen nicht zu Gesicht bekommt.«

McGee schäumte vor Wut. »Bringt diese Aufrührer endlich zum Schweigen.« Er lief unruhig auf seinem Podest auf und ab.

Die Anwesenden steckten die Köpfe zusammen und diskutierten, während die Wachen auch Grimmt in Gewahrsam nahmen.

»Darius McKays Sohn ist aus dem Gefängnis entkommen, er ist hier bei euch«, meldete sich nun Gregor inmitten der Masse zu Wort. »Lasst euch nicht länger von McGee blenden.«

»Lügner«, schrie McGee. »Ihr seid alle Lügner. Es könnte jeder dahergelaufene Bauer behaupten, ein Spross McKays zu sein.«

Drystan schüttelte fassungslos den Kopf. Er hatte sich McGee ausgeliefert und auf seine Rache verzichtet, um ihnen die Flucht zu ermöglichen. Und sie hatten nichts Besseres zu tun, als für ihn die Helden zu spielen und ihr Leben aufs Spiel zu setzen.

Als man seine Freunde zu ihm aufs Podest führte, seufzte er auf. Das Richtbeil war nun nicht mehr für ihn allein bestimmt. Er sah sich panisch nach Jenna um. War wenigstens sie in Sicherheit? Jared war hier bei ihm. Sie brauchte zumindest einen von ihnen an ihrer Seite.

»Mein Name ist Jake McAlaster.« Alle blickten auf, da Jake vom Dach eines Hauses auf die Menge herabsah. »Ich bin Clanführer im Ewigen Wald und Initiator der Friedensgarde. In Anbetracht der mir anvertrauten Befehlsgewalt, klage ich John McGee hiermit der Meuterei und des Mordes an.«

»Auf Darkona hast du keinerlei Macht«, stieß McGee aus. »Du verleumdest mich? Ohne Beweise unterschreibst du gerade dein eigenes Todesurteil. Hier ist es egal, ob du der große Jake McAlaster bist oder nicht.«

»Der weiße Wolf wird von euch verehrt – er ist Darkonas Wahrzeichen«, rief Ryan, der ebenfalls in der Menge stand. »Seit

McKays Tod wurde niemals wieder ein solch heiliges Tier gesehen, denn McGee ist des Throns von Darkona nicht würdig.«

»Mit Drystan ist auch der weiße Wolf zu euch zurückgekehrt«, schrie Jake, dem sich mittlerweile einige Männer auf dem Dach vorsichtig annäherten.

Die Wachen drängten Jared neben Drystan auf die Knie, Grimmt und Gregor folgten, und es war nur noch eine Frage der Zeit, bis sie Ryan und Jake ebenfalls gefangen genommen hatten.

»Ich soll dir von Jenna ausrichten, dass du die Wölfin rufen sollst«, flüsterte Jared. Er zwinkerte ihm zu. »Jetzt wäre der passende Zeitpunkt.«

Drystan starrte ihn an. Jenna hatte Jared mit einer Botschaft zu ihm geschickt. Er zögerte nicht, sondern warf den Kopf in den Nacken und begann so laut wie möglich wie ein Wolf zu heulen.

Es herrschte unheimliche Stille.

»Was soll das werden?«, fragte McGee belustigt. »Willst du dich vor deinem Tod zum Narren machen?«

Man hörte vereinzeltes Gelächter. Als ihm ein Wolfsheulen antwortete, verstummten sie.

Nun, da Drystan die Wölfin in der Nähe wusste, gewann er neuen Mut. Er versuchte aufzustehen, aber der Hüne hielt ihn gewaltsam am Boden.

»Bring es zu Ende«, schrie McGee dem Scharfrichter zu.

Dieser packte das Henkersbeil mit beiden Händen. »Verbindet ihm die Augen und platziert ihn auf dem Holzblock«, befahl er zwei neben ihm stehenden Stadtwachen.

Die Männer stutzten, als Drystan sie mit einem warnenden Blick bedachte.

Im nächsten Moment vernahm man ein bedrohliches Knurren. Die Menge stob auseinander und bildete eine Gasse, an deren Ende Jenna zum Vorschein kam. Drystans Herz setzte bei ihrem

Anblick ein paar Takte aus. Ihr Haar wehte sanft im lauen Wind und ihr graues Kleid erstrahlte orangefarben im Licht der untergehenden Sonne. Das Abendrot legte sich im Hintergrund über den Himmel. Es war ein Naturschauspiel, von dem er nicht mehr zu hoffen gewagt hatte, es noch einmal erleben zu dürfen. Doch er lebte und Jenna war bei ihm, ebenso wie seine Freunde – seine Familie. Sie waren hier, weil sie an ihn und seine Bestimmung glaubten. Also war er es ihnen verdammt noch mal schuldig, es ebenfalls zu tun.

Jenna lächelte ihm bestärkend zu und trat einen Schritt zur Seite. Die weiße Wölfin stand direkt hinter ihr. In Anbetracht der vielen Umstehenden sträubte sie die Rückenhaare. Sie war sichtlich nervös.

Ein erstauntes Raunen ging durch die Menge.

Um die Aufmerksamkeit der Wölfin zu erwecken, gab Drystan ein erneutes Heulen von sich. Ihr Kopf schnellte zu ihm herum und sie setzte sich langsam und bedacht in Bewegung. Im Schein der Abendsonne wirkte sie wie ein Wesen aus einer anderen Welt. Der Weg zu Drystan öffnete sich, da die Masse vor ihr zurückwich. Je näher sie ihm kam, desto schneller wurde sie.

Bei ihrem Anblick war der Hüne neben Drystan zur Salzsäule erstarrt. Als das Tier jetzt mit einem Satz zu ihm hinaufsprang, die Zähne bleckte und tief knurrte, ließ er das Henkersbeil fallen und floh mit den anderen Stadtwachen vom Podest. Ihre Gebärde war eindeutig als Kampfbereitschaft zu verstehen.

»Das ist ein Zeichen«, rief jemand, als die Wölfin sich neben Drystan stellte und sein Kinn leckte.

Ein Tumult brach aus und alle schrien durcheinander. Ryan kletterte zu ihnen aufs Podest und durchtrennte Drystans Handfessel, bevor er Jared, Grimmt und Gregor zu Hilfe kam. Sobald Drystan befreit war, sprang er auf und ergriff das schwere Henkersbeil. Dann richtete er sich zur vollen Größe auf und streckte den Arm mit der Waffe in die Höhe.

»Erhebt euch gegen John McGee und kämpft an meiner Seite«, rief er der Menge zu. »Dieser Mann muss für seine Verbrechen bezahlen. Helft mir dabei, das Schicksal meiner Familie zu rächen, und ich werde euch im Namen meines Vaters vergeben.«

Viele grölten ihm begeistert zu, andere versuchten zu fliehen. Es kam unter den Umstehenden zu Kämpfen.

»Bring Jenna in Sicherheit«, forderte er Jared auf.

»Das übernimmt Grimmt«, erwiderte dieser. »Ich bleibe an deiner Seite, mein Bruder.« Er sah Drystan eindringlich an und legte ihm eine Hand auf die Schulter.

Drystan erwiderte die Geste und ließ seine Hand gleichzeitig auf Jareds Schulter ruhen. Es war nur eine flüchtige Zwiesprache, doch sie bezeugte ihren Zusammenhalt.

Ryan und Gregor nahmen Schwerter entgegen, die ein Mann ihnen auf das Podest reichte. Drystans Blick suchte Jenna. Er entdeckte sie vor dem Eingang der Schenke, wo Grimmt sie durch die Tür ins Haus drängte. Da er Jenna vorerst in Sicherheit wusste, atmete er erleichtert auf.

»McGee flieht«, rief Jake, der sich durch die aufgeheizte Menge einen Weg freikämpfte.

Drystan und Jared fuhren herum und schauten in die Richtung, in die Jake deutete. Eine große Freitreppe führte den Hügel bis zur Burg hinauf, deren Stufen McGee gemeinsam mit dem Hünen und einigen Wachen emporeilte.

»Ich habe diesen Augenblick seit meiner Kindheit herbeigesehnt«, sagte Drystan und sprang sogleich vom Podest, um McGees Verfolgung aufzunehmen. »Heute übe ich Rache.«

Die weiße Wölfin lief neben ihm her. Jared war direkt hinter ihnen. Doch als Drystan das Tempo erhöhte, fielen beide zurück.

»McGee …«, schrie er und nahm drei Stufen auf einmal.

Die Wachmänner wurden sich ihrer Verfolgung bewusst. Als sie hinter ihm die weiße Wölfin sahen, ließen sie ihre Schwerter fallen. Unter ihnen war auch der Schuldeneintreiber, der ergeben die Hände hob. McGee eilte allein weiter, nur der Hüne blieb bei ihm.

Bald darauf hatte Drystan die sich unterwerfenden Männer erreicht, ließ sie aber außer Acht und rannte an ihnen vorbei. McGee und sein Begleiter flohen durch das Burgtor, woraufhin das Fallgatter heruntergelassen wurde.

»Mein Name ist Drystan McKay«, rief er den Wachmännern zu, die von den Wehrgängen auf ihn herabspähten. »Im Namen meines Vaters befehle ich euch, das Fallgatter aufzuziehen und mir John McGee auszuhändigen.«

Inzwischen hatten Jared und die Wölfin zu ihm aufgeschlossen.

»Seht ihr Darkonas heiliges Tier?«, schrie Drystan zu den Wachen hinauf. »Die weiße Wölfin ist an meiner Seite. Es liegt an euch, ob sie euch vergeben oder verfluchen wird.«

Der Aberglaube des Volkes hatte seine Familie ins Unglück gestürzt. Vielleicht konnte er ihm in diesem Fall nützlich sein.

Das Henkersbeil lag schwer in seiner Hand. Er wollte gerade damit beginnen, auf das Fallgatter einzuschlagen, als es ächzend anruckte und langsam nach oben gezogen wurde.

Drystan nickte den Wachmännern dankend zu und sah noch kurz hinunter zum Marktplatz, wo die Männer, die sich auf ihre Seite geschlagen hatten, mit McGees Anhängern kämpften. Von der Anhöhe konnte man die ganze Stadt überblicken. Hinter der Mauer breitete sich die weite Ebene aus, auf der sich Hunderte schwarz gekleidete Männer der Stadt näherten.

»Das ist die Friedensgarde«, stieß Jared jubelnd aus.

Drystan legte den Kopf schräg. »Besser spät als nie.«

Sie wandten sich ab und drangen gemeinsam mit der Wölfin weiter in den Burgkern vor. Es war ein eigenartiges Gefühl, nun direkt vor dem riesigen Bauwerk zu stehen, das zu seines Vaters Lebzeiten im Besitz seiner Familie gewesen war. Diese prunkvolle Burg war sein rechtmäßiges Zuhause – sein Erbe. Wie sie hier wohl gelebt hatten? Ob sie glücklich gewesen waren?

Die Anwesenheit der weißen Wölfin gewährte ihnen sicheres Geleit. Die Wachen und die Bediensteten bedachten sie mit neugierigen Blicken, blieben jedoch auf Abstand.

»Wo hält sich McGee versteckt?«, fragte Drystan.

Er erhielt keine Antwort, ein kleiner Junge deutete nur zu einer Tür und lächelte ihn zögerlich an.

Drystan zwinkerte ihm zu und betrachtete dann die mit Nieten beschlagene zweiflügelige Holztür, durch die auch sein Vater getreten sein musste. Er bildete sich ein, die Seele des Verstorbenen wahrnehmen zu können. Für Drystan war die Hauptburg mit den privaten Gemächern ein ehrwürdiger Ort.

»Drystan …«

Jennas sanfte Stimme ließ ihn innehalten. Er drehte sich zu ihr um, als sie im selben Moment die Hand ihres Vaters losließ und auf ihn zurannte.

»Was machst du hier? Grimmt sollte dich …« Er verstummte und ließ das Henkersbeil sinken, da sie ihm in die Arme sprang und sich an ihm festklammerte.

Sein Herz überschlug sich vor Aufregung. Jenna war bei ihm. Aber war sie hier sicher? Er musste McGee und den Hünen suchen. Solange er nicht wusste, wo sie waren, rechnete er mit einem Hinterhalt.

»Sucht McGee und bringt diesen Verräter zu mir«, wies Jake seine Begleiter an.

Als Drystan sich über die Vielzahl der in die Hauptburg eindringenden Gardisten bewusst wurde, entspannte er sich zunehmend. Die Burg war nicht länger in McGees Hand, sondern wurde von ihnen erobert.

Um Jenna ins Gesicht sehen zu können, setzte er sie ab und erlag sofort dem Bann ihrer saphirblauen Augen, in deren Tiefe er den silbernen Glanz ihrer Seele erkennen konnte. Sie standen dicht beieinander und er grub seine Hände in ihr seidenweiches langes Haar.

»Ich liebe dich«, flüsterte er, ließ seine Lippen sanft über die ihren gleiten und verführte sie zu einem Kuss.

Jenna schmiegte sich an ihn. Ihre Lippen waren so warm, ihre Wangen so zart …

Jareds Räuspern holte ihn in die Realität zurück. Es fiel ihm schwer, sich von Jenna zu lösen, und sie reagierte ebenfalls nur zögernd auf Jareds Einwand.

»Wir haben McGee gefunden«, verkündete Jake.

»Wo ist er?« Drystan sah sich um.

»Folge mir.« Jake lief voran.

Drystan sah Jenna eindringlich an. »Ich möchte nicht, dass du in die Nähe dieses Mannes kommst.«

Jared trat neben sie. »Ich bleibe mit Jenna hier.«

Drystan legte ihm eine Hand auf die Schulter. »Danke – für alles.«

Er gab Jenna einen Kuss auf die Stirn und machte sich dann auf, um Jake zu folgen.

»Drystan …«, rief Jenna und brachte ihn dazu, sich nochmals nach ihr umzudrehen. »Ich liebe dich auch.«

Ihre Worte berührten sein Herz. Er lächelte und nickte ihr zu, bevor er sich endgültig abwandte und durch die Tür ins Innere der Burg trat.

Er begleitete Jake durch eine Empfangshalle, wo auf einem Sockel eine in weißen Stein geschlagene riesige Skulptur eines Wolfes stand.

Seine Wölfin lief dicht neben ihm. Er schaute auf sie hinab und streichelte über ihren Kopf.

Sie erreichten den Rittersaal, in dem sich viele Gardisten versammelt hatten. Prunkvolle Säulen stützten die hohe Decke, die mit farbenprächtigen Malereien versehen war. An den Wänden konnte man Gemälde bewundern. Schwere Vorhänge umrahmten die fast raumhohen Fenster. Sie hatten dieselbe rote Farbe wie der Teppich am Ende des Saals, der auf einer Empore ausgelegt war und auf der ein prunkvoll geschnitzter, hochlehniger Sitz aus dunklem Holz stand – der Thron Darkonas.

McGee saß mit erhobenem Kinn auf dem Thron, der Hüne stand direkt neben ihm. Vor ihnen hatten sich etwa fünfzig Wachmänner aufgestellt und schirmten ihren Clanführer vor den Gardisten ab.

»Gebt den Weg frei«, forderte Jake sie auf.

Die Männer bewegten sich keinen Schritt. Diese hier waren McGee untergeben, obwohl die weiße Wölfin anwesend war.

»Wollt ihr wirklich für diesen Mann euer Blut vergießen oder sogar eure Köpfe rollen lassen?«, fragte Drystan in die Runde und trat vor.

»Verlasst meinen Grund und Boden«, schrie McGee. »Meine Truppen sind hierher unterwegs und werden jeden Moment in der Burg eintreffen.«

»Wir sind einigen deiner Anhänger begegnet«, erwiderte ein Gardist. »Die kommen nicht mehr.«

Die Gardisten lachten.

»Sie kommen von den Küsten und strömen aus allen Richtungen zu mir«, sagte McGee mit einem boshaften Grinsen, ohne auf das Gelächter einzugehen.

»Dann werden sie dich nicht mehr lebend vorfinden, wenn sie hier auftauchen«, entgegnete Drystan. Er ergriff Jakes Schwert und lief auf McGees Männer zu. Als diese augenblicklich die Waffen hoben, stürmten die Gardisten los und bahnten Drystan den Weg frei.

Das Klirren von aufeinandertreffenden Klingen erfüllte den Saal. Es war ein blutiges Gemetzel, bei dem Drystan nicht zum Einsatz kam. Sobald ihm ein Mann zu nah kam, war ein Gardist zur Stelle, um ihm diesen vom Hals zu schaffen. Als er aus der Menge heraus auf die Empore trat, baute sich der Hüne schützend vor McGee auf. Dieses Mal ließ der Mann, der ihm zu Hilfe kam, sein Leben, und auch der nächste herbeieilende Gardist kam an der Reichweite des Riesen nicht vorbei und verlor durch dessen Schwertschlag seinen Kopf.

Drystans Blut pulsierte in seinen Adern. Wut und das unnachgiebige Verlangen nach Rache trieben ihn an. Er wich dem Angriff des Hünen aus, indem er sich hinwarf, sich blitzschnell bis zu dessen Füßen über den Boden rollte und ihm das Schwert seitlich in die Wade rammte. Drystan spürte, wie sich die Klinge im Knochen verkeilte. Er kam nicht dazu, sie herauszuziehen, da der Hüne ihn mit einer Hand am Hals packte und in die Höhe hob.

Er schlug um sich, darum bemüht, die Schwerthand des Mannes abzuwehren. Da sprang die weiße Wölfin den Hünen von hinten an und biss ihm ins Genick. Als er ihn daraufhin fallen ließ, um die Wölfin loszuwerden, zog Drystan die Klinge aus seiner Wade und jagte ihm das Schwert erneut in den Unterschenkel, wobei der Knochen brach.

Der Hüne sackte haltlos zusammen. Drystan trat ihm aufs Handgelenk und entwendete ihm das Schwert, als Jake ihm im selben Moment zu Hilfe eilte und den Gegner am Boden hielt.

Nun zögerte er nicht länger, sondern holte aus und schlug dem Mann mit einem kräftigen Hieb den Kopf ab.

Die wenigen, die von McGees Anhängern noch im Saal verblieben waren, hoben nun kapitulierend die Hände. Der Clanführer selbst war während der Kämpfe hinter dem Thron in Deckung gegangen. Er war von Gardisten umstellt und wusste um seine Niederlage.

McGees Gesicht war bleich. Er richtete sich auf, kam langsam hinter dem bedeutsamen Stuhl hervor und ließ sich erneut darauf nieder. Seine Hände schlossen sich fest um die Armlehnen.

»Es ist vorbei, John McGee«, sagte Jake. »Du hast intrigiert, gelogen und gemordet – damit ist jetzt Schluss. Heute wirst du für deine Verbrechen bezahlen.« Jake wandte sich zu Drystan um, der am Fuß der Empore stehen geblieben war. »Er gehört dir. Es ist dein Anrecht, über den Mörder deiner Familie zu richten.«

Alle sahen ihn erwartungsvoll an, nur McGee starrte angespannt zu Boden. Drystan betrachtete den Mann, der immer mehr in sich zusammenfiel und einen mitleiderregenden Anblick bot.

»Gnade …, Gnade …«, winselte er, als Drystan sich aufbäumte und mit großen Schritten auf ihn zulief.

Drystan packte ihn im Genick, zog ihn aus dem weich gepolsterten Sitz und schleuderte ihn mit voller Wucht die Empore hinunter. Noch ehe McGee sich aufrappeln konnte, packte er ihn erneut und schleifte ihn hinter sich her durch den Saal, durch die Eingangshalle, über den Innenhof. Dort nahm er das Henkersbeil an sich, ehe er McGee durch das Burgtor zerrte.

Jake, die Gardisten, Jared und Jenna – alle folgten ihm. Die Richtstätte auf dem Marktplatz war Drystans Ziel. Dort hatte er heute den Tod finden sollen – so wie sein Vater einst auf ebendiesem Platz durch das Henkersbeil gestorben war.

Drystan schaute von der Anhöhe zur Stadt hinab, an deren Ende er auch die Ebene sehen konnte, auf der sich das Rudel der weißen Wölfin herumtrieb.

Er hielt inne und stieß McGee zu Boden, der sofort von Gardisten umstellt wurde. Sein Blick schweifte suchend über die Anwesenden, bis er die Wölfin neben Jenna entdeckte. Als er in die Hocke ging, kam sie umgehend zu ihm gelaufen.

»Ich habe dir sehr viel zu verdanken«, sagte er und streichelte über ihr dichtes Fell. »Nun lauf zu deinem Rudel. Wir sehen uns bestimmt bald wieder.«

Sie saß vor ihm und sah ihm direkt in die Augen.

»Na, geh schon.«

Sie sprang auf und leckte ihm übers Gesicht. Dann schaute sie sich noch einmal nach Jenna um und rannte dann die Anhöhe hinab.

Auf dem Marktplatz brannten inzwischen Fackeln. Die Kämpfe waren eingestellt, doch die Anwohner der Stadt waren noch immer versammelt und bildeten eine Gasse, durch die die Wölfin hindurcheilte.

Drystan wartete, bis sie die Ebene erreicht hatte. Sie stieß zu ihrem Rudel und verschwand mit den anderen Wölfen im Wald.

Jenna trat neben ihn und lehnte ihren Kopf an seine Schulter. »Was wirst du jetzt mit McGee machen?«

Er legte den Arm um sie und zog sie näher zu sich.

»Du könntest ihn zur Gefängnisinsel bringen und sein Leben lang in der Zelle einsperren, in der du gesessen hast«, schlug sie vor.

Drystan erinnerte sich an die einsamen, kalten Nächte in seiner Gefängniszelle, an die nie enden wollenden Schmerzen, an Durst und Hunger, an die Zweikämpfe mit Cayden und an die Kämpfe auf Leben und Tod. All das hatte er nur ertragen, um heute hier zu stehen und an McGee Vergeltung üben zu können.

»Nein, Jenna. Ich kann erst mit meiner Vergangenheit abschließen, wenn ich diesen Mann tot weiß. Er darf keinen Schaden mehr anrichten können. Eher werde ich keine Ruhe finden.«

»McGee hat noch viele Anhänger auf Darkona«, sagte Jake hinter ihnen. »Er muss vor Zeugen sterben.«

Drystan küsste Jenna auf die Stirn. »Sieh dir das nicht an.« Er schob sie sanft von sich. »Ich werde tun, was ich tun muss.«

Jared trat an ihre Seite und nickte ihm zu.

Als die Gardisten McGee an ihn übergaben, bettelte dieser unaufhörlich um sein Leben. Aber Drystan stieß ihn ohne Mitleid die Freitreppe hinab. Das Volk sah ihm vom Marktplatz aus entgegen, und auch Grimmt, Ryan und Gregor erwarteten ihn dort. Sie alle würden Zeugen sein, wenn er McGee öffentlich hinrichtete.

In der Ferne vernahm er ein Wolfsheulen. Erste Sterne wurden am sich verdunkelnden Himmel sichtbar und verabschiedeten den Tag. Den morgigen würde dieser Verräter nicht mehr erleben, für Drystan hingegen fing das Leben erst an.

Epilog

Der Klang eines Horns verkündete unsere Ankunft. Ich stand auf dem Vorderdeck und lächelte. Das Schiff segelte durch die enge Passage, die von den steilen Klippen freigegeben wurde, und gelangte somit in unsere Bucht. Der Ewige Wald tat sich vor uns auf und brachte mein Herz in Aufruhr.

Jared trat neben mich und ergriff meine Hand. »Ich habe diesen Ort vermisst«, sagte er ehrfürchtig.

Drystan legte von hinten die Arme um mich und küsste mich in den Nacken. »Hier seid ihr also zu Hause.«

Ich nickte und lehnte mich an ihn. Sein Aufenthalt würde nur kurze Zeit andauern, doch ich war froh, dass er uns begleitet hatte. Kommandant Ramsay und die Friedensgarde waren auf Darkona geblieben, um dem Volk ein Gefühl der Sicherheit zu vermitteln. Bevor Drystan den Thron offiziell bestieg, musste er ein paar Tage zur Ruhe kommen. Es war furchtbar, was er alles durchmachen musste. Doch mit McGees Tod hatte er seine Rache bekommen und konnte nach vorn schauen.

Am Ufer trafen mehr und mehr Schaulustige ein, die uns mit Jubelschreien willkommen hießen. Mutter stand ganz vorn auf dem Steg. Als wir dort anlegten, gab es für Vater kein Halten mehr. Er kletterte am Schiffsrumpf hinunter, um schnellstmöglich bei seiner Seelenverwandten zu sein.

Es war herzzerreißend, die beiden zusammen zu sehen. Sie klammerten sich aneinander, als wollten sie sich nie mehr loslassen. Mutter weinte vor Erleichterung und Freude. Sie liebkosten sich mit ihren Blicken und streichelten gegenseitig ihre Gesichter, bevor sie sich endlich küssten.

Hand in Hand verließ ich mit Drystan das Schiff. Vater hatte Mutter im Traum schon von allen Begebenheiten berichtet und somit wusste sie bereits, wie es um Drystan und mich stand. Wir gehörten zusammen, und auch Jareds Seele war mit der von Drystan verbunden.

Sie breitete ihre Arme aus, um meinen Bruder und mich liebevoll zu empfangen. »Ich bin die letzten Tage vor Kummer mindestens hundert Jahre gealtert«, sagte sie. »Aber ich werde nicht mit euch schimpfen, weil ich jetzt einfach nur froh bin, euch wohlbehalten bei mir zu haben.«

Vater legte Drystan eine Hand auf die Schulter und drängte ihn näher zu uns heran. »Ich habe dir schon erzählt, was für eine bezaubernde Frau ich habe«, sagte er zu ihm. »Es ist mir eine große Freude, Sam und dich miteinander bekannt zu machen.«

Mutter zögerte nicht und zog Drystan in eine herzliche Umarmung.

»Drystan wird eine Weile bei uns bleiben und ich werde ihn in der Zwischenzeit auf seine zukünftigen Aufgaben als Clanführer vorbereiten«, erklärte Vater.

»Du wirst hier stets willkommen sein«, sagte Mutter und drückte Drystans Hände. »Du gehörst zu Jenna und Jared und somit zu unserer Familie. Unser Zuhause ist auch das deine.«

Drystan nickte ehrwürdig.

»Kommt und lasst uns eure Heimkehr feiern«, forderte sie uns auf. »Wir haben ein Fest für euch vorbereitet.«

»Da bin ich dabei.« Grimmt klatschte in die Hände. »Schenkt mir Wein ein und singt mit mir Lieder.«

Ryan lachte. »Na, das wird ein Spaß. Grimmt ist immer so charmant, wenn er betrunken ist.«

»Hatte ich schon erwähnt, wie sehr mir dieser Unsterbliche auf die Nerven geht«, sagte Grimmt und stieß Ryan beim Vorbeigehen unsanft zur Seite. »Kommt und setzt euch mit mir an einen Tisch«, forderte er die Umstehenden auf. »Ich berichte euch von unserem Abenteuer – von einem furchtlosen Jungen, einer weißen Wölfin … und von Conners Hintern.«

»Oh nein, das wirst du nicht tun.« Conner tänzelte neben Grimmt her und redete auf ihn ein.

Canny verdrehte die Augen, alle anderen lachten und machten sich auf, Grimmt zum Speisehaus zu folgen.

»Um ehrlich zu sein, würde ich jetzt viel lieber mit dir allein sein«, flüsterte mir Drystan ins Ohr. Sein warmer Atem streifte meinen Hals und jagte mir einen wohligen Schauer über den Rücken.

Als Antwort lächelte ich ihn an, ergriff seine Hand und rannte los. Wir überquerten den Tempelplatz, ließen das Speisehaus, die Weberei und die Schmiede hinter uns und betraten den Wald. Drystan sah staunend zu unseren großen Baumhäusern hinauf. Es war ersichtlich, wie sehr ihn unser Zuhause beeindruckte. Dabei hatte er das Beste noch nicht einmal gesehen. Ich schlug den Weg zu unserem Lebensbaum ein und drosselte das Tempo, damit Drystan die Atmosphäre des Ewigen Waldes genießen konnte.

Der Wind blies durch die Wipfel der gigantischen Bäume und verströmte den Duft der Wildblumen, die an den mächtigen Stämmen rankten. Wir kamen an der heißen Quelle vorbei, aus der Dampfschwaden aus dem Wasser stiegen und uns zu einem Bad einluden. Vorerst zog ich Drystan aber weiter. Ich wollte ihm noch mehr zeigen – am liebsten alles auf einmal.

Meine Ungeduld wuchs mit jedem Schritt, bis der größte Baum des Waldes endlich in unser Blickfeld kam. Er thronte inmitten der kleinen Insel, die von vier Flussarmen umgeben war. Sein Stamm gabelte sich, die Äste und Zweige waren miteinander verwachsen.

»Das ist Jareds und mein Lebensbaum«, flüsterte ich. »Hier ist unser Lieblingsort.«

Drystan sagte nichts. Er trat auf den kleinen Steg und schaute zu dem Giganten auf.

»Auf der Insel ist leider nicht genug Platz. Aber Jared und ich werden deinen Lebensbaum in der Nähe von unserem pflanzen.«

Drystan wandte sich mir zu und sah mich mit großen Augen an. »Ihr wollt einen Lebensbaum für mich pflanzen?«

Ich nickte. »Natürlich. Du wirst selbst einen Trieb von unserem Baum abschneiden, danach suchen wir gemeinsam einen schönen Platz aus.«

Er zog mich unvermittelt in seine Arme. Kein Blatt passte zwischen uns und ich musste den Kopf in den Nacken legen, um zu ihm aufschauen zu können. Ich verlor mich in der Tiefe seiner Augen, deren goldene Farbe sich mit dem silbernen Glanz seiner Seele vermischte. Er streichelte über die erhitzte Haut meiner Wange, bevor sein Daumen über meine Lippen glitt.

»Du raubst mir mein Herz und meine Seele – und ich lege sie dir zu Füßen. Solange es mir möglich ist, möchte ich für dich da sein und dir geben, was ich zu geben vermag. Du bedeutest mir alles – du bist mein Leben«, sagte er.

Würde Drystan mich nicht in seinen starken Armen halten, hätten meine weichen Knie wohl nachgegeben. Ich umfasste sein Gesicht mit beiden Händen und presste meine Lippen fordernd auf seine. Mit all meinen Sinnen wurde ich von ihm angezogen. Ich fühlte seine warme Haut und sein weiches Haar, roch seinen betörenden Duft und schmeckte seine verführerischen Lippen. Er berauschte mich und erweckte ein Verlangen in mir, das weit über diesen Kuss hinausging.

Als wir uns irgendwann schwer atmend voneinander lösten, lehnte Drystan seine Stirn gegen meine. Wir hielten uns nach wie vor eng umschlungen.

»Ich liebe dich, das beschreibt bei Weitem nicht, was ich für dich empfinde«, sagte ich mit zittriger Stimme.

Er lächelte glücklich. »Ich weiß.«

»Hab ich mir doch gedacht, dass ihr hier steckt«, rief Jared aus der Ferne. »Aber ihr müsst eure Zweisamkeit auf später verschieben. Die anderen wollen mit euch feiern.«

Wir liefen zu ihm und machten uns gemeinsam auf den Rückweg.

»Hast du Drystan die Wildpferde gezeigt?«, fragte er.

Ich schüttelte den Kopf. »Nein, Drystan ist ein Mensch. Sie würden ihn wittern und Reißaus nehmen, bevor wir die Lichtung erreichen.«

Jared blieb stehen. »Er ist kein gewöhnlicher Mensch und offen gesagt haben wir keine Ahnung, ob er sterblich oder unsterblich ist.«

»Hey, könnt ihr mal aufhören, so zu reden, als wäre ich nicht hier«, sagte Drystan. »Ich bin anwesend.«

»Vielleicht hast du recht«, entgegnete ich Jared.

»Das will ich jetzt wissen.« Er änderte die Richtung.

»Was will er wissen?«, erkundigte sich Drystan.

»Ob du dich den wilden Pferden nähern kannst«, rief Jared zurück.

»Sagtest du nicht, die anderen würden auf uns warten?«, fragte ich.

»Kommt schon. Die Zeit nehmen wir uns.« Er bedeutete uns, ihm zu folgen.

Wir rannten nebeneinander durch den Ewigen Wald, bis der Hügel in unser Sichtfeld kam, hinter dem sich die Lichtung verbarg.

»Wir müssen leise sein«, flüsterte Jared und ging schleichend voraus.

Wir stiegen in einer geduckten Haltung die Anhöhe hinauf und pirschten uns das letzte Stück auf allen vieren an. Unsere Köpfe hielten wir so weit wie möglich verborgen und blickten über die Kuppe.

Drystan hatte es geschafft, sich ihnen unbemerkt zu nähern. Er lag neben mir auf dem Bauch und bewunderte die Herde, der Hunderte der edlen Tiere angehörten.

»Nur noch wenige Wochen …«, flüsterte Jared. »Wenn Jenna und ich unseren achtzehnten Geburtstag feiern, dürfen wir nach einem eigenen Wildpferd Ausschau halten.«

»Jenna erzählte mir, diese Pferde lassen sich nicht einfangen und zähmen«, sagte Drystan. »Wie wollt ihr das also anstellen?«

»Es verhält sich ähnlich wie bei deiner Wölfin und dir. Sie hört auf deinen Ruf und vertraut dir«, erwiderte ich.

»Gibt es hier im Ewigen Wald Wölfe? Vielleicht habe ich auch zu denen eine Verbindung.« Drystan zwinkerte uns zu und begann wie ein Wolf zu heulen.

Eine riesige Staubwolke wirbelte auf, als sich die Herde aufgeschreckt in Bewegung setzte. Ein ohrenbetäubendes Trampeln hallte durch die Luft, das sich schnell entfernte und nach und nach leiser wurde.

Jared stand seufzend auf. »Na toll, jetzt hast du sie verjagt.«

Drystan lachte. »Tut mir leid, ich konnte einfach nicht widerstehen.«

Er stand ebenfalls auf und klopfte sich den Dreck von der Hose. Ich hingegen starrte auf die Lichtung, wo der Staub sich langsam legte und die Sicht klar wurde. Von der Herde war weit und breit nichts mehr zu sehen, nur ein einzelner grauer Hengst stand dort und schaute zu uns herüber.

»Dreht euch um und sagt mir, dass ich das nicht träume«, flüsterte ich.

»Ich fasse es nicht«, stieß Jared aus, als er den Hengst erblickte.

Nun sahen wir Drystan staunend an.

Er rieb sich die Schläfe. »Ähm … Und was hat das jetzt zu bedeuten?«

»Geh zu dem Wildpferd«, forderte ich ihn auf. »Es hat auf deinen Ruf reagiert. Wenn es sich von dir streicheln lässt, ist eurer Bund besiegelt und es wird dir sein Leben lang ergeben sein.«

Drystan zögerte, doch Jared und ich drängten ihn auf die Lichtung.

Wir sahen zu, wie er sich dem Tier vorsichtig näherte. Der Hengst verharrte mit erhobenem Haupt und musterte Drystan. Seine lange Mähne wehte majestätisch im Wind und brachte seine Wildheit zum Ausdruck. Als Drystan ihn erreichte, scharrte er kraftvoll mit dem Vorderhuf und schnaubte auf. Er wich nicht zurück und ließ sich von Drystan streicheln.

Während ich ihn fasziniert beobachtete, wurde mir plötzlich schwarz vor Augen. Ich verlor mich in der Finsternis und wollte panisch nach Drystan und Jared rufen. Aber meine Lippen blieben stumm.

Statt der Lichtung sah ich auf einmal eine fremde Umgebung vor mir. Graue raue Felswände ragten vor mir auf und ich hörte Schritte, die sich mir hastig näherten. Eine Gruppe Männer bog um die Ecke und kam direkt auf mich zu. Mir stockte der Atem, als ich an vorderster Front den Schuldeneintreiber McGees erkannte. Dieser Mann namens Travis hatte uns auf Darkona überfallen und verschleppt. Das letzte Mal hatte ich ihn gesehen, als Drystan und Vater uns befreit hatten und er zur Burg geflohen war.

Ich wollte weglaufen, konnte mich jedoch keinen Schritt bewegen. Als sie an mir vorüberkamen, liefen sie durch mich hindurch, als wäre ich Luft. Es war nur ein Traum …

Sie traten zu einem verrosteten Gitter in der felsigen Wand. Wo kam denn das auf einmal her? War das eine Gefängniszelle? Wieso hatte ich die vorher nicht gesehen?

Ich schaute mich hektisch um. Das hier war kein Gefängnis, sondern eine Gruft.

»Trete hervor, Cayden McKay«, stieß Travis verachtend aus.

Als ich das Rasseln von schweren Ketten vernahm, setzte mein Herz ein paar Schläge aus. Ein Junge trat aus dem Schatten der Zelle hervor und hob den Kopf, sodass ich ihn erkennen konnte. Meine Beine setzten sich von allein in Bewegung. Ich lief wie ein Geist durch die Männer hindurch und streckte die Hand nach dem vertrauten, geliebten Gesicht aus, das mir doch so fremd war. Er sah aus wie Drystan, aber seine Haare reichten ihm weit über die Schultern. Seine Gestalt war hager, seine Wangen eingefallen und in seinen goldenen Augen fehlte der silbrige Glanz.

»Dein Bruder ist aufsässig und hat vor, Darkonas Thron für sich zu beanspruchen«, sagte Travis und zog ihn an den schweren Ketten hinter sich her. »Bevor es zur Vereidigung kommen kann, werden wir ihn zur Strecke bringen, und du wirst uns dabei behilflich sein, ihn in eine Falle zu locken.«

Sie liefen davon und lösten sich gleichzeitig in Luft auf. Oder war ich es, die verschwand?

Tiefste Finsternis umgab mich, ich hatte das Gefühl, zu fallen. Jemand rüttelte an mir und rief meinen Namen. Ich fand langsam in die Wirklichkeit zurück und schlug die Augen auf.

»Jenna …«

Drystan und Jared beugten sich über mich. Sie halfen mir dabei, mich aufzusetzen.

»Was war mit dir los?« Drystan zog mich in seine Arme. »Geht es dir gut?«

»Du machst mir Angst, Schwesterherz.« Jared streichelte mir über den Rücken.

»Ich weiß nicht wirklich, was gerade passiert ist«, sagte ich. Mein Herz raste noch immer. »Ich glaube, ich habe geträumt.«

»Du bist plötzlich zusammengesackt. Seit wann überkommen uns unsere Träume mitten am Tag und ohne dass wir es wollen?« Jared sah mich beunruhigt an.

»Wenn es kein Traum war, war es eine Vision«, erwiderte ich. »Und die Erlebnisse der letzten Zeit haben mich gelehrt, an meine Träume zu glauben.« Ich nahm Drystans Hände in die meinen. »Cayden … Dein Bruder … Er lebt.«

Ende Band 1

Band 2:
Verbundene Seelen – Blutsbande
978-3-95991-505-2

Danksagung

Mein allergrößter Dank gebührt meinen treuen Lesern, die mich begleiten, seit mit meiner Verwandte-Seelen-Trilogie alles seinen Anfang nahm. Eure Begeisterung ist die größte Unterstützung und Motivation, die man sich vorstellen kann. Ihr seid der Wahnsinn! Danke für euer Vertrauen und eure Zeit. Ich freue mich riesig über eure Rezensionen und Nachrichten. Schreibt mir unter stevens.nica@gmail.com und ich verspreche, ich werde mir weiterhin große Mühe geben, all eure Mails zu beantworten. :)

Natürlich gilt mein Dank auch allen neuen Lesern, die ich mit Jenna und Drystan in ein Abenteuer entführen durfte. Ich hoffe sehr, dass ihr auch die Verwandte-Seelen-Trilogie und somit Samanthas und Jakes Geschichte lesen werdet. ;-)

Ich danke meiner Familie. Ihr steht mir mit Rat und Tat zur Seite, ertragt mein endloses Schreiben und lasst mir die Zeit, ohne die ich meinen Traum nicht hätte verwirklichen können.

Meinen besten Freunden, die mich stets ermutigen und inspirieren. Besonders erwähnen möchte ich hierbei Anne, Astrid, Ellen, Katja und Rene.

Dank an das großartige Team des Drachenmond Verlags.

Astrid, du bist die wundervollste Verlegerin der Welt. Deine Begeisterung und dein Ehrgeiz sind ansteckend. Ich bin glücklich, dich als meine Freundin bezeichnen zu können.

Ava, du bist so zauberhaft. Du hast die Geschichte auf Herz und Nieren geprüft. Dank dir ist sie weiter gewachsen und zu dem geworden, was sie jetzt ist. Ich drück dich.

Michaela, dein Korrektorat gab der Geschichte den letzten Schliff und hat sie dadurch noch besser gemacht.

Marlena, ich danke dir für deine Mühe, meine Zeilen in eine drucktaugliche Form gebracht zu haben.

Alex, du Covergott. Ich danke dir so sehr, dass du mir wieder ein grandioses Cover gezaubert hast. Du bist ein unglaubliches Talent und ein herzensguter Mensch.

Ein großes Dankeschön an meine Agentin Anna Mechler. Du unterstützt mich sehr und glaubst fest an mich. Wir sind bereits einen aufregenden Weg zusammen gegangen und ich freue mich auf den, der noch vor uns liegt.

Es gibt so viele liebe Menschen, die mich unterstützen. Ich kann nicht alle aufzählen, aber ich bin sehr dankbar, dass es euch in meinem Leben gibt. Fühlt euch umarmt.

Eure Nica

Nica Stevens

Verbundene Seelen – Blutsbande

ISBN: 978-3-95991-505-2, Klappenbroschur, EUR 14,90

Drystan ist gefangen in der Erinnerung an seinen Bruder. Getrieben von Rachsucht und Wut entfernt er sich immer mehr von Jenna. Um ihre Liebe zu retten, muss sie ihren Instinkten vertrauen und sich seiner schwarzen Seele stellen.
Doch dann schlägt das Schicksal zu und Jenna droht, sich selbst zu verlieren.

Nica Stevens

Verwandte Seelen – Die Trilogie

ISBN: 978-3-95991-500-7, Klappenbroschur, EUR 19,90

auch als Hörbuch erhältlich

Samanthas und Jakes Liebesgeschichte wuchs durch das große Interesse und die anhaltende Begeisterung der Leserinnen zu einer Bestseller-Trilogie heran, deren Romantik und Abenteuer alle Fantasy-Fans verzaubert.

Die neunzehnjährige Samantha weiß nicht, wer sie ist und welche tragende Rolle sie in der Beziehung zu den Unsterblichen spielt. Sie wehrt sich gegen deren Gesetze und ist mit anderen Menschen auf der Flucht. Als sie schließlich dem Feind in die Hände fällt, scheint ihr Schicksal besiegelt. Doch entgegen ihrer Befürchtung liefert der Unsterbliche Jake McAlaster sie nicht aus. Er ist abweisend und verwirrend aber auch faszinierend und unwiderstehlich. Samantha spürt, dass er etwas vor ihr verbirgt. Jedoch ahnt sie nicht, wie unwiderruflich sie schon längst mit ihm verbunden ist.

Lin Rina

Limea – Innerer Sturm

ISBN: 978-3-95991-274-7, kartoniert, EUR 14,90

Limea strebt danach, die beste Jägerin ihres Inselstammes zu werden. Als sie einen verletzten Fremdling am Strand findet, bringt sie es nicht über sich, ihn dem sicheren Tod auszuliefern. Stattdessen versteckt sie den Mann mit den silbernen Augen, der ihr das Gefühl gibt, den engen Regeln ihrer Kaste entfliehen zu können. Doch kann sie ihm auch trauen? Oder ist er die Ruhe vor dem Sturm, der sich bereits drohend am Horizont zusammenbraut? In einem Kampf auf Leben und Tod wird ihre Entscheidung Rettung oder Untergang bedeuten.

Liane Mars

Seelentraum – Das schlafende Wolkenvolk

ISBN: 978-3-95991-346-1, Klappenbroschur, EUR 19,90

»Ich liebe diese Frau«, sagte Elendar in die entstandene Stille.
»Um sie zu töten, musst du erst an mir vorbei.«

Wer sind die unheimlichen Fremden, die sich in den Wäldern rund um Siranys Dorf niedergelassen haben? Grausame Gerüchte eilen ihnen voraus. Sind sie wirklich die Krieger des schlimmsten Königs der Welt? Morden sie in seinem Namen? Ausgerechnet ihr Anführer Elendar rettet Sirany das Leben und freundet sich mit ihr an. Doch Elendars Zukunft ist so finster wie die Gerüchte, die sich um ihn ranken. Welche Verbindung gibt es zwischen ihm und dem schrecklichen König? Und warum will dieser Sirany töten? Um einander zu retten, müssen Elendar und Sirany einen Sturm entfachen. Einen Sturm, der Grenzen verschiebt, Könige stürzt und Völker vereint..

Jo Schneider

Dem Feuer die Seele (Band I der Drei Kronen Saga)

ISBN: 978-3-95991-521-2, kartoniert, EUR 14,90

Sommerprinzessin Ciara leidet Nacht für Nacht unter den Qualen ihrer unheilvollen Albträume, die sich realer anfühlen, als sie eigentlich sollten. Laut den Weisen ihres Landes soll die Erklärung für ihr Leid an einem ganz besonderen Ort zu erlangen sein – doch der befindet sich inmitten des feindlichen Winterreichs.

Ciara begibt sich auf eine Mission, die sie das Leben kosten könnte, und macht Bekanntschaft mit einem Wesen, das in den kalten Landen so gefürchtet wie verehrt ist: dem Winterkönig. Er bietet ihr einen Handel an, der sie zu den begehrten Antworten führen könnte. Doch sollte sie ihrem Erzfeind wirklich vertrauen?

Britta Strauss

Der Smaragddrache – Gemmas Reise

ISBN: 978-3-95991-052-1, Klappenbroschur, EUR 16,90

Zwei verfeindete Völker. Eine verbotene Liebe.
Und ein Schicksal, so alt wie die Sterne.

Gemma ist die wohlbehütete Prinzessin des Reiches der Grauen Küste. Ihr Leben verbringt sie in einem goldenen Käfig, doch eines kalten Wintertages nimmt ihr Schicksal eine folgenschwere Wendung. Sie wird von ihrem eigenen Vater an Antares, den grausamen König des Südens, verkauft. Fern ihrer Heimat wird sie zu einer Schachfigur im Spiel der Mächtigen. Denn ein magischer Spiegel prophezeit, dass allein sie in der Lage ist, Antares' Todfeind in eine Falle zu locken: Tarek, der Prinz eines geheimnisumwitterten Dschungelvolkes, bietet der Armee des Königs unbeugsam die Stirn. Zahllose Legenden ranken sich um seine Macht. Selbst die tödlichsten Kreaturen des Waldes beugen sich seinem Willen. Es heißt, in seiner Brust schlägt ein Herz aus Smaragd. Es heißt, in seinen Adern fließt das Blut eines Drachen.